SÓ PARA OS
FORTES DE
CORAÇÃO

Também de Lex Croucher

Gwen & Art não estão apaixonados

LEX CROUCHER

SÓ PARA OS FORTES DE CORAÇÃO

Tradução
João Pedroso

1ª edição
Rio de Janeiro-RJ / São Paulo-SP, 2025

VERUS EDITORA

Título original
Not for the Faint of Heart

ISBN: 978-65-5924-364-8

Copyright © Lex Croucher, 2024
Publicado originalmente na Grã-Bretanha em 2024 por Bloomsbury Publishing Plc.
Todos os direitos reservados.

Tradução © Verus Editora, 2025
Direitos reservados em língua portuguesa, no Brasil, por Verus Editora. Nenhuma parte desta obra pode ser reproduzida ou transmitida por qualquer forma e/ou quaisquer meios (eletrônico ou mecânico, incluindo fotocópia e gravação) ou arquivada em qualquer sistema ou banco de dados sem permissão escrita da editora.

Verus Editora Ltda.
Rua Argentina, 171, São Cristóvão, Rio de Janeiro/RJ, 20921-380
www.veruseditora.com.br

CIP-BRASIL. CATALOGAÇÃO NA FONTE
SINDICATO NACIONAL DOS EDITORES DE LIVROS, RJ

C958s
Croucher, Lex
  Só para os fortes de coração / Lex Croucher ; tradução João Pedroso. - 1. ed. - Rio de Janeiro : Verus, 2025.

  Tradução de: Not for the faint of heart
  ISBN 978-65-5924-364-8

  1. Romance inglês. I. Pedroso, João. II. Título.

25-95868   CDD: 823
                 CDU: 82-31(410.1)

Gabriela Faray Ferreira Lopes - Bibliotecária - CRB-7/6643

Revisado conforme o novo acordo ortográfico.

Seja um leitor preferencial Record.
Cadastre-se no site www.record.com.br e receba informações sobre nossos lançamentos e nossas promoções.

Atendimento e venda direta ao leitor:
sac@record.com.br

Transforme a vida deles num inferno.

Nota

Este livro se passa linha do tempo alternativa de fantasia, então, por favor, não se espante com batatas e outras imprecisões históricas menos deliciosas, já que são todas cometidas com total intenção. Além do mais, aqui vai um aviso: a jornada em que nossas personagens estão prestes a embarcar será, por vezes, *muito* arriscada.

I

Na manhã em que os Homens Felizes vieram atrás da Velha Rosie, Clem tentava colocar um chapéu numa raposa.

Coisa que a deixou muito mal depois.

Tinha parecido importante no momento; a raposa se tornara mansa a ponto de pegar pedaços de carne e guloseimas de couro cru diretamente de sua mão, e vestir um chapéu no bichinho parecia o próximo passo lógico.

Fazer o tal chapéu tinha, de certa forma, consumido toda a sua manhã. Ela visitara a costureira que ficava lá perto do rio e voltara com um pouco de feltro sujo, que já não servia mais para ser vendido. Trocara um pouco de chá de sálvia com Jon, que sofria de dor de garganta crônica, por uma única pena de peru, bem do tamanho certinho para emperiquitar uma pequena cabeça vulpina.

Tinha sido emboscada pelo filho do moleiro, Alfred, que tinha sete anos e arranhara os joelhos até deixá-los em carne viva, mas que estava sendo muito, muito corajoso. A irmã mais velha do garoto, Loos, apertou a mão dele quando Clem lavou as feridas do menino com mel diluído e então gastou uma fina tira de bandagem antes de mandá-lo para casa como um orgulhoso e ferido guerreiro. Rosie sempre resmungava que Clem era descuidada demais tanto com sua compaixão quanto com seus suprimentos, mas não tinha lá como dizer que estavam passando muita necessidade no momento. A propensão de Clem a *experimentar* lhe estava rendendo uma baita reputação e ainda atraindo o tipo de cliente que pagava em dinheiro de verdade, em vez de com pedaços aleatórios de presunto e afagos na cabeça. Nem de longe as duas estavam cheias da grana, mas amarrar retalhos de linho nos joelhos ensanguentados de Alfred não iria fazê-las cair na miséria.

Moldar o retalho de feltro em um formato parecido com um chapéu lhe havia tomado uma bela meia hora, período que passara sentada sem as botas sob uma amanteigada faixa de luz do Sol nos confins do jardim, em meio aos canteiros decrépitos de menta, lavanda e sabugueiro. Nas vezes em que tinha aparecido, a raposa colocava apenas a cabeça para fora do bosque, farejava em busca de guloseimas e, quando não encontrava nada, encarava-a com um olhar acusatório. O bichinho havia escolhido o jardim certo para frequentar; qualquer pessoa que criasse animais teria tomado como missão de vida transformar o pelo deles em forro de casaco, mas, com muita firmeza, Jon dissera a Clem e Rosie que o temperamento delas "não se encaixava com as necessidades de galinhas", então os canteiros continuavam sem ovos, e a raposa tinha a liberdade de ir e vir conforme quisesse.

Quando Clem enfim concluiu o projeto chapelesco, pegou um pouco de caldo de osso, ainda com filamentos de carne, e o ofereceu com uma chacoalhadinha encantadora.

— Bons garotinhos ganham chapéus — disse, sem se dar ao trabalho de falar devagar ou baixo, já que a raposa estava acostumada com ela e só ficaria desconfiada se fosse abordada com bajulação. — Garotinhos malvados também, imagino. Um chapéu para cada rapaz, não importa o temperamento... isso eu garanto.

A raposa parecia indiferente ao conceito de chapéus, mas muitíssimo interessada na carne dos ossos. Se aproximou. Clem preparou o chapéu. Pressentindo uma armadilha, o bicho estremeceu.

E assim seguiram por um bom tempo. Clem estava tão envolvida na situação que não percebeu a batida na porta da frente, nem os cascos na vereda.

Foi só quando ouviu algo se espatifar dentro da casinha, e o barulho arruinou sua melhor tentativa até então, que percebeu que havia algo errado.

Diante de um perigo tão próximo, a reação de seu corpo foi imediata. O peito se contraiu. A respiração travou. De repente, estava suada em regiões esquisitas e inesperadas, como na dobra do braço e atrás das orelhas. Por um tenebroso momento ela voltou a ter nove anos, e parecia o fim do mundo.

Ela mandou a sensação para longe.

Quando entrou pela porta dos fundos, havia duas silhuetas encapuzadas próximas à lareira. Os estranhos estavam armados até os dentes e, em meio a todas as bugigangas charmosas dali, algumas das quais agora estavam quebradas e amassadas no chão, pareciam ameaçadores de um jeito cômico. Uma das figuras segurava Velha Rosie (que nem era tão velha assim, mas tinha vivido o bastante para ter rugas ao redor dos olhos, como se tivesse passado tempo demais na banheira da vida) com as duas mãos para trás das costas.

Pela cor das capas, ficou evidente no mesmo instante que se tratava dos Homens Felizes. Homens Felizes! Ali na casa de Clem! Ameaçando Rosie!

Clem teria pedido autógrafos se sua prioridade não fosse encontrar algo que pudesse usar como arma.

— Oi, Clemmie — disse Rosie, alegre como sempre. — É meu aniversário?

— Não — respondeu Clem enquanto tateava a mesa ao lado em busca de algo afiado. — Pelo menos… acho que não. É?

— Não — disse o homenzarrão que segurava Rosie. — Se bem que… talvez seja. Não sei quando a senhora faz aniversário. Mas, só pra deixar registrado, não é por isso que estamos aqui.

— É que… você é bonito de doer — replicou a senhora, tentando se virar sob o aperto do sujeito para olhá-lo melhor. — E *forte*. Homens Felizes não fazem muito o meu estilo, mas se todos fossem como *você*…

Clem bufou.

— Ele não é *bonito*, Rosie. Ele está te sequestrando.

— Quem já viveu tanto quanto eu, Clemence, uma hora começa a entender que uma coisa não impede a outra de ser verdade.

Os dedos de Clem tinham se fechado ao redor de um pesado pilão de pedra ainda sujo de funcho triturado.

— Se você veio para cortejá-la, então fique à vontade — exclamou para o grandalhão. — Só que é meio presunçoso da sua parte já chegar agarrando assim. Além do mais, ter trazido um amigo junto pra te servir de apoio moral também já me diz *muita* coisa a seu respeito.

O outro encapuzado, que tinha cerca de um terço do tamanho do primeiro, soltou um barulho ligeiro e engasgado que, para Clem, podia muito bem ser entendido como uma risada. Era uma situação promissora.

— Que tal um chá? — ofereceu Clem, animada e sorrindo. Parecia uma boa. Chá. Chá com Homens Felizes de verdade. Um desentendimentozinho de nada, seguido por risadas e novas amizades enquanto comiam biscoitos. — Aí nós todos podemos nos sentar um pouco e falar sobre o que trouxe vocês aqui, antes que alguém faça algo que…

A porta se abriu com tudo, bateu contra a parede e então foi parando de um jeito tragicômico. Foi então que uma terceira pessoa (também anônima, devido à longa capa verde-musgo) entrou. Os comparsas ajeitaram a postura de leve. O mais alto segurou Rosie ainda mais forte, o que a fez exclamar um "ai, meu Deus do céu!" que não soou nem de longe tão incomodado como deveria.

— Que isso? — perguntou a recém-chegada, o tom de voz grave, um tanto rouco deixava claro que ela não estava para brincadeira. — Parem de enrolação.

— Não tem ninguém enrolando — reclamou o mais alto. — Onde que isso parece *enrolação*? A gente só não esperava que fossem ser duas.

Houve um breve momento de silêncio, durante o qual Clem sentiu sobre si os olhos ocultos daquela nova autoridade.

— O que ela é sua? — perguntou a moça a Velha Rosie.

— Não sei como isso seria da sua conta — respondeu Clem, ainda querida como nunca, no mesmíssimo instante em que Rosie disse:

— Bem… ela é a minha *Clem*.

A recém-chegada não pareceu lá muito comovida.

— Não temos tempo pra isso. Vamos.

Clem enfim se deu conta de que iam mesmo levar Rosie. Rosie, que, se pudesse evitar, nunca saía do vilarejo Vale do Carvalho, que tinha um joelho ruim e que bebia seu chá de urtiga toda manhã no mesmo horário enquanto ficava examinando o jardim com uma das mãos na cintura. Ela iria odiar sair dali. Não parecia algo Feliz da parte deles.

— Levem *a mim* — exclamou ela depressa. — Se precisam de uma curandeira. Eu sou boa... zinha. E jovem também. E cheia de energia, ainda por cima.

— Bem que podia ser, capitã — disse o grandalhão à encapuzada no comando. — Já que ela está se oferecendo.

— Vamos sair no lucro — disse o mais baixo, falando pela primeira vez. — Não é?

— Vamos — respondeu a capitã. — Era o que eu estava prestes a sugerir. Nocauteiem ela. Levem um pouco... dessa tralha. Qualquer coisa que pareça útil.

— Esperem um minutinho — disse Rosie, que enfim teve o bom senso de parecer preocupada e se debateu contra o captor. — Vocês não podem sair por aí simplesmente *pegando* gente. Não é por aí que a banda toca.

— Não gosto que me nocauteiem — acrescentou Clem. — Me dá gatilho, sabe como é.

Ela ergueu o pilão, preparando-se para uma briga a qual sabia não ter a mínima chance de vencer. Antes que fosse capaz de dar um passo sequer adiante, uma nova pessoa a agarrou por trás e apertou seu punho até forçá-la a soltar a arma. Clem não tinha nem ouvido a porta de trás ranger. Sentiu um golpe pesado na parte de trás dos joelhos e desmoronou no chão na mesma hora.

A única vantagem de ter sido derrubada foi que, dali, conseguiu ver que o pilão havia rolado e parado em meio à poeira debaixo do armário de nozes, sementes e frutas silvestres. Ela se esticou, mas foi impedida por uma pisada firme em seu antebraço que a pressionou gentilmente contra o chão.

— O que você ia fazer com aquilo? — perguntou a agressora oculta com um tom de voz irritante de tão debochado. — Me mandar ficar parada e me moer até eu virar uma farinha bem fininha?

— Chega — vociferou a sequestradora-chefe. — Vamos. E você... — Clem só podia deduzir que era com Rosie que a moça falava agora, já que, do ângulo em que se encontrava, não conseguia ver nada. — Você sabe por que estamos aqui. Todos devemos agir em prol dos interesses do povo da mata.

— Que engraçado — disse Clem, o rosto contra o chão de terra batida. — Porque assim, na minha cabeça, eu meio que fazia parte do *povo da mata*, e olha eu aqui levando uma surra.

A agressora ergueu o pé e então puxou Clem para cima.

— Surra nada — comentou ela, o tom de voz baixo e bem-humorado. — Estava mais para uma massagem.

Clem deu uma olhada na jovem debaixo do capuz (pele negra, uma trança preta e o lampejo de um sorriso) antes de uma venda ser habilmente colocada sobre seus olhos.

— Sem querer ofender, mas não estou a fim de receber uma...

— Agora tchau.

Clem sentiu sua boca ser aberta à força e em seguida o forte gosto amargo e avinagrado de beladona na língua. Então tudo se apagou.

2

Havia algo errado com uma das rodas dianteiras da carroça, e Mariel já tinha perdido metade de uma unha tentando consertar o defeito. O arrependimento por ter tirado as luvas de couro já estava batendo, mas, para tatear direito debaixo do eixo, foi preciso tirá-las. Agora, com um leve sangramento, estava meio reticente quanto a meter os dedos ali de novo.

Infelizmente, havia dito que seria algo fácil de resolver e dispensara Morgan para que pudesse arrumar do jeito certo. Qualquer coisa além de uma rotação perfeita dali em diante seria inaceitável.

— Deve ser porque essa carroça é mais para carregar batata — explicou Morgan, que agora, mal-humorade que só, dava chutes nas rodas traseiras. — E não para carregar batatas *e* cadáveres.

Tinham estacionado nas árvores, fora do campo de visão do vilarejo. Mariel estava grata pela singela misericórdia de não ter que consertar uma carroça em plena vista dos pivetes, fazendeiros e preguiçosos locais, que, a princípio, teriam se intimidado pelas capas verdes, mas depois talvez ficassem menos tensos conforme a observassem tentar socar uma roda de volta ao eixo com uma mão sangrando e um capuz que caía sobre seus olhos no processo. Os cavalos, ali parados ao redor, pareciam confusos de uma forma bem educada, a ponto de não saírem andando e comendo os arbustos. Ah, se o pessoal dela se comportasse tão bem assim...

— Ela não está morta — declarou Josey, se inclinando para dar uma conferida na carga. — Só descansando os olhos.

Lá no acampamento, uma das irmãs mais velhas de Josey passara horas escovando e fazendo tranças meticulosas em seu cabelo. Depois, juntara aquelas centenas de trancinhas e as amarrara em uma única trança bem firme que começava no topo da cabeça e se estendia até as omoplatas quando Josey se levantava.

Já o cabelo de *Morgan* era um emaranhado de penas escuras que elu mesme aparava, e depois gostava de ficar espreitando com um olhar carrancudo por baixo da franja, como um gato selvagem só de butuca debaixo de um arbusto. Por sinal, era o que elu estava fazendo naquele momento, mas cujo efeito era levemente arruinado pelo fato de ser trinta centímetros mais baixinhe do que Josey, que era ágil, esguia e não precisava se esforçar nem um pouco para parecer ameaçadora. Isso se tornava ainda mais satisfatório quando alguém a subestimava ao nível de acabar inconsciente antes mesmo de perceber que ela tinha parado de sorrir.

Se Mariel pudesse escolher os próprios companheiros, Josey Abara era um dos únicos nomes que ela escreveria de boa vontade em sua lista.

Já Morgan havia sido designade como parceire de Mariel porque ninguém mais estava disposto a aceitar uma pessoinha de catorze anos que, de algum modo, acumulara raiva e apatia para uma vida inteira em apenas uma década e meia. Mariel vivia se perguntando se valeria a pena ser chamada de incompetente se "sem querer" deixasse Morgan para trás em uma patrulha algum dia (ou se deixasse elu cair num rio de forte correnteza, ou se ê mandasse para algum compromisso e depois instruísse todo mundo a correr em fuga) em troca da paz e tranquilidade que poderia ter numa existência sem elu.

Acontece que Baxter jamais aceitaria uma coisa dessas.

Ele foi e se agachou ao lado de Mariel, tão corpulento que a sensação era de que uma enorme montanha loira havia se acomodado junto ao ombro dela. Apesar da precedente insistência de Mariel de que conseguiria consertar aquela roda desgraçada sozinha, Baxter meteu as mãozonas debaixo da carroceria e levantou toda a metade dianteira da carroça.

— Acredito que tenha uma pedra presa ali — disse Baxter, o tom de voz firme como sempre e denotando pouquíssimo esforço. — Talvez seja uma boa cutucar com um graveto bem duro, capitã.

Mariel é que não iria fazer nada tão indigno quanto *cutucar com um graveto bem duro*. Apesar do risco de perder mais uma unha violentamente, cutucou com o dedo mesmo, e, quando o pedregulho se soltou, Baxter abaixou a carroça de volta ao chão com gentileza. Pelo menos teve a decência de transparecer um leve constrangimento por aquela mais recente façanha (de uma longa lista de feitos hercúleos).

Ele se inclinou, deu uma olhada ligeira para a carga e então a encarou com uma expressão um tanto preocupada:

— Ela *não* morreu, né?

— Não — respondeu Mariel, sem nem se dar ao trabalho de baixar o tom de voz. Ela mesma conferira quando haviam deixado aquela garota estranhamente animada junto dos mantimentos. A companheira da curandeira era mais baixinha do que tinha aparentado no chalé, mas nem de longe pequena. Tinha cachos enroladinhos como molas da cor de linhaça moída, extensas cicatrizes rosas e brancas na palma das mãos e pernas com tanta capacidade de chute que Mariel se sentiu grata por terem-na deixado inconsciente, mesmo que a dose de beladona tivesse sido um tanto exagerada da parte de Josey. A moça com certeza estava respirando.

— Ainda bem, porque foi bondade dela ter se oferecido para vir.

— Bondade? — perguntou Mariel, que, impaciente, limpava os dedos na túnica, fazendo com que o sangue fosse sumindo quase que por completo em meio ao verde-escuro e sarapintado. — Não é um passeio veranil, Scarlet. Foi uma decisão tática. Dois pássaros com uma cajadada só: arranjamos uma curandeira para nós, e isso serve para mandar um recado.

— Entendi — comentou Baxter, franzindo o cenho. — Um recado que diz...

Que dizia para escolherem um lado e permanecerem nele. Para não esquecerem pelo que estavam lutando. Para se lembrarem de quem eram os mocinhos. Para não se meterem com os mocinhos.

O recado era para o pai de Mariel também. Se ele achava que a filha não daria conta de nada além de ter crianças estúpidas como parceiras e missões fáceis de coleta, ela iria mostrar que conseguia pensar como uma líder. Que era capaz de ser corajosa, ambiciosa e implacável. Quando exibisse todas as suas vitórias diante do pai, ele não teria outra escolha a não ser respeitá-la.

No fim das contas, era até bom que não fosse um recado do tipo que precisava vir por escrito, porque era comprido para caramba.

— As pessoas costumam exibir uma preocupante falta de autopreservação. — Foi tudo o que Mariel disse como resposta. — É só ameaçar alguém que elas amam que de repente começam a prestar atenção. Aquela garota ali se ofereceu para vir no lugar da senhora, então dá para deduzir que as duas se importam uma com a outra. É algo que podemos usar. Você acha que a velha vai sair da linha de novo mesmo sabendo que estamos com a garota?

— Nossa, eu amo quando você fala assim — disse Josey, que estava amarrando parte da carga não humana. — De um jeito brutal. Com sede de sangue. Chega a me dar um calorão. Fico toda formigando por dentro.

Se uma falta de respeito como aquela tivesse vindo de alguém menos útil, Mariel teria deixado de se sentir só incomodada e passado a ficar com muita, mas muita raiva. Josey havia conquistado uma generosa dose de clemência.

Mariel a encarou mesmo assim.

— Só estou sendo prática.

A roda estava, consertada e a carga, bem presa. O plano era se encontrarem com outras comitivas dali a pouco tempo para negociarem suprimentos com quem fosse viajar para outras partes da floresta e depois voltar para o acampamento, onde entregariam aquela miniatura de curandeira e receberiam mais instruções.

— Cadê o desgraçado do Chisaka? Mandei não ir muito longe.

O último membro da pequena trupe apareceu de imediato. Ao que parecia, tinha voltado do bosque e, desde então, ficado conversando com o cavalo atrelado enquanto Mariel estivera concentrada na roda.

— Ela estava assim quando vocês a pegaram? — perguntou ele, inclinando-se sobre a carroça para dar uma olhada na prisioneira. Ela o observou esticar a mão, como se fosse tocar a garota no pescoço para conferir os batimentos cardíacos, e então interromper o movimento antes de concluí-lo. — Ou estava mais... você sabe. Na vertical? Consciente?

— Ela está ótima — respondeu Mariel, agoniada de tão impaciente. — *Deixa ela em paz.* Precisamos ir.

Na outra mão, Kit segurava um buquê desordenado de flores amarelas que mais pareciam mato. Quando percebeu que Mariel estava olhando, ele acenou com as plantas, abriu um sorriso e disse:

— As ervas-de-são-joão deram as caras. São as primeiras da temporada.

Mariel suspirou, porque assim não gritaria. Haviam lhe dito que *gritar* não promovia um ambiente de trabalho saudável.

Tanto faz. Ela precisava era de um grupo de guerreiros treinados e disciplinados que fosse unido como carne e unha, mas o que tinha eram pirralhos, gigantes gentis e aspirantes a florista. A contragosto, até admitira que a maior parte da equipe tinha habilidades de combate que davam para o gasto, mas a que custo?

Por exemplo: em vez de subir na carroça e assumir o comando para que pudessem partir, Kit agora mostrava as flores a Morgan e repetia todo empolgado:

— É a erva-de-são-joão.

— Erva do quê? — perguntou Morgan.

Ao que Kit respondeu:

— De-são-joão, minhe filhe.

Era aquele tipo de coisa que, no fim das contas, deixava Mariel com vontade de matar todos eles.

3

Clem voltou aos poucos ao próprio corpo. Dava para ver algo brilhante e verde lá em cima (árvores, era provável). Dava para sentir o cambalear de rodas abaixo, o cheiro doce de feno e terra dos cavalos (todos os indícios apontavam para uma carroça). Suas mãos estavam atadas, e ela estava deitada de costas, o que era tão irresponsável do ponto de vista médico que, se não tivessem lhe enfiado algo na boca, teria gritado. Pelo menos a venda tinha escorregado, então era possível ver por um dos olhos. Nunca amarre as vendas de qualquer jeito! Que tipo de sequestradores eram aqueles?

— Esquilo — disse alguém à esquerda. — Cinquenta e sete contra quarenta e nove. Você tá frito.

— Talvez tenha sido um pombo — resmungou alguém com uma voz que, agora sim, Clem reconheceu.

Era do belo e alto presente de aniversário de Rosie.

— *Você* podia ter sido um pombo — retrucou a primeira pessoa, mal-humorada.

— Se quiser ofender, não basta falar um monte de palavras em ordem aleatória. Tem que ser pessoal. Tipo, quais são as minhas inseguranças? Os meus gatilhos? Começa por aí.

— Morgan. Baxter. Chega.

Clem rolou bem pouquinho para o lado. O jovenzarrão estava cavalgando à direita, montado no que devia ser um cavalo de tração. De capuz abaixado, era possível ver uma quantidade generosa daquela cabeleira loira e desgrenhada que saltitava com alegria conforme o sujeito seguia adiante. O nariz dele havia quebrado e cicatrizado de um jeito horroroso, ou talvez nem cicatrizado coisa nenhuma, e ele tinha um bronzeado leve. Havia uma longa e espessa cicatriz que partia da têmpora e ia esvanecendo aos poucos até bem debaixo do olho direito, que nitidamente fora atingido em cheio. *Baxter*, concluiu Clem. Baxter era um bom nome para um homem enorme.

O que significava que a pessoa baixinha, de cara fechada, pele clara e cabelo castanho no cavalo muito menor ao lado dele era Morgan, que se sobressaltou quando fez contato visual direto com Clem.

— Ah, não! Era pra ela estar acordada?

E então vieram vários barulhos interessantes; a carroça desacelerou um pouco e deu uma guinada para a esquerda, como se o motorista tivesse virado o corpo inteiro para olhar e, assim, confundido os cavalos.

— Que nada. Eu usei beladona.

Ficou evidente que se tratava da debochada que apagara Clem.

— *Beladona?* — perguntou uma nova voz. — Ela te ameaçou?

— Tentou me pilar.

— Tentou *o quê?*

— Dava para perceber que ela não iria vir sem fazer alarde. E me falaram com todas as letras para trazê-la rápida e discretamente. Sem confusão.

— Beleza. Pega as rédeas aqui, fazendo o favor. Vou lá para trás.

Um jovem nihonjin de cabelo preto-azulado bem curtinho e pele marrom clara cheia de sardas entrou no campo de visão de Clem. Apesar de a carroça sacolejar de um lado para o outro, o rapaz tinha movimentos controlados e precisos. Mesmo meio confusa, havia algo de muito satisfatório para Clem no jeito com que ele usava as mãos.

— Olá — disse o sujeito, que olhava para Clem com olhos semicerrados e de cenho franzido. Ele abaixou a venda até deixá-la ao redor do pescoço dela. — Está tendo alguma dor de barriga, enjoo ou alucinação violenta?

Clem meneou a cabeça. Estava se sentindo singelamente envenenada e dopada, mas não era nada muito impressionante.

— Tá com sede?

Ela assentiu, enfática. O rapaz a ajudou a se sentar com as costas apoiadas em algo granuloso e então parou.

— Gritar não vai resolver o seu caso, tá bem? Nada de drama. Estamos a quilômetros de qualquer lugar. Você só vai acabar complicando as coisas para mim, então... sabe como é, não faça nada.

Ele tirou o pano da boca de Clem e depois levou o odre de água com delicadeza até os lábios dela, que, meio sem jeito, tomou alguns goles enquanto sentia a água escorrer pelo pescoço e se acumular nos cachos. Depois, se recostou de novo e franziu o cenho para o garoto.

— Você sabe que beladona não se usa para sair por aí apagando os outros, né? É para *cirurgias*. E só em último caso. É sopa de cicuta!

— Ah, pois é. Não é para *mim* que você tem que falar isso — disse o jovem afavelmente, e em seguida deu uma rápida olhada para cima. — A capitã gosta de eficiência. A Josey tá arrependida.

— Deixa de ser estúpido, Kit. Não fale nossos nomes! — exclamou Morgan.

Clem armazenou as informações. A capitã dava as ordens. Josey era sua competente mão direita. Aquele fulano era o tal de Kit. Apesar de tudo, estava intrigada. Era como ser convidada a fazer parte do melhor grupinho com o pessoal mais descolado num baile — se esse pessoal primeiro dopasse você e depois te amarrasse com corda (o que, até onde ela sabia, fora o que de fato havia acontecido). Os Homens Felizes tinham sempre sido folclore, mito, lenda. Lampejos de verde na mata que as pessoas torciam para que fossem uma capa, e o distante som de cascos à noite enquanto todos dormiam e sonhavam com atos de bravura e aventuras no coração da floresta.

Com o passar dos anos, a realidade a respeito dos Homens Felizes (essas silhuetas silenciosas que mal pareciam existir para o povo de um vilarejo tão pequeno quanto o Vale do Carvalho, peças distantes numa guerra por Nottinghamshire que já acontecia havia décadas) tinha, de certa forma, manchado seus sonhos de vestir a própria capa verde, mas não os extinguido por completo.

É que toda aquela situação era *meio* empolgante.

— Você não perguntou se eu tô com dor muscular, batimentos cardíacos aumentados ou salivando em excesso.

Kit se sentou sobre os calcanhares.

— Olha, você não está gritando de dor, não está toda babada e sua respiração parece tranquila. Além do mais, você é uma curandeira local...

— Assistente de uma curandeira local.

— Beleza, você é uma *assistente* de curandeira, então imagino que iria avisar se suspeitasse estar morrendo envenenada.

— Se eu estivesse morrendo envenenada por cicuta, não teria cura.

Kit esticou as mãos até um enorme baú todo amassado e o puxou para perto. Quando abriu a tranca e puxou a tampa, Clem reconheceu um emaranhado de suprimentos dela e de Rosie. Algumas coisas faziam sentido: ataduras, garrafas de tintura, o saquinho que ela sempre carregava para estar preparada caso houvesse alguma emergência. Outras eram o resto do almoço do dia anterior.

— E o que você receita para si mesma? Gengibre?

— Você conhece gengibre?

— Se eu conheço gengibre num geral? Não me é estranho. Eu até que entendo um pouco de plantas. Ainda mais das que a gente come pra se divertir, mas consigo me virar com as medicinais se for preciso.

— Se já não quebrou, deve ter uma garrafa de água de cevada em algum lugar. E... me dá um pouco de hortelã-pimenta.

— Kit — chamou Baxter, que colocou uma mãozorra sobre a beirada da carroceria e deu uns tapinhas na madeira. — Estamos chegando ao ponto de encontro.

— Espera um segundinho só — respondeu ele, remexendo no baú em busca da água de cevada de Clem.

Baxter bateu de novo, e mais forte daquela vez.

— A capitã tá voltando, Kit.

A carroça saiu da estrada e seguiu rumo às árvores, ainda um tanto rápido demais para que manobrassem com conforto pela floresta — o que não estava ajudando em nada o estômago embrulhado de Clem. Quando a roda bateu em algo pesado, todos saltaram, e a garrafa na mão de Kit tentou se libertar. Ele a pegou no ar com uma destreza impressionante, destampou-a com a ponta do polegar e começou o humilhante processo de derramar mais líquidos na boca de Clem. A carroça foi parando aos solavancos. Foi enquanto Clem estava naquela posição, de boca aberta, com uma corrente de água de cevada jorrando, que a capitã supracitada retornou.

— Mas o que é isso, Chisaka?

Ela montava um respeitável cavalo preto e era a única que continuava de capuz. Na casa de Rosie, a impressão fora de que sua capa era parecida com a dos outros, tingida com o virente verde-malhado das matas, mas agora Clem pôde perceber que o tecido era um tanto mais escuro, num tom mais próximo à folhagem dos pinheiros do que de pasto, e ficava preso na altura do pescoço com um broche de bronze fosco no formato de uma folha de carvalho. Debaixo, havia apenas o vislumbre de uma armadura escura de couro tratado e ainda mais verde. Todo mundo ali se comprometia *mesmo* com o tema.

Kit não afastou a água de cevada, mas se remexeu um tanto desconfortável.

— Não precisava ter apagado ela.

— Josey estava seguindo minhas ordens.

— Isso eu entendi. Só para deixar registrado: eu estava questionando a sua iniciativa, e não a dela. Mas, enfim, a garota aqui é uma curandeira, então...

— Não tô nem aí, Chisaka. Você não tinha nada que estar aqui atrás dividindo suquinho como se estivesse num piquenique. E, se ela acordou, precisa ficar vendada.

— É água de cevada — disse Clem, ciente de que escorria um pouco pelo seu queixo. — Ajuda com a desidratação. — Ninguém parecia interessado, mas ela continuou mesmo assim, e tentou até abrir um sorriso. — Gente envenenada às vezes fica com um tiquinho de sede. Ou pode ser que morra também, de um jeito tenebroso, se contorcendo em cima da própria bosta. É por isso que é tão divertido! Ninguém sabe no que vai dar!

Até teria feito um floreiozinho com as mãos para dar ênfase no que falara, mas estava amarrada.

Kit a encarou em silêncio por um instante. A capitã também, mas então virou o cavalo abruptamente para partir.

— A mordaça era por isso.

Com cuidado, Kit colocou a rolha de volta na garrafa, olhou para Clem, deu de ombros com pesar e se esticou para amordaçá-la de novo.

Ela se remexeu para evitá-lo como um bebê se esquivando de uma colher.

— Dá para dizer por que vocês me pegaram?

— Hum... — Kit deu uma olhada para trás. — Vou deixar a capitã te contar.

Clem estava tentando encaixar as peças do quebra-cabeça e decidira que de forma alguma os Homens Felizes teriam sequestrado alguém a sangue frio sem que houvesse um bom motivo, mesmo que Rosie *estivesse* certa quando dizia que eles não eram mais aqueles bandidos alegrinhos de outrora (por algum motivo, Rosie não gostava quando Clem se referia à sua infância como "outrora"). Devia existir algum plano; um objetivo maior que ainda não se revelara.

— Vocês precisam de uma curandeira para uma missão importante? Ouviram falar das minhas excelentes inovações e experimentos? O povo costuma atribuir tudo a Rosie, mas não é bem por aí. Talvez achem que eu sou jovem demais para ser um gênio, sei lá... Dar uma ajudinha ela dá, mas as ideias são minhas. Tô sem minhas coisas aqui, mas se você me arranjar alguma coisa pra escrever, posso...

— Não esquenta com isso — respondeu Kit. — Mas, hum... no momento, você é nossa prisioneira.

— Prisioneira de vocês? — exclamou Clem, de cenho franzido. — Olha, tenho que ser sincera. Isso não me parece lá muito Feliz. E vocês não são todos Homens. Então, em algum momento aí rolou uma confusãozinha de marketing.

Kit ofereceu um sorriso bem discreto.

— É mais fácil de colocar no panfleto do que *Um conjunto de gente vivenciando toda uma gama de emoções*.

Antes de ser amordaçada outra vez, ela teve tempo de dizer:

— Pois é, mas para pra pensar nos cartazes de "procurado".

Ele também colocou a venda de volta no lugar, mas o tecido já tinha ficado frouxo desde o início. Clem logo descobriu que, piscando vigorosamente, era capaz de mais ou menos libertar um dos olhos. Ela o viu bater as mãos para tirar a poeira e dar uma olhada em volta para se reorientar antes de se abaixar para pegar um saco de alguma coisa que tinha quase o seu tamanho. Ele conseguiu levantar o que quer que fosse aquilo (devia ser todo trincado de músculos esguios por baixo daquela capa), mas ficou evidente que estava meio difícil. Baxter, o gigante amigável, colocou uma mão gentil em seu ombro para pará-lo e então, como se não fosse nada, tirou o saco da carroça com um único braço. Kit pareceu meio desconcertado e abaixou a cabeça antes de pegar um saco menor e então dar um pulo tranquilo para fora do vagão, continuando a carregar o saco até sair do campo de visão de Clem.

Ela testou as cordas amarradas nos pulsos. Tão apertadas que chegava a ser irritante. Na real, não estava presa a nada, mas nenhum dos sequestradores parecia lá muito preocupado. Talvez achassem que ela continuava grogue demais. Que estava com muito medo dos recantos sombrios e abismais da floresta selvagem para tentar alguma coisa.

Se fosse o caso, então eram um bando de estúpidos. Clem e a selva eram velhas amigas.

4

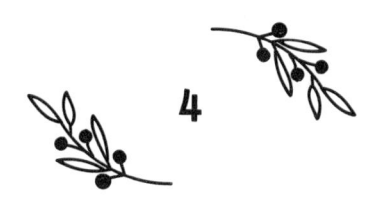

Nem sempre tinha sido assim. Clem não conseguia se lembrar da primeira vez em que se perdera na floresta, mas se lembrava do pior caso.

Tinha nove anos, olhos quase fechados de tão inchados e mal conseguia respirar. Atravessou espinheiros e seguiu adiante com um fluxo de lágrimas que nunca se interrompia. Suas mãos não passavam de uma massaroca ensanguentada e seus pulmões gritavam. O mundo escureceu ao redor até cada murmúrio virar um monstro e cada farfalhar, um lobo. Carregando cestas de vime caseiras, ela e a mãe já tinham caminhado centenas de vezes pelo bosque perto de onde moravam, seguindo a mesma trilha batida até Clem saber o caminho de cor. Sua mãe ia cantarolando uma velha cantiga e apontando para plantas que podiam ajudar a estancar sangramentos ou acalmar a mente enquanto as coletava; Clem, no entanto, nunca se arriscara a ir mais longe do que algumas centenas de metros, nem mesmo quando começara a fazer aquelas caminhadas sozinha. Sempre acabara encontrando a rota até o toco queimado e a curva do riacho que demarcavam a rota para casa. Naquele dia tenebroso, em que o mundo virara de ponta-cabeça, ela passara a noite inteira sentada num tronco de árvore e, pela manhã, estava quase delirando... e essa nem tinha sido a pior parte.

Ajoelhada sobre uma extensão de folhas podres e catinguentas dois dias mais tarde enquanto olhava para os cogumelos minúsculos na palma de sua mão em carne viva, Clem tentava se lembrar exatamente do que a mãe dissera a respeito dos indícios de veneno, mas não conseguia recuperar nem uma única palavra ou até mesmo o som da voz dela conforme o estômago devorava a si mesmo. *Essa* tinha sido a pior parte.

Ela comera os cogumelos. Não morrera de imediato. Por mais difícil que possa ser de acreditar, não morrera depois também. Mais tarde, decidira que havia sido por causa de uma força de espírito que impressionara a floresta. Rosie a chamara de "uma perversa inclinação ao otimismo" e dera a entender que, se os cogumelos a tivessem envenenado, mesmo que apenas um pouquinho, a lição teria sido melhor.

Clem nunca contara a Rosie, mas, assim que os cogumelos tocaram seus lábios, a sensação foi de que a selva havia se aberto para ela. De que *queria* que Clem vivesse. Encontrou mais cogumelos, como orelhas macias brotando do sabugueiro. Amoras fartas e maduras. Um riacho que se transformou num rio; um rio que a levou até o Vale do Carvalho; e Rosie, que a encontrou imunda e morrendo de fome, comendo uma maçã atrás da outra em seu jardim, e, na mesma hora, abriu a porta dos fundos e mandou a garota entrar enquanto revirara os olhos.

A floresta era tão grande que, mesmo depois de muitas tentativas de mapeá-la, ninguém parecia capaz de confinar tudo em um único pedaço de pergaminho. As árvores se esparramavam e avançavam, se abarrotavam em vales e se derramavam em campinas, subindo onde ninguém esperava e parando de repente onde a expectativa era de que seguissem adiante por quilômetros e quilômetros. Era ridículo pensar que algo tão vasto se importava com o destino de Clem, na época aos nove anos, chorando e sem valor algum, com vômito no cabelo e um grito entalado na garganta.

Por sorte, Clem *era* ridícula mesmo. Tinha orgulho de seu comprometimento com o absurdo.

A floresta não estava lhe dando nenhuma pista agora, mas não importava. Quando ela precisasse, aconteceria. A clareira onde haviam parado não tinha nenhuma característica marcante, nenhuma árvore esquisita que ficasse gravada na cabeça, nenhuma placa de madeira útil que a informasse sobre a quantos quilômetros do Vale do Carvalho estava.

Era de se admirar que os Homens Felizes a tivessem encontrado (só que, pensando bem, aquela gente tinha uma relação íntima com a selva, uma conexão que não cabia a Clem entender).

A misteriosa capitã reapareceu, ainda montada no cavalo e toda encapuzada, diferentemente do restante de sua comitiva. Talvez ela fosse complexada com o próprio rosto, pensou Clem. Ou tivesse um rosto para lá de complexo.

— Ouço rodas vindo do leste e do oeste. Eles vão chegar em um instante.

— Sim — murmurou Morgan. — A gente tá sabendo, Mariel. Porque eles falaram que chegariam no ponto de encontro ao meio-dia, e a gente tá no ponto de encontro, e é meio-dia...

— Como é, Parry?

Morgan ajeitou a postura.

— Nada, capitã.

— Levanta esse capuz e fecha a matraca.

Todo mundo colocou o capuz de novo. Era fascinante para Clem; o restante dos Homens Felizes parecia acreditar estar brincando na floresta, enquanto a líder, Mariel, tinha certeza de que estava comandando uma operação militar séria.

Deu para ouvir o pio alto de algum passarinho voando ali por perto, mesmo que fora de vista. Clem estava tentando identificar o som (seria um tordo maior do que o normal? Um melro todo empolgado?), e então Josey apareceu. Ela era uma delícia de tão alta, a pele negra, tranças amarradas numa única trança prática e uma capa diferente das demais (mais curta e pontuda, lembrando asas de morcego). Talvez fosse para ter uma mobilidade melhor. Talvez tivesse um bilhete da capitã que a autorizasse a alterar o uniforme. Ela tinha o tipo de sorriso (parecia preparado em banho-maria; caloroso, mas que de bobo não tinha nada) capaz de fazer as pessoas inventarem regras especiais só para mantê-lo ali. Ela pegou Clem a encarando, deu uma piscadela e então levou os dedos à boca e respondeu ao pio do pássaro com um assovio idêntico. Um terceiro chamado veio um segundo depois, e dois grupos com carroças cercadas por homens encapuzados a cavalo entraram ruidosamente de lados opostos da clareira e convergiram.

Para Clem, a impressão era de que estava testemunhando algum tipo de majestoso fenômeno de desova de peixes ou uma rara imigração de gansos. Passara a vida inteira na mata, ciente de que talvez houvesse Homens Felizes por perto, se perguntando se estavam passando por ela logo ali, do outro lado de um emaranhado de árvores ou na margem oposta de um riacho, sem nunca conseguir ver nada além de um breve lampejo de uma ou duas silhuetas encapuzadas que atravessavam o vilarejo e se permitiam ser vistas.

Aquilo ali ia para além de qualquer coisa que ela jamais sonhara em testemunhar pessoalmente. Devia ter pelo menos sessenta ou setenta pessoas, um enxame ligeiro de botas de couro e capas esvoaçantes, que se moviam obstinadas enquanto desmontavam dos cavalos e pulavam das carroças. Pareciam competentes e ágeis, como se fossem capazes de derrotar um exército ou de organizar um jantar de casamento de última hora para duzentas pessoas com uma eficiência implacável.

Já Clem parecia uma galinha amarrada com cabelo. Não era o tipo de primeira impressão que alguém gostaria de causar em seus heróis de infância. Ainda mais quando não precisava de muito esforço para imaginar que, debaixo dos capuzes, era bem capaz que toda aquela gente fosse *extremamente* bonita.

Não havia ninguém parado; estavam carregando e descarregando para que pudessem trocar suprimentos. Era uma dança coordenada que incluía legumes voadores e baús que tilintavam com barulhos suspeitos (cheios de pilhagem reluzente, era provável).

Baxter se inclinou, arrancou a venda meia-boca por completo e então deu um tapa no baú cheio de artigos medicinais dela e de Rosie.

— Tem algo de valor aqui?

Clem tentou falar:

— Olha, se tem é bem difícil que eu vá te contar, não acha?

No entanto, o que saiu foi um som abafado e incompreensível.

— Entendi... — respondeu Baxter. E parou por um momento. — Quanto *você* vale, particularmente?

Ela deu de ombros.

— Poxa, não se desvaloriza assim. — Clem quase morreu de susto. De algum jeito, Josey tinha aparecido atrás dela no vagão e estava vasculhando um saco à procura de algo. — Pelo menos uma cabra você vale. Das pequenas. Com sarna.

— *Fafeu* — exclamou Clem, amordaçada.

Ela observou Josey atravessar a carroça sem pressa e depois pular para o chão sem barulho algum.

Por que todo mundo ali era tão *bom* em fazer as coisas? Era altamente desconcertante.

Mais cascos ecoaram da estrada. Cabeças se ergueram por toda parte, mas relaxaram um pouco quando os cavaleiros apareceram.

A cavalo, três homens entraram ruidosamente na clareira. As costas estavam rentes e as capas eram escuras. O sujeito no meio vestia preto da cabeça aos pés.

Preto não parecia lá uma cor muito prática para se usar na floresta, mas Clem deduziu que o objetivo não era praticidade, e, sim, algo como intimidação. E essa história de dar uma intimidada estava dando certo.

— Uh-oh — murmurou Morgan perto da carroça. — É o Martley, o paizão.

Kit emitiu um ruído sufocado em resposta. Pelos espaços entre as tábuas de madeira à sua esquerda, Clem o viu dar um empurrãozinho de advertência em Morgan e sibilar:

— Para com essa história de "paizão Martley".

Enfim um nome que significava alguma coisa. Não a parte do "paizão", pelo amor de Deus, mas o restante. Ficou evidente que o homem no meio (o sujeito pálido e de cabelo escuro que desmontou abruptamente e, na mesma hora, foi recebido pela frígida Mariel e duas outras figuras capitanescas dos grupos recém-chegados) era Jack Hartley.

A velha Rosie talvez estivesse disposta a perdoar gente bonita por toda sorte de crimes, mas o passe livre de Jack Hartley fora enfaticamente revogado havia muito tempo.

Ela vivia contando para Clem que, quando *ela* era jovem — Clem vivia tentando dar o fora quando essas histórias começavam, mas Rosie tinha o dom de pegá-la fazendo algo delicado numa meia ou ocupadíssima, então não havia escapatória —, os Homens Felizes eram ladrões valentes e de bom coração, que roubavam dos ricos e davam aos pobres, mas sempre bonitos que só. Não havia *capitães*, comitivas formais nem guerras por causa de território que duravam anos; a ideologia era simples, e a presença deles causava comoção em cada vilarejo e cidade por onde passavam. Sempre que desaceleravam o passo o bastante para que fosse possível receber as boas-vindas dignas de heróis, as crianças locais puxava-os pelas túnicas e imploravam para serem recrutadas.

Agora já não era mais por aí. Mal eram vistos nas vilas, e havia um certo ar mais misterioso e fechado a respeito do grupo. Não eram apenas meros cidadãos da floresta, mas quase uma seita com propósito próprio, importante demais para se preocuparem com a vida de gente normal.

Rosie jogava a culpa disso nos ombros de Jack Hartley. Pelo que ela contava, o sujeito vira a chance quando o fundador se aposentara e aproveitara a oportunidade para se declarar como o novo senhor supremo dos Homens Felizes e transformar uma posição não oficial de liderança em um cargo tão oficial que requeria um uniforme nada prático. Olhando para ele agora, Clem não se surpreendia. Ela gostava de pensar que tinha uma mente até que aberta, só que o homem era quase que uma carranca ambulante e tinha um *cavanhaque*, pelo amor de Deus. A marca registrada de cafajestes e vilões!

Mariel havia descido do cavalo e, com a postura estranhamente ereta, o escutava falar. Enquanto Clem observava, os dois se viraram e a encararam.

Por mais otimista que fosse, até para ela isso não parecia um bom sinal.

5

Mariel não sabia direito como ser uma filha.

Ela achava que sabia ser uma guerreira, uma arqueira, uma capitã. Sabia assumir posição de sentido e ouvir com atenção quando o pai se aproximava. Sabia observá-lo e esperar por deixas, assentir sempre que fosse o momento certo. Sabia também o que o impressionava quando ele avaliava seus Homens: façanhas físicas e uma cabeça boa para estratégias. Uma flecha que atingisse o alvo uma, duas, três vezes. Ter a mão firme. Uma mente firme. Um coração sereno.

Mariel sabia que poderia ser uma boa soldada. Talvez isso bastasse para ser considerada uma boa filha.

Tudo era diferente quando a mãe estava por perto, mas ela tinha basicamente sumido, e o pai continuava quase sempre ali, então, ainda que Regan quisesse uma filha diferente, não fazia diferença. Era evidente que a mulher não sabia ser mãe, então, que diferença fazia?

Para Mariel, nenhuma. Não havia dúvida.

Ela sabia que o pai não era amado por todos os Homens Felizes, mas, muito tempo antes, ele a ensinara que ser *amado* não era o mais importante. Na verdade, isso quase não importava. Ele queria que os Homens Felizes se tornassem algo melhor, algo maior. Queria que fossem mais do que uma presença jovial nas sombras, mais do que um bando de camaradas felizes que largavam umas poucas sacas de comida em todos os vilarejos pelos quais passavam e, quando a oportunidade aparecia, faziam troça com os funcionários do xerife. A mata lhes pertencia, e iriam retomá-la um pedacinho por vez, não importava o quanto tivessem que lutar.

Ele vivia proferindo variações desse discurso. Mariel decorara algumas partes e tinha que se segurar para não acompanhar em movimentos silenciosos com os lábios quando os momentos mais empolgantes chegavam. Ela tinha tanto orgulho de ser uma Hartley quanto de ser uma Hood — dois legados poderosos, tão emaranhados com os Homens Felizes que chegava a ser inimaginável pensar que ela algum dia faria algo além de tentar honrá-los.

Mariel só não era boa o bastante ainda. O pai não dizia isso com todas as letras, mas nem era preciso. Aos dezoito anos, ela era a capitã mais jovem que o grupo já tivera e dera o sangue para chegar até ali, mas cometera muitos erros no caminho para que o pai lhe delegasse mais responsabilidades. Não podia se dar ao luxo de relaxar só porque era filha do líder dos Homens Felizes (inclusive, precisava ser *melhor* do que todos os outros, para provar que merecera seu lugar nos ranques, e não o ganhara de mão beijada).

Era por isso que se incomodava tanto quando Morgan era descuidade, fazia barulho demais durante uma patrulha e desobedecia a uma das principais regras dos Homens Felizes: ser invisível. E era por esse motivo que Mariel nunca se perdoou por, meses antes, ter permitido que sua frustração a respeito de Frederic de Rainault, o filho e herdeiro do xerife, a distraísse de uma simples missão de busca e apreensão, o que resultara numa briga desnecessariamente arriscada para todas as partes envolvidas.

Mariel e Frederic tinham uma longa história. Ele a havia humilhado quando lutaram pela primeira vez: a deixara toda estatelada na lama e chegara até a pedir *desculpa*, como se ela fosse uma garotinha, e não houvesse prazer nenhum em derrotar alguém assim. Tinha sido basicamente um golpe de sorte, mas o pai dela testemunhara a cena, e Mariel sabia que, nos meses seguintes, ele pensava no ocorrido a cada vez que olhava para ela.

No entanto, ela conseguira meter uma flecha no joelho de Frederic durante aquela recente missão de apreensão, então tinha quase valido a pena. De vez em quando se lembrava com carinho da expressão naquele arrogante rosto e daquela cabeleireira loira quando ele caíra todo ensanguentado e pálido de choque. Era uma memória bem reconfortante.

Seu pai não compartilhava da mesma opinião.

— Você está deixando a vida pessoal interferir no seu papel de líder — dissera Hartley durante o sermão depois do incidente com Frederic. Ele não entendia o quanto Mariel odiava aquele rapaz, não compreendia que o garoto encapsulava à perfeição tudo o que havia de pior em Nottinghamshire; um moleque rico com um pai corrupto e o mundo aos seus pés. — Uma boa capitã não permite que rivalidades mesquinhas, ou amizades, que seja, a atrapalhem quando for o momento de seguir ordens. Nem acredito que preciso te falar isso.

— Não precisa — respondera Mariel depressa, mas com a fala um pouco arrastada graças ao lábio enorme de tão inchado (um presentinho de despedida de um dos homens de Frederic). — Não vai se repetir.

Ele a encarara com um misto de decepção e pena, uma desgraça de olhar que sempre a fazia se sentir um lixo completo.

— É melhor mesmo — dissera o pai com um tapinha desdenhoso e impessoal no ombro dela, o mais perto que já chegara de demonstrar alguma afeição paternal. Mariel dera muito valor àqueles tapinhas, até vê-lo fazendo a mesmíssima coisa em outro jovem capitão e perceber que não eram exclusivos. — Estou contando com você, Mariel.

Havia muita gente contando com ela. Mariel queria ser capaz de ter plena confiança no próprio julgamento, mas, conforme se aproximava do pai naquela clareira, com a curandeira errada amarrada na carroça, chegou a ficar enjoada de tão nervosa pela possibilidade de ter errado feio. Era sempre assim: ela se sentia confiante na hora, até que chegava o momento de encarar o pai e explicar a lógica por trás de suas decisões. Aí de repente tinha certeza de que havia estragado tudo.

Jack estava conversando com seus subordinados: o subcomandante Neill, mais conhecido como *Joãozão*, um sujeito chucro de quase sessenta anos que nunca nem devia ter ouvido falar no conceito de aposentadoria; e o subcomandante Payne, o melhor amigo e primo de segundo grau do pai de Mariel, que, observado de certos ângulos, poderia muito bem ser gêmeo dele e parecia disposto a concordar com tudo o que Jack lhe propusesse. Mariel gostava do primeiro e desconfiava do segundo. O certo provavelmente seria o contrário.

Havia dezesseis capitães sob ordens dos dois, distinguidos pelos broches no pescoço. Cada um era responsável pela própria comitiva. A maioria, até mesmo quem fosse tão jovem quanto Mariel, chegava a comandar até quinze combatentes. E os mais experientes, trinta ou quarenta. Mariel recebera permissão para liderar quatro, e fora o pai quem os escolhera. A mágoa da humilhação continuava ali, mesmo que tivesse muita prática em fingir que não tinha nem sequer percebido que o pai ainda não confiava em colocar poder algum em suas mãos.

Joãozão deu um tapinha nas costas do subcomandante Payne — ele não era lá muito alto, mas acomodava muita força em sua pequena estatura, e o subcomandante Payne quase titubeou —, e então os dois se separaram para resolver outras coisas.

— Tudo certo? — perguntou Jack, enfim se virando para os capitães de mais baixo escalão.

— Tudo — respondeu a capitã Morris, que liderava uma das outras carroças. Ela tinha a pele marrom como couro, o cabelo grisalho dividido em duas tranças perfeitas e nunca ria das piadas de ninguém. — Rolou uma confusãozinha perto da cidade, mas nada de mais.

— Que bom — disse o pai de Mariel. Em seguida, se virou para a outra pessoa, um sujeito firme e agradavelmente enfadonho conhecido como capitão James Hughes. — E você?

— Tudo nos conformes.

E por último e muitíssimo menos importante se virou para a filha.

— Algo a relatar?

— Não. — Ela olhou para a carroça lá atrás, percebeu o que estava fazendo e recobrou o foco. — Quero dizer, sim. A curandeira que você nos mandou buscar... tinha uma aprendiz. Uma tutelada. Foi ela quem trouxemos. Parecia a melhor opção, e achei que poderia oferecer...

Mariel foi perdendo o fio da meada porque o pai erguera uma mão e franzira o cenho. Parecia cansado, mas, como sempre, não havia um único fio de cabelo fora do lugar ou respingo perdido de lama em sua capa de comandante. Às vezes, ela o olhava e não conseguia acreditar que era filha dele, e não porque tinham uma aparência muito diferente; os dois eram parecidos (tinham a pele clara, o corpo esguio e o cabelo escuro, muito embora ele estivesse ficando grisalho na altura das têmporas e exibisse uma sobrancelha ainda mais impressionante do que a dela). Era só que... havia dias em que Jack Hartley lhe parecia um desconhecido. Um homem que tinha uma existência inteira em paralelo a Mariel. Metade da vida dele era um mistério, e havia tanta coisa oculta que ela não sabia nem por onde começar com os palpites.

— Você trouxe... a tutelada?

— Trouxe — respondeu a capitã, que percebeu que, de tão nervosa, estava remexendo na faca que carregava na cintura. Ela parou de supetão.

— Ela parecia mais adequada. E... se ofereceu.

Jack não chegou a *suspirar*, mas soltou o ar baixinho pelo nariz, o que a fez cerrar os punhos com tanta força que sentiu a pressão brusca das unhas curtas contra as dobras da palma da mão.

— Capitã Hartley-Hood, você recebeu uma ordem bem simples.

Mariel não perdia tempo para mandar os membros de sua comitiva a chamarem de *capitã*, mas era esquisito para caralho ouvir do próprio pai. Deduziu que devia ser o protocolo apropriado diante dos outros capitães, que agora estavam ambos com o olhar fixado no chão.

— Eu sei — respondeu. — E acredito que tive êxito em cumprir a ordem. Com uma ou outra mudança em alguns poucos... detalhezinhos.

— Detalhezinhos como apreender a pessoa certa.

Não havia muito o que Mariel pudesse responder, então, em vez disso, ela olhou para Clem, que estava um pouco mais atrás dela, e descobriu que a garota tinha de alguma forma conseguido se livrar da venda e piscava diretamente para ela de um jeito meio desmiolado e atento, que lembrava um pombo gigante.

— Certo — disse o pai já em movimento. — Está na hora.

Mariel precisou apertar o passo para alcançá-lo.

Odiava quando ele a deixava para trás.

6

Mariel e o comandante Hartley estavam com certeza discutindo a respeito de Clem.

Ela se esforçou ao máximo para parecer um saco de batatas, mas os dois caminharam em sua direção mesmo assim. O restante dos Homens se afastou como um mar abrindo para deixá-los passar. Apesar das circunstâncias, havia algo de empolgante em conhecer *o* Jack Hartley. Se ele não desse ordens para que ela fosse afogada, talvez a situação toda pudesse acabar virando uma história bem instigante para contar ao pessoal do vilarejo.

— Nome? — perguntou o comandante Hartley. Ele também usava um broche de folha de carvalho na altura do pescoço, só que sua peça era mais fina e delicada, feita de ouro. A velha Rosie teria um surto atrás do outro só de pensar naquilo. Joias de ouro! Nos Homens Felizes! E nem era de brincadeira!

Clem se limitou a franzir o cenho para dá-lo uma chance de perceber que ela estava amordaçada e, portanto, incapaz de responder. Olhou para baixo, para o bolo de tecido, e depois de volta para o comandante, na esperança de que o gesto o ajudasse a perceber. Ele contraiu os lábios e então encarou Mariel com seriedade, que de pronto subiu na carroça e se agachou diante de Clem para tirar a mordaça.

Mais de perto, enfim foi possível discernir os traços da capitã. Ela tinha um cabelo bem escuro debaixo do capuz, quase preto mesmo, maçãs do rosto proeminentes e uma boca surpreendentemente carnuda, que parecia macia, dividida por uma pequena cicatriz na curva dos lábios superiores. Os olhos eram cor de avelã, com um brilho âmbar peculiar sobre um suave tom verde-floresta. Depois de desamarrar o tecido, Mariel levantou a cabeça com rispidez, encarou Clem nos olhos e, retorcendo o rosto numa feição de escárnio, sibilou:

— Não fale nada estúpido.

Em seguida, desceu da carroça.

— *Nome?* — perguntou Jack Hartley de novo.

— Clemence Causey. Do Vale do Carvalho.

— Clemence Causey do Vale do Carvalho, você sabe por que está aqui?

— Imagino que você tenha ouvido falar dos meus experimentos — respondeu ela, já pressentindo que a situação iria começar a melhorar agora que o chefe havia chegado. — Não são da Rosie, são meus. Rosie é uma excelente curandeira, óbvio, mas sempre deixa a parte da química comigo.

— Experimentos — repetiu o comandante. Pelo tom de voz, a impressão era de que ele não tinha ouvido falar de nada daquilo e de que talvez nem entendesse direito do que se tratava um experimento.

— Ando testando novas combinações de plantas e misturas para investigar suas propriedades de cura — explicou Clem. — Tento de tudo: esquento, resfrio, esmigalho, faço pastas e pós. Na maioria das vezes, testo em mim primeiro, para ver o quanto vou vomitar. É lógico que, em alguns casos, a gente quer é *vomitar mesmo*, mas aí...

— Por favor — exclamou Hartley. — Pare.

Clem parou... por mais ou menos três segundos.

— Imagino que vocês precisem de mim para algo importante — continuou. — Tem alguém doente? Ou talvez estejam precisando de consultoria com uma expert em plantas medicinais para uma missão ultrassecreta?

Jack e Mariel se entreolharam, coisa que não deixou Clem lá muito esperançosa.

— Clemence — disse o comandante num timbre moderado e gentilmente reservado, mesmo que parecesse estar com um pouco de dor de cabeça. — O Vale do Carvalho é uma região sob proteção dos Homens Felizes.

— É? — exclamou Clem, sem conseguir evitar que a palavra soasse como uma pergunta.

Era provável que aquilo fosse ser novidade para os vale-carvalhenses, que tinham passado anos sem ver um único Homem Feliz direito.

— Se alguém do vilarejo estiver colaborando com o xerife, precisamos agir rápido para proteger o povo da mata.

— Certo — respondeu Clem, que estava começando a compreender que não a haviam levado por causa de sua proeza como curandeira, o que era uma decepção e tanto. — Entendi.

— Clemence... sua guardiã, Rosalind Sweetland... trata gente de fora do vilarejo?

Ela assentiu.

— Você a viu de conluio com alguém que talvez trabalhe para o xerife? Alguém bem vestido, com sotaque da cidade? Com cara de rico?

— Não, eu não a vi de *conluio* com ninguém — respondeu Clem com sinceridade. — Não perguntamos o nome de quem tratamos, ou de onde vieram, e, mesmo se fosse o caso, mantemos tudo confidencial. É uma questão de educação.

A fachada tranquila de Jack Hartley começava a desmoronar. Agitado, ele tamborilava os dedos no cinto.

— Quero saber o que foi dito à sua curandeira, Clemence. O que podem ter oferecido a ela... e do que ela falou a respeito dos Homens Felizes em troca. Também quero deixar pontuado a todos, e não apenas ao povo do seu vilarejo, que se associar aos homens do xerife prejudica a todos *nós*.

— Hum... espera aí. Não sei que história é essa de *se associar*.

— Você ficará sob nossa custódia até que Rosalind Sweetland entenda que esse tipo de coisa não será tolerado. Alguns de nossos homens irão fazer mais uma visitinha...

— Fui eu — exclamou Clem de imediato, sem nem pensar antes, ou, melhor dizendo, sem pensar num geral. — Na verdade. Então ninguém precisa ir lá incomodar a Rosie.

— Foi… você? — perguntou Jack.

Clem o estava achando bem insuportável, então, em vez de encará-lo, resolveu olhar para Mariel e viu que a garota franzia tanto o cenho que seu rosto parecia prestes a se dividir ao meio.

— Aham — respondeu, tranquila. — Sou eu quem vocês estão procurando. Eu trato todo mundo: lavadeiras, servos, xerifes, reis. E também não pergunto o título de ninguém. Sou antiquada nesse nível. Primeiro costuro o braço de volta, e só depois fico de conversa fiada. Fui eu, pode ter certeza. Então deixe a Rosie de fora dessa.

Mariel se remexeu, como se estivesse espantando uma mosca irritante.

— É mentira.

O comandante Hartley ficou ainda mais incomodado.

— Explique.

— Ela tem um complexo de mártir — explicou Mariel, o que foi tão grosseiro e desnecessário que, antes que pudesse evitar, Clem bufou de indignação. — Ela se ofereceu para ser levada no lugar da velha curandeira. Acho que faria qualquer coisa para proteger aquela mulher.

— Não é mentira, não! — exclamou Clem com ódio. — Eu não minto. Fui eu! Eu traí vocês, eu sou a criminosa. Tragam as algemas, porque eu tratei um pobre coitado do outro lado!

Mariel revirou os olhos.

— Acho que você não está nos levando muito a sério — disse Hartley.

— Olha, para ser sincera, acho que na realidade isso não é da sua conta — respondeu ela. — E eu gostaria muito de saber quem foi que veio correndo contar essa história da carochinha a vocês, porque, como já falei, esse tipo de informação é confidencial.

— Nós estamos por toda parte, Clemence Causey — respondeu o comandante. Clem estava achando que Jack imaginava que chamá-la pelo nome completo o deixava com um ar mais sério, sendo que, na realidade, só passava a impressão de que ele se enxergava como o protagonista de uma peça. — Esta mata é nossa. O Vale do Carvalho pertence aos Homens Felizes.

— Posso só tentar entender uma coisa? — perguntou ela. — Então vocês só me sequestraram por sequestrar mesmo? Não precisam das minhas habilidades de cura? Não tem nenhum... propósito mais importante nesta história toda? Você ficou bravinho porque acha que a Rosie falou com quem não devia, e aí me tomou como refém para dar uma lição?

— Você com certeza será usada como curandeira enquanto for nossa convidada — respondeu Hartley.

Foi então que algo muito raro aconteceu: Clem ficou sem palavras.

Era decepcionante demais. Ela havia se agarrado às fantasias infantis a respeito dos Homens Felizes mesmo muito tempo depois de Rosie ter tentado deslegitimá-las; tinha mesmo acreditado que, se os capas-verde haviam batido em sua porta, só podia ser por causa de algum grandíssimo e sagaz plano que a traria para o esquema e, talvez, até mesmo a levasse a ter a própria capa algum dia. Curandeira-chefe dos Homens Felizes era um trabalho que ela poderia muito bem fazer. Que parecia *bom*. Lógico, era algo que Clem havia tirado da própria cabeça, mas, mesmo que um cargo assim não existisse, ela estivera certa de que poderia persuadi-los a criá-lo.

Agora, a decepção era tão profunda, tão gutural que chegava a lhe doer o peito. Rosie estava certa. Os Homens Felizes de fato não eram mais heróis que vestiam meias engraçadinhas e roubavam dos ricos para dar aos pobres. Haviam se tornado algo mais obscuro, mais feio... mais complicado. Robin Hood não teria sequestrado alguém só para dar um recado a respeito de *alianças*, disso ela não tinha dúvida.

— Vocês têm certeza de que não são *vocês* quem precisam de uma curandeira? — perguntou ela depois de um instante, quando recobrou as palavras. — Porque estão com a pele meio pálida, sabe? Deve ser refluxo. Sentiram alguma movimentação esquisita no intestino nos últimos dois dias?

O comandante Hartley não sabia como reagir frente a uma hostilidade tão óbvia disfarçada com um sorriso. Atrás dele, Mariel semicerrou os olhos.

— Espero que você não invente de virar um estorvo — disse ele num tom benigno, mas com um ar de ameaça.

— Por que vocês só não me matam de uma vez? — retrucou Clem. — Isso, sim, mandaria um recado bem direto a Rosie. Aí vocês não vão precisar me dar comida, ou usar todo o estoque de corda para me amarrar.

Jack Hartley suspirou, num sinal evidente de que estava de saco cheio dela e ávido para seguir em frente. Toda aquela tensão palpável e carregada havia esvanecido dele. O sujeito agora só parecia cansado.

— Somos os Homens Felizes, Clemence. Não matamos crianças.

— Eu tenho dezessete anos — retrucou Clem, arrependendo-se na mesma hora.

Uma política de não matar crianças era boa que só, mas apenas para quem ainda não tinha passado do limite de idade.

— Exatamente — exclamou Hartley. — Uma criança.

Mariel se remexeu de novo ao lado dele, e a única evidência do movimento foi o singelo agitar de sua capa.

— Certo — disse o sujeito em questão, agora se dirigindo à filha, mas sem olhar para ela. — Temos negócios a tratar.

Os dois partiram. Sem conseguir enxergar o copo meio cheio e incapaz de encontrar um lado positivo, Clem voltou a se recostar no saco de batatas. A decepção estava logo se transformando em indignação: quem era Jack Hartley para meter o bedelho em quem elas tratavam ou deixavam de tratar? Ninguém deveria ter que checar os defeitos ou a moralidade de alguém antes de trocar seus curativos. Sim, quando pacientes batiam em sua porta com noções bem distintas quanto à remuneração que traziam nos bolsos e/ou bolsas, Clem era capaz de diferenciar um homem chiquetoso de um cidadão comum das matas, mas quem se importava com isso? Ela jamais se recusaria a ajudar uma pessoa com dor. Além do mais, todos eram iguais por baixo da pele.

Estava enfurecida. Tão enfurecida que, inclusive, resolveu escapar.

Não agora, no entanto. No momento, estava completamente cercada. Havia um grupo de Homens trabalhando numa harmonia treinada e conversando baixinho enquanto consertava a roda de um dos outros vagões. Mais para a frente, enfiado debaixo das folhas pendentes de um salgueiro, dava para ver um pequeno grupo de Homens mais velhos (que incluía Baxter e Josey) de pé num círculo fechado, de braços cruzados e com as cabeças unidas. Não havia ninguém que não ficasse lançando olhares para Jack Hartley e seus camaradas, como se todos estivessem se comportando muitíssimo bem.

Clem deduziu que aquilo era o que acontecia quando um grupo deixava de ser um coletivo anarquista autônomo, divertido e ousado para virar uma milícia organizada, com um líder que ocupava uma posição oficial em vez de um cargo honorário. As pessoas ficavam tendo delírios de grandeza. Ostentavam aqueles broches dourados bestas e passavam a acreditar que eram melhores do que todo mundo.

Era fácil entender o motivo de os Homens Felizes terem seguido Robin Hood; o sujeito tinha um sonho, culhão para levá-lo adiante, charme para conquistar o povo e um chapeuzinho maneiríssimo para fechar com chave de ouro. Era uma figura lendária da selva. Alguém de quem a Velha Rosie com certeza falava com uma das mãos sobre o coração e com um brilho no olhar.

Já Jack Hartley, as pessoas seguiam porquê... humm. Aí estava algo para se pensar. Por causa de toda aquela autoconfiança? Porque ele mandava que o seguissem, e ninguém tinha nenhuma ideia melhor? Afinal de contas, não havia lá muitas outras opções na selva. Não havia nenhuma outra gangue fora da lei indo tão bem quanto os Homens Felizes, e eles eram os únicos que ainda mantinham uma conduta básica de decência. No que dizia respeito a bandidos, uma política de não assassinar crianças era algo relativamente progressivo.

Clem havia se agarrado à crença de que eles eram deuses intocáveis da floresta, bons de coração. Era deprimente descobrir que eram só... gente. Gente normal e com defeitos. E que de intocáveis não tinham nadica de nada.

Um deles, inclusive, a *estava* tocando naquele exato momento. Kit deu tapinhas no ombro dela, e, quando Clem ergueu a cabeça, viu que ele segurava um maço de folhas de hortelã.

— Para o seu estômago — disse o rapaz, tentando segurar um sorriso.
— Caso você esteja... com refluxo.

7

Num instante todos estavam entre uma tarefa e outra, e, no seguinte, todos já tinham guardado as coisas, montado nos cavalos e partido. A comitiva se dividira em duas, e cada grupo havia tomado uma direção diferente. Os sequestradores de Clem faziam parte de uma comitiva muito maior agora, que seguia na retaguarda de um vagão gigantesco.

Em um momento de gentileza ou de desleixo — Clem suspeitava da segunda opção. — Kit não a amordaçara de novo, mas mais uma vez a vendara de acordo com o sentido mais vago da palavra. Por mais difícil que fosse ficar de boca fechada, ainda mais quando avistou um esquilo e pensou em anunciar seu placar de um avistamento contra os cinquenta e sete de Morgan e os quarenta e nove de Baxter, ela se recostou e fingiu cair no sono. Clem tinha quase certeza de que vira uma velha faca curtinha em meio às coisas de Rosie, que, muito embora não fosse ser lá muito útil numa luta, em último caso serviria para cerrar a corda ao redor de seus pulsos. Estava se inclinando, tentando passar a impressão de que era a gravidade que a puxava de maneira inconsciente para baixo e de que o movimento não era proposital, quando Josey desceu para o vagão e lhe deu um tapinha na cabeça.

— Bela tentativa — disse a garota, passando um pedaço de corda ao redor dos tornozelos da refém e os amarrando com destreza. Ela agarrou o lábio inferior com os dentes enquanto fazia o nó, e Clem se perguntou se Josey sempre fazia aquilo quando se concentrava.

Era uma maldição aquela mania desgraçada de ser tão observadora... tão sintonizada nos hábitos e na linguagem corporal das pessoas. É que tinha gente *tão gostosa* em meio àqueles Homens Felizes.

— Morgan, foi você quem amarrou essa venda? Ficou uó.

— Me deixe em paz. E, se não está conduzindo, então troque de lugar comigo — falou Morgan do cavalo.

— O seu cavalo não gosta de mim — respondeu Josey sem emoção alguma na voz.

— Mas é que... ninguém gosta de você.

— É assim que se consegue favores, Morgan?

Morgan suspirou.

— Troca comigo, *por favor.*

Josey fez uma curta reverência para agradecer, depois passou a perna por cima da lateral da carroça e então assumiu com habilidade a montaria. O esforço de Morgan para fazer o caminho reverso foi distintamente menos gracioso, e, quando elu se sentou no baú em que ficavam guardadas as coisas de Rosie, estava com uma carranca no rosto.

— Eu vi um esquilo — comentou Clem, decidida a desistir do silêncio. — Então, ponto para mim.

— O que te faz achar que eu ligo pra essa porra? — perguntou Morgan, tirando uma maçã vermelhinha e perfeita de algum lugar de dentro de sua capa e dando uma mordida.

Sendo bem sincera, Clem não sabia como responder. Ficou observando Morgan comer enquanto sentia a própria barriga roncar e se rebelar. Elu com certeza percebeu, e sua única reação foi se virar um pouquinho. Uma hora mais tarde, os punhos de Clem começaram a arder, as costas doíam pela posição esquisita em que estava sentada e todas as *bufadas* irritadas que Morgan não parava de dar estavam começando a lhe atacar os nervos.

Ela sabia que, se fosse Kit, ele teria oferecido um pedaço. Toda uma gangue de adolescentes saqueadores de estrada, e Clem ali, presa com o único membro do grupo que insistia em agir de fato feito um adolescente.

A floresta escureceu ao redor, e os relances do nebuloso céu de verão foram dando lugar a um crepúsculo violeta. Ela ouviu o familiar gorjeio das corujas e o coaxar dos sapos-corredores, o ranger das árvores, que soava como dobradiças das portas de um armário sendo abertas e fechadas sem parar, enquanto avançavam em silêncio pela estrada estreita. Clem não conhecia aquele caminho; todas as rotas comuns e bastante utilizadas através da mata mais cedo ou mais tarde acabavam dando em vilarejos ou cidades e costumavam ser movimentadas, mesmo ao escurecer. Fazia horas que não se deparavam com nenhuma alma sequer, e as conversas haviam esmaecido, deixando para trás apenas as leves pancadas dos cascos e o girar das rodas.

Ela sabia que os Homens Felizes tinham rotas secretas pela floresta. Queria estar com o humor mais propício para aproveitar melhor a primeira vez que se via diante de um desses caminhos.

— A gente não vai parar? — perguntou Morgan a Baxter, que, enquanto cavalgava, cantarolava uma melodia baixinha e tranquila que Clem até tinha passado a gostar.

— Huum?

— Estou morrendo de fome.

— Coma o meu pão, se quiser.

— E o que é que eu vou querer com o *seu*… é que eu estava pensando que a gente podia dar uma parada e passar a noite.

— Teve gente aí que não gostou das últimas movimentações das tropas. Por segurança, não vamos parar — disse Baxter, flexionando os ombros largos. — Desculpa, Morg. Dormir agora só no acampamento.

— Urgh — disse Morgan. — Não entendo por quê…

Um assobio baixo ressoou, seguido de uma pancada abafada. Foi tão fraco que teria parecido inofensivo, não fosse a estranha arfada que Morgan deixara escapar. Clem se remexeu até que a venda se afrouxasse por completo e, quando deu por si, estava encarando uma enorme flecha marrom cravada no ombro de Morgan. Do outro lado da carroça, Baxter a encarava também.

Houve uma pausa ligeira, e então a expressão de Baxter, contorcida pelo susto, empalideceu quando ela compreendeu o que estava acontecendo.

— Puta que pariu! *Emboscada!*

Houve um rompante de barulho: berros de alerta, vegetação rasteira sendo pisoteada e gritos de guerra. Num primeiro momento, o vagão acelerou, mas depois Clem ouviu o relincho indignado de um cavalo, e então pararam tão abruptamente que ela caiu de lado. Morgan, que continuava mantendo uma postura quase ereta, olhou para a flecha. Seu peito arfava, e seus olhos haviam perdido o foco. Baxter se aproximava, tentando alcançar Morgan com uma urgência desajeitada, mas foi aí que um sujeito em tons de escarlate e azul (um dos homens do xerife, o que ficava evidente desde a polidez da bota até a camada dourada da espada) se aproximou a cavalo, a espada em riste, e então Baxter precisou se afastar para interceptá-lo, bloquear o ataque com uma faca empunhada às pressas e derrubá-lo com um forte empurrão. A sensação era de que havia centenas deles saindo da mata, de que um perigo todo produzido e de aparência cara vinha chegando de todas as direções, mas Clem só tinha olhos para o ferimento causado pela flecha.

— Morgan! — gritou ela por cima do caos. — Ei! Morgan?

Morgan ergueu uma das mãos e tocou as penas amarronzadas da flecha, como se ainda não tivesse certeza de que era real.

— Não encosta aí, Morgan. *Não* puxa.

Alguém se aproximava a cavalo; Clem olhou para cima, torcendo para que fosse ajuda, mas, em vez disso, se deparou com outro dos homens do xerife saindo das árvores com o arco esticado e uma flecha apontada para Morgan, que não tinha sequer percebido. Por um momento terrível e nauseante, tudo o que Clem pôde fazer foi assisti-lo fechar bem um dos olhos, puxar e mirar, mas então o sujeito solavancou mais para trás da sela, o arco se afrouxando em suas mãos, e ela percebeu que agora havia uma flecha atravessada no pescoço dele. Um segundo depois, Mariel, com o rosto pálido e furioso sob o capuz, passou a cavalo. Para trás, deixou apenas o breve trovejar de cascos e uma rajada de vento quando pegou outra flecha de sua aljava e sumiu em meio ao combate.

Morgan grunhiu, e Clem recobrou o foco. Precisou se debater como uma minhoca no bico de um passarinho para conseguir atravessar a extensão do vagão, mas não parou até bater a cabeça no pesado baú. A manobra havia feito um belo punhado de seus cachos entrarem na boca, e foi preciso cuspi-los para conseguir falar.

— Beleza, Morgan, está me ouvindo? Preciso que você faça pressão em cima do ferimento. Use o outro braço.

Próximo à carroça, alguém emitiu um tenebroso barulho de gorgolejo, e, de repente, o ar ficou carregado com o cheiro de sangue e bosta. Clem fez força para engolir em seco. Estava acostumada com sangue e bosta (seu trabalho era basicamente esse, ser uma mestre em fluidos corporais, rainha de manchas e cheiros suspeitos), mas nunca tinha sido *assim*. Cruel. Violento.

Atordoade, Morgan ergueu a mão e apertou o ombro. A haste se projetou para fora dos dedos; era grotesco. Com o rosto retorcido de dor e angústia, elu chorava baixinho, e as lágrimas escorriam sem esforço.

— Isso aí — mentiu Clem.

Morgan estava se saindo bem abaixo da média. E, além do mais, estava ali à mercê do perigo. Na verdade, ambes estavam. Clem não tinha como usar as mãos, como fugir nem como vasculhar o baú em busca de um pedaço limpo de tecido para fazer uma compressa decente ou estancar o sangramento. A quantidade de sangue que escorria pelos dedos de Morgan não indicava um ferimento mortal, mas era sempre difícil definir com precisão, mesmo sob a melhor das circunstâncias.

E aquela não era a melhor das circunstâncias.

— *Morgan*. — Josey irrompera da ponta do vagão, ensanguentada, revoltada e segurando uma faca muitíssimo usada. — Caramba. A gente precisa sair daqui.

— É melhor não — exclamou Clem. — A flecha tem que ficar parada, não dá para...

— A gente precisa — repetiu Josey, sem parar de analisar a movimentação fora do campo de visão de Clem nem por um segundo. — Curandeira, o que eu faço?

— Segure firme. Corte a flecha, o mais rápido que conseguir. Tem ataduras no baú. Você precisa manter a pressão para conter o fluxo.

Josey assentiu. Deu uma olhada de Morgan para Clem para avaliar a situação e então se abaixou e cortou as amarras nos pulsos e nos tornozelos dela com dois movimentos curtos e ligeiros.

Clem estava tão travada e dolorida que nem dava para acreditar, mas convenceu os membros a entrarem em ação e abriu o baú, onde encontrou algumas das sobras de tecido ainda até que bem limpas que utilizava como bandagem e as dobrou para formar um chumaço. Fez pressão e firmou a flecha enquanto Josey cerrava a haste com cortes rápidos e precisos que faziam Morgan se mover o mínimo possível. Mesmo sob as garras do perigo, foi gratificante para Clem ver que Josey não havia questionado seus métodos. No Vale do Carvalho era sempre um tal de *Não seja estúpida*, *Puxe de uma vez*, *Ninguém deveria ficar com objetos dentro do corpo* e *Já tentou colocar clara de ovo ou sanguessugas nisso aí?* Sempre, *sempre* a historinha de sanguessugas. Muita gente preferia procurar Rosie, mesmo que a velha curandeira garantisse que Clem, apesar das ideias modernosas, era mais do que competente. Josey nem mesmo franzira o cenho. Só empunhara a faca e começara a cortar.

— Ai — disse Morgan, tombando para a frente até descansar a testa no ombro de Josey.

— Desculpa, pequene — respondeu Josey, agarrando a flecha com firmeza pela parte mais curta e então quebrando o restante enquanto Morgan xingava muito. — Isso vai ter que bastar. Vem cá.

Josey, passando o braço não ferido de Morgan ao redor de seu ombro, ê ajudou a se agachar.

— Não tire a flecha até chegar num lugar seguro em que haja alguém que saiba o que está fazendo.

Josey assentiu.

— Obrigada, curandeira.

Em seguida, ajudou Morgan até a ponta do vagão e então para fora. Clem ficou ali travada, encarando o baú de suprimentos. Deixá-lo para trás seria tolice, mas levá-lo seria impossível. Não havia tempo para pensar. O conflito parecia ter se afastado para mais adiante ao longo da estrada, mas poderia voltar para reivindicá-la a qualquer momento. Suas palmas estavam suadas, e a respiração, ofegante. Parecia tolice ter mantido uma calma tão intocada enquanto a batalha transcorria ao seu redor e, agora, depois do ataque, estar toda atrapalhada e tremendo. O campo de visão de Clem foi se fechando até se limitar apenas às próprias mãos, cheias de sardas, vacilantes e inúteis, e então ela respirou fundo, recusou o embrulho no estômago que havia subido até a garganta e disse um *não* a si mesma. Não podia desmoronar naquele momento. Tinha mais o que fazer.

Clem pegou bandagens, enfiou-as meio sem jeito na mochila de couro macio e passou a alça ao redor do ombro. No último segundo, agarrou uma garrafa de vinho também e depois saiu do vagão tão rápido quanto suas pernas reclamonas permitiam.

Havia um homem morto no chão com a cara enfiada na terra e sangrando pela nuca. Clem olhou apenas para ter certeza de que o sujeito tinha falecido mesmo, e então seguiu em frente.

Estava acostumada com as consequências da violência (ferimentos causados por equipamentos pesados de trabalho, ou cabras rabugentas, vítimas de discussões em tavernas, ou infelizes acidentes de caça), mas era muito diferente ser confrontada pelo tipo de dor causada de propósito e infligida com brutalidade.

Morgan mal parecia ter catorze anos. Era provável que elu fosse sobreviver, contanto que ninguém decidisse arrancar a flecha num ângulo questionável ou deixar a ferida infeccionar. Mesmo que estivesse visualizando o ferimento causado pela perfuração da flecha e concluindo que havia sido raso o bastante para que fosse possível puxá-la seguindo o mesmo sentido pelo qual entrara, Clem tentou se convencer de que isso não era mais sua responsabilidade.

Nem mesmo sabia para onde Morgan havia sido levado. O destino delu passara a ser problema dos outros.

A única obrigação de Clem agora era correr.

8

TER UM NÊMESIS, PARTICULARMENTE, NUNCA HAVIA SIDO ALGO que Mariel desejara.

As rusgas do pai com o antigo xerife tinham virado lenda; capítulos de uma rixa de longa data e muito pessoal que só acabara com a morte oportuna do tal de Rainault. Mesmo que tivesse mantido certa distância, Robin chegara até a ir ao funeral para garantir que o velho desgraçado fosse mesmo para sete palmos debaixo da terra.

Infelizmente, seu legado não havia morrido junto dele. Os de Rainaults tinham envolvimento em diversas picaretagens, conexões com quase todas as malandragens que, de algum jeito, haviam se espalhado por Nottinghamshire. Haviam acumulado muito poder assim e não tinham pretensão alguma de perdê-lo. O condado estava infestado de um pequeno, mas poderoso grupo dessa gentinha (o xerife, seu irmão, um tio e um punhado de primos) que ou tinham propriedades próprias, ou se alojavam nas alas de convidados de pessoas importantes. Por vezes, parecia que a justiça é que trabalhava para eles, não o contrário.

Roland de Rainault era o atual xerife, e, apesar de supostamente estarem em guerra com o sujeito, Mariel só o vira uma vez, de relance. Era um homem que não metia a mão na massa, satisfazia-se dando ordens aos guardas, apreciava coisas do bom e do melhor e gostava de bancar a pose de trabalhador — características que causavam uma revolta sem limites no pai de Mariel, que sonhava com o dia em que poderia enfrentá-lo num combate de verdade.

Já Frederic, o único filho dele, era uma outra história.

Frederic passara a infância sendo mimado nas propriedades da família, e apenas recentemente haviam lhe dado asinhas para fazer o próprio nome na mata. Depois de tê-lo enfrentado algumas vezes, Mariel era incapaz de imaginar alguém de personalidade mais detestável ou que merecesse tanto um tapa na cara quanto ele.

Contudo, era *óbvio* que Frederic estava presente naquela emboscada que deveria ter sido impossível. E era óbvio que havia esperado a primeira onda do embate passar para sair galopando da floresta e bancar o herói.

Se ainda estivesse com o arco, Mariel teria dado um fim nele bem ali, naquele momento. A adrenalina da batalha a deixava com o foco apurado e fazia ser quase fácil demais mirar, puxar, soltar e assistir o alvo cair aos tropeços no chão. O movimento do cavalo não fazia diferença alguma. Era como respirar. Ar para dentro, flechas para fora. Não tinha errado nem um único alvo.

Tinha, por outro lado, se envolvido numa pequena colisão com um dos soldados do xerife, e o sujeito conseguira arrancar sua arma principal, obrigando-a a usar as facas.

Estava lutando mais ao meio do comboio, onde as pessoas menos aptas a se defender costumavam viajar, e tentava empurrar os homens do xerife de volta à floresta. De algum jeito, Mariel continuava montada em seu cavalo. Havia se perdido dos outros (Josey, seu pai e sua prisioneira). Quando avistou Frederic se aproximar a galope com aquele queixo mirrado apontado para cima e aquele cabelo loiro ridículo balançando, percebeu que sua aljava estava vazia e seu cavalo estava para lá de insatisfeito. Os Homens Felizes treinavam muito bem os corcéis, mas até mesmo os melhores animais tinham limites e mereciam um desconto por um pequeno acesso de birra quando havia pessoas tentando esfaqueá-los.

A gota d'água foi quando um homem montado num garanhão que, com toda a sinceridade, parecia maluco, tentou vir para cima de Mariel girando uma espada em descontrole. Ela desviou, esfaqueou o sujeito com firmeza na lateral do tronco bem onde a reluzente, porém fajuta armadura do xerife o deixava exposto e então se afastou com força. Seu cavalo tropeçou, empinou e, quando ela deu por si, estava no chão, sem ar e com uma dor lhe subindo pela espinha.

Foi aquele o momento que Frederic escolheu para fazer sua entrada triunfal, a espada reluzindo, e a capa escarlate esvoaçando numa brisa que parecia até ter sido combinada. Ele desmontou da montaria e caminhou devagar até Mariel com a autoconfiança de alguém ou muito talentoso, ou muito burro.

E de talentoso ele não tinha nada.

— Você acabou de descer do seu cavalo por *livre e espontânea vontade* — disse Mariel depois de ter se levantado e desembainhado a espada. — Primeira Lição Tática para Burros e Nenéns: isso não é coisa que se faça.

— Não preciso de lição alguma vinda de você — exclamou Frederic já sem nenhum resquício daquela empáfia toda no rosto. Provocá-lo era tão fácil que chegava a ser vergonhoso. — Vim em pé de igualdade te derrotar em combate para que possamos colocar um ponto-final digno nesta história...

Mariel o atacou. Ele conseguiu erguer a espada a tempo, mas, como não percebeu que ela também estava mirando seu pé, acabou perdendo o equilíbrio. Ela viu quando Frederic fez uma careta ao se apoiar no joelho ruim (lembrancinha de Mariel) e franziu o cenho. Tivera *tanta* certeza de que havia conseguido causar um ferimento importante com aquela flecha, e ainda assim ali estava ele, de volta ao campo de batalha e pronto para ofendê-la aos berros.

— Lute com honra! — gaguejou ele enquanto se ajeitava para receber o próximo golpe de Mariel.

O problema de Frederic (um dos muitos, na verdade, tantos que daria até para preencher um grande tomo de couro) era a maneira com que encarava a si mesmo como um cavaleiro ousado de valor, e não como o lacaio de seu pai, enviado para subjugar o povo humilde da mata. Ele gostava de proferir esses discursinhos e dar a entender que, quando enfim a derrotasse, teria a graciosidade de poupar a vida dela, tudo isso enquanto Mariel tentava degolá-lo com muito afinco.

Frederic era o de Rainault mais novo com vantagem e, até onde ela sabia, o único com menos de quarenta anos com alguma legitimidade.

O xerife gostava de manter os negócios entre a família e não tinha conseguido produzir nenhum outro herdeiro. Pôr um fim naquela linhagem seria uma jogada e tanto.

Infelizmente, haviam-no treinado bem na Casa Sherwood. Ele não era lá muito criativo em combate e também não era particularmente corajoso, mas tinha uns bons treze centímetros de altura a mais do que Mariel e aprendera a empunhar a espada como alguém que seguia um manual e não tinha mais nada na vida com que se preocupar.

Ela o odiava tanto que chegava a ser uma obsessão.

— Mariel — disse ele, o rosto vermelho, com um movimento de bloqueio tão teórico que a deixou com vontade dar um grito. — Não quero machucá-la. É impróprio que uma dama...

— Eu vou te matar — exclamou ela entredentes. — Vou te esfaquear em várias partes do corpo, depois vou te deixar sangrar *bem* devagarinho e aí... aí vou mandar sua cabeça numa caixa para o seu pai.

— Esse tipo de linguagem é deveras decepcionante para mim.

Ele fintou e então avançou mais rápido do que Mariel tinha esperado, tanto que ela mal conseguiu levantar a guarda para bloquear o ataque.

— E depois eu vou matar o seu pai e colocar a cabeça dele numa caixa também. A caixa vai ficar cheia de cabeças até a boca, mas... eu dou um jeito.

— Você rebaixa a si mesma — disse Frederic — e a sua causa também. Por acaso me vê falando desse jeito? Discutindo a remoção de cabeças?

— O que eu vejo é você e o seu pai mandando encarregados para perturbar e agredir o povo, para fazer as pessoas passarem fome — exclamou Mariel, pontuando as palavras com o ruído de metal contra metal. — Cobrando impostos que são basicamente uma sentença de morte e depois fazendo com que venham *implorar* por migalhas.

— Se você entendesse de economia... — começou Frederic, e ela estava prestes a responder com um grito, mas foi abafada por duas pessoas em combate que praticamente caíram em cima deles, separando-os.

Mariel até que já tinha matado bastante gente na vida. Não era algo de que se *orgulhava*, mas também não sentia vergonha. Não matava sem motivo.

A maioria das mortes havia sido causada por uma de suas flechas, a muito metros de distância, e o momento específico da extinção em si se perdia no caos da batalha.

Ela torcia para que pudesse testemunhar o momento exato em que Frederic de Rainault respirasse pela última vez, perfurado por sua faca, provavelmente com uma frase pela metade sobre Mariel *jamais ser capaz de conquistar alguém sendo tão descortês*.

E Mariel morreria de orgulho.

Ele tinha conseguido se recuperar mais rápido que ela, que ainda estava se levantando quando as espadas se reencontraram.

— A mata é *nossa* — disse enquanto tentava se levantar, mas sem dar conta de todo o peso de Frederic.

— Não, Hartley-Hood, não é — disse ele com um toque de simpatia fingida. — Os honrados homens deste país é que são os donos destas terras. As colheitas são dos lordes, e os cervos são do rei. Não é *nossa* culpa que vocês não tenham como pagar.

Mariel tentou empurrá-lo e invadir a guarda do inimigo, pensando apenas em fincar sua espada com força em alguma parte macia de Frederic que nenhum dinheiro no mundo seria capaz de curar, mas era inútil. Usando a mão desocupada, ela estendeu a mão para pegar a faca... e, com um ruído de arrepiar, a espada dele escorregou e se incrustou na lateral do corpo de Mariel.

9

Clem não sabia direito para onde estava correndo. Não podia fugir a toda velocidade porque correria o risco de torcer o tornozelo numa raiz de árvore, então optou por dar pequenos rompantes de energia que sem demora a levaram ao limite de sua capacidade física. Os pulmões queimavam, e a respiração estava ofegante. Ao que parecia, os combatentes haviam se espalhado pela floresta, e o barulho estava distante, mas vinha de todas as direções. Não havia como saber qual era a direção correta, então ela acabou numa rota bem atrapalhada, mudando o rumo sempre que ficava com a impressão de ter chegado perto demais de um embate. Clem estava se recuperando de um desses momentos de corrida quando, aos tropeços, passou por entre duas árvores e de repente percebeu que havia chegado a uma estrada estreita.

Perplexa a ponto de passar alguns instantes sem reação, ela decidiu que a mata era mais segura do que a estrada e deu meia-volta. Havia caminhado por dois segundos quando alguém estendeu a mão e a agarrou pelo tornozelo.

Clem não gritou, mas não porque estava sendo corajosa; é que não havia ar suficiente em seus pulmões para qualquer coisa além de um gemido genuíno de pavor enquanto, sem cerimônia alguma, desabava no chão.

— Cala a boca, *cala a boca* — alguém sibilou, tentando tapar a boca de Clem e só conseguindo pegar um punhado de cabelos da garota.

Mesmo que tivessem trocado pouquíssimas palavras, ela seria capaz de reconhecer aquele tom de voz arrogante e mandão em qualquer lugar.

Não deveria ter sido um alívio, mas uma cuzona conhecida era melhor do que uma desconhecida.

— Boa noite, capitã — disse Clem num chiado depois de seu coração ter se acalmado um pouco. — Não pude deixar de perceber que você está deitada numa poça.

Mariel deu um grunhido baixinho e furioso e então deixou a cabeça se recostar no tronco da árvore em que tinha se abrigado. Ela estava pálida e abatida, brilhando devido ao suor que cobria sua pele, e com mechas do cabelo encaracolando e se grudando à testa. Algo na forma com que ela se segurava forçou o cérebro exausto de Clem a prestar atenção.

— Você está ferida.

Mariel não falou nada, mas havia desistido de fazer pressão em áreas estratégicas do corpo. Clem olhou em volta, à procura de algum sinal de perigo, mas não havia nenhum. Havia alguma chance de que Mariel fosse capaz de impedi-la de se levantar e sair correndo de novo? Também não. Era provável que a qualquer instante a floresta lhe mostrasse o caminho. A fuga era iminente. A liberdade estava logo ali na esquina.

Teria sido mais fácil se Mariel simplesmente tivesse pedido ajuda, coisa que Clem não teria como negar. Contudo, ela não tinha coragem de pedir. A capitã sabia que Clem era uma curandeira, que era sua melhor chance de sair viva, e mesmo assim ficou só ali, deitada na penumbra, toda pálida como um cogumelo colhido, meio morta e cem por cento furiosa.

Desejosa, Clem olhou para a cobertura das árvores mais adiante, mas acabou resolvendo ignorar o olhar indignado e revoltado de Mariel e estendeu a mão até a lateral do corpo dela.

Era impossível visualizar o problema sem uma iluminação decente, então Clem precisava *senti-lo*. Roçou a ponta dos dedos com a maior delicadeza possível na lateral do abdômen e sentiu os músculos dela ficarem tensos quando a capitã sobressaltou para longe do toque. Seus dedos voltaram escuros e molhados.

Mariel ofegou, respirando entredentes.

— *Para.*
— É que eu estou te fazendo um favor...
— Eu tô bem.
— Ah, com certeza. Está ótima — concordou Clem, mentindo com alegria. Voltou a cutucá-la e apalpou debaixo da bainha da camisa de Mariel até a capitã soltar um breve e intenso suspiro de dor. Já estava usando a outra mão para vasculhar a bolsa e, quando seus dedos se fecharam ao redor de uma das ataduras, ela a dobrou e então pressionou o curativo com força onde a dor parecia estar mais forte.

Não havia nenhum indício de tremor nas mãos de Clem, mas fazia sentido: sempre se sentia melhor quando podia ser útil. Era uma característica que a ajudava a focar uma tarefa, um próximo passo, e curar costumava ser algo tão urgente que fazia todo o restante se recolher para os confins de sua mente até sumir discretamente. Mais tarde, na calma após a tempestade, a história seria outra.

De olhos bem fechados, Mariel abaixou a cabeça e, toda trêmula, exalou de maneira demorada. Clem estava forçando a vista para tentar entender quanto tempo a atadura demorava para ficar encharcada de sangue. Era bastante. Bom sinal.

— Por que você ainda está aqui? — perguntou Mariel irritada.

Parecia mais uma acusação do que uma pergunta.

— Me perdi — respondeu Clem. — Mais ou menos na metade do caminho quando eu estava fugindo.

— Não, é que... — Mariel parou de falar, olhou para o dossel formado pelos galhos lá em cima para soltar um palavrão e depois recobrou a compostura antes de continuar: — Ninguém vai vir. *Foge!*

— Valeu. Mas que tal o seguinte? Se eu decidir que você vai morrer, só vou te dar um tapinha na cabeça e aí você fica à vontade.

Fez um pouco mais de força no que ela esperava que fosse um pequeno ferimento fazendo muito estardalhaço, e interpretou o grunhido de dor de Mariel como um sinal de que tinha acertado.

Clem pensou em Rosie, que sempre a chamava de *sensível* e insinuava que um dia isso a levaria para o buraco; resmungando quando Clem sumia por horas para ficar ouvindo as intermináveis reclamações nervosas de Widow Redgate, na vila vizinha; meneando a cabeça quando Clem utilizava os suprimentos bons para cuidar de um cachorro de rua que alguma criança local havia encontrado sofrendo em alguma vala. E, no fim das contas, ela estava certa, porque olha só para onde toda a *sensibilidade* de Clem a levara: estava sentada de bunda numa poça gelada e lamacenta, esforçando-se ao máximo para salvar a vida de uma pessoa que não apenas tinha a sequestrado como também estava sendo uma otária a respeito de toda a situação.

— Quem te feriu? — perguntou Clem baixinho, só para que Mariel continuasse falando.

— Eu não...

A capitã olhou para baixo, para as ataduras que agora estavam quase totalmente pretas de sangue, e perdeu o fio da meada. Havia uma expressão esquisita e distante em seu olhar, algo que Clem já tinha visto, que aparecia quando as pessoas percebiam a gravidade dos próprios ferimentos e a mente decidia cair fora, perder a consciência.

— Bem... — disse Clem. — Não olhe. Não é nada de mais.

Clem trocou a atadura usada por uma nova, limpou a mão ensanguentada nas calças e então tateou no escuro até fechar os dedos ao redor do punho de Mariel, que, indignada como um gato molhado, pareceu voltar a raciocinar num sobressalto.

— Eu *mandei* você fugir.

— Vai por mim, eu também não tô ganhando nada com isso — afirmou Clem, esforçando-se para encontrar a pulsação dela.

Pelo menos Mariel estava respirando bastante. Arfadinhas furiosas que ficavam bagunçando o cabelo de Clem.

— Você está *segurando a minha mão?*

A situação era tão ridícula que Clem chegou a rir; parou abruptamente e voltou a voz ao tom meio sussurrado e baixo que estavam utilizando.

— Sim. Estou segurando a sua mão. Estou colocando minhas cartas na mesa. Sei que você tem dificuldade de expressar sentimentos e que meu sequestro violento foi só o seu jeitinho de dizer que você gosta, mas tipo *gosta mesmo*, de mim.

O coração de Mariel continuava batendo num ritmo constante, o que já era alguma coisa. A capitã tentou afastar Clem com um empurrão, mas não tinha força para nada além de erguer o braço, e o golpe final foi distintamente sem graça.

— Seca essa calcinha. Depois vai sobrar um tempinho para essas brigas vigorosas de soco.

Mariel estava prestes a responder, e sem sombra de dúvida não seria nada gentil, mas as duas ouviram o que pareceu um galho quebrando sob os pés de alguém e travaram. Mesmo machucada, Mariel ajeitou a postura de imediato e varreu a escuridão metodicamente com o olhar.

— A barra está limpa desse lado — disse ela baixinho, como se, de repente, fossem colegas de batalhão. — E aí?

Apreensiva, Clem deu uma olhada ao redor do tronco. Não conseguiu ver ninguém, mas, pensando bem, nem sabia direito o que procurar. Um inimigo habilidoso não ficaria simplesmente ali parado para qualquer um ver, acenando e esperando ser visto.

— Hum... limpa?

— Tranquilizador — zombou Mariel.

Ao que parecia, a breve parceria havia acabado.

As duas fizeram silêncio, ainda em alerta. Nada mudou depois de dez ou vinte segundos, e Clem sentiu Mariel relaxar um pouco sob suas mãos.

— Não foi a minha intenção ter sido violento — disse a capitã, relutante.

— Quê?

— O *sequestro* — vociferou Mariel. — Talvez eu tenha sido zelosa demais com as minhas instruções. Era só para ter sido... rápido.

— Ah, certo. Uma extração tranquila e sem complicações, com muito cuidado nos procedimentos.

— Pare de ser tão dramática. Só te pegamos emprestada.

— Vocês não deviam ficar sequestrando gente inocente, capitã — disse Clem com o tom de voz cortante. — Vai que o povo começa a ficar com uma impressão errada de você e dos seus camaradas felizes.

— Você não sabe nada a nosso respeito — disse Mariel devagar e com firmeza. — Tudo o que fazemos é para o bem maior.

Que irritação. O pavio de Clem não era curto, mas as decepções do dia haviam sido tantas que já deveriam valer pela vida inteira.

— Bem — disse, forçando leveza no tom de voz —, já que você *não* está prestes a morrer, de nada, aliás, e no momento está tão ameaçadora quanto uma luva molhada e não tem a menor chance de me impedir, vou pegar o meu rumo.

Mariel deu de ombros e então se encolheu.

— Você que sabe.

A tentativa de parecer indiferente foi arruinada quando ela, do nada, se inclinou para o lado e vomitou. Clem quase se aproximou para ajudá-la com o cabelo enquanto a capitã cuspia espuma na terra, mas então decidiu que iria fazer questão de *não* ajudar.

— Meu Deus — murmurou Mariel numa cadência entrecortada e, com um esforço considerável, passou a manga sobre a boca. — O meu pai...

— Quê? Ele vai te colocar de castigo porque você brincou com a ponta errada de uma espada?

— *Não*. Ele estava cavalgando na minha frente, mas acabamos nos separando. E aí... o Frederic de *bosta*...

— Foi esse o cara que te perfurou? — perguntou Clem, só para mantê-la falando.

Aliviou a tensão na lateral do corpo dela, pegou uma faixa limpa de linho e então usou os dentes para arrancar um pedaço fino. Tinha amarrado o material ao redor do abdômen da capitã antes mesmo que ela pudesse inspirar para começar a reclamar.

— Foi — respondeu Mariel, fechando os olhos. — Ele vai pagar por isso. Temos um acerto de contas a fazer. Quase *peguei* ele, mas aí ele... E então Baxter nos encontrou e eu estava meio, vamos dizer assim, incapacitada, e... de repente estávamos cercados. Baxter o deixou *fugir*.

— Que bom — comentou Clem com o tom de voz brando enquanto recolhia suas coisas. Cambaleando, se levantou e se alongou. Os músculos da panturrilha gritavam. Era basicamente um único tendão gigante, pronto para se romper. — Cuida desse machucado aí — falou. — Limpa com vinho e mel. Não deixa infeccionar.

Mariel não respondeu nada.

Clem revirou os olhos. Não dá para dizer que estava esperando um agradecimento lá muito fervoroso, mas aquele afinco em ser mal-humorada e falar como se estivesse em guerra mesmo depois de ter recebido uma ajuda que lhe salvou a vida era grosseiro. Mariel dificilmente seria capaz de mandar os Homens Felizes recapturarem Clem depois de ter tido sua vida *salva*. A situação era na verdade bem conveniente. Clem poderia voltar para casa, para o Vale do Carvalho, e para Rosie sem a ameaça de uma represália. Voltar a remendar feridas cotidianas e a fazer experimentos à luz de vela, a dançar uma vez por mês na taverna, a pregar pegadinhas nas raposas. Uma vida monótona, talvez, mas uma vida boa. Soava ainda mais atraente agora que sabia que os Homens Felizes aos quais outrora sonhara em se juntar pareciam nem existir.

— A gente se vê por aí, Mariel — disse com uma breve continência. — Ou, sei lá, né. Tomara que não. Boa sorte com a sua vingança.

Coberta de lama e sangue, começou a voltar à mata, incomodada por uma sensação latente de não ter terminado algo que havia começado e tentando ficar feliz por estar seguindo em frente.

Tinha avançado apenas alguns passos quando, sem aviso ou fanfarra, foi de repente cercada pelos Homens Felizes. Alguns estavam arranhados, machucados e sangrando, nenhum deles sorria, e todos apontavam uma arma bem para sua cara. Clem parou. Ergueu as mãos e se virou para encarar a capitã com uma expressão que ela esperava que fosse cativantemente suplicante.

— *Até que enfim* — disse Mariel, e todos os indícios de humanidade haviam sumido de seu rosto.

Clem segurou seus suprimentos com força e, já meio sem esperança, procurou algum espaço aberto no cerco, como se pudesse de repente fazer algo terrivelmente atlético para vazar daquela zona.

— Acabei de te fazer um favor gigantesco — resmungou pelo canto da boca. — Caso você tenha esquecido.

Com uma das mãos ensanguentadas, Mariel apontou para a curandeira. Estava irritada, como se Clem fosse alguém com quem não quisesse ter que lidar no momento.

— Capturem ela.

10

MARIEL CONTINUAVA SANGRANDO.

A dor já não era mais um problema, havia sido isolada, avaliada e catalogada junto da miríade de seus outros problemas. Sim, doía para respirar, e, quando Baxter a puxara para cima, houvera um momento tenebroso em que ela ficara pendendo de maneira precária nas fronteiras da consciência, mas agora, montada num cavalo, a dor era previsível e quase banal. Havia sentido piores.

O sangramento eram outros quinhentos. Algo que poderia ser uma causa de preocupação

— Você não vai botar os bofes para fora, né? — perguntou Josey, que ficava alternando entre cavalgar ao lado da capitã e dar voltas pela caravana desmazelada de sobreviventes e feridos ambulantes para conferir a retaguarda improvisada e garantir que ninguém ficasse para trás.

Os cavalos eram novos, distribuídos por conveniência. Mariel aprendera desde muito nova a não se apegar a nenhum pônei específico. E não porque os bichos morriam (os Homens Felizes cuidavam muito bem de seus animais), e sim porque as montarias viviam sendo trocadas, negociadas em pontos de encontro e no acampamento, sem que houvesse tempo suficiente para uma relação duradoura. Mariel cometera o erro de se apaixonar por seu primeiro cavalo adulto, Percy, e a sensação foi de ter sido traída quando viu outra pessoa cavalgar para longe no lombo dele algumas semanas depois.

Não que já tivesse sido traída de verdade. Só perdia no amor quem se dava ao trabalho de se incomodar com esse tipo de coisa.

— Mariel? — chamou Josey.

Ela não disse nada. Era assim que costumava responder a perguntas tolas.

— Você tá me ignorando porque está com dor ou por que não entendeu o que eu falei? Vis-à-vis bofes?

— Eu entendi — respondeu ela, reforçando uma dureza na fala para conseguir concluir a frase. — Por favor, não se preocupe com os meus... bofes.

Mais atrás, Mariel ouviu o que parecia uma risadinha fraca de Kit. Morgan, que havia sido colocade na única carroça que ainda contava com quatro rodas, grunhiu de dor, e Kit parou de rir.

— Está tudo bem. — Ela ouviu Kit dizer com a voz fraca. — Estamos quase chegando, Morg.

Agora que a adrenalina da batalha estava esmaecendo, o pavor chegava. Uma emboscada como aquela simplesmente não devia ter sido possível. *Ninguém* conhecia as rotas exatas que usavam para atravessar a selva. Centenas de anos sendo pisoteadas por cascos e rodas haviam transformado a Grande Estrada e as outras vias principais em chão batido; eram trajetos usados por qualquer um que estivesse de passagem. Os caminhos pelos quais os Homens Felizes viajavam, os becos, mal eram caminhos. Eram os leitos siltosos de riachos com baixa vazão. Fendas discretas em galhos de árvores. Trilhas que mal pareciam grandes para que um cavalo passasse, mas pelas quais era possível conduzir uma carroça, caso o motorista soubesse exatamente onde posicionar as rodas. Novas veredas eram abertas sempre que necessário, e antigas eram abandonas por completo. Qualquer um que não fizesse parte do bando deveria viajar vendado, só por garantia.

Sentado ao redor da grande fogueira no acampamento, o coração pulsante dos Homens Felizes, o lugar onde discutiam planos e concordavam em rotas, o pai de Mariel uma vez sugerira que, até que fosse possível confiar que iriam guardar segredos, criancinhas deveriam viajar vendadas também.

Joãozão fora o único corajoso para romper o silêncio e, enquanto coçava a nuca, dizer:

— Você não acha que isso pode parecer meio... zoado?

Ele era capaz de dizer esse tipo coisa e sair relativamente impune, enquanto o restante dos capitães de seu pai trocava olhares de canto de olho intensos entre si e remexia os pés, sem um pingo de coragem.

As criancinhas continuaram sem vendas. Os becos permaneceram em segredo.

De algum jeito, Mariel duvidava que os balbucios de um bebê poderiam ter dado informações suficientes para que o xerife de Nottingham coordenasse uma emboscada de tal magnitude.

Haviam sido atacados na própria estrada. Tinham perdido gente, pessoas boas, novas e velhas, guerreiros natos e aqueles cujos talentos eram mais discretos, mais Homens do que Mariel conseguia se lembrar de já terem perdido numa vida inteira de conflitos. Ela os vira morrer, cavalgara por camaradas caídos que davam o último suspiro e só conseguira pensar em como impedir o próximo ataque. Não fazia ideia de onde o pai estava. Na última vez que o vira, ele estava lutando contra quatro homens do xerife ao mesmo tempo, com disciplina na técnica e violência nos olhos. Pelo menos ele não estivera lá para ver Frederic acertando a investida. Isso havia a atingido lá no fundo.

Alguém os traíra. Era inimaginável, mas era a única coisa que fazia sentido.

A lateral do corpo de Mariel latejava. Sua cabeça martelava. Sua postura no cavalo nunca vacilava.

— Morgan tá bem verde — informou Baxter. Graças a Deus que *ele* continuava com o mesmo cavalo, porque, se tivesse pegado um corcel menor, teria acabado com o bicho. — Vamos parar?

— Ainda não — respondeu ela sem rodeios.

Havia um protocolo para situações como aquela. Era outra das invenções de seu pai: pontos de encontro emergenciais espalhados pela selva para quando não fosse seguro voltar para casa. Mariel ansiava pelo acampamento, mesmo que o tivessem montado poucas semanas antes. Sempre arrumava sua tenda do mesmíssimo jeito, com uma atenção meticulosa aos detalhes; tudo tinha um lugar e, quando ficava direitinho, ela estava em casa. Mariel se sentia nua sem o arco, mas havia outro com o restante de suas coisas, e sua mente se apressou à frente do corpo e ficou imaginando o peso da arma em suas mãos, testando as palhetas, reencapando a empunhadura. Se pudesse simplesmente se recolher na própria tenda, passar algumas horas sozinhas sem que ninguém pudesse vê-la... onde ninguém pudesse lhe *pedir* nada...

Só que, é óbvio, não teria nada disso. Nem quietude alguma. Havia reuniões de emergência a convocar; estratégias a discutir. Como capitã, precisava de respostas.

Talvez, se o sangramento continuasse, já estaria morta quando a hora chegasse. Era uma possibilidade quase agradável.

Mariel era a única capitã guiando um grupo de mais ou menos vinte pessoas. Era difícil calcular o número exato. Cada um deles conhecia a selva como a palma da mão, mas apenas Mariel sabia o local das paradas; acontece que, exausta e inebriada pela batalha, seus pensamentos ficavam se dispersando. A perda de sangue era algo tão inconveniente. Ela estava contando árvores, e então se questionou se estava ouvindo uma coruja, e depois pensou por um instante que deveria era estar contando corujas (mas tinha sido apenas uma, não tinha?). Ou será que estava fracassando em seu solene dever de contar corujas? E então Josey estava de volta, um alívio instantâneo, e franziu o cenho para ela sob a luz das estrelas.

— Com todo o respeito — disse ela. — Mas é que o seu rosto está todo errado.

Mariel tentou reordenar as feições e então, misericordiosamente, localizou um carvalho familiar. Ela ergueu uma das mãos e parou a procissão que a seguia.

— É aqui. Esconda todos muito bem. Mande o Kit cuidar das vítimas.

— O Kit *é* uma vítima — disse Baxter enquanto desmontava e rumava para as árvores. Os abrangentes galhos encarquilhados do carvalho formavam uma clareira, cercada por um matagal que a escondia da estrada. Se Mariel tivesse forças para conferir o tronco, encontraria na casca da árvore uma marcação à faca que lembrava vagamente um pássaro, bem na forquilha dos galhos mais baixos. Era o mesmo desenho de sua tatuagem na parte interna do bíceps, feita à mão em seu aniversário de catorze anos, quando proferira o juramento. — Ele machucou toda a lateral do corpo quando os cavalos fugiram.

— Ele está andando, não está? — questionou Mariel. Desmontar não havia sido a mais prazerosa das experiências, mas ela havia cerrado os dentes para não grunhir. — Acomode todo mundo. Nada de fogueiras.

Esconderam a carroça o mais para dentro possível da vegetação rasteira até que ficasse quase invisível, e os cavalos foram logo em seguida. Amontado debaixo da árvore e com vozes temerosas murmurando umas para as outras, o acampamento era de dar dó.

Mariel ficou furiosa. Ter medo não ajudaria em nada. Tirando situações como enfrentar um lacaio ou fugir de um lobo, de que adiantava se sentir assim?

— O que está acontecendo? — perguntou um garoto de cabelo escuro, que segurava o braço num ângulo estranho, mas nitidamente tentava fingir que não era nada de mais. William. Ele era um ou dois anos mais velho que a capitã. Ela conhecia o pai do rapaz e notou a ausência do sujeito. — Precisamos de luz. De comida.

— Não — disse Josey, olhando para Mariel. — Nada de fogo. Ainda não.

— Alguém vai tirar o estilhaço daquela criança? Ou o negócio vai virar um acessório permanente? — perguntou uma mulher mais velha que devia se chamar Joan, apontando com a cabeça para onde Baxter e Kit haviam deitado Morgan numa maca improvisada.

Mesmo na penumbra, a capitã pôde ver que Morgan estava nitidamente pálido.

— A curandeira mandou não tirar — respondeu Josey, dando de ombros.

Mariel piscou. Por um instante, tinha esquecido que tinha uma prisioneira. Alguém que, por sinal, era muito útil.

Quando Mariel foi com Josey cortar as amarras e remover as novas e superseguras mordaças e vendas da curandeira, Clemence pareceu ficar pouco impressionada, mas pelos motivos errados.

— Você não devia estar andando por aí com um ferimento desse.

— Reagir de maneira apropriada a *uma coisa sequer* iria te matar, por acaso? — perguntou Mariel enquanto Josey ajudava Clemence a se levantar.

— E como seria isso? Você quer que eu aja feito uma *sequestrada*? — devolveu ela, limpando uma mancha de sangue ou de terra na bochecha com sardas enquanto se alongava. Os cachinhos do cabelo, que pareciam ter o hábito de desafiar a gravidade, estavam emaranhados. — Tipo... gritar e chorar? Posso fazer xixi na calça, se você quiser. Na verdade, acho que vou fazer xixi de qualquer jeito se vocês não me derem um segundo para me aliviar...

— Fica de olho nela — disse Mariel a Josey, apontando com a cabeça para os arbustos.

— Que situação — disse Clemence a Josey, toda simpática. — Você é a melhor guerreira que eu já vi e tão te mandando vigiar o xixi dos outros.

Josey abriu um sorrisinho. Mariel não ficou tão entretida assim.

— Então vamos — chamou Clem. — Não tenho medo de público. Não vou ficar com vergonha. É capaz até de eu fazer xixi com mais força, só para te impressionar...

A insistência da curandeira em ser animada a ponto de deixar todos insanos já estava ficando *extremamente* desgastante.

Ela deixou a empolgação de lado ao voltar do mato e se aproximar de Morgan. Mariel percebeu uma mudança inata em Clemence, uma compostura diferente de si mesma para lidar com a situação; ela ajeitou os ombros, arregaçou as mangas e teve até a pachorra de pedir um barbante a Josey para que pudesse amarrar o cabelo.

Josey, é lógico, obedeceu. Mariel saiu para percorrer o perímetro do acampamento improvisado, para fazer as rondas e trocar algumas palavras rápidas e xoxas de reafirmação para quem pedisse notícias, mas, sempre que passava pelo local onde haviam disposto Morgan sobre uma cama de capas, desacelerava o passo para assistir a Clemence trabalhar.

A curandeira tinha sangue até os punhos e tinha o cenho franzido em concentração. Quando Mariel passou pela terceira vez, Baxter havia aparecido para ajudar. Com uma expressão nada feliz, ele segurava Morgan pelos ombros.

— Você — disse Clemence de repente. Mariel não tinha percebido que havia sido vista. — *Capitã*. Se não vai descansar, então vê se faz alguma coisa de útil. Preciso de você.

Mariel se eriçou, tanto pelo tom sarcástico do "capitã" quanto pela indignidade de receber ordens da própria prisioneira — mas, no momento, Morgan, que estava sob seu comando e, logo, sob sua proteção, estava nitidamente sofrendo. Mariel sabia muito bem quanta dor uma única flecha era capaz de infligir, mesmo que não atingisse órgãos importantes.

Com o dedo, Clemence gesticulou para que ela se aproximasse, e Mariel suspirou pelo nariz antes de ir ajudar.

Iria restaurar a ordem correta das coisas assim que Morgan voltasse a contar esquilos.

II

— Preciso de mais luz — disse Clem, sem se dar ao trabalho de erguer a cabeça conforme a capitá se aproximava.

— Nada de fogueiras — exclamou Mariel, como se estivesse repetindo só por repetir.

Clem parou por um breve instante.

— Então é melhor você dar um jeito de inventar uma forma mágica de conjurar luz nos próximos dez segundos.

Havia lágrimas silenciosas escorrendo dos olhos de Morgan, abrindo caminho pela lama nas bochechas delu. Mariel deu uma olhada para o musculoso Baxter, que deu de ombros. Por mais surpreendente que pudesse parecer, ele havia aceitado de boa vontade quando Clem o enquadrara e estava obedecendo sem questionar.

Com um suspiro forçado, Mariel sumiu. Clem nem sequer olhou para conferir se a capitá tinha ido, de fato, arranjar fogo. Estava ocupada demais com o tenebroso inchaço da pele de Morgan ao redor do ferimento, que ela limpava com vinho da melhor maneira possível. O impacto da flecha havia sido parcialmente absorvido pelo grosso couro fervido da armadura. Couro era bom por ser leve e silencioso, mas, no fim das contas, era só pele. Flechas tinham uma única função, e costumavam ser ótimas nisso. Se tivesse atravessado o ombro, Clem a teria arrancado por trás. No entanto, na situação em que estava, a flecha precisaria sair pelo mesmo caminho pelo qual entrara, o que seria desagradável para todo mundo.

Bem, sobretudo para Morgan.

Em casa, Clem vinha tentando mapear as veias e artérias básicas e mantinha um diagrama pregado na parede acima de sua estação de trabalho. Pelo que havia descoberto até então, era possível deduzir com certa razoabilidade que a flecha não interferira em nada vital demais, mas não dava para ter certeza absoluta. O segredo para manter as pessoas calmas era impedir que soubessem das margens de erro.

Quando Mariel voltou, carregava uma tocha improvisada de madeira. Colocou-a no chão à frente e fez uma série de coisas esquisitas tão depressa que Clem não conseguiu acompanhar direito. *Parecia* que tinha apenas passado o polegar pela palma e então esfregado as mãos com força; de algum jeito, o gesto produzira faíscas e, um segundo depois, ela segurava no alto a tocha acesa. Sem expressão nenhuma, Mariel se virou para Clem, que estava chocada e de olhos semicerrados.

— Que foi?

— Hum... eu estava brincando quando falei para conjurar luz por mágica.

— Não é magia — respondeu Mariel com desdém. — A menos que você considere que *pedras* são magia.

Clem vislumbrou um anel grosseiro de pedra em um dos dedos da capitã e outro parecido, só que de prata opaca, na outra mão e esticou o pescoço para tentar ver melhor.

Era alguma geringonça de pederneira. Fascinante.

— Pensei que você estava com pressa — vociferou Mariel.

— Sim — disse, voltando a si. — Estou. Preciso da sua faca.

— Não — respondeu a capitã debaixo de sobrancelhas furiosas.

Clem estava ficando meio de saco cheio daquela palavra.

— Bem, ou você me dá sua faca para eu terminar isso agora, ou eu uso meus dentes, e aí daqui meia hora vou ter mastigado a flecha inteira, mas todo mundo aqui vai estar *bem* perturbado.

— Dê... a faca a ela — grunhiu Morgan com um arquejo.

Mariel cedeu e, ao entregar o objeto, inclinou a tocha.

— Ótimo. Segure isso aí firme para mim. Baxter... você está indo muito bem, não tenho nenhuma observação para você.

Clem conseguia ver onde as farpas escuras da ponta da flecha estavam agora, logo abaixo da superfície da pele da vítima. A forma mais fácil de removê-las sem ficar remexendo para lá e para cá várias vezes era cortar tudo.

— Morgan — disse ela com toda a calma que conseguia reunir enquanto esquentava a faca no fogo. — Só vou pedir para você morder esse pedacinho de couro, tá? Olha que engraçado: é um pedaço da sua armadura. Quem guarda, tem. Beleza... morde o mais forte que você puder. Três, dois...

Mesmo através do couro, Morgan gritou tão alto que, no momento de silêncio que se seguiu, Clem ouviu uma criancinha do outro lado do acampamento dizer em alto e bom som "ai, meu Deus".

Depois de ter limpado e enfaixado o ferimento da melhor forma possível e aplicado uma pequena quantidade de um bálsamo pungente e experimental nas regiões em que ousava tocar, Clem fez um carinho na cabeça de Morgan e, no automático, foi até um menino que estava à espreita ali perto com um ombro muitíssimo fora do lugar. Já estava com as mãos nele quando percebeu que seu pequeno círculo de luz não a havia seguido; olhou para trás, para Mariel, que conversava com Morgan em voz baixa, e pigarreou.

— *Luz,* capitã.

Mariel a encarou com um olhar capaz de triturar aço e então enfiou a tocha na mão de Baxter, que, para seu crédito, seguiu a curandeira com obediência de um paciente a outro conforme as pessoas começavam a se aproximar, estendendo braços cortados, cotovelos esfolados e dentes e ossos quebrados. Era como ser escoltada por um amigável urso loiro; a presença ao lado dela parecia legitimá-la, então ninguém chegava com as perguntas rotineiras a respeito de seus métodos, ou talvez só estivessem cansados demais para se importar. Clem estava no meio do processo de extrair um canino trincado apenas com as unhas e pura força de vontade quando a luz vacilou. Ao se virar, Clem viu Baxter vomitando com toda a educação ao seu lado.

— Não gosto de nada que envolva dente — disse ele, todo sério, antes de limpar a boca e voltar de imediato aos deveres com a tocha.

Kit apareceu e, em silêncio, entregou a ele um cantil de alguma de coisa, do qual Baxter bebeu bastante antes de oferecer a Clem.

— Beba.

— Estou ocupada — disse ela enquanto colocava uma tala numa mão. — E eu sou uma prisioneira, afinal de contas. Dispensável. Você devia é me fazer tomar água de uma folha enquanto enche a cara de hidromel e ri de mim.

— *Beba* — insistiu Baxter. — Já se passaram horas.

Clem ficou surpresa de verdade. O tempo sempre passava de forma estranha quando ela estava focada. Depois de terminar de amarrar a tala, Clem aceitou o cantil, virou-o na boca e só percebeu a intensidade de sua sede quando o líquido lhe atingiu a língua. Agora que não estava encarando nenhum ferimento, se deu conta de que sua visão estava turva nos cantos e de que os membros formigavam e pareciam distantes, como se fossem problema de outra pessoa. Ela se sentou com tanta força no chão que o mundo escureceu por um momento e, quando seus olhos voltaram a funcionar, viu Baxter trocar um olhar com Kit que ela estava exausta demais para decifrar.

Kit desapareceu e voltou com um pão duro feito pedra e sem gosto algum, mas que Clem devorou. Baxter apagou a tocha e alongou os braços até estalarem, e então ele e Kit foram conversar com Josey e a capitã. Os quatro pairavam sobre Morgan como uma violenta e assassina gangue de pais e mães, e alguns fingiam despreocupação melhor do que outros. Mariel era a que mais falava sério, mas lançava olhares a Morgan de canto de olho, mesmo que elu não estivesse fazendo nada mais interessante do que respirar.

Era meio comovente.

Suprimentos escassos eram distribuídos conforme o povo se acomodava ao redor da clareira e se ajeitava para uma noite desconfortável sob as estrelas. Morta de cansada, Clem se recostou contra uma árvore musgosa e esperou que alguém aparecesse para amarrá-la de novo ou carregá-la sem cerimônia de volta à carroça, mas ninguém surgiu.

A preocupação de Josey parecia genuína. *Aquela* era a chance de escapar. Com um pouco de sorte, talvez estivesse de volta ao Vale do Carvalho no dia seguinte, na hora do jantar. Rosie andara planejando fazer seu famoso "frango com frango". Havia pacientes a visitar, hipóteses a confirmar. Os Homens Felizes que imobilizassem os próprios dedos e limpassem a própria bagunça.

Clem caiu no sono na mesma hora.

Alguém dizia "simultaneamente" numa voz sussurrada. A palavra ecoava em timbres incrédulos e logo foi confirmada num sombrio tom definitivo.

Clem acordou com um grunhido. O pescoço doía onde tinha ficado todo retorcido e desconfortável contra a árvore, e seu estômago parecia irritado e oco. Não conseguia acreditar que tinha apagado sentada no chão, ainda mais porque o sono fugia dela até mesmo quando se deitava em seu colchão macio à lareira da cozinha da Velha Rosie. Quando dava por si, estava sempre acordando num sobressalto para voltar a alguma ideia que tinha começado a se formar durante o dia e se acomodava mais perto do fogo para que pudesse trabalhar enquanto Rosie roncava. Devia estar tão cansada que seu corpo simplesmente dissera *não*.

— Alguém deve ter avisado. — Era uma voz bronca e entrecortada, que nem aos sussurros ficava lá muito suave. Clem imaginou gatos irritados e molhados e então identificou a oradora como Mariel. — Isso *nunca aconteceu*. Fomos expostos.

— Meus parabéns pelas suas excelentes habilidades de dedução — disse um homem desconhecido num tom curto e grosso. — Sim, houve um vazamento.

— Deixe de ser otário, Richard — disse Josey. Clem havia entreaberto um olho e agora conseguia ver Mariel, Josey e dois desconhecidos recém-chegados com broches de capitão reunidos sob uma árvore a três metros dali.

— Abara, você ainda não se tornou capitã. Nem sequer devia ouvir esta conversa.

— Cale a boca, Flores. Preciso de um mapa — exclamou Mariel.

Flores tinha uma altura mediana e parecia intencionalmente musculoso debaixo das roupas, que talvez fossem um tanto apertadas demais para o nítido objetivo de que os outros percebessem. Mariel esfregou os olhos e então meneou a cabeça com impaciência, como se estivesse perdendo a batalha contra a exaustão.

— Preciso... preciso de suprimentos, de um mapa e de Parry.

— Morgan precisa descansar — disse Josey.

— Não estou pedindo para elu cavalgar na dianteira, só preciso que...

— Espere aí, não é você quem decide os próximos passos — exclamou um dos homens. — Vamos convocar o conselho de capitães lá no acampamento. Não viemos aqui para fazer planos. Só fomos mandados para encontrar vocês... é uma missão de *resgate*. Além do mais, você não tem autoridade.

— Se pegaram meu pai *e* o subcomandante Payne *e* o Joãozão, então precisamos agir...

— Posso te garantir que *ninguém* vê você como a próxima na linha de sucessão só por causa da conveniência do seu sobrenome.

Houve um curto instante de silêncio carregado, durante o qual Clem ruminou a respeito do significado de "meu pai" e "linha de sucessão" e, depois de fazer alguns conexões, "Paizão Hartley".

Ah. Pois é. Aquilo devia explicar o caso terminal de rigidez que assolava Mariel e a forma com que ela parecia, ao mesmo tempo, ter se imposto e se encolhido diante de Jack Hartley como uma ameixa seca desesperada e alta. O Comandante Hartley era pai da capitã.

Como devia ser ter um pai desse? Nada bom, suspeitava Clem. Seu pai tinha amado insetos, pássaros e piadas ruins. Torcido por todas as empreitadas em que ela decidia se meter e, nas raras ocasiões em que brigavam feio, sempre fora ele a enxugar as lágrimas. Havia odiado conflitos e amado Clem.

Fugazmente, ela se perguntou se o Comandante Hartley já tinha dito alguma vez a Mariel que a amava.

— Suas ordens são voltar para o acampamento agora, conosco.

— Então vamos convocar os capitães com urgência? Para decidir uma estratégia?

— Ainda vamos decidir.

— Então vocês querem que eu volte ao acampamento agora e aí fique lá sentada esperando que o restante de vocês...

— As suas *ordens*...

— Ordens de *quem*? — sibilou Mariel. — Como vocês mesmos foram prestativos em apontar, não temos nenhuma cadeia de comando.

— De mim. E dos outros. Nós concordamos. E além do mais... sua mãe estava lá.

Ninguém de fato *disse* "uhhhhh" naquela cadência zombeteira dos valentões da infância, mas ficou implícito.

— Como vocês sabem muito bem, Regan não está em posição de ordem nenhuma — disse Mariel raivosa e com o tom de voz gélido.

— Ela não deu. Mas está lá para te ver, e você deve retornar.

Um instante muito incômodo de silêncio.

— Vamos informar a sua localização para os reforços, e eles chegarão em uma ou duas horas para escolar vocês rumo ao novo local. O acampamento não foi comprometido no ataque, mas nos mudamos mesmo assim por precaução.

Mariel bufou.

— E isso vocês decidiram como um trabalhinho em grupo também, imagino. Fico estarrecida que vocês tenham conseguido chegar em algo tão complexo quanto "deveríamos nos mudar" sem cinco dias de debate rigoroso.

— Nós *debatemos* para podermos decidir, de maneira democrática, a estratégia certa de...

— Vocês *debatem* porque cada um de vocês está tentando provar que tem a voz mais alta, mesmo que não façam a menor ideia do que querem dizer.

Richard Flores estava quase gritando agora.

— Todo mundo sabe que se o seu pai *estivesse aqui*, não estaria te perguntando *nada*. Você está em condicional e faria muito bem de não se esquecer disso.

— Não devo satisfação nenhuma a você — exclamou Mariel, cada palavra afiada como uma faca. — E vou ficar até o nascer do sol para ajudar a escoltar essa gente, como qualquer capitã decente faria.

O instante seguinte de silêncio foi tão desconfortável que, ao que pareceu, sinalizou um ponto-final à conversa.

Os dois homens partiram. Clem observou Mariel ficar lá parada, completamente imóvel, e então explodir num rompante de energia e sair correndo rumo às árvores para chutar algo que fez um barulho suave e oco. Respirando fundo, ela colocou as mãos na cintura, olhou para as folhas no alto e então voltou até Josey.

— Está se sentindo melhor?

— Eu tô bem.

— Bom. Eles levaram o seu pai. Você tem todo o direito de surtar.

— Meu pai sabe se cuidar sozinho.

Clem não conseguia ver a expressão no rosto de Josey, mas, pela voz, parecia estar tomando mais cuidado com as palavras do que o normal.

— Caso tenha sido aprisionado pelos de Rainaults, acho que não deixariam ele ficar com as mãos soltas.

Um momento de silêncio.

— Foi o Frederic — exclamou Mariel. — Sei que foi. É ele quem está por trás disso. E não venha me dizer que eu sempre falo isso porque eu não falo e... eu estou certa.

— Com todo o respeito, mas por que você se importa com isso?

— Porque — respondeu a capitã, nervosa. Parecia estarrecida por Josey precisar de uma explicação. — ... isso justificaria o meu desejo por vingança. Ele está por aí tentando provar a si mesmo. Vou *matá-lo*.

— Bem, sabe como é. Jovem, com sede de sangue. Desesperado para impressionar o papai.

— *Como é que é?*

Josey tossiu.

— Pois é... eu mesma ouvi o que acabei de falar e percebi que foi besteira.

— Preciso pensar. Não vou deixar o destino do meu pai nas mãos do comitê.

— Bem, não seria uma reunião dos capitães de baixo escalão sem um debate de seis horas sobre sucessão e protocolo antes de começarmos a discutir a primeira demanda na agenda.

— Talvez quando a gente chegar já tenha terminado a pré-discussão e seguido para os assuntos importantes de verdade.

— Sonhar não custa nada.

— Volte a dormir. Vou esperar pela cavalaria.

— Sim, capitã.

Josey saiu a passos largos e não parecia nem um pouco alguém prestes a dormir. Clem viu Mariel se sentar com força num tronco de árvore e confirmar duas vezes que não havia ninguém olhando antes de colocar a cabeça nas mãos e se permitir um singelo suspiro exausto.

12

Quando Mariel completou cinco anos, seu pai lhe entregou um arco, laçou a tira de uma aljava ao redor de seu ombrinho e a mandou atirar sem parar até acertar o alvo. A tolerância era zero para uma postura desleixada ou uma puxada curta demais, mesmo que os dedos gordinhos não conseguissem segurar a empunhadura direito. Quando sua mãe os encontrara na clareira nos arredores da mais nova iteração do acampamento principal — Mariel com o rosto vermelho e em pura teimosia enquanto uma flecha após a outra tilintava no chão ou fazia uma hesitante tentativa de voo antes de perder a força, e seu pai, impassível e de braços cruzados, assistindo —, ficara completamente furiosa.

O ato em si fora uma surpresa, já que ela nem de longe era do tipo que se enfurecia. A mulher sempre fora o que as pessoas definiriam com toda a generosidade como "um espírito livre", comprometida a seguir os impulsos do próprio coração. Não gostava de logística ou de guerra; gostava era de brincar com as crianças, sair em longas caminhadas e nadar em lagos e riachos gelados em qualquer que fosse o clima. Era idealista de um jeito que Mariel viria a considerar ingênuo e seguia os próprios caprichos até mesmo quando eles a levavam para longe da filha. Pelo que se lembrava, até aquela manhã sua mãe nunca se importara de verdade com ela a ponto de ficar brava por algo que fizessem a Mariel.

A gritaria havia atraído uma plateia.

Seu avô, a caminho de uma reunião à fogueira, havia interferido, colocado a neta nos ombros sem muito esforço e a levado para longe. Ela se lembrava de ficar sentada no colo dele enquanto todos aqueles gigantes míticos se reuniam ao redor do fogo, de se sentir segura, maravilhada e importante com a mão de Robin em seu ombro. Era sempre assim quando o avô a procurava; mesmo aos cinco anos, ela sabia que todas as cabeças se viravam para onde quer que ele seguisse, e que as outras crianças ficavam profundamente impressionadas com as histórias das arriscadas aventuras do avô. Foram precisos alguns anos para entender que ele não era especial apenas para ela ou para os filhos dos outros Homens Felizes.

Mariel tinha pensado que o avô era o herói *dela*. No fim das contas, Robin pertencia a todo mundo.

Ele nem sempre conseguia estar lá para pegá-la no colo e levá-la a algum lugar que a distraísse quando a mãe e o pai discutiam... e os dois discutiam muito. Foi só piorando conforme Mariel crescia — as brigas eram mais frequentes, e ela também começou a entender que, lá no fundo, o pai e a mãe não eram nem um pouco felizes. E isso resultava num mal-estar constante, num perigo que corroía suas entranhas, e as pessoas agiam como se fosse algo contagioso.

Baxter continuara sendo seu amigo, mesmo enquanto as outras crianças se afastaram. Ele era o único que não se importava quando Mariel ficava quieta e distante, quando se isolava dentro de si mesma, desconfiada de todo mundo. O desgraçado era tão despreocupado com os problemas da vida que, pelo menos a princípio, nada disso pareceu afetá-lo de verdade. Ela se jogou de cabeça no treinamento; exercitava os dedos à exaustão até o cair da noite e então relutava em voltar à sua tenda, onde os longos dias de treino, os olhos roxos e as mãos raladas só serviam para causar mais discussão.

Com o passar do tempo, conforme os anos avançavam e o treinamento se tornava sua vida inteira, até Baxter acabara desistindo de tentar visitá-la. Teria magoado, mas apenas se ela tivesse se permitido perceber. Graças a Deus por Josey. Ela já tinha ouvido falar nas irmãs Abara (era impossível não saber quem eram), mas a mais nova nunca tinha gerado muito interesse até que o pai a mandara treinar num grupo com outras crianças, uma iniciativa que ele mesmo inventara, e as duas praticaram luta pela primeira vez. Mariel dera uma única olhada na garota alta, negra e de tranças longas, nas feridas naqueles dedos que já haviam dominado a faca, a espada, o arco e agora focavam a luta sem armas, e decidira que queria ou virar amiga de Josey, ou *ser* Josey. Desde então, tinham treinado juntas, sem que nada precisasse ser dito; Mariel aprendera que Josey economizava as palavras para quando tinha algo particularmente atrevido a dizer e Josey... bem, Mariel não sabia o que Josey havia aprendido. Com sorte, Mariel era uma adversária respeitável em combate e uma camarada ainda melhor.

Seu avô vivia longe, emprestando os homens e o próprio nome a outras causas pelo país. Ela nunca deixava de ser a neta de Robin Hood, é lógico (era um fato indelével e inabalável), mas, no dia a dia, se tornava *a filha de Jack e Regan*, título que costumava vir acompanhado de um "coitadinha" e de um menear de cabeças.

Mariel não conseguia se lembrar com exatidão de quando Regan começara a se afastar. De certa forma, a impressão era que sua mãe vinha se distanciando desde que havia lhe dado à luz. Tudo o que Mariel sabia com certeza era que um dia o pai se sentara com ela e contara que a mãe estava indo morar numa cidade como aquelas pelas quais passavam de vez em quando para reestocar suprimentos. Que iria viver numa casa, e não numa tenda. E que era óbvio que não iriam junto.

Mariel não tinha conseguido entender o que faria alguém querer partir. Sempre que passava tempo demais longe da mata e das árvores, era tomada por uma terrível sensação de perda e por um anseio profundo pela lama e pelas folhas mortas, pelo musgo felpudo sobre as rochas, pelo cheiro de grama pisoteada e pelos riachos límpidos. Era tomada por uma calmaria no coração totalmente avessa ao movimento constante da selva.

Quando Regan fora se despedir, Mariel nem a olhara. Correra para o lado do pai e escondera o rosto na túnica dele, torcendo para que o momento abrisse espaço para um pouco de fragilidade e desejando que a mãe tivesse sumido quando ela se virasse de novo.

E ela sumiu mesmo.

A partir daquele dia, não havia mais ninguém por perto para tirar o arco, a espada ou as facas das mãos de Mariel e dizer que ela era jovem demais, ou para dizer ao pai dela que ele a estava sobrecarregando, que os ideais dos Homens Felizes nunca tinham orbitado em treinar crianças para se tornarem assassinas. Mariel gostava assim. À noite, ela escapava do acampamento para praticar tiro por horas, marcando alvos nas árvores e recolhendo suas flechas repetidas vezes. Desafios amigáveis e apostas eram comuns no acampamento naquela época; na primeira vez em que ela ganhara um jogo que consistia em atirar garrafas vazias de um carregamento de vinho roubado, o tapinha nas costas que recebera do pai fora mais doce do que todas as recompensas que ela coletava como ganhos.

Na vez seguinte em que Robin retornara de uma turnê itinerante pela Inglaterra, ele vira a neta atingir um alvo em movimento a trinta metros de distância, e o cintilar da aprovação do avô quase bastara para abafar a discussão sussurrada que ela o ouvira ter com o filho algumas horas mais tarde, quando as lamparinas foram apagadas.

Quando ela tinha catorze anos, o pai a puxara de lado para contar que Robin iria se aposentar num local secreto do outro lado do mar ("Basta dizer que é na França", dissera Josey quando Mariel confidenciou a ela naquela noite) e então Jack é quem tomaria conta dos Homens Felizes.

— A gente pode ir *mais além* — dissera ele, gesticulando para o restante do acampamento num geral. À época, ela não entendera. Tinha amado os Homens Felizes bem do jeitinho que eram: caóticos, decrépitos e bons. — E eu sou a pessoa capaz de nos conduzir para este caminho.

Se houve resmungos a respeito do genro de Robin Hood assumir a liderança do grupo, Jack os silenciara provando que era impiedoso e eficiente; mais do que apto. Não era como se ele tivesse sido um *Hood*, de qualquer forma.

Se fossem tão nepotistas quanto os de Rainaults, a mãe de Mariel é quem teria sido deixada no comando (mas Regan estava morando numa casa em algum outro lugar, gozando de uma vida de privilégio e lazer). O pai dela é quem tinha se disposto a colocar a mão na massa, a assumir o compromisso e fazer votos de transformar os Homens Felizes numa potência a ser temida. Ele ensinara a filha a lutar e agora ensinaria todo o Nottinghamshire a levá-los a sério. Aí estava algo em que acreditar.

E agora Jack tinha sumido. Capturado. Aprisionado. Potencialmente a caminho da forca.

E os outros capitães queriam bolar um plano de ação com toda a calma do mundo: queriam começar por se mudar para um novo acampamento e então perder um tempão de conversa fiada. Mariel sabia *muito bem* como a reunião seria. O processo democrático era bom e tudo o mais, mas a única coisa que metade daqueles capitães de sangue quente queria representar era a si mesmos. Todos queriam ser o próximo Jack Hartley. Ela já estava com dor de cabeça só de pensar.

Ah, e sua mãe iria encontrá-los lá. Era felicidade que não acabava mais.

Mariel deu algumas voltas pelo acampamento e parou onde tinha começado. Estava tão cansada que sua visão começava a borrar nos cantos, o que era alarmante, mas a euforia a mantinha acordada enquanto sua mente formava e reformava rascunhos de planos até que virassem emaranhados indecifráveis. Ela sabia *muito bem* o que faria com prisioneiros importantes, mas o que será que um imbecil como Frederic faria? Mariel fechou os olhos por um breve instante. Será que aquele escurinho abençoado de um ou dois segundos já ajudaria a compensar um pouco do sono perdido?

— Não me chute.

Mariel abriu os olhos. Clemence, a curandeira, estava ali parada, o cabelo todo emaranhado enquanto a garota encarava com olhos semicerrados e sonolentos.

— É que eu te vi chutando aquela árvore — continuou ela de maneira imprudente. — E achei que talvez fosse descontar em mim. Tipo... sei lá. Um mecanismo de defesa. No automático. Como tinta de polvo.

— Você fala demais — respondeu Mariel com a voz rouca.

— Pois é, eu sei que você gosta de ser assim toda misteriosa e taciturna, mas desse jeito você ignora os benefícios da eloquência. Primeiramente, serve para criar nas pessoas uma falsa sensação de segurança... ou um *estupor*, eu acho, caso eu esteja particularmente afiada... e, depois, oferece uma distração para que eu possa fazer coisas como *isso*.

De repente, Clemence estava com as mãos na capitã. Por instinto, Mariel tentou pegar a faca, mas percebeu que o objeto não estava lá.

Lógico que estava com Clemence. Tinha deixado sua prisioneira em posse de uma faca e mandado Josey ir descansar, como se fosse a otária mais compreensiva do mundo, e agora seria esfaqueada pelo equivalente humano de um labrador hiperativo com diarreia verbal. Foi por pura indignação que ela entrou em ação.

Mariel tentou erguer as mãos para se proteger, como se os punhos fossem ter alguma chance contra golpes de uma lâmina de aço desferidos por alguém que sabia a região exata dos órgãos mais importantes, mas, quando deu por si, percebeu que a curandeira os tinha agarrado com uma força surpreendente. Estava exausta demais para reagir com elegância, então só ficou se debatendo nas mãos de Clemence, tão inútil quanto uma mariposa sem asas, e se contraiu para esperar o golpe fatal.

— Que porra é essa que você está fazendo? — perguntou a detida em tom casual.

— Vou gritar — exclamou Mariel com a voz áspera. — Você não vai conseguir dar nem dois passos.

— Vai gritar nada, você vai ser é bem corajosinha — disse Clemence.

Ela soltou as mãos da capitã e estendeu o braço para pegar algo em sua bolsa; Mariel aproveitou a oportunidade, agarrou-a pelos ombros para reverter as posições e a empurrou contra uma árvore com tanta força que seus ossos chacoalharam. Apertou o pescoço de Clem, pressionando-o só um pouquinho para dar um aviso adequado.

Ficaram congeladas assim. Desacreditada e ofegante, Clemence arregalou os olhos enquanto, por trás de alguns cachos soltos, encarava Mariel.

— Tá rolando alguma falha de comunicação aqui — disse com certa dificuldade. — Porque você acabou de me empurrar numa árvore.

Utilizando a mão que não estava fechada ao redor do pescoço da prisioneira, Mariel começou a revistá-la e ignorou o sutil ruído de engasgo da curandeira. Sentiu algo duro logo à esquerda da cintura de Clemence, então ergueu a túnica da garota, pegou o objeto e recuou um passo com a faca em riste.

— Beleza — disse Clemence, a voz ainda meio estrangulada mesmo que estivesse com o pescoço livre. — Olha, só pra evitar qualquer outra confusão engraçadinha entre a gente... eu vim dar uma olhada no seu ferimento de espada.

Mariel franziu o cenho. Não parecia certo.

— Você estava armada.

— E como você se sentiu bem à vontade para descobrir, a tal arma não estava lá muito acessível.

— Certo — respondeu a capitã, titubeando de leve com a faca e então abaixando a mão. Quase ficou com vergonha, mas arrancou o sentimento pela raiz. Antes envergonhada do que morta. — Tá bem. Vai.

Clemence revirou os olhos e tomou um instante para tirar o cabelo da frente do rosto e ajeitar a túnica, que estava tão coberta de lama e sangue que o tecido tinha deixado de ser linho natural e se tornado uma camuflagem florestal para lá de efetiva. Deixou os dedos por um breve momento no pescoço, pairando sobre as discretas marcar vermelhas ali deixadas por Mariel, e então assumiu uma atitude brusca e profissional.

— Vou te tocar agora — avisou. — Então, sabe como é. Vê se não me estrangula e surta que nem um cão de guarda.

Clem colocou as duas mãos na cintura da capitã, virou-a um pouquinho para tirá-la da sombra e direcioná-la até um filete de luz azulada do luar; em seguida, ergueu a túnica de Mariel até expor o ferimento. Ser tocada de maneira tão casual e com tanta gentileza era excruciante, mas pelo menos a curandeira estava sendo rápida.

Mariel não olhou. Não precisava saber o nível do prejuízo. Não devia ser nada de mais.

— Ai, pelo amor de Deus — exclamou Clemence, o que não pareceu um bom sinal. — Você não limpou, não ficou em repouso, só ficou desfilando por aí fazendo qualquer merda que te dá na cabeça. Você basicamente rebolou na cara da morte e mandou ela vir te procurar.

Mariel fez uma careta.

— E em que momento durante nossa rápida fuga de legalistas armados eu devia ter tido tempo de tomar um banho aromatizado?

— Meu pai amado, que *banho aromatizado* o quê. Seria ainda pior do que encher a ferida de sujeira e meter o dedo lá dentro, o que, só para deixar registrado, já é mais ou menos o que você fez. Era para você ter ficado deitada numa carroça.

— E o que os outros iriam pensar de mim?

— Que você... acabou de levar uma facada?

— Não — respondeu Mariel, tentando não estremecer quando Clemence derramou um pouco de vinho no ferimento e começou a enxugá-lo habilmente com um chumaço de pano. — Iriam ter me achado fraca.

— Ah, com certeza, porque você vai passar uma impressão superformidável e impressionante quando começar a apodrecer de dentro para fora e soltar os bofes belo buraco de cima e de baixo até morrer. Ou... eu não diria *formidável*, mas ninguém vai querer chegar nem perto de você, o que eu imagino que deva ser um outro caminho para o mesmo resultado.

— Será que dá para você só... *parar de falar*? — A cabeça de Mariel latejava. Sua pele comichava como se formigas a estivessem comendo viva. Agora que Clemence estava cutucando o machucado, não dava para ignorá-lo. — Chega a ser absurdo o tanto que você é irritante.

— Valeu. — Com toda a misericórdia, ela estava quieta enquanto, para terminar, aplicava um emplastro de um bálsamo com cheiro medicinal. — Eu poderia fazer um ponto, caso você queira. Acho que tenho uma agulha em... algum lugar.

— Não.

— Beleza. Tá bem. Você sabe onde me encontrar caso precise de mim. Continuo sequestrada. — Clemence deu alguns passos e então hesitou. — Se quiser que isso aí cure, você precisa mesmo dormir um pouco.

Quando Mariel não respondeu nada, a curandeira enfim se afastou, se sentou nas raízes de uma árvore, puxou os joelhos até o queixo e fechou os olhos como se fosse dormir assim, toda corcunda feito uma gárgula. A garota estremeceu de leve, e foi só então que Mariel percebeu a brisa gelada contra o próprio rosto.

Na ronda seguinte pelo acampamento, esbarrou com Josey, que estava com o capuz sobre a cabeça e com um único olho aberto.

— Acabei de ser interceptada à faca, Abara — disse Mariel sem emoção nenhuma na voz. — E você nitidamente estava acordada. Não te parece algo com que você deveria ter se preocupado?

— Hum... ela tem o temperamento de um dente-de-leão. Eu é que não me preocupei. E além do mais... eu não quis me meter no seu lance.

— Quê?

Josey abriu um sorrisinho debochado e abaixou o capuz um pouco mais.

— Você sabe... todo aquele flerte.

Mariel ficou tão indignada que simplesmente saiu dali.

13

Clem sonhou com o pai e a mãe.

Era muito irritante que, quanto maior fosse o esforço para não pensar em alguma coisa durante o dia, mais as memórias tinham livre passagem para instaurar o caos no cérebro durante a noite, como se fossem lembranças novas, em carne viva, mesmo que já tivessem sido deixadas para trás havia muito tempo.

No sonho, o pai de Clem estada sentado à lareira de casa, entalhando alguma coisa. Sua mãe, à mesa, fervia mel e lavanda enquanto cantarolava. Os dois estavam de costas para a filha, que estava em todos os cantos e em lugar nenhum ao mesmo tempo. Dava para sentir o aroma delicado e floral do almíscar e o cheiro doce e defumado da lenha de macieira.

Ela sabia que, mais tarde, mamãe a deixaria comer as bordinhas crocantes do pão antes do jantar, e que papai a presentearia com o que quer que tivesse entalhado, insistindo que era uma cenoura, apesar das correções revoltadas de Clem (poderia ser um coelho, um cervo ou um cachorro… qualquer coisa menos uma cenoura, mas a piadinha resistia). Os dois estariam exaustos depois de um longo dia de trabalho, mas isso não os impediria de lhe contar uma história, ou de insistir para que ela mesma contasse e eles ouvissem enquanto digladiavam contra o sono até que Clem chegasse ao final feliz.

No sonho, sentiu um desejo desesperador de que o pai e a mãe se virassem, mas eles não o fizeram, e, de repente, ela ficou com medo.

Medo de que não reconhecesse o rosto deles, de que agora fossem dois desconhecidos.

Foi o sobressalto de pânico que a acordou. A maré de pavor recuou quando Clem se situou e se deu conta de que se tratara de um sonho, mas então foi sobrepujada por uma onda de tristeza tão opressiva que precisou respirar fundo até controlá-la.

Sonhos. Eca.

Alguém havia lhe coberto com uma capa durante a noite. O tecido não era do exuberante verde sarapintado da capa dos Homens Felizes; era grosso, cinza e áspero, com manchas suspeitas espalhadas pela bainha, mas ela o agarrou como se fosse um lençol de seda e logo começou a temer o momento em que alguém o tomaria. Era verão, mas a manhã estava nebulosa, e o frio continuava se apegando ao chão enquanto os tons rosados do nascer do sol começavam a perpassar as árvores. O ar estava úmido e com cheiro de terra, folhas mortas e musgo, e, do dossel de vegetação no alto, os pombos gorjeavam saudações ternas. A Velha Rosie logo sairia para caminhar pela mata, onde procuraria as oferendas que a floresta provera durante a noite (novas safras de cogumelos, frutinhas germinadas, teias de aranha adornadas com orvalho) antes de voltar à lareira.

Clem sentia tanta saudade que chegava a doer. O corpo inteiro doía, na verdade. Estava machucada, cheia de hematomas e coberta de sangue de outras pessoas. O sonho a abalara, e a fome infligia pontadas em seu estômago. Estava perigosamente perto de ter pena de si mesma, mas era um sentimento fácil de deixar para lá. Antes ela ali do que Rosie, que chegara perto demais de ser arrastada para a confusão. O quadril de sua tutora estava ficando ruim, e havia momentos em que as juntas dos dedos inchavam tanto que a impediam de cortar, misturar ou moer. Quando se sentia sociável, ainda escovava os cabelos da pupila e remendava suas roupas de lã, mas Clem tentava dar conta dessas demandas antes mesmo que Rosie pudesse sequer pensar a respeito. Também arrancava folhas e abria nozes para preparar os ingredientes; esperava até que Rosie saísse de casa e então corria para concluir as atividades do dia. Quando voltava, a idosa resmungava, suspirava e dizia que era mais do que capaz de dar conta de tudo, ao que Clem de certo concordava, e então, na surdina, levava suas meias até o lado de fora para consertá-las antes de começar as próprias obrigações.

Clem dormiria no chão todo dia pelo restante da vida para impedir que Rosie acabasse amarrada nos fundos de uma carroça, ou tremendo na aurora sobre um colchão de pedras e galhos.

Rosie precisaria atender aos pacientes de Clem enquanto isso. O que será que sua guardiã faria com os cogumelos esquisitos que ela havia deixado secando na estante na esperança de que a leva pudesse acalmar os nervos? Ou com a solução que deixara fermentando a fim de descobrir se ajudaria com problemas no estômago? Havia uma criança na vila vizinha com uma tenebrosa ferida na coxa cuja mãe permitira que Clem fizesse visitas semanais para remover o tecido morto e limpar o interior, em oposição direta ao conselho de um curandeiro itinerante que havia dito que pus em excesso e uma pele esverdeada eram, na realidade, *bons* sinais.

Tudo teria que esperar até que aquele flerte com a aventura chegasse ao fim.

Os Homens Felizes estavam de partida. Quando o céu clareou, novos guerreiros livres de ferimentos haviam chegado aos montes para escoltá-los, e, depois de um interlúdio confuso enquanto as pessoas acordavam aos chacoalhões, o acampamento improvisado se preparou para partir com uma pressa surpreendente. Morgan continuava se mexendo bem devagar, mas não havia sucumbido à febre durante a noite, o que era promissor. Mariel já estava ordenando as operações do lombo de um cavalo. A curandeira teve um vislumbre do rosto pálido e dos olhos fundos da capitã e suspirou.

Clem *não* dormia bem, mas Mariel parecia pior, e suas tristes tendências vampirescas não levariam à cicatrização. Chegava a ser incrível que houvesse tido forças para empurrá-la com tanta violência contra aquela árvore e prendê-la lá com uma das mãos ásperas enquanto pegava sua faca.

Ninguém nunca tinha prendido Clem contra uma árvore antes. Novas experiências faziam bem para a alma.

Kit apareceu para buscá-la e, com muita educação, ajudou-a a subir na carroça e amarrou-a outra vez como se estivesse lhe auxiliando a vestir um vestido chique. O único indício de que estava machucado era um singelo estremecer ao erguer o braço. Aquela gente era um bando de masoquistas e mártires.

— Não sei por que vocês se dão ao trabalho — disse Clem enquanto ele fazia um nó com cuidado para imobilizar suas mãos. — Josey não deixa nada passar batido. Percebe cada piscada minha.

— Ah, sabe como é — respondeu Kit. — É bom dar uma folguinha a ela de vez em quando. Catalogar piscadas dá um trabalhão danado.

— Pois é — exclamou Clem, sentindo um ronco intenso no estômago. — Ei... o seu nome é Kit, né?

— É. Akito, se for para ser chique. Coisa que... a gente não é. Que ridículo... passei tanto tempo tentando pensar num novo nome quando me senti pronto, e no fim das contas três silabas nem fazem muito a minha cara.

— Sei como é. A única que me chama de Clemence é a Rosie. Para todas as outras pessoas, é só Clem.

— Entendi — respondeu ele, assentindo enquanto conferia as amarras nos pés dela. — Clem. Prontinho, você está toda amarrada. Falta só a venda.

— O que eu queria perguntar mesmo é... tô com fome?

— Não é uma pergunta. Mas pois é. Eu também. Logo vamos chegar em casa. Quero dizer, não na *sua* casa. Mas vai ter comida além de batata crua. Como tá o seu estômago?

— Vazio.

— Não consigo parar de pensar no nishime da minha mãe. Ela diz que não dá para fazer direito aqui, que não fica do mesmo jeito que ela comia lá de onde a gente veio, mas acho que estou chegando perto.

— Ele suspirou, nitidamente saboreando o gosto fantasma da comida.

— Lá no acampamento a gente meio que só cozinha um monte do que conseguimos arranjar. Não dá tempo pra nada chique. Só pra caldeirões fumegantes e enormes com ensopado de alguma carne anônima.

— Você é um bom cozinheiro?

— Sou ótimo.

— Mas é curandeiro também.

Kit deu de ombros.

— Eu me arrisco. As duas funções se misturam um pouco.

— Verdade — comentou Clem com a impressão de que havia entendido. — Porque a comida cura.

— Ah. Nossa. Na verdade, só quis dizer que as duas coisas envolvem cortes e plantas. Mas, é, com certeza. O que você falou faz sentido também.

— Eu não sabia que os Homens Felizes eram tão refinados, com uma pessoa só para cozinhar em cada comitiva.

Kit riu.

— E não somos mesmo. Eu também sou *ótimo* com espadas.

— Pare de conversar com a carga — admoestou Morgan enquanto recebia ajuda de Baxter para subir na carroça.

— O nome dela é Clem — disse Kit.

— Ah, é? — respondeu Baxter. — Eu estava te chamando de Moela.

A curandeira franziu o cenho.

— Moela? Tipo...

— É, tipo as entranhas da galinha. Sei lá. É que você ama ficar mexendo nas tripas dos outros.

— É verdade — comentou ela enquanto Kit passava a venda por sua cabeça e, daquela vez, amarrava direito. — Eu amo mesmo.

Clem estava começando a ficar com a impressão de que toda a sua vida tinha sido reduzida a ser colocada e retirada dos fundos daquela carroça. Pelo menos não precisava passar a jornada inteira assistindo às caretas de Morgan para ela; no escuro, poderia fingir que elu estava inclusive com uma feição agradabilíssima no rosto. Em meio ao devaneio selvagem de tão ambicioso, elu também estaria tomando o maior cuidado e sendo meticulose com o ferimento, para não arruinar todo o trabalho duro de Clem.

A sensação foi de que passaram horas viajando. Ela sempre soube que a selva era gigantesca, que se estendia por pelo menos 40 mil hectares, mas naquele momento de fato *sentiu* toda a magnitude, já que seguiram por horas sem encontrar nenhuma outra alma viva. Na realidade, a mata não era apenas uma mata; eram bosques e clareiras, rios e cachoeiras, lagos, colinas e vales. Algo que engolia pessoas inteiras. Era possível entrar por um lado com a intenção de seguir a Grande Estrada direto rumo ao sul e, alguns meses mais tarde, ainda estar lá dentro com uma carreira promissora como lenhador, uma esposa e um bebê a caminho.

Ela podia até não fazer a mínima ideia de onde estavam, mas tinha a impressão de que faltava pouco para chegarem ao destino. Conversas leves e tranquilas ganharam vida ao redor de Clem, apesar das circunstâncias. O vagão pareceu acelerar, como se os cavalos sentissem aquele puxão magnético para casa. Quando pararam de vez, foi possível ouvir uma movimentação vinda de todos os lados; passos, fogueiras e gritos de reencontro contra o alvoroço de um local habitado. O cheiro era de fumaça de madeira e terra recém-revirada, e, quando o vento mudou de direção, o olfato de Clem foi de repente tomado pelo cheiro de carne assada.

Levou um tempinho para alguém se lembrar de descarregá-la (junto das batatas).

Foi Baxter. Deu para perceber pela facilidade com que a ergueu. *Ele* tinha um cheiro doce como feno fresco, e suas mãos eram ásperas devido aos calos. Ele a carregou por um belo tempo sem emitir nenhum ruído de esforço e então a colocou com gentileza no chão.

— Vou te amarrar nisso aqui — informou. — E aí o Kit me mandou te avisar que ele vai trazer algo pra você comer.

— É um sequestro cinco estrelas — disse ela e percebeu que sua voz estava meio rouca. — Vou me lembrar de vocês quando eu precisar de novo.

— Nosso objetivo é agradar. Quer que eu tire a venda?

— Acho que dá para deduzir sem muito mistério que qualquer pessoa vendada preferiria ficar sem venda.

— Certo. Vou me lembrar disso. Sempre procurando maneiras de melhorar nossos serviços.

Foi um alívio tão grande poder se reorientar quando a venda foi removida que Clem só ficou lá, piscando e absorvendo tudo.

Tinha imaginado tendas montadas numa vasta clareira, uma vila em miniatura enfurnada num espaço pequeno com passarelas estreitas e vielas laterais separando as fileiras, mas o que viu era algo muito mais orgânico. Não se tratava de uma única clareira, e sim várias interconectadas que se estendiam para muito além do que ela era capaz de ver através das árvores. As tendas eram organizadas em grupos ao redor das fogueiras; algumas pareciam mais barracos improvisados, de algum jeito construídas nos troncos e galhos mais baixos. A impressão era de que o acampamento sempre estivera ali, que crescera junto da mata, mas era possível ver novas tendas sendo montadas em todas as direções, gente descarregando e desfazendo bagagem com o cansaço de um longo dia de trabalho pesado em seus ombros.

— Tenho permissão para ver isso tudo? — perguntou a Baxter. Ele estava atiçando fogo a alguns metros de distância. Ela parecia estar amarrada à entrada da tenda de alguém. Havia uma pequena pilha de pertences à esquerda, bem fora de alcance; sacos, baús pequenos e uma pilha bem imponente de armamento.

— Aham — respondeu ele, dando de ombros. — Nada disso estava aqui na noite passada e vai sumir quando você sumir daqui também. Você poderia trazer pessoas para cá dez minutos depois de te soltarmos e tudo o que encontrariam seria lama e cinzas.

Baxter saiu, e Clem o assistiu atravessar o acampamento enquanto o povo gritava para cumprimentá-lo. O cara parecia popular, mas talvez só fosse alto.

Uma grande carroça coberta chegou por entre árvores, e Clem percebeu a atmosfera mudar na mesma hora. As pessoas pararam de conversar, puxaram os filhos mais para perto e fizeram as crianças ficarem em silêncio, se levantaram das fogueiras e tiraram os chapéus. Os maiores e mais fortes se aproximaram sem que nenhum tipo de sinal fosse necessário (dava para ver Baxter, a cabeça e os ombros acima de todos, se virando com a maré) e começarem o lento e solene trabalho de descarregar. Clem só foi entender direito o que estava acontecendo quando avistou o primeiro corpo, envolto numa capa com todo o carinho, ser colocado sobre uma cama de ramos de salgueiro entrelaçados.

Estavam trazendo os mortos para casa.

A solene procissão continuou com pessoas vindo adiante em duplas e então carregando as vítimas ao longo do acampamento. Clem contou quinze, e depois parou de contabilizar. Às vezes, eram familiares e amigos que chegavam para transportar o fardo, ou então para caminhar ao lado do esquife enquanto descansavam as mãos sobre os corpos, como se estivessem tentando reconfortá-los. Em certos momentos, o silêncio era interrompido por um pranto extravasado, pelo fragmento do luto cru e irrestrito de alguém.

Ao fim do processo, o acampamento inteiro seguia a procissão. Parecia haver centenas de pessoas, que saíam de árvores e tendas. Gente que era diferente uma da outra de todas as formas possíveis, mas que se moviam como se fossem um só, unidos sob suas capas. Sentindo-se tonta e frágil, Clem os observou partir. A fome que a assolava nutria um medo vago de que havia sido esquecida. Ela mandou o sentimento para longe. Sua fome não importava. Poderia esperar. Não iria começar a fazer birra porque queria um lanchinho num funeral. Em vez disso, fechou os olhos e deixou a mente vagar; chegava perto do sino, mas nunca era capaz de tocá-lo de fato.

— Aqui.

Clem abriu os olhos e contemplou um milagre. Kit estava parado ali, segurando uma tigela fina e amassada, cheia de um fumegante ensopado de carne. Ele colocou a cumbuca no chão para que pudesse desfazer os nós que prendiam os punhos dela, mas a manteve amarrada pelos tornozelos. Assim que ficou com as mãos livres, Clem agarrou o recipiente e começou a virar o alimento boca adentro, ignorando a quentura enquanto engolia tudo. Era aromático e salgado, repleto de pedaços de carne de caça e, naquele momento, foi a comida com mais gosto de *comida* que já havia experimentado.

— Trouxe uma colher para você, sabe — disse Kit, gesticulando com o talher. — Mas assim dá certo também.

Ele se sentou pesadamente ao lado dela e esperou em silêncio, então os vergonhosos ruídos ávidos eram o único som além do crepitar do fogo nas fogueiras. Depois de ter terminado e deixado a tigela no chão, Clem estendeu as mãos para que fosse amarrada de novo. Kit só percebeu quando ela o cutucou com gentileza, e então meneou a cabeça de leve, como se sua mente tivesse ido a algum lugar muito distante antes de voltar a conter a prisioneira.

— Foi você quem fez?

— Hum?

Clem apontou com a cabeça para a cumbuca vazia.

— Ah. Foi.

— Estava incrível — elogiou a curandeira com uma reverencia quase chorosa.

— Até que deu para o gasto. É só que você estava morta de fome. Além do mais... ficar de cara com a morte deixa tudo mais gostoso.

— Você os conhecia? — perguntou ela enquanto Baxter fazia os nós. — As pessoas que morreram.

— Aham — respondeu ele, franzindo o cenho. — Quero dizer, todo mundo conhece todo mundo. Às vezes a gente sabe mais tipo "Aquele ali é o avô do marido da filha do Gregory, o nome deve começar com T", e não todos os detalhes da vida de cada um. Mas... é, eu conhecia a maioria.

— Sinto muito — falou ela com sinceridade, mas ciente de que era inútil.

— Eu também. — Ele se sentou sobre as pernas, passou uma das mãos pelo cabelo e então se levantou. — Eu também.

Kit saiu, e Clem ficou esperando, o que, depois de mais ou menos uma hora, acabou sendo entediante demais, então tentou dormir de novo. Devia ter conseguido em algum momento, porque, quando voltou a abrir os olhos, já era fim de tarde, e Mariel estava de pé à sua frente.

O cabelo da capitã escapava da trança, a capa agora pendia de um dos braços, e seus movimentos eram lentos e cansados. Ela pareceu não perceber ou se importar com o fato de que a curandeira estava acordada, ou com sua presença ali num geral; tirou as braçadeiras de couro e abriu o primeiro botão da camisa suja que vestia por baixo, o que Clem deduziu que fosse sua definição de ficar mais à vontade, e então vasculhou seus pertences até encontrar uma garrafa e destampá-la com um longo suspiro. Era esquisito vê-la agindo como uma pessoa real. Clem quase sentiu pena.

Com os olhos semicerrados, observou-a se sentar perto da fogueira, que, pela forma como crepitava, parecia ter sido instigada havia pouco tempo, e tomar um gole da bebida. Ela se empertigou por inteiro num sobressalto quando Mariel lhe estendeu a garrafa.

— Valeu — disse Clem com a voz fraca e rouca, como se quisesse demonstrar o quanto precisava daquilo.

A capitã se inclinou adiante, desamarrou um de seus punhos, afrouxou a corda e então, com grosseria, enfiou a garrafa na mão da prisioneira, como se estivesse desesperada para não passar de jeito nenhum a impressão de que estava sendo gentil.

Clem bebericou e percebeu que o líquido era surpreendentemente doce.

— Chá de sabugueiro?

Mariel assentiu.

— O Kit que faz.

Elas ficaram sentadas num silêncio quase sociável por um tempinho, até Josey aparecer. Ela parecia cansada e tinha uma mancha de fuligem na maçã do rosto.

— Passe pra cá — disse, sentando-se ao lado de Clem e estendendo a mão para pegar a garrafa.

— É de flor de sabugueiro — informou a curandeira, passando a bebida.

— Que bom. Esse é do bom.

— Não me lembro de ter te convidado para vir aqui — resmungou Mariel.

— Não precisava. Eu sou intuitiva. Percebo deixas sociais e comportamentais — respondeu Josey, recostando-se sobre os cotovelos e se espreguiçando ao cruzar as pernas. — Quando é que você vai se reunir com os outros?

— Logo mais. Por mim já teríamos começado direto, mas é que um primo do capitão Morris foi... queimado na pira.

— Nossa, que papo mais deprimente.

Morgan surgiu da escuridão mancando até o brilho do fogo e, com cuidado, se sentou ao lado de Mariel.

— Foi seu ombro que acertaram — provocou Josey, passando a garrafa para elu. — Tá mancando por quê?

— Eu preferiria que você estivesse em repouso — Clem falou para Morgan, que a encarou com um olhar furioso. — Não que você deva se importar comigo, é óbvio. Sou só a pessoa que te salvou de uma morte precoce e profundamente humilhante.

Morgan murmurou alguma coisa inaudível com a boca na garrafa, algo que Clem decidiu interpretar como um agradecimento bajulador.

Parecia inevitável que Baxter e Kit se juntassem ao grupo, e demorou poucos minutos para que os dois, cobertos de fuligem e com olhos injetados, se aproximassem. Baxter deu uns tapinhas nas costas de Kit e um empurrãozinho gentil enquanto se sentavam. Mariel revirou os olhos, mas não reclamou mais. Ficou evidente que todos ali encontravam certo conforto ao redor da fogueira da líder da comitiva e, mesmo que Clem duvidasse que Mariel algum dia fosse admitir, percebeu a capitã ficando mais à vontade na presença de seus Homens. Dos confins de sua capa, Baxter tirou uma garrafa de algo mais forte do que chá de flores e passou-a para que todos dessem uns golinhos. Mariel jogou-a com destreza para Kit por trás das costas de Morgan quando elu não estava prestando atenção.

— Só vou falar uma coisa — disse Josey, limpando gotas cor de âmbar da boca com a manga. — Não quero ir mais pra nenhuma merda de funeral.

— A Sarah Atterbury estava na pira — comentou Baxter, desanimado. — A gente fazia vigílias noturnas junto. Ela tem duas filhas.

Todos ficaram contemplativos.

Kit suspirou.

— A sensação é de que só está piorando.

O grupo foi assolado por uma tensão que ficou evidente pelo olhar de canto de olho de Morgan a Kit e pelo enrijecer da coluna de Mariel. Não era preciso ser lá muito inteligente para entender o motivo.

Se as coisas estavam piorando, era sob o comando de Jack Hartley. Clem já sabia que o povo do Vale do Carvalho pensava assim, mas ouvir aquilo sendo proferido naquele acampamento parecia equivalente à traição.

Mariel era ao mesmo tempo filha do comandante Hartley e uma de seus capitães. Arreigada de todas as formas possíveis: por sangue *e* por hierarquia.

Clem atraiu a atenção dela e procurou algum indício de remorso ou sinal de que havia se ofendido, mas Mariel logo afastou o olhar e então se levantou.

— Vão dormir — ordenou, fechando a camisa enquanto saía e colocando a capa de volta sobre os ombros. — Tenho compromissos a cumprir.

14

A mãe de Mariel a esperava debaixo de um carvalho. As piras funerárias ainda fumegavam a distância. O cabelo comprido da mulher havia assumido um tom cinza-prateado e estava amarrado à nuca com o tipo de formalidade glamorosa que sempre parecia deslocada quando ela visitava o acampamento. Um dos novos candidatos a se tornar capitão a havia escoltado e agora esperava ali perto enquanto entrevia a conversa.

Ela pareceu não perceber a chegada da filha, o que era estranho. Em geral, ela sorria toda cheia de ansiedade, esperando a filha com uma evidente avidez, numa tentativa tão intensa de demonstrar afeição que chegava a fazer Mariel estremecer.

— Regan.

— Ah... Olá, Mariel. — A mãe estava com uma das mãos sobre a clavícula, ainda nitidamente perdida em pensamentos enquanto observava as fogueiras, agora com um fogo baixo. — Não estava... eu não... foram quantos?

Mariel roçou a bota contra uma raiz retorcida de árvore e tentou não suspirar.

— Vinte e dois.

— *Vinte e dois?* — perguntou a mãe com um tom de voz horrorizado.

— E ainda tem alguns feridos que talvez não sobrevivam.

— Vinte e dois — repetiu Regan. Mariel não conseguia ter certeza se havia lágrimas nos olhos da mãe ou se ela estava apenas marejada por causa da fumaça.

Aquela mulher não tinha o menor direito de ficar triste por quem os Homens Felizes haviam perdido. Não tinha mais direito a nada disso.

— Você podia ter vindo para prestar suas homenagens.

— Não — respondeu Regan, distraída. — É que... eu não tenho permissão, na verdade. É só para membros do grupo, você sabe como funciona.

Mariel não queria deixá-la se safar com tanta facilidade.

— Deve ter sido o pior ataque desde os primórdios.

— Olha só como você está falando — disse Regan, enfim se virando para encarar a filha com um sorriso triste e cansado. — *Os primórdios*. Como se você estivesse lá. Pelo amor de Deus, você soa tão mais velha.

— Ah, pois é. Mas estou aqui *agora*, não estou? — exclamou Mariel, sem nem tentar esconder a mordacidade na voz. — Não tenho muito tempo. Não sei se te contaram, mas... levaram o comandante. Joãozão e o subcomandante Payne também. Vou ter uma reunião com os capitães, e aí acho que só vou voltar quando terminar.

— Sim — respondeu a mãe, esfregando as mãos de um jeito distraído que sempre irritava Mariel. — Me contaram. Seu pai sempre adorou entrar de cabeça nas batalhas.

— Ele não entrou de cabeça em nada — vociferou Mariel. — Ele sofreu uma *emboscada*. Não queria nada disso. Nenhum de nós queria...
— Ela apontou para as piras e deixou a mão cair.

Regan respirou fundo e depois soltou o ar num extravagante e demorado suspiro.

— Sei que você tem muita estima pelo seu pai, Mariel, mas você precisa admitir que ele tem, sim, uma sede anormal por sangue. É algo que eu tinha torcido muito para você não herdar, mas... a julgar pela sua aparência, você anda brigando.

— Brigando. Sim. Eu ando *brigando*, Regan. Que besteira a minha, ficar me metendo em brigas.

— Ah, não fique brava — disse Regan e levou as mãos trêmulas na direção da filha, mesmo que de forma alguma fosse tão tola a ponto de acreditar que algum dia teria permissão de tocá-la. — Olha... as pessoas precisam de um líder forte em momentos como este. Deixe todos os capitães com aqueles broches cômicos saírem correndo para brincar de soldadinho. Você deveria ficar aqui. Para encorajar o povo. Cuidar das pessoas. Foi para isso que eu sempre levei jeito.

Mariel nem se dignou a dar uma resposta, mas bufou de incredulidade e cruzou os braços.

— Sei que você não gosta de dar ouvidos à velha estúpida da sua mãe, mas pensa a respeito, pode ser?

— Meu pai foi *capturado*, e você quer que eu fique em casa e mantenha as fogueiras acesas? Nem todo mundo é covarde e sem vergonha.

— Não é covardia, Mariel — argumentou Regan, o tom de voz de repente mais mordaz do que o normal. — Na verdade... imagino que seja exatamente o que o seu pai iria querer que você fizesse. Se não vai pensar no que *eu* quero, pense nele.

Mariel odiava a possibilidade de a mãe estar certa. Jack não acharia que a filha estava pronta para algo assim, para uma missão séria de resgate, para que se responsabilizasse pela vida de gente importante. Era provável que ele a mandasse sequestrar outra curandeira, ou que continuasse com o serviço de patrulha. E era bem por isso que ela não poderia só ficar esperando outra pessoa decidir como iriam agir. Tinha recebido ordens para sossegar o facho. Contudo, precisava agir. Se não estava pronta... então teria que simplesmente *ficar pronta*, e depressa.

E agora estava duvidando de si mesma. Era uma jogada clássica da mãe ausente.

Mariel colocou um ponto-final na discussão.

— Isso é assunto dos Homens Felizes, Regan, e, portanto, nada que seja da sua conta.

— Queria que você me chamasse de *mãe*.

— Mãe — disse a garota. A palavra parecia esquisita e rugosa em sua boca. — Preciso ir. Podemos marcar uma reunião para outra data, quando tudo isso passar.

— Isso não é uma reunião, Mariel. Eu só queria me sentar com você. Conversar.

— Outro dia — disse a capitã, desesperada para encerrar o papo. Odiava as visitas da mãe. Odiava como eram raras e, ainda assim, ao mesmo tempo odiava o quanto cada momento era excruciante. Às vezes, a impressão era de que sentia saudade apenas da *ideia* de ter mãe, um conceito vago, sem nenhuma conexão com a verdadeira experiência de ser filha de Regan. Quando dava por si, Mariel percebia que estava ansiando por alguma coisa, achando que talvez estivesse até mesmo empolgada para vê-la, mas então Regan em geral chegava e passava algumas horas desconfortáveis de conversa fiada ao redor de uma fogueira, olhando em volta como se mal pudesse esperar para encontrar uma desculpa para ir embora, e Mariel era tomada pela decepção de novo. *Ah. Você não.*

Na verdade, não conseguia nem se lembrar de nenhuma outra vez em que a mãe passara tanto tempo ali. Fazia anos.

— Mas pense no que eu te falei — disse Regan de novo. Ela esticou a mão e até conseguiu agarrar o braço da filha, que não se esquivou a tempo. — Você pode não me achar grande coisa, mas não quero te ver sendo capturada ou... ou ferida.

A capitã pensou nas ataduras debaixo da túnica e lutou contra o ímpeto de tocá-las.

— Não recebo ordens de você, Regan.

— Aceite um conselho, então. Você não precisa sair correndo por aí com seu arco e suas facas, cheia de ímpeto e desejo de vingança. Não é assim que provamos nosso valor! Quando te mandarem permanecer aqui, aproveite a oportunidade ao máximo. Mostre a eles que um líder nutre confiança. Que um líder não vai embora.

— Uma palestra sobre o valor de *não ir embora*? Vindo de *você*? — vociferou Mariel, incapaz de manter a compostura nem por um instante a mais e, lá no fundo, feliz por ter uma desculpa para puxar o braço de volta com violência, o que lhe causou uma pontada intensa de dor no abdômen. — Você está alcançando novos níveis de ironia, Regan. Agora, me dá licença.

Mariel ignorou Regan a chamando e até acelerou um pouco o passo. Sabia que estava sendo imatura, mas não se importava. Ela é que ficasse lá, vigiada pelo guarda e incapaz de seguir a filha, gritando por Mariel até ficar rouca.

Os capitães tinham concordado em se reunir depois de um breve intervalo, então, para ocupar o tempo, ela fez o que sempre fazia: rondas. Rodeou o acampamento e, mentalmente, mapeou os limites e as fronteiras, os lugares onde as pessoas que gostavam de se isolar haviam montado suas tendas, um pouco mais adiante em meio as árvores. Prestou atenção em todos os postos de guarda, que eram invisíveis para qualquer um que não soubesse para onde olhar e consistiam em plataformas naturais lá no alto, nas forquilhas das árvores, ocupadas por uma sombra escura e cinza-esverdeada fazendo vigília. Sempre que passava pela própria fogueira, que crepitava a distância, contava as silhuetas sentadas por lá. Havia cinco naquela noite. Mesmo de tão longe, dava para perceber que alguém tinha desamarrado a merda da outra mão da curandeira.

Eram todos molengas demais. Até Baxter, que parecia capaz de esmigalhar uma noz entre o polegar e o indicador caso estivesse a fim. Até mesmo Josey, que era capaz de cortar o pescoço de alguém e sumir antes mesmo que a primeira gota de sangue caísse. Era ridículo manter uma prisioneira no meio de todo mundo assim, mas Mariel havia tomado uma decisão e agora teria que levá-la até o fim.

O cair da noite preencheu o acampamento com silêncio, e Mariel seguiu para o local combinado.

Ela sempre precisava se preparar para aquelas reuniões. Em geral, seu pai ou algum dos subcomandantes dele estaria lá para liderar os procedimentos, o que ao menos servia para que os temperamentos não ficassem tão exaltados. Acontece que, sem ninguém no comando, Mariel sabia que era bem provável que a assembleia acabasse se tornando mais uma briga de lama verbal.

Ela assentiu para alguns de seus poucos camaradas sensatos reunidos ali (capitão Morris e capitão Hughes) e tentou, sem sucesso, aliviar a tensão na mandíbula.

Richard Flores a observava. Ele era anos mais velho que Mariel, que o considerava um tolo, um puxa-saco que nunca calava a boca. O sujeito fazia flexões no meio do acampamento quando não estava em patrulha;

gostava de ficar seguindo o comandante Hartley e Payne por aí, assentindo para qualquer coisa que falassem antes mesmo de terem concluído a frase. Para ela, era muito óbvio que ele só se importava em criar uma reputação para si mesmo, mas qualquer tentativa de apontar isso para o pai havia sido inútil. Era óbvio que Richard Flores se considerava o próximo na linha de sucessão para subcomandante. Talvez até para comandante algum dia. Só por cima do cadáver de Mariel.

Flores pigarreou.

— Agora que estamos *todos* reunidos...

— Eu não me atrasei — disse ela antes que conseguisse evitar.

Ele sempre a irritava, mas ter passado o dia inteiro agindo como se tivesse autoridade sobre Mariel continuava a enfurecendo. Se seu pai estivesse ali, ela teria controlado a língua, mas já que a situação era outra...

— Você recusou uma ordem de retornar conosco hoje de manhã, Hartley-Hood.

— E de que isso teria adiantado? Cheguei duas horas depois de vocês. Não sei se você percebeu, mas não é mais de manhã, Flores. Devíamos ter nos reunido logo após o meu retorno. Desperdiçamos o dia.

— Concordamos em esperar até que tivéssemos prestado nossas homenagens aos falecidos.

— Os falecidos já faleceram — vociferou Mariel. — E os possíveis sobreviventes? E quando você diz "nós", de quem está falando exatamente, Richard? Você fez uma votação com todo mundo daqui ou só conversou com os seus amiguinhos e depois fez o que queria?

Havia uma grande probabilidade de que ele a mandara voltar ao acampamento só porque adorava lhe dar ordens. Flores vivia fazendo essas merdas; sempre procurando maneiras de garantir que fosse o responsável por repassar as instruções de Hartley ou do subcomandante Payne, porque assim podia ver a expressão no rosto dela quando era ordenada a assumir algum dever maçante ou a ficar no acampamento enquanto os outros saíam para cavalgar juntos. Por Deus, como ela o odiava.

Ele trocou um olhar com alguns de seus coleguinhas já mencionados (os capitães Bennet e Howard, seus soldados parceiros com quem dividia o mesmo único neurônio e com quem andava em bando) e então suspirou, como se fosse a vítima da história.

— Entendo que você deva estar com os sentimentos alvoroçados, Mariel. Vamos trazer o seu pai de volta. Se você quiser se retirar para descansar em vez de...

— Ah, Flores, vá *se foder*...

— Por favor — disse capitão Morris. — Chega. Capitão Flores, por favor repasse todas as últimas informações para aqueles de nós que não estavam aqui hoje de manhã.

Richard semicerrou os olhos para Mariel, mas então pigarreou e recobrou a compostura.

— Temos uma boa noção de alguns possíveis locais onde nossos homens podem estar detidos, graças aos batedores que...

— Você mandou batedores? — perguntou o capitão Hughes, a fala lenta e contida como sempre. — Antes de termos nos reunido?

— Se tivesse esperado até agora, eu não teria nenhuma informação para oferecer...

Uma discussão barulhenta irrompeu na mesma hora. Para não se rebaixar ainda mais, Mariel nem se meteu. Não deveriam (e não poderiam) perder as estribeiras só porque seu pai não estava ali para guiá-los e porque haviam sido deixados à mercê das caricatices de Richard Flores. Alguns daqueles capitães eram novatos demais. Com dois, ela mal havia conversado... o que, percebeu num sobressalto, significava que qualquer um deles poderia ser a fonte do vazamento.

Em quem dali ela confiava de verdade? Capitão Morris. Capitão Hughes. Flores era insuportável, mas... (com todo o rancor, precisava admitir) jamais os trairia. Harry Hassan não estava ali, mas ela sabia que o pai dele em pessoa o havia mandado partir em uma missão urgente. Elias e Sarika eram novos no posto de capitão, mas Mariel já tinha trabalhado com ambos e sabia que eram práticos e não tinham frescura; dois instintos nos quais ela depositava fé. Os outros não lhe eram estranhos, mas Mariel não colocaria a mão no fogo por pelo menos metade deles. Seu pai teria colocado, e, no passado, talvez isso já bastasse... mas, agora que haviam sido traídos, tudo era possível.

— Eu acho — disse ela e teve que aumentar o tom de voz para que lhe ouvissem — que precisamos considerar a possibilidade de que Frederic de Rainault...

Houve um resmungo generalizado, pelo qual Mariel ficou profundamente ofendida.

— De novo não — exclamou o capitão Bennet, um dos amigos do peito de Richard. — É impossível que o Frederic de merda Rainault seja *sempre* o culpado, Hartley-Hood.

Ela tinha certeza de que estavam errados. No entanto, seria inútil elaborar o argumento; estava nítido que não iria convencer ninguém ali. Mariel então calou a boca e ficou ouvindo a discussão enquanto um falava por cima do outro, e todos insistiam que o próprio plano era uma obra-prima ao passo que o dos colegas era uma insanidade.

— Não podemos dar nenhum passo enquanto não tivermos certeza de quem é o traidor — disse o capitão Morris, enfim interrompendo o caos. — Qualquer coisa que fizermos a partir daqui vai ficar comprometida se a pessoa errada estiver a par dos nossos planos.

Depois disso, vários dos capitães trocaram olhares de soslaio e remexeram os pés. Mariel se perguntou quantos ali estavam sendo avaliados como traidores em potencial. Ela se sentia relativamente confiante de que não seria um dos suspeitos.

— Ninguém ao redor desta fogueira trairia a causa por seja lá qual for a miséria prometida pelo xerife — zombou Richard Flores. — Deveríamos é montar uma lista dos recém-chegados ao acampamento. Anotar qualquer um que a gente suspeite que poderia estar espionando, qualquer pessoa com conexões com o mundo do xerife. E depois podemos começar as entrevistas...

— Interrogatórios, você quis dizer... — falou o capitão Hughes, franzindo o cenho.

— *Entrevistas*.

— E os batedores? — perguntou o Capitão Morris. — Qual o sentido de mandar pelotões de batedores se não podemos confiar nas informações que eles trazem de volta?

— Talvez a gente devesse entrevistar os batedores também, para garantir que...

Mariel parou de ouvir. Já tinha escutado o bastante. Horas intermináveis seriam perdidas assim, talvez até dias, e enquanto isso o destino de seu pai (e de Joãozão e do capitão Payne) pendia na balança. Membros de sua comitiva talvez fossem chamados para o inquérito. Era uma indignidade inconcebível.

O que seu pai faria?

Com certeza não ficaria sentado, esperando por aí. Sim, ele se importava com a ordem e com o protocolo, mas sempre lhe dissera que um líder precisava tomar decisões difíceis e ser firme em suas convicções. À época, Hartley falara isso a respeito de si mesmo (ele esperava que Mariel ficasse do outro lado, recebendo essas decisões, e não as tomando), mas as coisas haviam mudado.

Seu avô não teria nem se dado ao trabalho de comparecer a uma reunião ao redor da fogueira; já estaria lá fora, na estrada. Ações eram mais importantes do que palavras, e a lealdade a seus Homens era mais importante do que tudo.

Ninguém nem percebeu quando Mariel escapou.

De volta à própria fogueira, ela notou que a curandeira continuava com as duas mãos soltas. Estava cuidando de Morgan, que passava a impressão de que preferia levar outra flechada a passar por algo tão humilhante quanto ser alvo da *preocupação* de alguém.

— Que bom — disse elu quando a capitã se aproximou. — Você voltou. Mande-a parar de me cutucar.

— Agradeça por ela não estar te segurando pelo cangote, como seria mais apropriado — disse Mariel e deu uma olhada para Clemence, que estava limpando o ferimento de Morgan com uma intensa expressão de concentração no rosto, a pontinha da língua visível entre os lábios. — Ande logo com isso aí. Temos algo para discutir.

Clemence não ergueu a cabeça.

— Nós? Nós, tipo, *você e eu?* Porque eu estava mesmo querendo registrar uma reclamação a respeito das minhas acomodações. As camas são duras demais, a gerência é inflexível e, ao que parece, estou recebendo os benefícios que alguma outra pessoa pagou em amarras de corda.

Mariel fez uma careta.

— Por acaso tudo é piada para você?

— E por acaso *alguma coisa* é piada para você?

— Não — respondeu a capitã, torcendo para que tivesse soado autoritária enquanto sentia que estava a um sopro de desmoronar fisicamente. Ela se sentou para minimizar o risco de desabar, olhou ao redor para garantir que não seriam entreouvidos e então vasculhou seus pertences até encontrar um pedaço de pergaminho sujo, mas que não havia sido usado.

Tirou um pedaço fino e quente de carvão da fogueira, mal esperou um instante para que esfriasse, e começou a escrever.

Josey se inclinou adiante para dar uma olhada e logo compreendeu a importância daquilo.

— São várias propriedades.

Baxter, que estava até então abrigado com Kit na entrada da tenda de Mariel e de cenho franzido enquanto o ouvia falar, passou a prestar atenção.

— Propriedades?

— Os lugares onde talvez estejam mantendo o comandante Hartley e os outros. Morgan?

— Humm — exclamou ela, que havia se libertado das mãos da curandeira e agora, de olhos semicerrados, analisava os garranchos borrados da capitã. — Aham. Consigo reduzir a lista de possibilidades. Alguém desenha um mapa para mim?

Kit estendeu a mão para pegar o pergaminho, chutou mais um pedaço de carvão para fora da fogueira com a bota e esperou alguns segundos antes de recolhê-los do chão. Partiu o material em dois, virou o papel e começou a desenhar.

A curandeira havia parado de cutucar Morgan e agora parecia completamente hipnotizada enquanto, com uma intensidade felina, observava Kit mapear a mata com traços finos e certeiros. Ele acrescentou a Grande Estrada e as outras vias principais, os quatro mais altos e mais antigos carvalhos, quadradinhos para indicar as maiores vilas e então entregou tanto o carvão quanto o mapa para Morgan, que estremeceu quando se abaixou para desenhar.

— Ah, pelo amor de Deus — disse Clemence. — Nada de se abaixar! Parece que você está *procurando* oportunidades de se machucar. Por que já não aproveita e rola na bosta?

— Pensei que bosta ajudasse com ferimentos — comentou Baxter.

— Acho que é bom para garganta inflamada — acrescentou Kit. — E é bosta de *cachorro* em pó, especificamente.

— Não — exclamou Clemence chocada. — De jeito nenhum.

— Eu só me *inclinei* — resmungou Morgan. Elu analisou o mapa e então começou a desenhar cruzes que, sem querer, borraram algumas das linhas ilustradas com todo o cuidado por Kit. — Pode ser em algum desses pontos. O que posso garantir é que não vão usar a cabana de caça a oeste, porque tem um urso lá.

— Que beleza — disse Josey. — Ocupando propriedades para protestar. Ursos pela causa!

— Também não vai ser aqui. É perto demais do vilarejo... do pátio dá pra ver a hospedaria. Eles iriam se preocupar do povo ficar comentando. Mas, talvez...

Elu continuou a desenhar cruzes. Cruzes demais.

— Pare — exclamou Mariel.

— Posso parar de desenhar as cruzes se for para você se sentir melhor — respondeu Morgan —, mas esses lugares não vão deixar de ser prisões em potencial.

— Isso não vai funcionar — disse a capitã. — Parry, vou precisar cobrar o favor.

Morgan fechou a cara, bem do jeitinho que Mariel sabia que elu faria.

— Não.

— Parry.

— *Mariel*.

— Que favor? — perguntou Kit, reavendo o mapa de debaixo dos dedos escurecidos de Morgan.

— O favor secreto — respondeu Josey, o que foi de grande ajuda.

Baxter teve a audácia de parecer um pouco magoado.

— Vocês estão guardando segredos? A respeito de favores?

A paciência de Mariel estava quase no limite.

— Parry, ficar fazendo birra não vai adiantar de nada. Vai ter que ser assim. Agora, mais do que nunca, preciso que todo mundo me escute, siga minhas ordens e se comporte.

— Parece divertido.

A capitã a ignorou e olhou ao redor, para aqueles rostos cansados e confusos. De certo não eram a comitiva que ela teria escolhido (jovens demais, inexperientes demais e inclinados demais a transformar tudo em piada), mas teriam de servir. Ela conseguiria confiar neles para isso. Precisava confiar. Mesmo que, no momento, Morgan estivesse limpando de propósito os dedos manchados de carvão em um dos cobertores de Mariel, e Baxter tivesse vestido a capa do avesso.

— Vamos hoje à noite — disse baixinho. — Só a gente. Vou dar o sinal quando chegar a hora. Até lá, se façam de bobos. Vocês não sabem de nada.

— Vai ser moleza — respondeu Baxter. — Não sei por que você não pede para a gente fazer isso o tempo todo.

— Vamos desafiar o conselho? — perguntou Josey com o tipo de fulgor no olhar que costumava significar que alguém estava prestes a acabar com os cotovelos nas costas.

— Vamos fazer o que meu pai gostaria que fizéssemos — respondeu Mariel com firmeza.

— Então é um sim — disse Kit.

Ele não parecia lá tão animado quanto Josey, mas era difícil negar que a atmosfera ao redor da fogueira havia mudado de uma exaustão abatida para uma empolgação contagiosa.

Com gentileza, Josey cutucou o cotovelo de Mariel e olhou para Clemence. A capitã assentiu com concisão. A curandeira era sua prisioneira. Sua responsabilidade. Por mais irritante que fosse, a garota já tinha provado o quanto poderia ser útil após um confronto. Tivera diversas oportunidades para tentar fugir, mas obviamente repensara depois de ver o quão rápido Josey era capaz de se mover. Eram bons instintos. A curandeira iria junto.

— Beleza — exclamou Clemence, que não devia ter presenciado nenhuma parte daquela conversa não verbal. — Mas se for para me fazer usar uma batata como travesseiro de novo, prefiro que me mate sufocada agora de uma vez.

Josey arqueou as sobrancelhas para Mariel e deu de ombros, como se quisesse dizer que não seria uma ideia tão ruim assim.

— Só estejam prontos — disse a capitã.

Ela pegou o mapa e dobrou o papel com muito cuidado para que não borrasse ainda mais. Estava pensando a respeito da rota que faria pelo acampamento, na melhor forma de arranjar suprimentos sem levantar suspeitas, quando Richard Flores emergiu das sombras, armado até os dentes e flanqueado pelos capitães Bennet e Howard.

— Morgan Parry. Acredito que você precise vir conosco.

Quatro espadas foram desembainhadas ao mesmo tempo quando os Homens de Mariel se levantaram.

15

De seu ponto de vantagem no chão, tudo o que Clem conseguia ver, agora que Mariel e a comitiva haviam fechado um cerco ao redor de Morgan, era uma floresta de pernas.

— Jamais — disse a capitã com uma voz grave. — Com que autoridade?
— Se afaste, Mariel.
— É *capitã Hartley-Hood*.
— Se afaste, *capitã*.
— Eu asseguro a lealdade de Parry — exclamou Mariel. — E você sabe disso. Então te aconselho a recuar, e depressa.
— Não vamos "recuar" coisa nenhuma — disse o líder da atual oposição do grupo. — Pense bem, Mariel. Não se deixe contaminar por uma lealdade imprudente. É *Parry*. Não há ninguém mais capaz de nos trair do que elu, mesmo que tenha sido por acidente, ou devido a sentimentos e apego…
— Se você tem algum apego à sua cabeça em cima do pescoço — exclamou Morgan entredentes —, então é melhor calar a boca. Eu não traí ninguém, porra.
— Elu nos deu boas informações — disse Mariel. — Elu está do nosso lado. *Eu asseguro a lealdade de Morgan.*
— E como é que você *sabe?* Elu pode muito bem estar te levando para uma emboscada. É um desperdício assegurar a lealdade delu.

— Olha — comentou Josey. — Não dá pra ficar repetindo a palavra "assegurar" o tempo inteiro, daqui a pouco vai começar a soar esquisito.

— *Assegurar* — disse Baxter, abaixando um pouco a espada para dar uma olhada em Josey. — Verdade. Você tem razão.

Kit, que era quem estava mais perto de Clem, na retaguarda do grupo, de repente deu alguns passos adiante, o que causou um pequeno pega pra capar, e alguém do outro lado o empurrou com força a ponto de o rapaz se estatelar no chão ao lado da curandeira.

— Mandou bem — sussurrou Clem.

Kit virou a cabeça e deu uma piscadela. Despercebido por todo mundo devido à discussão, agora aos gritos, ele cortou as amarras nos pés dela e deixou os olhos vagarem até as árvores atrás da tenda de Mariel. Enquanto se levantava, Kit posicionou um dos dedos sobre os lábios para indicar que Clem deveria ignorar todos os seus instintos naturais e manter a boca fechada.

Desamarrada, foi fácil começar a se deslocar devagar e sempre rumo às coisas de Mariel.

— Não precisamos de mais violência depois dos acontecimentos dos últimos dias — disse o aspirante a sequestrador de Morgan. — Lógico que você não quer que o sangue de bons Homens seja derramado por causa disso, né? Parry será detide para interrogatório, e depois de termos recuperado Hartley e os outros…

Pelo tom de voz de Mariel, ela parecia para lá de impaciente e quase explodindo de raiva.

— Parry foi interrogade até dizer chega quando se juntou a nós. Duas vezes pelo conselho e uma vez pelo comandante Hartley. Vou te dar uma última chance de mudar de ideia aqui, Flores.

Clem fechou os dedos ao redor do punho de uma adaga e, com cuidado, pegou-a e a enfurnou na bolsa de suprimentos amarrada com firmeza sobre seu peito. Torcia para que fosse uma das boas. Era provável que Mariel não tivesse lâminas ruins.

— Já me decidi.

— Beleza — respondeu a capitã. — Então… *agora!*

A última exclamação não foi dirigia a Richard Flores, mas aos Homens dela, que no mesmo instante entraram em ação. Kit agarrou Clem, Baxter agarrou Morgan, e a curandeira não sabia ao certo quem ou o quê Mariel e Josey haviam agarrado, porque ela e Kit já estavam correndo rumo às árvores.

Alguém gritou "impeçam eles!" na fogueira lá atrás, mas a frase terminou num poderoso e ofegante *uuuuh*, como se a pessoa tivesse, de repente e de maneira violenta, perdido todo o ar dos pulmões.

— Você pode até tentar escapar — arquejou Kit enquanto corriam para a escuridão —, mas você não conhece as estradas. Eles vão te pegar. Mas você pode... ficar com a gente. Somos legais.

— Vocês não são *tão* legais assim — arquejou Clem em resposta.

Estava começando a se dar conta de que, mesmo com todas as escaladas na selva, as horas que passava cortando e esmigalhando ingredientes e as poucas ocasiões em que precisara segurar algum paciente para cuidar de seus ferimentos, não chegava nem perto do condicionamento físico de nenhum membro dos Homens Felizes. Nem mesmo do de Morgan.

Encontraram os cavalos já quase esbarrando nos bichos; Kit os desamarrou e enfiou as rédeas de uma égua escura nas mãos de Clem. Ela montou toda sem jeito e então deu uma cautelosa e experimental espremida nas pernas. Por sorte, os outros estavam conduzindo as montarias com mais coordenação e entusiasmo, e tudo o que Clem precisou fazer foi se segurar quando seu corcel arrancou numa velocidade surpreendente, levando em consideração o solo traiçoeiro. Mesmo que quisesse se lançar numa fuga ousada, parecia improvável que aquele cavalo abandonasse os companheiros agora. Ela se abaixou e pressionou o corpo até ficar quase em paralelo com o pescoço do bicho para evitar o genuíno risco de uma repentina decapitação arbórea.

Clem só foi perceber que estavam cavalgando em círculos quando irromperam numa clareira nos limites do acampamento, de onde era possível ver a fogueira da capitã apenas de relance a distância. Mariel e Josey não estavam mais lá. De algum jeito, tinham conseguido abrir espaço lutando, e, por onde passaram, deixaram os Homens que não haviam saído para perseguir os fugitivos dobrados ao meio ou grunhindo na lama. Ninguém parecia ter ferimentos graves, mas um dos sujeitos caído no chão sangrava excessivamente pelo nariz.

O arco de Mariel estava pendurado sobre as costas, e a aljava cheia de flechas que levava na cintura, intocada. Ela lutava com a espada e os punhos, às vezes com os pés, nitidamente relutante em causar algum ferimento real, mesmo que os outros a atacassem com o que parecia uma intenção assassina. Ninguém jamais seria capaz de perceber que ela estava machucada, ou sob rigorosas instruções de não fazer nada que piorasse o ferimento. Na verdade, não daria nem para pensar que ela já tinha recebido qualquer tipo de conselho médico vindo de um profissional consumado na vida.

Josey não estava nem se dando ao trabalho de usar uma arma. Enquanto Clem observava, a guerreira deu um jeito de usar o peso de um homenzarrão contra ele mesmo, fazendo-o recuar aos tropeços. Ela aplicou algum tipo de pressão específica e concentrada no pescoço do sujeito e o fez revirar os olhos para dentro da cabeça.

Josey era estupenda, mas Clem não conseguia ficar sem olhar para Mariel por muito tempo. A capitã lutava contra o muitíssimo arrogante Richard Flores, que era implacável. O cabelo escuro esvoaçava quando ela aparava, se esquivava e então o atacava com uma força inacreditável levando em consideração que Clem *sabia* que Mariel estava acordada havia basicamente dois dias direto e, para piorar, tinha um buraco a mais no corpo. Richard era bom (mais alto e com mais carne nos ossos) e, no fim, era provável que levasse a melhor no duelo, mas, por enquanto, estava sendo empurrado para trás, para longe do local em que o restante da comitiva as esperava nos cavalos. Josey já não tinha mais pessoas para humilhar e estava correndo rumo às montarias; ela pulou atrás de Kit e se reclinou para ficar de olho em Mariel.

— Não devia ter alguém a ajudando? — perguntou Clem, quando viu Richard recobrar a posição.

Ele conseguiu pressionar a guarda da capitã, que então precisou recuar e se abaixar para fugir de alcance, mas acabou levando uma cotovelada na boca.

— Ela não quer nossa ajuda — respondeu Baxter enquanto Mariel cuspia sangue no chão. — E ainda seria capaz de ficar ofendida.

Clem notou a expressão no rosto de Mariel.

Ela estava com os olhos semicerrados de concentração, os lábios abertos de leve, as bochechas bem coradas e tinha sangue no queixo. Em combate, era um demônio vingador; uma rainha celta injustiçada. Todos os músculos que Clem havia sentido quando a tocara estavam sendo usados em movimentos fortes e precisos.

A curandeira não queria ficar impressionada, mas a parte racional de sua mente estava fechada para balanço.

Quando Richard tentou atacar de novo, Mariel investiu num movimento complexo que o fez derrubar a espada, e então ergueu a própria lâmina e, com o punhal, deu uma pancada em seu nariz. Um tenebroso ruído de algo sendo triturado se espalhou, audível até mesmo ali onde os outros estavam (*quebrou,* pensou Clem no automático, precisaria ser colocado de volta no lugar do jeito certo, para que não inibisse a respiração), e Flores cambaleou para o lado enquanto Mariel se aproximava dos cavalos.

— *Solte as rédeas* — gritou a capitã para Clem, os dentes manchados de escarlate.

Clem obedeceu, e, no instante seguinte, Mariel estava montando a égua escura, assumindo o comando e relegando a curandeira a função de caroneira.

— *Mariel* — exclamou Richard com a voz engasgada, chacoalhando a cabeça e espalhando sangue enquanto dava alguns passos na direção dos fugitivos. — Você quebrou a *porra* do meu nariz. Você não vai se safar dessa, sua...

— Vamos — disse a capitã, pressionando as pernas no cavalo para partirem.

E foram.

Clem teve que passar os braços ao redor de Mariel para que não acabasse sendo arremessada com brusquidão em algum arbusto. A princípio, sentiu a capitã ficar rígida, como se tivesse sido atacada por diversão, e não abraçada por necessidade, mas depois de um tempinho cavalgando pela escuridão com as mãos de Clem agarrando-lhe a cintura e a bochecha pressionada contra suas costas, pareceu ou relaxar, ou esquecer por completo do que estava acontecendo. Em determinado momento, parecia que os capitães os estavam alcançando; a distância, Clem ouvia o barulho do trote de diversos cascos, como um suave estouro de trovão que não acabava nunca, mas Mariel logo guiou o grupo por manobras evasivas, com curvas fechadas e saltos bizarros por cima de árvores caídas, até Clem ficar um tanto enjoada e os perseguidores acabarem ficando para trás.

— Será que acabou? — gritou Josey lá da retaguarda quando a sensação foi de que estavam fugindo fazia uma eternidade.

A capitã parecia relutante em desacelerar, mas ergueu a mão para que freassem, e eles obedeceram derrapando até pararem com brusquidão.

Mariel se livrou das mãos cada vez mais fracas da curandeira e desmontou. Clem seguiu a deixa e se sentiu como (e era provável que também estivesse parecendo) um espantalho barato. Alongando as pernas, estalando as juntas, suspirando e guiando os cavalos até um riacho de correnteza gentil, os outros se juntaram às duas.

— Ele sabe tão bem quanto eu que não foi Perry quem nos traiu — Mariel falou para Josey, que deu de ombros. — Ele não vai desperdiçar mais tempo nos perseguindo pela mata quando pode ficar no acampamento dando ordens *e* me difamando.

— Vai que sou eu — disse Morgan, inexplicavelmente ofendido. — Eu poderia ser ume gênie do crime.

Baxter deu uma risada ofegante.

— Tem certeza de que é nessa ferida que você quer tocar agora, Morguinhe?

— Ele só quer me humilhar e fazer os outros questionarem minha liderança — comentou Mariel. Ela passou a mão no rosto. — Então, olha, a gente vai só… vamos… vai ser uma viagem de alguns dias a cavalo, e se nós…

— Não — disse Kit.

— Como assim *não*?

— É isso mesmo, *não* — repetiu Kit. — A gente não vai a lugar nenhum. A maioria aqui nem dormiu direito desde que saímos do Vale do Carvalho. Você está com um buraco na lateral do corpo, Morgan perdeu metade do ombro. Estamos um trapo. Acho que um caranguejo poderia chegar e acabar com a gente em poucas beliscadas. E nem precisa ser um caranguejo muito grande. Precisamos *descansar*.

— Mas... — Mariel parecia meio perdida. — Não dá *tempo*.

Kit estava impassível.

— É melhor a gente dormir direito agora à noite e começar descansado de manhã do que se meter numa briga sem querer e acabar com a cara toda esfaqueada porque demoramos demais para abrir os olhos depois de piscar.

— É — concordou Baxter. — O negócio é ir devagar e sempre que aí ninguém acaba sem um braço ou uma perna.

Morgan não falou nada, mas era evidente que era só por pura força de vontade que continuava de pé. Mariel olhou para Josey, que deu de ombros.

— Eu dormi — disse ela com um sorrisinho. — Mas não dou conta de lutar por quatro mortos ambulantes. Dois até vai. Mas quatro?

— Não sei se a minha opinião vale de alguma coisa — disse Clem —, mas eu concordo com Kit.

— Não vale nada, valeu — exclamou Mariel.

A capitã tentou seguir adiante, mas pareceu perceber que não aguentava dar mais do que alguns passos para qualquer direção que fosse, e então olhou fixamente para Morgan.

Morgan que, naquele momento, dormia e voltava a acordar num sobressalto com uma determinação sonolenta, como um gatinho depois de tomar leite.

— Tá bem — exclamou Mariel. — Vamos descansar.

Ela falou como se "descansar" fosse o pior palavrão que era capaz de imaginar.

Não houve nenhum suspiro coletivo *concreto* de alívio, mas todo mundo relaxou ao mesmo tempo. Clem se sentou com tanta força que o movimento quase pareceu um tombo. Baxter logo alongou os ombros e saiu para fazer algum trabalho pesado (provavelmente arrancar árvores com uma das mãos e então parti-las ao meio sobre o joelho), e os outros foram cuidar dos cavalos, acender uma fogueira e contabilizar o que tinham conseguido levar consigo quando fugiram. Não era muita coisa.

— Quem se machucou e precisa de cuidados vai ter que vir aqui — disse Clem. — Pelo visto minhas pernas não estão funcionando.

Ninguém foi. Típico. Baxter voltou com os braços cheios de lenha, e Morgan puxou os joelhos até o queixo pontudo e assumiu uma carranca.

— Sério, qual o sentido de me forçarem a vir junto se não vão me *utilizar*? Se não me deixarem trabalhar, vou ficar entediada pra caramba, e aí pode ser que eu comece a bolar um plano para escapar.

Kit cutucou Morgan até elu, relutante que só, se aproximar arrastando os pés e oferecer o ombro. O ferimento exibia uma coloração rosada, mas o inchaço tinha passado; naquelas circunstâncias, a recuperação estava superando as expectativas. Não havia muito o que Clem pudesse fazer sem água quente, e ninguém parecia no clima de abrir um buraco num tronco onde fosse possível fervê-la. Se o machucado começasse a infeccionar, ela talvez precisasse começar a remover carne, e tinha certeza de que Morgan não aceitaria isso de bom grado. Arriscou passar uma leve camada de bálsamo de sabugueiro para cuidar do inchaço e então, com um dedo, gesticulou para que Mariel se aproximasse.

— Depois — disse a capitã com desdém.

Quando o fogo passou a crepitar, formaram um círculo ao redor da fogueira. Morgan fez um casulo com a capa e caiu no sono quase que de imediato. A cabeça delu estava perigosamente perto de uma poça de lama pegajosa; Baxter pegou elu pelos calcanhares e puxou com gentileza até uma área de chão mais seca.

— Eu assumo o primeiro turno de vigília — disse Mariel, a voz tão seca quanto giz.

— Deixa de ser ridícula — exclamou Kit. — Eu assumo.

— O primeiro é melhor. Vai ser um desperdício dormir agora. Não vou conseguir nem... — Ela não terminou a frase, mas Kit só suspirou.

— Eu vou depois — disse ele. — Me acorda *daqui a pouco*, Mariel.

— Capitã.

— *Mariel* — repetiu Kit, provocante até o momento em que fechou os olhos.

Tirando os relinchos suaves dos cavalos cansados e o crepitar da fogueira, tudo estava em silêncio quando Mariel, depois de certo tempo, foi se sentar ao lado de Clem.

— A gente precisa parar de se encontrar assim — disse a curandeira baixinho para não incomodar os outros. — Pode tirar um pouco da sua roupa?

Mariel a encarou com o que pareceu uma tentativa ineficiente de um olhar sério, mas então obedeceu. Clem viu a túnica da capitã se erguer enquanto ela tirava a capa, revelando uma vastidão marcada e levemente musculosa do torso. A quantidade de cicatrizes não era incomum, mesmo para alguém tão jovem; diversas crianças lá no vilarejo já tinham cicatrizes causadas por doenças ou machucados antes mesmo de aprenderem a andar. O que fez Clem estremecer foi que todas haviam sido infligidas de propósito, atiradas ou cortadas na pele de Mariel.

O ferimento causado pela espada era um buraco estreito e irregular, com uma mancha roxa de hematoma, e estava num estado lamentável. Clem fez o que podia, tomando cuidado para tocá-la o mínimo possível enquanto aplicava o bálsamo, e então gesticulou para que se virasse. Devagar, esticou a mão até o rosto da capitã, e não ficou nem um pouco surpresa quando ela recuou.

— O que é *agora?*

— Você levou uma cotovelada. Só queria dar uma olhada nos seus dentes. Não me morde.

Parecia que Mariel estava prestes a dizer alguma coisa, mas as palavras morreram em seus lábios quando a curandeira segurou seu queixo.

— Vira — mandou Clem, e ela se virou, com uma expressão levemente atordoada enquanto inclinava a cabeça para a fogueira a fim de que pudesse ser mais bem examinada.

Havia um corte no lábio inferior, onde a pele macia estava aberta e vermelha como carne crua. Usando o polegar com gentileza, Clem a fez abrir a boca e encontrou uma lesão similar na gengiva. Tirando isso, a boca da capitã parecia surpreendentemente saudável para alguém que passava a impressão de não se importar com o próprio corpo, a não ser para usá-lo como arma.

— Recomendo que não coma nenhuma fruta ácida ou carne curada pelos próximos dias — instruiu Clem, soltando-a. — Mas você vai sobreviver.

— Que noticia devastadora — respondeu Mariel, piscando para ela. — E o que eu faço com todas as cestas de suprimento que estamos para receber?

Clem abriu um sorrisão.

— Você precisa *mesmo* dormir um pouco — exclamou enquanto remexia em sua bolsa. — Você acabou de quase ser simpática. Ou... eu não diria *simpática*, mas contou uma piadoca. Espere aí, não fuja ainda.

Pegou um potinho de bálsamo e, como quem mostra um cabresto pela primeira vez a um cavalo para impedir que o bicho entre em pânico, estendeu o frasco para Mariel, que semicerrou os olhos, mas não saiu correndo. Clem pegou um pouco do remédio com o mindinho e então, com cuidado, passou nos lábios da capitã.

Mariel franziu o cenho, já esticando a língua bem quando a curandeira estava prestes a mandá-la *não* comer o unguento.

— É gostoso? — Foi o que resolveu dizer.

— Tem gosto de sangue — respondeu ela, ainda de cenho franzido.

— E lavanda.

— É um belo nome para uma trupe musical — comentou Clem enquanto devolvia a rolha ao bálsamo com cuidado. — Sangue e Lavanda. Porra, como é que vocês sobreviveram por tanto tempo se cada vez que eu tento remendar esses machucados vocês agem como se estivesse ameaçando esfolar vocês bem devagarinho com um garfo?

— A gente tem curandeiros — explicou Mariel. — Mas eles são mais para... talas e amputações. Se está com gripe, vá à igreja. Se está com febre, mergulhe num riacho gelado.

— Ah, sim. Sei como é.

— E temos o Kit, que entende de plantas e ervas. Ele tenta...

— Cuidar de vocês — completou Clem.

— Cozinhar para a gente.

— É a mesma coisa.

Mariel pareceu ficar levemente desconfortável, como se ainda não tivesse lhe passado pela cabeça a possibilidade de que uma refeição pudesse ser qualquer outra coisa além de uma troca impessoal de combustível.

— Por que os seus queridíssimos colegas queriam Morgan? — perguntou a curandeira, abusando da sorte.

A capitã massageou as têmporas e demorou tanto para falar que Clem teve certeza de que iria levar um chega pra lá.

— Morgan é... prime da esposa do oficial de justiça — contou Mariel, depois de alguns instantes. — Uma família muito próxima do xerife. Faz pouco tempo que elu se juntou ao grupo.

— Ah — exclamou Clem e deu uma olhada em Morgan, que dormia um sono pesado.

Ela sabia que as pessoas que não nasciam como Homens Felizes costumavam ser fugitivas; gente que não tinha mais para onde ir e, no desespero, adentrava a selva à procura de um lugar para criar raízes. Tinha inclusive *ouvido falar* de quem, em busca do mesmo mistério e prestígio com os quais ela mesma já sonhara, largava uma realidade perfeitamente tranquila para se unir ao bando. Depois de ter visto como coordenavam as coisas, Clem imaginava que o deslumbre devia passar bem rápido quando ficava evidente que o estilo de vida consistia mais em orquestrar sequestros protocolares, carregar sacos de batatas e fazer fogueiras do que em oportunidades para seminários heroicos e privados com foragidos lendários.

— Eles não vão nos encontrar aqui? Pensei que vocês fossem excelentes como rastreadores.

— E somos mesmo. E sempre conseguimos encontrar uns aos outros... quando queremos ser encontrados.

A capitã passou a piscar muito; parecia estar perdendo a batalha para manter os olhos abertos.

— Pode dormir. Deixa que *eu* assumo o primeiro turno de vigília.

— Você não é qualificada — respondeu Mariel, mesmo que tivesse se recostado sobre os cotovelos e estivesse com o corpo inteiro se envergando de maneira esperançosa para o chão.

— Sou qualificada até demais — afirmou Clem. — Inquieta como um furão e péssima para dormir.

— Não — reforçou ela com uma suavidade distante na voz. — *Eu* é que durmo mal pra caramba.

— Ah, desculpa, não sabia que você era dona do monopólio dos distúrbios de sono motivados por estresse.

— Cale a boca. Você é uma prisioneira. Está sob minha... custódia. Você vai fugir.

— Não vou, não — disse a curandeira, tentando não sorrir enquanto assistia a Mariel lutar contra o sono como um bebê irritado. — A Josey iria acordar e usar uma folha grande para me estrangular. Além do mais... eu não sei onde estou.

O que ela *não* falou foi que, no momento, estava pra lá de investida em manter aqueles bando de tolos vivos. Quando pacientes recaíam sob seus cuidados, ela gostava de vê-los curados. Tirando Mariel e Morgan, aquele pessoal até que não era nada mal, e até mesmo a capitã havia surpreendido com o culhão para defender os seus. Como tudo tinha dado tão errado no começo da vida de Clem, ela levava bastante jeito para seguir o fluxo, porque sabia melhor do que ninguém que não adiantava espernear. As coisas aconteciam, tanto as ótimas quanto as péssimas. O que dava para fazer era, quando possível, aproveitá-las ao máximo.

No fim das contas, Clem acabaria fugindo em algum momento (iria encontrar uma oportunidade perto de uma encruzilhada familiar na estrada ou esperar até que Mariel lhe desse as costas e Josey estivesse ocupada mutilando alguma outra pessoa) e voltando para casa.

Até lá, iria ficar de vigília mesmo; o que também vinha a calhar, porque a capitã havia caído no sono, usando o braço como travesseiro e, inconscientemente, envolvendo o ferimento na lateral do corpo com uma das mãos, a única admissão até então de que estava sentindo algum tipo de dor.

16

Mariel ficou horrorizada ao descobrir que havia dormido e ainda mais perturbada pelo fato de que o sono havia ajudado mesmo. A cabeça parecia límpida, a dor ficara levemente mais tolerável, e o constante zunido de enjoo que pairava no estômago havia, de algum jeito, se mitigado. Kit capturara uma lebre enorme, pedira um milhão de desculpas ao bicho e depois o assara, então eles tiveram carne quente e magra no café da manhã. Mariel comeu em silêncio enquanto observava Kit e Clemence tirarem tudo da bolsa da curandeira e enfileirarem com cuidado os utensílios no chão, montando um inventário. Era surpreendente a quantidade de coisas que ela fizera caber num espaço tão pequeno.

— Calêndula para a pele. Matricária para dor de cabeça — disse Kit, manejando cada item com gentileza. — Você deveria conversar com a minha mãe. Ela é a rainha do kampo. Tem até umas ervas que nem dão aqui... e ela guarda para ocasiões especiais.

— Sério? — perguntou Clemence, que parecia genuinamente ofegante de tão interessada. Mariel revirou os olhos. — Acho que a gente se daria superbem.

— Ah, com certeza. Você deveria passar um tempinho como aprendiz dela quando... quero dizer, talvez mais para frente. Você usa milefólio para quê?

— Tratar feridas. Inflamação.

— E esses cogumelos?

— Hum, isso aí era um... experimento bem inicial para lidar com a dor — respondeu a curandeira, que assumiu uma expressão levemente evasiva. — Mas os efeitos colaterais foram... interessantes, para dizer o mínimo.

— Você é uma curandeira esquisita — resmungou Morgan. — Não colocou sanguessugas na gente nem uma vez sequer. Tenho sangue demais, disso eu sei. A sensação é de que... pesa tudo.

— Você tem a quantidade certa de sangue. Quando esse não for o caso eu te aviso, mas, com o tanto que vocês gostam de ficar procurando algum jeito de abrir buracos novos e empolgantes no corpo, excesso de sangue não é algo com que eu me preocuparia.

— Há! — disse Baxter. — Buracos são empolgantes *mesmo*.

— Scarlet — exclamou Mariel num tom de aviso, se metendo antes que a conversa saísse ainda mais de controle. Baxter não pareceu ficar lá muito intimidado. — Olha, a gente precisa ir rápido. Não sabemos quem nos traiu, mas não estou disposta a confiar em mais ninguém por enquanto. Não podemos desperdiçar a nossa vantagem.

— A equipe do xerife vai saber que estamos chegando — informou Baxter. — A gente dificilmente os deixaria capturarem nossos comandantes sem nenhuma retaliação.

— Pois é — disse Mariel, já quase sem paciência. Não era fã de receber participação da plateia. — Mas eles estão acostumados com o jeito do meu pai de lidar com as coisas. Demonstrações de força. Batalhas escancaradas. Não vão esperar que só seis de nós consigamos invadir na surdina.

Porque é tolice, acrescentou sua mente teimosa.

— Porque é tolice — falou Josey, feliz da vida. — E é *por isso* que vai dar certo.

— Nós vamos para Stoke Hanham? — perguntou Morgan, desanimade.

— Stoke Hanham? — repetiu Kit, franzindo o cenho. — Mas eu pensei que...

— Sim — disse Mariel. — E não estou nem um pouco interessada em discutir o assunto, Chisaka.

Era na extremidade de Stoke Hanham que ficava a grandiosa propriedade do oficial de justiça, conhecida como Hanham Hall, que, por acaso, também era a casa onde Morgan, com muita relutância, passara a infância. Eles estavam seguindo sem muita certeza, e não tinham o luxo de contar com batedores para vasculharem a mata e explorarem cada alvo em potencial. Se quisessem encontrar o pai da capitã, então precisavam de informações internas. Morgan deixara aquela vida antiga para trás, com exceção de um único laço frágil de contato... e era aquele fio que Mariel precisava puxar no momento.

Isso faria mal a elu, mas, com tanta coisa em risco, seria tolice não se valer da vantagem. E, além do mais, Mariel tinha se arriscado por Morgan mais de uma vez. Era chegada a hora de exigir algo em troca.

— Mas a gente trouxe Morgan para ê proteger — começou Kit devagar —, né? E não só porque você queria cobrar esse... favor, longe dos outros capitães.

— O que exatamente você está querendo dizer? — perguntou Mariel, ciente de que o tom de sua voz estava tão afiado que poderia cortar vidro.

— Que não vale a pena correr riscos desnecessários só para tentar provar que...

— *Chisaka*.

Kit enfim teve o bom senso de se calar.

— Parry — disse Mariel. — Stoke Hanham.

— Tá bem — respondeu Morgan. — Mas não venha me pedir mais nenhum favor depois disso. A barraquinha dos favores fechou as portas.

— Tá bem — repetiu a capitã.

Kit não estava se esforçando muito para esconder o fato de que, para ele, *nada* estava bem (devia estar preocupado com a possibilidade de reabrirem antigas feridas metafóricas e abrirem novos ferimentos literais), mas ele era sentimental demais, e Morgan já tinha idade para tomar as próprias decisões.

— É pelo menos um dia a cavalo. Vamos. Morgan, você vem comigo. Precisamos conversar.

Elu conversou (ou, melhor dizendo, ouviu Mariel falar e deu respostas curtas e insolentes) enquanto todos guardavam os humildes pertences, subiam dois em cada cavalo e começavam a abrir caminho em meio as árvores. Era um recurso estranho, resultado de uma vida inteira na selva: Mariel nunca precisava pensar no exato ponto em que estavam, mas era capaz de se localizar dentro dos limites da mata, de ajeitar a rota sem nem perceber, e os outros faziam a mesma coisa, assumindo a frente quando a bússola interna da capitã se calava.

Eles cavalgaram por horas. A cabeça de Mariel já estava toda ocupada com Stoke Hanham, com o que encontrariam por lá e repassando os detalhes do plano, enquanto Morgan seguia de cara fechada na sela atrás dela, cada vez mais frustrade com a repetição mundana daqueles questionamentos.

Era provável que não fossem só as perguntas. Também tinha a dor, que parecia dilacerar tudo e fazia com que até mesmo as mais simples tarefas fossem monumentais.

Não que Mariel tivesse noção. A dor não a incomodava.

O primeiro indício de que havia algo errado foi quando Josey, do nada, parou de falar com Kit e ficou imóvel na sela, apurando os ouvidos. Ela deu uma olhada para a capitã, arqueou as sobrancelhas de maneira muito discreta, levou um dedo aos lábios e então galopou rumo às árvores. Kit se agarrava a ela como se sua vida dependesse disso.

— Que encorajador — disse Clemence, que pelo menos teve a noção de falar baixinho.

— Cale a boca — exclamou Mariel.

Elas continuaram cavalgando quietas enquanto a capitã se esforçava para ouvir o que quer que tivesse alarmado Josey.

Baxter franziu o cenho.

— Que cheiro de...

— Fumaça — completou Clemence. Mariel percebeu que a curandeira estava um tanto estranha, como se um pouco daquele brilho de sempre tivesse sido drenado. — Tem alguma coisa pegando fogo.

Os cavalos não pareciam muito dispostos a trotar rumo ao perigo certo, mas haviam sido bem treinados e eram praticamente à prova de balas, então, apesar das narinas dilatadas e dos olhos se revirando, os bichos aceleraram. Não demorou para a fumaça ficar inevitável; o ar estava imundo, espesso e enjoativo. Com os olhos lacrimejando, Baxter começou a tossir, e Morgan deu um espirro sufocado.

— Não respirem muito fundo — alertou Mariel, piscando rápido para deixar a visão mais nítida. — Cubram a boca.

Foi quando a floresta se abriu um pouco que eles viram o fogo: três casas baixas de madeira queimavam como tochas, com colunas de chamas altas nos céus que cuspiam faíscas nas árvores próximas e as faziam arder de modo ameaçador. Havia uma dispersa fileira de moradores passando baldes içados do poço, mas o inferno não parecia lá muito intimidado pelo ocasional respingo de água.

Mariel e os outros desmontaram e, como se fossem um só, correram até o vilarejo.

— Curandeira, Parry... ajudem no poço. Scarlet, venha comigo.

Morgan e Baxter obedeceram. Clemence, não. Ela parecia atordoada, embriagada pela fumaça, e ficou com os olhos presos nas chamas e as mãos cerradas inutilmente ao lado do corpo.

— *Curandeira* — repetiu a capitã, mas não havia tempo para esperar e ver se Clemence iria acordar daquele transe.

Mariel e Baxter se aproximaram da casa mais próxima, e ele estremeceu quando um estalo sinistro ressoou no interior da propriedade.

— Tem gente lá dentro — disse uma mulher com a voz trêmula e a mão firme sobre o coração. — Crianças. E uma menina acabou de entrar...

— Capa verde?

— Isso. — A desconhecida tentava dizer mais alguma coisa, mas Mariel já estava em ação, Baxter logo no encalço.

A porta da frente era uma causa perdida; a verga tinha desmoronado e já estava preta de tão queimada, mas havia outra entrada pelos fundos, da qual escapava uma fumaça esvoaçante. Mariel e Baxter se entreolharam com uma careta, e então os dois puxaram as capas sobre o rosto e seguiram adiante. Uma mão insistente no braço de Mariel a obrigou a parar e, quando ela se virou, se deparou com Clemence, agora com uma expressão destemida no rosto e segurando duas tiras molhadas de tecido cinza.

— Amarrem isso aqui em volta da boca e do nariz — disse, levantando o tom de voz para que se fizesse ouvir por cima do clamor do fogo. — Ajuda com a... com a fumaça.

Eles obedeceram sem hesitar, e Clemence recuou quando os dois entraram com cuidado. Baxter se agigantava sobre Mariel como um andaime humano, a postos para refrear escombros.

Era um inferno. Havia fogo para todo lado. Mesmo com o tecido, a capitã sabia que estava inspirando morte. Era uma casa simples, só um par de cômodos modestos, mas o caminho estava bloqueado por vigas ardentes e palhas incandescentes, então o progresso era excruciante de tão devagar enquanto Baxter tirava destroços da frente. O risco de um desmoronamento completo aumentava a cada instante.

Assim que ele abriu passagem para o segundo quarto, Josey apareceu com um bebê nos braços e uma criança de seis ou sete anos agarrada à sua perna.

— Demoraram, hein — gritou ela, a voz falhando.

— É isso? — perguntou Baxter, pegando a criança mais velha no colo. — Só os dois?

— Espero que sim — respondeu Josey, empurrando-o. — Ande. Vai desabar.

Eles mal tinham passado pela porta quando ouviram um som parecido com o último grunhido de uma árvore em queda, e então o telhado inteiro cedeu, o que arrancou um arquejo horrorizado dos aldeões que assistiam à comoção. Quando chegaram longe o bastante, Mariel se sentou pesadamente na grama e arrancou o tecido molhado do rosto enquanto via Josey colocar o neném meio inconsciente no chão com cuidado; a outra criança ainda se recusava a largar Baxter. Eles logo foram cercados por pessoas que lhes ofereciam água, palavras de agradecimento e mãos gentis estendidas para acalmar os pequenos. A multidão abriu caminho para um sujeito ofegante e com o rosto vermelho, que, quando os viu, soltou um pranto abafado, um choro sem palavras. Ele caiu de joelhos e pegou o mais novo nos braços, e a criança mais velha enfim soltou a perna de Baxter para se agarrar ao homem.

— Cadê o Kit? — Mariel perguntou a Josey, que puxava o ar com força e de maneira irregular.

— Não está lá dentro — respondeu engasgada.

Já bastava. A capitã fechou os olhos e respirou fundo. Sua garganta parecia chamuscada, irritada e quente ao engolir. Quando voltou a abrir os olhos, avistou Clemence já agachada sobre as crianças, o ouvido grudado no peito da menorzinha.

— Só precisam descansar — disse ela ao homem que chorava de modo educado. Mariel deduziu que devia ser o responsável pelos pequenos. — E de ar fresco. Faça respirarem vapor quando os dois conseguirem aguentar. Ferva água com tomilho. Aqui.

Clemence vasculhou a bolsa e então colocou algo nas mãos do sujeito, que aceitou com um aceno de cabeça, puxou a criança para perto e, com olhos marejados, encarou a curandeira como se ela fosse um ser celestial. Mais adiante, era possível ver Kit aplicando um dos bálsamos de Clemence em um braço que exibia um tom cor-de-rosa que indicava dor.

Mariel fez força para se levantar e foi averiguar o restante do prejuízo. A impressão era de que o povo do vilarejo tinha desistido de lutar contra o fogo, e agora estava simplesmente assistindo às casas queimarem. Ela se lembrou das piras funerárias no acampamento, em todos aqueles rostos inundados pelo incongruente dourado do pôr do sol, nas feições marcadas pelo luto.

Havia uma mulher mais velha de pé no centro de um círculo perto do poço, a quem as pessoas se voltavam como plantas fazem com o sol — um evidente indício de que ela estava no comando. Mariel se aproximou, e os aldeões se deslocaram para que a capitã passasse. Alguns murmúrios a respeito da cor de sua capa se espalharam e fizeram o povo a encarar uma, duas vezes.

— Capitã Mariel Hartley-Hood — apresentou-se ela e percebeu a forma com que a mulher se empertigou um pouco mais. — O que aconteceu aqui?

— Foram os homens do xerife. Como punição. Eles acham que pagamos pouco nos impostos.

— Mas é lógico — respondeu Mariel. Ela já estava seguindo adiante, pensando na próxima demanda, quando se deu conta de que era provável que aquele momento exigisse mais tato e sutileza do que ela costumava ter para oferecer. — Sinto muito.

— Não sinta — disse a mulher. — Só transforme a vida deles num inferno, tá bem?

Mariel assentiu, séria.

— É o que vamos fazer.

Clemence e Kit não tinham mais aldeões para tratar e estavam agora insistindo em untar Mariel, Josey e Baxter com um bálsamo almiscarado e de cheiro doce tirado da bolsa de truques aparentemente sem fundo da curandeira. Mariel estremeceu quando Clemence a tocou, ainda não tinha se acostumado com aquele contato físico quase constante e insistente, mas depois se esforçou para focar Kit e Baxter, que estava de olhos fechados enquanto Kit esfregava o bálsamo nas juntas rosadas dele. Com a outra mão, Baxter, que não tinha experiência nenhuma com aquele tipo de coisa, fumava um cachimbo emprestado com alguma erva que a curandeira insistia ser capaz de limpar as vias aéreas. Quando voltou a abrir os olhos, ele sorriu para Kit, que devolveu o gesto antes de ficar corado e se curvar sobre a mão de Baxter de novo. Algo naquela intimidade deixou a capitã ainda mais incomodada.

Todo mundo andava se *tocando* demais ultimamente. Lógico, era medicinal, mas ainda assim era muito *estranho*. Dali a pouco era capaz de estarem de mãos dadas, desabafando sobre seus sentimentos.

— Que delícia — disse Baxter numa voz baixa e chiada enquanto Kit fazia movimentos circulares em sua mão, as orelhas escarlates de rubor.

— Chega — exclamou Mariel, empurrando Clemence. — A gente está bem. Abara? Você está... bem?

— No momento não estou pegando fogo — respondeu Josey, o que era algo adequado no momento.

Clemence deu um suspiro muitíssimo fingido, mas guardou seus suprimentos.

Mariel tentou fazer com que montassem nos cavalos e partissem sem mais gentilezas desnecessárias, mas o homem cujos filhos haviam sido resgatados surgiu todo agradecido, agarrou Josey pela mão e ofereceu bugigangas e alguns legumes frescos como presente, os quais ela recusou. O sujeito pegou a mão ilesa de Baxter também e parecia prestes a fazer o mesmo com a capitã, mas ela assentiu bruscamente e ordenou que o grupo seguisse adiante.

Ela não tinha mais forças para conversar com Morgan a respeito dos detalhes. Na verdade, todos estavam quietos e cansados enquanto os cavalos se esforçavam para avançar mata adentro. Cerca de uma hora mais tarde, Mariel ouviu algo ao longe e viu um lampejo de cor. Ela ergueu a mão para que todos parassem os cavalos.

— Alguém montou acampamento — disse baixinho. — A... menos de um quilômetro a oeste daqui, acho.

— Que bom pra eles — respondeu Morgan, nem tão baixinho quanto deveria. — Vamos lá perguntar se eles têm linguiça.

— Porra — exclamou Baxter, desejoso. — *Linguiça*.

— Kit, Josey. Vamos dar uma olhada — disse Mariel.

Ela decidiu que só podia ter imaginado os cinco suspiros de decepção que ouviu enquanto desmontava do cavalo.

Depois de concordarem em silêncio, Josey tomou a dianteira, e os demais a seguiram, abaixados e depois quase grudados no chão conforme se aproximavam do acampamento. Eles estavam num pequeno outeiro pedregoso, com vista para o vale lá embaixo onde um pedaço de carne rosada de caça estava sendo assado sobre a fogueira de um enorme acampamento de homens.

A maioria era irreconhecível para Mariel. Alguns eram funcionários do xerife com quem já tinha cruzado, muito embora não fosse capaz de nomeá-los. Ela só tinha olhos para Frederic de Rainault.

Ele estava sentado próximo à fogueira com uma perna erguida, era provável que para aliviar a dor no joelho (*há!*), mas, mesmo assim, exalava uma elegância despreocupada, uma falta de preocupação exclusiva aos ricos. Estava completamente afastado dos outros, deixando que os homens de seu pai cuidassem do fogo e das provisões, presente apenas para interpretar o papel do obediente cavalheiro numa nobre missão.

Se ele algum dia fizesse algo tão interessante a ponto de garantir que alguém escrevesse sua história, será que Mariel seria a vilã? A bandida na floresta que o aterrorizava, apesar de suas tentativas de civilizá-la e poupar-lhe a vida? A mão que erguera a faca e trouxera um fim para a fábula de sua vida?

Robin Hood era o herói das histórias contadas ao redor de fogueiras de acampamento e lareiras nos vilarejos, mas Mariel só podia imaginar o que falavam a respeito dele dentro dos gélidos salões de pedra dos casarões. Delinquente. Arruaceiro. Ladrão. Talvez intragável até mesmo para aqueles que simpatizavam mais com a causa: era óbvio que *algo* precisava ser feito pelos pobres, mas tirar dos mais favorecidos? Não era esse o caminho...

Mariel não se importava. Frederic era dela. Ele representava a próxima geração do xerife, envenenado pelo pai, doutrinado para assumir o comando e levar mais corrupção e miséria à mata, parte de um ciclo que parecia nunca ter fim. Era um futuro sem esperança, e Mariel não permitiria que ele o idealizasse.

Ciente de que era inútil, mas mesmo assim torcendo por um breve instante, a capitã analisou o grupo em busca de prisioneiros. Lógico que seu pai não estava ali. Não faria sentido que Frederic ficasse transportando uma carga tão preciosa pela selva, mas, quando se tratava daquela gente, nunca dava para ter certeza de nada. Não eram sempre os melhores e mais inteligentes.

Eles não estavam perto o bastante para que pudessem ouvir o que era dito ao redor da fogueira; a fumaça carregava uma palavra ou outra, mas, tirando isso, o ruído não passava de um falatório masculino indistinto. Se chegassem um pouco mais perto, se Mariel conseguisse espionar direito, permitir que Frederic deixasse toda sorte de informações vitais escapar antes que ela sacasse a faca e o silenciasse para sempre... Contudo, eles tinham escolhido o local muito bem. Aproximar-se seria declarar guerra.

Mariel precisava admitir que não tinha a força dos números. Frederic contava com muito mais homens, provavelmente bem alimentados e, de algum jeito, descansados, sem terem sofrido ao pensar em vilarejos incendiados e crianças queimadas. Havia... o quê? Vinte deles? Trinta? De quantos inimigos ela daria conta?

O ferimento na lateral de seu corpo latejava. Mariel poderia fazer um igualzinho em Frederic, só para começar.

— Não — disse Kit baixinho no ouvido da capitã.

Mariel nem percebera que tinha se movido. Ela afrouxou a mão no punhal da faca e o encarou de soslaio.

— Sei que somos bons, mas não somos *tão bons assim*.

Era verdade. Seria necessário deixar para outro dia. Mariel não se permitiria morrer nas mãos de um *de Rainault*. Jamais se perdoaria.

Enquanto saíam do ponto de vantagem, o cachorro de Frederic olhou para eles com toda a nitidez. O próprio Frederic não percebeu a principio, mas era só uma questão de tempo até alguém seguir o focinho do cão...

Eles voltaram às pressas até os cavalos, montaram e cavalgaram para longe num silêncio apressado. Um ódio amargo e impetuoso alimentava o coração pulsante de Mariel.

17

Dividir um cavalo com Baxter era um desafio de logística.

O cara era simplesmente *enorme*. As opções de Clem eram se agarrar nele e correr o risco de ir sendo empurrada até o traseiro do cavalo, ou se sentar na frente e se sentir mais ou menos do tamanho de uma criança sob aquele abraço esmagador.

A curandeira escolheu a última alternativa, e os dois acabaram num padrão ridículo em que Baxter pedia desculpas (por ocupar espaço demais, por deixá-la desconfortável, por algum outro crime que Clem nem sabia qual era) e ela dizia que estava tudo bem, e então alguns minutos depois toda a interação se repetia.

Foi lá pelo quinto ou sexto pedido de desculpa que Clem começou a bater os dentes e percebeu que iria passar mal.

— Vou vomitar — disse a Baxter, que puxou as rédeas e levou dois dedos à boca, assoviando para avisar os outros antes de pararem.

Ele desmontou e depois a ajudou a descer da sela com um dos braços. Clem até teria agradecido, se não tivesse saído correndo rumo aos arbustos no mesmo instante.

Já fazia um tempinho que tinham tomado café da manhã, o que significava que não havia muita coisa para sair, mas seu estômago insistiu ao máximo mesmo assim. Ela ficou lá, agachada e gorfando na grama, acompanhada pelos agradáveis sons da natureza ao redor. O balbuciar de um córrego, o cantar de um passarinho e uma garota fazendo o maior barulhão para tentar vomitar e murmurando "*puta merda, argh, Jesus Cristo!*" entre uma tentativa e outra.

Ela tinha visto Mariel e Baxter correrem a toda para aquele inferno sem nem pararem direito para pensar e não tivera dúvida de que nenhum dos dois sairia de lá. Parecia impossível (havia fogo por toda parte), e, quando eles emergiram cobertos de fuligem, ofegantes e *vivos*, ela sentiu a vida dar uma guinada brusca, saindo da realidade que parecera inevitável e indo para os fatos se desenrolando à sua frente.

Era besteira. Clemence nem conhecia aquela gente direito. Entretanto, não importava, porque a certeza da morte iminente deles a havia abalado, e ela não conseguia se livrar daquela sensação.

Alguém colocou a mão em seu ombro com gentileza, o que a sobressaltou com violência. Quando ergueu a cabeça, ela se deparou com Kit todo acanhado lhe oferecendo um odre de água.

— Valeu — grunhiu Clem, limpando a boca com a manga da túnica antes de tomar um gole demorado.

— Você está mal? — perguntou ele, de cenho franzido enquanto a água escorria pelo queixo da curandeira.

— Não. Estou bem.

— Ah, sim. *Está bem.* Dá pra ver.

— Só preciso de um momento — explicou ela, gesticulando para que Kit se afastasse.

Ele obedeceu, e Clem se sentou com tudo no chão, tomou mais um gole de água e enfiou a ponta dos dedos da mão desocupada na terra para se recompor. Havia um cheiro *verde* no ar (musgoso e viçoso com uma pitadinha de chuva) que a ajudou a desacelerar a respiração e o coração acelerado.

Quando o vento mudou de direção, o cheiro de fumaça esvoaçou de seu cabelo e desfez todo o progresso.

— Deu aí?

Mariel estava de braços cruzados e com uma careta. Havia uma profusão de marcas de queimadura em seu rosto, pontinhos irritadiços que deviam ter se formado quando ela correra rumo a uma chuva de faíscas. Clem tentara aplicar calêndula, mas a capitã a afastara.

Se quisesse ficar dolorida e travada, o problema era dela.

— Me dê um tempinho — disse a curandeira, inspirando pelo nariz e expirando devagar pela boca.

De novo não. Desde a infância Clem não se sentia tão sem controle sobre si mesma. Tinha criado rotas ao redor daquele sentimento, tomado cuidado para evitar recordações e armadilhas, mas os anos que passara zelando por aqueles caminhos não haviam sido páreos para alguns dias com os Homens Felizes. Por que a sensação era de que o perigo continuava adiante, mesmo que já tivesse passado? E... o que era mesmo que ela dizia quando as pessoas começavam a respirar demais? Inspire sete vezes, expire onze. Escute os sons ao seu redor. Tire um segundo para...

— Não temos tempo para isso — respondeu Mariel, curta e grossa. — Precisamos continuar.

— Continue você — respondeu Clem, fechando os olhos. — Prometo que não vou levar para o coração se você me deixar para trás e acelerar a sua partida.

A capitã deu uma bufada rabugenta, mas a curandeira tentava contar enquanto respirava.

Quando Clem enfim abriu os olhos, Mariel estava bem na sua frente.

— Se eu te deixar para trás — disse, sem nem tentar ser paciente —, os homens do xerife vão te pegar.

— Que sorte a deles.

— Qual é o seu problema? Você está... *triste?*

O nojo com que ela falou aquilo quase fez Clem rir.

— Aham. Sim. Estou triste. Acontece.

— Foi só um incêndio. Todo mundo sobreviveu. Se recomponha.

— Humm — disse Clem, tentando injetar um pouco de normalidade na voz. — Você demonstra amor sendo ríspida. Eu até que *gosto*, mas você bem que podia tentar ser querida, porque aí eu comparo os dois jeitos e vejo qual é melhor.

— Chega. Você está bem.

— Olha só, esse foi o meu diagnóstico também.

Mariel agarrou Clem pelo braço, e a curandeira nem se deu ao trabalho de fingir indignação.

— Não vou colocar todo mundo em risco só porque você precisou de um momentinho de fraqueza.

A situação chegava a ser ridícula de tão reveladora, e Clem pensou em umas dez coisas que poderia dizer para deixar Mariel irritada de *verdade*, mas, no fim das contas, decidiu não falar nada, sobretudo porque a capitã tinha dedos bem pontudos e afiados.

— Tem terra nos seus cílios.

Mariel franziu o cenho e então piscou algumas vezes. Não resolveu.

— Cale a boca — exclamou ela depois de alguns instantes, antes de voltar pisando firme até os cavalos enquanto a puxava de arrasto.

Cavalgar por longos períodos era ao mesmo tempo maçante e difícil. O incentivo extra de ter potenciais inimigos no encalço acrescentava, sim, um certo *frisson* de empolgação à primeira hora de jornada, mas eles não viram nenhum indício dos homens do xerife, tanto que Clem começou a suspeitar de que nunca haviam sido perseguidos para começo de conversa.

Ela tinha imaginado que eles chegariam aos arredores de um casarão e que a deixariam amarrada a uma árvore enquanto entravam em ação com algum plano mirabolante de resgate, mas, na realidade, eles chegaram fazendo barulho na praça central de chão batido de um vilarejo minúsculo. A noite estava só começando, e havia lareiras acesas em todas as casas, mas ninguém apareceu para recepcioná-los ou perguntar o que queriam ali.

— Vamos dormir aqui — disse Mariel.

Obviamente, era uma admissão rancorosa do fato de que não passavam de mortos-vivos. Clem olhou para as casinhas em volta e traduziu a fala da capitã para *camas de verdade*, o que a deixou mais animada de imediato. Os outros pareciam compartilhar do sentimento. O alívio era tão palpável que Clem quase deu uma risada.

Um ou dois rostos apareceram nas janelas, mas sumiram num piscar de olhos.

— As pessoas daqui são... amigáveis, né? — perguntou Kit, desmontando com cautela e então estremecendo ao se alongar. — Cadê o comboio de boas-vindas?

— Aham. Este lugar se chama Nova Pigot — respondeu Mariel. — O povo daqui se uniu ao meu pai no ano passado para expulsar as forças do xerife.

— Ah, verdade — disse Josey, assentindo para a porta mais próxima. Mais alguns outros tinham aparecido para encará-los, mas a porta foi logo fechada com força. — Uma atmosfera para lá de amigável.

— Não... entendo — exclamou Mariel, o que devia ser um indício de como estavam cansados.

Clem tinha a impressão de que nunca ouvira a capitã admitir qualquer tipo de falta de conhecimento antes.

Quando analisaram de novo, perceberam que a praça não estava vazia de fato. Havia crianças observando das esquinas e entre as casas, meio escondidas na escuridão das sombras. Algumas mães com feições assoladas apareceram e lançaram olhares sérios para os recém-chegados antes de apressar os filhos de volta para dentro.

— Estou cansado demais para entender — disse Kit entristecido. — Vamos só achar uma vala bacana para deitar e amanhã a gente resolve esse mistério.

A porta da construção maior se abriu, e uma mulher grisalha de meia idade saiu, limpando as mãos num avental manchado e com três criancinhas em seu encalço.

— Olá — disse ela, nitidamente analisando-os de cima abaixo com uma pontada de desconfiança no olhar. — Homens Felizes?

— Capitã Hartley-Hood — respondeu Mariel num tom militar e **hostil**.

Morgan revirou os olhos.

— Entendi — disse a mulher. — Capitã. Meu nome é Ula. No que posso ajudar?

— Comida. Banho.

— Abrigo?

— Se for possível. Não vamos ficar por muito tempo. Partiremos antes do nascer do sol.

De certa forma, a sensação era de que Clem estava assistindo a uma discussão, mesmo que não fizesse a mínima ideia de qual havia sido o estopim. Ula se virou abruptamente e começou a falar baixinho com as crianças enquanto voltava para dentro, ordenando que corressem à frente e obedecessem às suas ordens.

— Foi tipo… uma *aula magna* de diplomacia — comentou Morgan.

Baxter tentou bagunçar seu cabelo, mas elu saiu da frente e fez uma careta.

— Não me chacoalhe, Scarlet. Estou *feride*.

— Tá doendo? — perguntou Clem por instinto, já estendendo a mão para a bolsa. — Posso…

— Calma aí, esquisitona — exclamou Morgan. — Juro por Deus, você é *obcecada* por mim.

— Morgan — disse Kit. — Ela salvou a sua vida.

— E eu com isso.

Josey bufou.

— Olha, tampinha, se você continuar sendo assim tão gentil, talvez ela não te ajude mais na próxima vez.

Não era verdade, mas Morgan não precisava saber.

— Vocês vêm? — perguntou Ula à porta do que Clem deduziu que fosse a coisa mais próxima de uma estalagem por ali.

Do lado de dentro, havia um grande cômodo com uma mesa comprida flanqueada por bancos manchados e cheios de marcas devido a anos de uso. Havia fogo na lareira, um chapéu masculino e uma capa pendurados num gancho perto da porta, um pouco de palha no chão e quase nada mais. Clem se sentou ao lado de Morgan, que suspirou e fez questão de se afastar um pouco.

Eles comeram algum tipo de ensopado servido pelas crianças (que não abriram o bico e passaram o tempo todo os encarando sem nem disfarçar), junto de casca de pão duro e pálido e cerveja aguada. Tirando os ruídos nojentos de seis pessoas famintas dando fim no ensopado num piscar de olhos, o silêncio foi quase absoluto, até que Josey, que, de algum jeito, não estava com o queixo sujo de comida, cutucou Mariel e apontou para a janela. Clem acompanhou o olhar das duas e avistou um pequeno grupo de mulheres reunido na praça, conversando às escondidas e sem trocar nenhum sorriso sequer. Em número, eram superadas com folga pelas crianças.

— Não que eu esteja reclamando — disse Josey baixinho —, mas cadê os homões fortes?

Clem limpou a sujeira de ensopado na bochecha e viu uma das mulheres lá fora erguer os braços, irritada, e então partir soltando fogo pelas ventas. O restante do grupo pareceu perceber que estava sendo observado e se dispersou com olhares indignados para a estalagem.

— Talvez o restante do povo tenha saído para... caçar? — sugeriu Kit. — Para lutar?

— Lutar onde? — indagou Mariel.

— Você não sabe de todo conflito que pode ou não estar acontecendo neste exato momento — exclamou Morgan, tode suje de sopa.

Comer com uma única mão nitidamente não estava sendo fácil.

— Na verdade, eu sei, sim — respondeu a capitã, só que com uma feição aflita no rosto.

Clem não conseguia entender o motivo para tanta confusão. Parecia exatamente o tipo de boas-vindas que deveriam ter esperado. Os habitantes do Vale do Carvalho com certeza ficariam desconfiados se os capas-verdes tivessem chegado e pedido para jantar. Pela expressão que estampava no rosto, Mariel nunca estivera à mercê de aldeões, e agora ficara chocada ao descobrir que o povo era duro na queda.

Clem comeu o pão e viu quando Kit ofereceu suas sobras a Baxter, que aceitou com tanta reverência que parecia prestes a chorar. Será que os dois poderiam estar apaixonados? Ou será que o pão tinha a tendência de fazer as pessoas externalizarem aquele tipo de sentimento? Por algum motivo, Mariel tinha empurrado sua tigela para longe, mesmo que ainda estivesse um terço cheia, e, no fim das contas, a comida acabou indo para Baxter também.

Ula reapareceu, e a capitã se levantou do banco de imediato.

— Gostaríamos de...

— Não vai dar para todos vocês tomarem banho — disse a mulher, interrompendo-a enquanto retorcia um pano. — Não temos lenha para desperdiçar assim.

— Tudo bem. Eu...

— E não temos camas também. Normalmente arranjaríamos lugar para vocês nas casas, mas pela situação...

— Que situação exatamente? — exclamou Mariel irritada. — Porque já ficou bem evidente que tem alguma coisa que a senhora não está contando. Eu agradeceria se a senhora fosse franca.

Várias expressões que variavam de levemente horrorizadas a divertidamente perplexas foram trocadas entre seus Homens.

— Tudo bem — disse Ula, jogando o pano na mesa e aprumando os ombros. — Se querem que eu seja franca, então aí vai: vocês não são bem-vindos aqui.

— Mas por quê?

— *Por quê?*

— É uma pergunta simples. Ano passado lutamos lado a lado quando o xerife veio em busca de terras e propriedades perto daqui. O que pode ter mudado em um ano?

— O que pode...?

Ula a encarou, estupefata, e então se retirou, deixando a porta bater de maneira silenciosa.

Fazendo bico e quase vibrando de tão frustrada, Mariel observou a mulher partir e então a seguiu.

— Que história foi essa? — perguntou Morgan, reclinando-se para tentar dar uma espiadinha pela janela.

— Hum... — comentou Kit. — Acho que dá para dizer que não é sempre que... todo mundo ama a gente.

— Ninguém nunca fez nada *assim* na minha frente. Ela agiu como se tivéssemos comido toda a comida dela, cagado no chão e depois pedido para repetir.

— Bem que eu queria — falou Baxter, olhando desejoso para a cozinha.

— Baxter — chamou Kit, pesaroso. — Não concorde assim. A frase teve toda uma primeira metade.

— Fazemos parte dos Homens Felizes — disse Morgan. — Ela está tão irritada assim por quê? A gente por acaso lutou *demais* pelos direitos do povo? Será que salvamos vidas *demais* de incêndios?

Clem havia passado a conversa inteira mordendo o lábio, mas devia ter deixado alguma expressão transparecer, porque Morgan a encarou.

— Qual é a graça?

— Bem — começou a curandeira. — É que... sabe como é. É *meio* engraçado mesmo, falando da perspectiva de quem acabou de ser sequestrada. Imagina que você não usa uma capa verde, que nunca *viu* alguém de capa verde fazendo nada além de te mandar pegar forquilhas e lutar contra o xerife, mas esperam que você tenha espaço e abrigue qualquer um que chegue vestindo uma capa dessas num passe de mágica.

— Nós somos bons — respondeu Morgan, na defensiva. — Fomos gentis com você.

— Na realidade, quase todo mundo foi gentil comigo, tirando você, mas concordo com o seu argumento.

— Ei — exclamou Morgan, que, de repente esqueceu que estava tentando limpar o nome do grupo. — A Josey te nocauteou! E te arrancou de arrasto de casa!

— Sim — respondeu Clem. — Mas ela foi *educada*.

Kit fez uma careta.

— Estou preocupado que a capitã fale demais, e a gente acabe sem ter onde dormir.

A curandeira se levantou.

— Vou lá dar uma olhada. Eu sou amigável. Amigável até *demais*, pelo visto. E, além do mais, não sou uma Homem... Feliz? Não sou uma... membro-Mem...?

— Uma Homembro Feliz — disse Josey.

— Exato. Minha imagem não é manchada com isso aí. Então isso deve ajudar.

— Você por acaso está tentando fugir? — perguntou Josey, mesmo que não parecesse lá muito preocupada. — Se for, você precisa me contar. É o justo.

— Não — respondeu Clem. — É provável que não.

— Que bom — disse Josey, sentando-se com tudo à mesa e descansando a cabeça sobre os braços. — Porque, sendo bem sincera, não estou nem um pouco a fim de te perseguir.

Não era o tipo de coisa que se dizia para alguém que você *não queria* que escapasse, mas Clem supôs que elas já tinham passado daquela fase. Não eram exatamente amigas, mas, no momento, estavam sendo fervidas na mesma panela, o que inspirava certa camaradagem.

O problema era que ela se permitia ficar apegada rápido demais. Pacientes, inimigos ideológicos, raposas do jardim. Três dias haviam se passado, e Clem já tinha se *envolvido*.

Do lado de fora, apesar de algumas poucas moradoras que carregavam cestos de roupa mata adentro para lavarem ao riacho, a maioria das pessoas parecia ter voltado para casa. A quietude reconfortante da domesticidade sonolenta, do cotidiano visto das janelas, havia recoberto o vilarejo como uma manta. As crianças novas demais para assumirem afazeres sozinhas brincavam de amarelinha e lutinha. Clem circundou as casas e então seguiu os últimos resquícios do sol poente rumo ao oeste, numa trilha bem-marcada que serpenteava pelas árvores e subia gentilmente até o cume de uma pequena colina.

Mariel estava parada lá, olhando para uma chapa de pedra entalhada com uma cruz levemente tosca no meio, seguida por números e o que parecia uma lista interminável de nomes. Flores silvestres se espalhavam por toda a parte, subindo até a altura do joelho, mas alguém havia tido o cuidado de podá-las nos arredores do monumento. Parecia um local visitado com frequência; o chão debaixo das botas de Mariel estava lamacento, e a pedra, repleta de oferendas: pedrinhas e bolos bonitos, barris de hidromel, pedaços de madeira usados para esculpir anéis, cruzes e barcos.

— Ah — disse Clem, parando abruptamente e entendendo, de forma abrupta também, do que aquilo tudo se tratava. — Puta merda.

— Essa gente lutou com o meu pai — explicou a capitã, soando como se estivesse a milhões de quilômetros dali. — Ele convocou o povo daqui para defender territórios ao sul. E... todos morreram. Eu não... ninguém me contou, eu não tinha...

— Você não sabia.

Mas mesmo assim. Mariel deveria ter deduzido que, quando gente comum era mandada para a batalha, muitos morriam. Se os Homens Felizes tivessem lutado lado a lado com aquele povo, para defender o vilarejo, teria sido uma coisa. Eles ainda seriam heróis, recebidos de braços abertos e com todos os potes de caldo que desejassem... mas convocar os aldeões para defender em batalha uma linha abstrata num mapa é outra coisa completamente diferente. Clem não podia culpar o povo dali pela desconfiança, por manterem distância. Tinham perdido tanto, e tudo a serviço de uma causa que havia ficado tão lamacenta a ponto de não mais ser possível discernir onde o *bem* começava a derramar sangue e se tornava o *mal*.

Nos dias de Robin, batalhas como aquela haviam sido poucas e esparsas; os Homens Felizes só pegavam em armas quando não havia nenhuma outra escolha possível. Na maior parte das vezes, chegavam aos vilarejos carregados de suprimentos. Comida quando a alimentação estava escassa, mudas de batata e vacas leiteiras, mãos a mais para ajudar com os preparativos para o inverno. Eles tinham o costume de deixar todas as vilas que visitavam mais animadas e melhores do que as haviam encontrado.

Agora, em vez disso, deixavam camas meio vazias e ajudavam a encher cemitérios.

— O que falam da gente? — perguntou Mariel, o tom de voz tenso, como se estivesse lendo os pensamentos de Clem. — Na sua vila, o que falam dos Homens Felizes?

— Olha... não sei se essa informação seria lá muito útil para você no momento.

— Beleza — respondeu a capitã, assentindo e com um olhar ainda distante. — Certo.

— Eles falam coisas piores dos homens do xerife — ofereceu a curandeira. — Sempre.

— E... de que lado você está?

Clem foi pega de surpresa. Ficou observando o vento levantar as mechas soltas do cabelo de Mariel e então soltá-las sobre os ombros outra vez.

— Acho que, se essas são as minhas duas opções, então estou do seu lado.

— E você não é mentirosa.

A frase parecera mais uma afirmação do que uma pergunta.

— Não — respondeu Clem, enquanto pensava no Vale do Carvalho, em Rosie e no dinheiro que tinha escondido debaixo da cama, no ouro que havia aceitado daquele sujeito bem-vestido que Mariel com certeza não aprovaria. — Não sou mentirosa.

A capitã se agachou em frente ao monumento e estendeu a mão para um cavalinho toscamente esculpido em madeira que havia caído. No último instante, ela pareceu mudar de ideia, erguendo e recolhendo a mão, e deixou o objeto onde estava: encarando o céu poente no alto com o cortezinho raso que formava o olho.

Mesmo sabendo que sua presença ali não fazia a menor diferença para Mariel, Clem ficou até a capitã querer partir.

18

— Nós queremos... *eu* quero pedir... desculpas.

Ula não parecia lá muito impressionada, só que, pensando bem, Mariel não era lá muito boa com pedidos de desculpa. Ela respirou fundo e tentou de novo.

— Eu não sabia... eu não fui informada... da situação. É lógico que, se eu soubesse, não teria... exigido nada de você e da hospitalidade do seu povo. E peço desculpas. Como já falei.

— Como você já falou — repetiu Ula.

Elas estavam no pequeno jardim nos fundos da estalagem, sob uma luz suave que vinha da porta aberta próxima à lareira. Ula ajeitou a postura de leve, estremeceu, levou a mão à lombar e então suspirou.

— Tá bem. Vocês precisam entender que... não tem sido fácil. A questão não é que a gente não queria lutar contra o xerife... o nome daquele desgraçado rola que nem bosta por aqui, e pelo restante da mata também, mas... ele levou todo mundo, o seu pai. Chegou a dizer com todas as palavras que qualquer homem ou mulher capaz de lutar seria covarde se não fosse com ele, e que todos que ficassem viveriam para se arrepender. E, no fim das contas, o xerife perdeu aquela batalha, mas não levou nem um mês e meio para retomar a terra. E toda aquela gente, morta. Para que vocês pudessem passar seis semanas dizendo que tinham ganhado alguma coisa.

Mariel se retraiu. Não era tão simples quanto Ula fizera parecer; havia coisas que a aldeã não compreendia, detalhes aos quais nem mesmo Mariel tinha acesso a respeito do manejo interno dos Homens Felizes. Seu pai não fazia nada sem propósito. O xerife precisava aprender uma lição. As fronteiras tinham que continuar firmes. Eles *tinham* que lutar pelo que lhes pertencia.

— Valeu a pena? — insistiu Ula.

— Eu... eu não sei. Não participei, não sei os detalhes da...

— Capitã Hood — disse Ula. — Valeu a pena?

— Capitã... *Hartley-Hood* — corrigiu Mariel com a voz fraca. — Não. Creio que não.

Ula soltou um suspiro demorado que pareceu ter vindo lá do fundo.

— Sabe, quando eu era mais nova, os Homens Felizes traziam esperança. Nossas portas estavam sempre abertas para vocês. Agora... quando a gente para pra pensar, percebemos que o que tínhamos que ter feito mesmo era ter fechado as cortinas e trancado as portas antes que fosse tarde demais. Quanto mais forte vocês batem, mais forte o xerife contra-ataca, e nós sofremos.

— Mas ainda estamos lutando pelo povo da mata — disse Mariel, se dando conta de como aquilo soava ineficaz e imaturo diante do luto daquele povo.

Ainda havia fuligem debaixo de suas unhas e nos vincos de suas palmas, e a vontade era erguer as mãos mesmo, para provar sua virtude a Ula. Resgatar crianças daquele incêndio havia sido descomplicado, uma atitude sem maiores pretensões. Ela tinha acertado. Tinha feito o bem.

— A sua gente está só lutando — disse Ula. — E acho que nem você sabe mais pelo quê.

Por mais dolorosa que a conversa tivesse sido, fora elucidadora. A comitiva de Mariel, como era óbvio de se esperar, queria dormir, mas a capitã estava determinada a fazer com que fossem úteis. Depois de algumas das mulheres do vilarejo se reunirem para uma discussão, foi decidido que elas se dividiriam e entrariam em ação. Clemence e Kit cuidaram de todos que tivessem queixas relacionadas à saúde; Baxter auxiliou com alguns detalhes mais complicados que estavam pendentes no conserto de um telhado; Josey saiu para ajudar a recuperar uma ovelha perdida; e Mariel e Morgan ficaram com Ula para preparar comida, depenando e tirando as vísceras de aves magricelas que o povo dali havia caçado. Morgan parecia horrorizade, como se os pássaros fossem seus amigos de longa data.

Havia sinais daqueles perecidos em batalha por toda parte. Capas acumulando poeira em cabideiros, crianças usando botas que só lhes serviriam dali uma década, olheiras escuras sob os olhos de quem havia ficado para trás. Mariel olhou para o sangue cor de ferrugem que se misturava à fuligem em suas mãos e tentou se lembrar do que o pai lhe dissera a respeito dos aldeões que se aliavam a causa dos Homens Felizes. Ela tinha achado que aquelas pessoas sempre se juntavam à causa por vontade própria, ávidas para defender a terra. Quem não seria radicalizado à vingança e violência pelo xerife e seus homens?

Pela forma com que Ula falara, seu pai fizera certa pressão, incutira certo tom de ameaça nas palavras, só que isso não podia estar certo. A história devia ter sido distorcida com o tempo, alterada pela tragédia. A luta era dolorosa, mas necessária. Qualquer perda deveria ser lamentada, óbvio, mas às vezes sacrifícios eram necessários pelo futuro da selva. E... se *Clemence* alegava que o povo do vilarejo dela tinha coisas ruins a dizer a respeito dos Homens Felizes, não dava muito para confiar na narrativa. A curandeira não passava de um incômodo. Um espinho. Era provável que estivesse gostando de tentar fazê-la entrar em parafuso.

No entanto, Mariel não deixaria acontecer. Ela conseguia visualizar a série de lamentáveis desventuras que haviam deixado aquele vilarejo em ruínas e sabia que o povo, desesperado por culpar alguém, estava direcionando a raiva para o lugar errado. O nó que não se desatava em seu estômago era irrelevante.

Quando já ia ficando bem tarde, uma criança surgiu cambaleando na estalagem com um olho roxo e um corte nos lábios. Ula recepcionou o pequeno e, resmungando, conferiu o rosto dele antes de mandá-lo visitar a curandeira.

— Eu não fiz nada — reclamou o garotinho, desvencilhando-se dela.
— Tem um lorde na estrada oeste com um monte de carruagens, pilhas e mais pilhas cheias de coisas. Só perguntei se ele tinha uma moedinha para me dar... Ele mandou o guarda me dar um tapa em cada orelha, mas o guarda só conseguiu me dar uma bifa antes de eu sair correndo.

— Pilhas de coisas — repetiu Morgan, trocando um olhar com Mariel por cima de uma galinha.

— Não — exclamou a capitã. — Nada de correr riscos desnecessários. Está tarde, e estamos cansados. Vamos terminar aqui e ir dormir.

Mariel se voltou aos afazeres, esperando que Morgan fizesse o mesmo.

Só que, em vez disso, elu empurrou o banco para trás e saiu num rompante. Um tempinho depois, Morgan voltou com a comitiva inteira a reboque e ainda a curandeira.

— Lorde na estrada? — disse Josey. — *Pilhas de coisas?* Ah, capitã, faça-me o favor.

— Você não tem escolha — acrescentou Clemence, que soava feliz até demais. — Foi exatamente esse tipo de coisa que me prometeram.

— Ninguém te prometeu nada — respondeu Mariel. — Abara, a gente não entra numa dessas faz...

— *Um milhão de anos* — exclamou Josey. — Vamos lá. A gente pode ser um bando de saqueadores de estrada anônimos. Vai ser uma festa para o povo daqui.

A capitã olhou para Ula, que escutava interessadíssima.

A senhora ergueu as mãos em protesto e disse:

— Não tenho nada a ver com isso. Não estou nem ouvindo. E se nossos depósitos e cofres por acaso estiverem cheios amanhã de manhã, certamente não vou fazer a mínima ideia do que aconteceu.

O avô de Mariel aceitaria.

O pai talvez não, se fosse Mariel quem pedisse. Acontece que ele também acreditava em seguir os próprios instintos, em escrever a letra da lei no meio do caminho, em rabiscar complementos nas margens, com uma fé inabalável em si mesmo e nas próprias decisões.

Os moradores daquele vilarejo precisavam muito de uma vitória. Ao olhar ao redor, ao ver a esperança estampada no rosto de seus Homens

Felizes, Mariel, ignorando o bom-senso, foi tomada por uma repentina vontade de ser a pessoa que levaria aquele triunfo aos aldeões.

Ela soltou a galinha que depenara pela metade.

— É uma estrada *bem* perigosa depois do pôr do sol.

Como resposta, Morgan tentou dar um soquinho no ar, que foi interrompido pelo ombro esmigalhado.

E foi assim que, uma hora mais tarde, Mariel acabou enfurnada entre duas pedras, sua comitiva agachada ao lado. Tinham localizado o tal lorde (que de fato estava viajando com uma quantidade *extravagante* de coisas, tão roubável que era quase como se tivesse pintado um estandarte enorme dizendo *Centro Itinerante de Redistribuição de Riquezas Aqui*) e então cavalgado adiante até encontrarem um afloramento rochoso perfeito para uma emboscada.

Depois de concluírem que o sujeito em questão não se importaria muito com uma criança perdida na estrada, eles descartaram a possibilidade de usar Morgan como isca e decidiram apostar em Josey, que, quando questionada a respeito da abordagem que usaria, simplesmente respondeu "sexy".

Não era a saída que Mariel teria escolhido, mas a capitã nunca tivera motivos para duvidar de Josey. Ela ficou observando Josey se aproximar a cavalo pela outra direção, envolta numa velha capa cinzenta e fingindo estar aflita.

Eles estavam perto o bastante para ouvir quando as carruagens pararam e uma porta se abriu. Infelizmente, aquilo significava que eles também foram obrigados a escutar cada detalhe quando o próprio senhorio veio ao resgate.

— Minha formosa senhorita, não temas! Você está perdida?

— Sim — exclamou Josey. Mariel revirou os olhos. Aquele falsete ofegante já era um pouquinho demais. — Foi graças aos céus que o encontrei, senhor, eu estava quase prestes a desistir!

— Uma moça como a senhorita não deveria estar vagando por essas cruéis terras áridas a sós. Os vilarejos estão cheios de ladrões e patifes! Venha, sente-se em minha carruagem. Será do seu agrado... há lampiões no teto, e instalei uma bica que verte vinho.

— Será que eu poderia me sentar ao seu lado, milorde? Estou terrivelmente apavorada e abalada, e, muito embora eu não queira ser inconveniente, a presença do senhor há de acalmar meus nervos.

— Oh-oh — disse Baxter, sorrindo como um gato malandro.

Mariel estava dividida entre o pavor e a admiração.

— Bem... eu jamais sugeriria tal coisa — respondeu o lorde enquanto Josey desmontava e se aproximava. — Mas, na verdade, a senhorita vai poder ver os lampiões muito melhor se deitar diretamente de... Ah, compreendo.

Josey tinha obviamente revelado o que escondia debaixo do corpete, e não era nada do que ele esperava.

— Agora — disse Mariel.

Havia um guarda a cavalo em cada veículo e dois outros na dianteira e na retaguarda; todos entraram em ação assim que se deram conta do que estava acontecendo, mas Josey tinha o lorde na mira da faca, e, quando Mariel atirou uma flecha que se fincou no chão a uma minúscula distância calculada do pé do mais corajoso deles, os homens começaram a recuar com as mãos para cima.

Só foi preciso Baxter emergir das sombras com o machado de batalha em riste e pronto.

Mariel jamais admitiria, mas sentira o maior prazer em assistir à Josey mandando o grã-fino e os guardas descarregarem parte de seus mais requintados vinhos e suprimentos e levarem tudo ao menor vagão do comboio do próprio lorde; com uma das mãos, ela pressionava a faca de leve, e com a outra, indicava as direções. A capitã quase ficou com vontade de abrir um sorriso. Eles amarraram o senhorio num cavalo e instruíram a caravana dele a esperá-lo ali mesmo porque, caso contrário, poderiam ter certeza de sua morte imediata. Em seguida, partiram com o lorde e o vagão rumo ao vilarejo. Quando chegaram a uma distância satisfatória, mandaram o cavalo de volta com um tapa gentil no traseiro do bicho e então saíram da estrada, adentrando as árvores para que pudessem retornar até Ula em segurança.

De tão feliz, Clemence praticamente saltitava sobre a sela. Era algo perturbador de se ver, vindo de alguém que afirmava querer ajudar todas as pessoas do mundo; era como assistir a uma criancinha que havia sido um anjo até então matando sua primeiríssima formiga.

Daquela vez, a recepção no vilarejo foi simplesmente triunfal. Os aldeões cumprimentaram a capitã tantas vezes que Mariel chegou a ficar com medo de que sua mão fosse cair. Depois de certo tempo, ela começou a fingir que a tinha machucado, só para que o povo a deixasse em paz. Os espólios foram escondidos nos porões (com exceção de um pouco do vinho, que foi bebido ali mesmo por quem tinha idade para tal e por alguns que com certeza não tinham), e, quando voltaram a se reunir à mesa de Ula, o dia já vinha raiando, e todos estavam completamente exaustos. Mariel tentou começar uma conversa com Morgan a respeito do contato com quem elu se encontraria em Stoke Hanham, mas Baxter esticou a mão e lhe deu um tapinha gentil na testa.

— Mas que... que insubordinação mais repugnante — disse a capitã, se agarrando aos seus últimos vestígios de autoridade.

— *Repugnante?* — disse Morgan.

— Eca — provocou Josey. — Nojento mesmo.

— Planejaremos pela manhã — disse Baxter. — Vão *dormir*.

Eles receberam todo o luxo de banheiras quentes e rasas para esfregarem as muitas camadas de sujeira, e Ula chegara até a arranjar algumas camisas, puídas até dizer chega, para substituir as túnicas que *já* estavam rasgadas e ensanguentadas antes mesmo de eles terem zarpado do acampado.

— Vocês vão ter que dividir as camas — disse ela, olhando para trás enquanto saía para buscar cobertas. Ula ficava muito diferente quando sorria. — Aqui cabem quatro, mas dois vão ter que ir para a casa ao lado.

— Ah — exclamou Kit, que estava amarrando as mangas da camisa grande demais para não perder a destreza. — Bem... Eu não... Morgan, com quem você quer dormir?

— Vou dormir em pé — disse elu, curte e grosso. — Que nem um cavalo.

— Vai dormir é deitade — objetou Josey. — Também que nem um cavalo. Vem, pode ficar com a cama. Eu fico no chão.

Morgan deu de ombros e seguiu Josey para fora do quarto.

— Beleza — exclamou Kit. — Então... eu vou só... eu posso dormir no chão, não tem problema, ou então me viro em algum lugar lá na rua, eu...

— Akito — chamou Baxter. — Relaxa. Venha aqui. Eu divido a cama contigo.

Com muita suavidade, ele tocou no ombro de Kit, que parecia estar prestes a implodir, mas recobrou a compostura e assentiu um boa-noite para Mariel e Clemence antes de sair.

— Josey fez isso de propósito — disse a curandeira no silêncio desconfortável que os rapazes haviam deixado para trás. — Esperta. Bem esperta.

— Mas... O Scarlet e o Chisaka? — perguntou a capitã, chocada por um momento.

— Sim, e muito — respondeu Clemence. — Você leva muito a sério esse negócio de sobrenomes, né? Chisaka, Parry, Abara. Bem ferrenho. Bem militar.

— Nós comandamos uma milícia independente.

— Ninguém vai querer fazer parte do seu clubinho secreto se você fala como se fosse um troço fatalmente sem graça.

— Não é para ter graça.

— Isso é óbvio. Por que você não me chama pelo sobrenome?

Mariel soltou o ar pelo nariz. A conversa não fazia o menor sentido, mas, quando acabasse, as duas teriam que ir atrás daquela unidade de cama que precisariam dividir.

— Não me lembro do seu sobrenome.

— É Causey. Ah... o último nome do Baxter é Scarlet? Tipo, *os* Scarlet?

— É.

— Eu dei sorte mesmo de entrar nessa escalação. Só tem celebridade — exclamou Clemence. — Os descendentes de Robin Hood e de Will Scarlet. Eu devia era pedir autógrafo.

Mariel deu a resposta que a piadinha merecia: se retirou dali de imediato. Ela encontrou Ula parada na escada, com cobertores nos braços, e não falou nada além de um ligeiro "obrigada" quando ela e Clem foram encaminhadas até a casa ao lado, recepcionadas por um senhor quieto de sobrancelhas enormes e levadas às pressas até um quartinho que mais parecia um guarda-roupa, sem nenhum lugar para ficarem além da estreita cama feita de feno.

— Bem — disse a curandeira. — Eu seria cavalheiresca e te deixaria dormir sozinha, mas a cama comeu o chão.

Não havia nenhuma vela, apenas uma minúscula janela por onde poderia entrar certa luz, o que facilitou um pouco para que Mariel, cansada que só, desembainhasse as armas, tirasse a capa e as botas e deixasse tudo dobrado numa pilha organizada sobre as tábuas puídas do chão perto da porta. O arco saiu por último, e, ignorando o que devia ter sido uma bufada zombeteira da curandeira, Mariel o colocou em cima da capa com a reverência merecida, garantindo que ficasse aninhado direitinho sobre o leito de lã verde. Ela se sentou em uma das pontas da cama e ficou encarando o que esperava que fosse uma parte inofensiva da parede enquanto Clemence, toda atrapalhada, se despia ao lado. Até que a curandeira quase tropeçou e agarrou o ombro de Mariel para se equilibrar. A capitã sibilou baixinho e a empurrou num safanão.

— Desculpe. É o cansaço. Achei que você fizesse parte da mobília.

Ela acabou se sentando ao lado de Mariel, que ficou alarmada ao perceber que, de tão bem que seus olhos estavam se ajustando à escuridão, conseguia vê-la. Por algum motivo, Clemence havia tirado os calções e vestia apenas a larguíssima camisa masculina, que pendia até os pulsos e roçava seus joelhos. Ela estava amarrando os cachos, escovando as mechas com os dedos e enrolando-os no topo da cabeça, o que fazia a camisa se erguer só o necessário para que Mariel pudesse ver suas coxas. Eram pernas fortes e robustas, com pelinhos claros e aveludados onde a luz fraca da lua contornava sua silhueta.

— Você tem noção de que, se consegue me ver, eu consigo te ver também, né? — disse Clemence, com uma tira de barbante na boca, que utilizou para terminar de arrumar o cabelo. — Olhuda.

— Não estou olhando. Mal dá pra te ver.

— Pois *você* eu vejo. Tenho olhos de coruja. E pernas também. Você já viu as pernas de uma coruja? São bem mais compridas do que a gente imagina.

— Não — respondeu Mariel, fechando os olhos. — Nunca vi as pernas de uma coruja.

— Tô vendo que você continua fingindo que me acha irritante.

— Aham. *Fingindo*.

— Abra espaço aí.

Mariel abriu, mas só para colocar alguma distância entre elas. Clemence se deitou e se virou, então, quando a capitã se deitou também com toda a relutância, as duas ficaram de costas uma para a outra. Uma cama tão pequena assim chegava a ser algo irracional; era impossível que não se tocassem de alguma forma, mesmo quando Mariel tentava se afastar do contato.

— Você é uma daquelas pessoas que não fecha a matraca a noite inteira numa festa do pijama e não deixa ninguém pregar o olho? — perguntou Clemence, e a capitã bufou em ironia. — Ah, ótimo. Sou assim também.

— Essa pode ser a nossa única chance em semanas de dormir numa cama — disse Mariel cansada. — E temos só algumas poucas horas de sobra. Por favor, me deixe aproveitar isso aqui ao máximo e *cale essa boca*.

Clemence deu uma risada, mas fraquinha, e as duas ficaram em silêncio. A capitã sentia um desconforto extremo pela sensação familiar até demais de outro alguém respirando ao seu lado no escuro. Já tinha dormido perto de muita gente, tanto amigos quanto pessoas que mal conhecia, e estava acostumava a se deitar onde quer que fosse necessário durante as viagens pela mata, mas dividir uma cama *só* com Clemence parecia... específico demais. E pareceu *ainda mais* específico quando a curandeira se mexeu um pouquinho, e Mariel sentiu seus ombros roçarem nos dela antes de se afastar.

— Hum. Mariel. Que tatuagem é essa no seu braço? — perguntou Clem, e, por instinto, a capitã levou a mão até os bíceps, onde as linhas eram um tanto protuberantes. — Todos vocês têm. E eu já vi esse desenho talhado em árvores.

— Aham. É um pássaro.

— Não parece um pássaro. Meio que parece um R.

— Bote o seu cérebro para pensar por uns segundos antes de falar que talvez você consiga entender.

Um instante de silêncio.

— Ah, é pra ser um pássaro *e* um R. Inteligente.

— Imbecil.

— O seu deleite em ser grossa comigo fala mais de você do que de mim, capitã.

— Bem, nem parece que te incomoda. A impressão é de que você não se incomoda com nada — respondeu Mariel e puxou o cobertor com mais força só para conferir se Clemence iria tentar puxá-lo de volta.

Ela não tentou.

— Tem um monte de coisa que me incomoda — disse a curandeira com a voz baixa e sonolenta. — A sua personalidade insuportável, por exemplo.

— Mas você nunca cansa de ser assim animada *pra caralho*.

— É que... olha — disse Clemence, se virando para as costas de Mariel. — Cada um tem o próprio jeito de lidar com a vida, tá bem? Você... finge que é uma soldada veterana de saco cheio de tudo e vive de cenho franzido, e eu levo a vida na tranquilidade e trago felicidade a todo mundo que encontro. Quem é que pode dizer qual dos dois jeitos é o certo? — Uma pausa. — Mas é o meu, tá? Obviamente.

Mariel revirou os olhos, o que não serviu para nada, já que Clemence continuava encarando o teto.

— Você não é sempre tranquila.

— Quase sempre.

— E lá no incêndio?

— Como é?

A capitã deu de ombros.

— Você ficou... abalada.

— Bem, tinha fogo por todo lugar. Não parecia a hora certa para... fazer gracinha ou contar piada.

— Você ficou abalada — repetiu Mariel, e sentiu Clemence se virar de novo para a parede.

— Meus parabéns — disse ela, enfim. — Eu fiquei abalada.

O tom de voz da curandeira estava abatido e sério, e, quando deu por si, a capitã estava sentindo uma pontada de desconforto, similar à sensação que a perseguira a noite inteira desde que chegara ao vilarejo. De algum jeito, parecia que tudo estava meio errado, ou que *ela* estava fazendo algo errado. Muito embora já tivesse passado por isso antes (sabia que decepcionava o pai dia sim, dia não), era algo com o qual nunca aprendera a viver.

Mariel não respondeu a Clemence, e, depois de alguns instantes, a respiração da curandeira ficou devagar e estável, emitindo um som surpreendentemente tranquilizante (ou no mínimo menos irritante do que os barulhos que ela fazia acordada).

Achei que você dormia mal pra caramba, pensou Mariel enquanto apagava também.

19

Era impossível negar: Clem e Mariel estavam de conchinha.
    Acontecera completamente sem querer, um acidente genuíno, mas não importava como haviam acabado naquela situação, o resultado era o mesmo; Clem acordou com o rosto enfiado atrás do ombro de Mariel, debaixo de uma cortina de cabelos escuros. Os fios eram macios, escorregadios e ainda tinham um leve cheiro de fumaça, mesmo que, por baixo de tudo, exalasse o penetrante aroma da selva. Árvores. Musgo. Lama. Flores, era provável. Clem se distraiu com a estranhíssima sensação do peso da capitã, daquelas pernas e daqueles braços compridos e dos músculos esguios, do corpo dela num estado quase irreconhecível de completo relaxamento. Mariel dormia toda encolhida, como um dente de leão se preparando para uma noite de sono.
    Pelo visto, Clem, em algum momento durante a noite, havia jogado um braço sobre a cintura de Mariel, e logo foi tirando-o dali devagarinho, ciente de que a capitã talvez recorresse à violência ou lhe soltasse os cachorros caso acordasse e descobrisse que estava basicamente de *conchinha*. Clem tinha acabado de conseguir puxar o braço de volta quando Mariel, ainda dormindo, emitiu um barulhinho de desconforto e se virou um pouco para ela, de modo que as duas, de algum jeito, ficaram ainda mais perto.
    Era tão inédito ver Mariel daquele jeito que Clem quis protelar o momento em que as coisas ficariam esquisitas, instáveis e horríveis, mas não

sabia ao certo se era muito ético deixar que aquilo continuasse, já que uma das partes estava consciente, e a outra, apagadíssima, então ela respirou, afastou Mariel com um empurrão e se virou para a parede de imediato numa belíssima demonstração de ginástica horizontal. Tinha usado um tiquinho demais de força, porque a capitã caiu da cama puxando o cobertor e tudo, e começou a xingar antes mesmo de atingir o chão.

— Que merda, qual é o seu problema? — disse ela, enfim, de olhos semicerrados para Clem, o cabelo desgrenhado, e as bochechas rosadas de leve.

— Hum... É que... tinha uma abelha.

— Tinha uma abelha — repetiu Mariel incrédula. — Meu Deus do *céu*.

À luz do dia, a pequenez do quarto era duas vezes mais perceptível, e Clem de repente ficou bem ciente de que Mariel, com o cenho franzido, estava tentando, sem sucesso, não olhar suas pernas nuas.

Por decoro, a curandeira vestiu o calção, depois voltou a se sentar na cama e nem tentou disfarçar que ficou assistindo à capitã calçar as botas, recolher as facas e guardá-las no lugar certo; uma na altura do punho, outra no calcanhar. Era uma visão reconfortante. Fascinante, até. Ao lado da espada, já havia uma faca no cinturão, e foi então que Clem se deu conta de que Mariel tinha *dormido* de cinto, o que indicava novos e desconfortáveis níveis de paranoia.

— Mas você não andava só com uma faca?

— Um acontecimento recente deixou bem evidente que seria prudente ter outras de reserva.

— Essa história de novo não. *Eu não estava tentando te matar*. Inclusive... me deixe dar uma olhada nesse ferimento de novo.

Por um instante, a capitã não se mexeu, mas então ergueu a túnica num movimento brusco, se virou de cara para a parede e ficou soltando fogo pelas ventas enquanto era examinada. Estava tudo nos conformes; não havia nenhuma descoloração na pele ou inchaço excessivo, e a cicatrização já estava progredindo bem. Clem desejou que tivesse acesso às suas anotações, para que pudesse escrever as observações. O bálsamo cicatrizante que criara *funcionava*. Talvez conseguisse achar um jeito de deixá-lo menos espesso, para permitir uma maior passagem de ar. Ou então usar os ingredientes num cataplasma, para que o alívio fosse instantâneo.

— Sou um gênio — disse com carinho a si mesma.

Mariel a ignorou e começou a refazer as tranças no cabelo, ao passo que Clem soltou e chacoalhou os cachos e estremeceu quando passou a mão pelos fios. Precisava de um pente e de um banho de uma hora num riacho gelado, seguido de uma baita cafezada matinal e de um preguiçoso alvorecer vagando pelo jardim da Velha Rosie.

Em vez disso, Mariel não lhes deu nem dez minutos para comer o desjejum antes de fazê-los zarpar do vilarejo de Ula, passar pelo cemitério no topo da colina e entrar numa pequena construção que talvez já tivesse servido para abrigar animais de fazenda. O espaço definitivamente tinha um certo *je se sais quoi* caprino.

— Stoke Hanham — disse ela. — Chegaremos lá hoje à tarde.

— A gente precisava vir pra um celeiro para falar disso? — perguntou Baxter, ainda comendo queijo curado com um pão de massa densa e cheia de grãos.

Ele devia ter pegado tudo o que dera conta de carregar ao sair.

— Precisava — respondeu Mariel.

— Não confia no pessoal? — perguntou Josey, apontando com a cabeça para o vilarejo.

— Não quero envolvê-los. Quanto menos souberem, melhor.

— Querem que eu espere lá fora? — perguntou Clem esperançosa.

— Quanto menos *eu* souber também, melhor. Arrumem para mim um cantinho para dormir e depois é só me acordar quando acabarem.

— Quero — respondeu Mariel, mas Baxter fez um meneio de cabeça, e Kit chegou até a gritar um "não".

Como era de se esperar, a capitã ficou desconcertada.

— Como assim "não"?

— Ela faz parte disto aqui agora — disse Kit. — Você não concorda?

— Ela ainda é nossa prisioneira

— *Ela* está bem aqui — exclamou Clem, irritada, mas adorando a comoção. — Ela está ouvindo. E ela é linda!

— O negócio é que, na verdade, ela deixou de ser prisioneira desde que a gente saiu do acampamento — comentou Baxter. — E para começo de conversa eu nunca comprei direito essa ideia de ter prisioneiros.

— A gente não sabe se dá pra confiar nela — afirmou Mariel, o que, na verdade, magoou um pouquinho.

Clem vinha mantendo-a viva, cuidando de seus ferimentos, e, mesmo que tivesse sido por necessidade, as duas haviam dividido uma *cama*. Por que será que a capitã tinha tanta dificuldade de ver o lado bom dela, sendo que outros andavam trocando piadinhas e palavras de conforto com ela desde o primeiro dia?

Clem sabia que o problema estava em Mariel. No entanto, mesmo assim. Ai.

— Ela está dentro — disse Josey. — Não está, Moela?

A curandeira cruzou os braços, ainda um tanto ofendida.

— E se eu recusar? Afinal, ainda não faço parte do bando de vocês oficialmente.

— Aí a gente vai... te dar uma facada? — sugeriu Josey sem muita convicção.

— Você vai magoar a gente — respondeu Baxter.

— Silêncio — exclamou Mariel. Ela trocou um olhar demorado com Josey, e Clem viu o exato momento em que a capitã largou de mão. — Nesse caso... escutem aqui, todos. O plano é o seguinte: Parry precisa entrar em contato com um serviçal que trabalha lá, só que Stoke Hanham vai estar lotado daquele tipo de cidadão íntegro que ficaria feliz da vida de nos entregar para o primeiro guarda que aparecesse. A maioria vai reconhecer elu de vista. Pode ser que os homens do xerife reconheçam o restante de nós também, caso a gente já tenha se encontrado com eles. — Morgan se remexeu, desconfortável, nitidamente odiando cada segundo do esquema. — Clemence, caso você esteja dentro mesmo, você é a única daqui que ninguém vai reconhecer.

— Ah — disse a curandeira. Ela não tinha esperado que o plano a envolvesse em qualquer outra função além de limpar a bagunça depois. — Beleza. Então você quer que eu...

— Seja a mãe de Perry.

Morgan deu um grunhido engasgado, e Baxter deu algumas pancadas gentis nas costas delu.

— Não tem onde se esconder na cidade — continuou Mariel imperturbável. — Os guardas são uns intrometidos de marca maior, vão avistar Morgan a um quilômetro de distância.

— Morg pode fingir que é só uma criança de rua — disse Baxter. — Sem querer ofender, Morg.

— Não tem nenhuma merda de criança de rua — disse Morgan, mal-humorade. — Tem todo um negócio de... manter a cidade limpa. Sem pobres, sem mendigos. São todos removidos de lá.

A paciência de Mariel já tinha nitidamente se esgotado.

— Não tem discussão, o plano é esse. Morgan me falou tudo de que preciso saber. A curandeira vai entrar na cidade com elu, até o tal serviçal...

— Colin — disse Morgan num tom entristecido.

— ... o *Colin* deverá estar na feira, contanto que a rotina dele não tenha mudado.

Morgan deu uma risada apática.

— Não vai ter mudado. Nada nunca muda em Stoke Hanham.

— Que bom — afirmou Mariel. — Causey... uma palavrinha.

Todos os demais se levantaram e saíram enfileirados do pequeno celeiro, e Clem assistiu enquanto eles partiam, sabendo que não estava conseguido esconder direito a confusão em seu rosto.

— Se você nos trair — disse a capitã sem rodeios. — Eu te mato.

— Aham. Faz sentido.

— É sério. Isso aqui não é brincadeira. É importante demais. Não importa o que a sua guardiã andava aprontando lá no Vale do Carvalho...

— Dando nome às galinhas do vilarejo — explicou a curandeira. — E inventando dramalhões em larga escala entre elas. A Bethel está se divorciando do Eric.

— Chega. Você parece meio confusa a respeito do nosso objetivo aqui, mas acho que posso confiar em você para não tomar nenhuma decisão estúpida que vá ferir Morgan, ou causar a morte delu, e a sua logo em seguida.

Clem exibiu um sorriso amarelo.

— Vindo de você, sei que isso é um gesto enorme e magnânimo.

Mariel remexeu na faca, olhando para além de Clem, e não diretamente para ela.

— Se você... se você for útil, pode ser que eu dê uma palavrinha com meu pai a seu respeito. Que eu peça a ele para te libertar assim que essa história acabar.

O fato de que o pai de Mariel não estava em condição de preencher alvarás de soltura ficou na ponta da língua de Clem, mas, em vez disso, ela disse:

— Isso significa que agora eu *faço* parte da equipe?

— Não — respondeu a capitã, sem pestanejar e com uma firmeza que fez o coração da curandeira dar uma cambalhotazinha nada agradável. Mas e daí? Clem nem queria mesmo.

Mariel deu meio passo para trás e a olhou de cima a baixo com um interesse alarmante, o que foi uma mudança esquisita no ritmo da conversa. Clem quase quis se cobrir com os braços, mesmo que estivesse vestida dos pés à cabeça.

— Tá bem. Precisamos achar um vestido para você.

De todas as coisas que Clem imaginara que os Homens Felizes pudessem aprontar nas profundezas da mata, uma *repaginada no visual* não era uma delas.

Ula parecera ficar feliz da vida com o pedido de Mariel, e de imediato mandara um bando de crianças numa missão de casa em casa até emergirem com um vestido cuidadosamente embalado que, ao que tudo indicava, um dia pertencera a uma noiva. A capitã insistira em oferecer mais algumas moedas, argumentando que poderia ser a última vez que veriam aquele vestido específico, e então Clem entrou no quarto de Ula para vesti-lo. As filhas dela ficaram gritando na porta, e, depois de certo tempo, Clem acabou permitindo que entrassem para pentear e trançar seus cabelos com fitas e apertar o corpete. O vestido era uma graça, dava para notar que era muito amado, de um tom desbotado de lilás com bordados improvisados no decote e nas mangas. A touca que a curandeira precisava usar era menos graciosa e a deixou meio parecida com um pênis azul. Ela tirou na mesma hora, e o plano era só vesti-la de novo quando fosse absolutamente necessário.

Havia algo esquisito em seu reflexo no espelho, e, enquanto ela apertava o adereço de cabeça entre as mãos, se deu conta do que era: estava parecida com a mãe.

Aquele pensamento nunca lhe tinha ocorrido antes, e uma sensação agridoce preencheu o peito dela até o momento em que deixou para lá.

As filhas de Ula pareciam orgulhosíssimas do trabalho manual que haviam feito. Clem sabia que Morgan estava na casa ao lado, sendo vestide como um adorável garotinho. Quanto menos falassem disso, melhor.

Quando a curandeira apareceu no pátio, Kit e Baxter bateram palmas, e Josey deu um longo uivo que fez Clem ficar meio coradinha.

— Me deixem em paz. É tudo pela causa.

Uma porta se fechou com tudo, e Morgan, tode desengonçade, irrompeu de lá usando calções alinhados e um gibão elegante; passou direto por Clem, rumo aos cavalos.

— Vamos acabar com isso de uma vez.

Mariel estava perto das montarias e, quando Clem apareceu, parou de ajeitar os alforjes, se virou e hesitou. As duas ficaram ali, só olhando uma para a outra. A curandeira estava irrequieta, remexendo nas saias, e então a capitã pigarreou e, o tempo todo de cenho franzido, começou a perscrutá-la de cabo a rabo, mandando-a dar uma voltinha para que pudesse examiná-la de todos os ângulos.

— Você vai acabar me deixando complexada — disse Clem.

Mariel parou e assentiu, acanhada.

— Dá para o gasto.

— Tudo o que uma garota quer ouvir.

De repente, a capitã se inclinou adiante para ajustar uma das mangas de Clem, e o couro de suas luvas roçou, macio, contra a pele da curandeira, que travou como um cervo de vestido e não ousou se mexer de novo até Mariel ter se afastado. A impressão era de que nunca tinha visto a capitã tocar alguém de propósito, a menos que estivesse prestes a atacar.

— Ficou... bom — disse Mariel sem jeito.

Quando Clem abriu um sorriso (que, por experiências anteriores, ela sabia que era um tanto devastador quando apontado diretamente para as pessoas), Mariel se virou de imediato para desabotoar e abotoar de novo uma bolsa que tinha acabado de fechar.

Há! Que bom. Que a capitã ficasse confusa mesmo.

— Vamos.

Ula os mandou embora carregados de comida e água fresca, e o rosto daqueles que observavam a partida da comitiva carregava mais curiosidade e esperança do que hostilidade em si, o que foi um grande avanço em relação à primeira recepção que tinham recebido.

Clem e Morgan dividiram um cavalo, algo com o qual a curandeira já estava se acostumando, junto de toda sorte de esquisitices que eram comuns à vida na estrada. Quando se aproximaram de Stoke Hanham, os outros se embrenharam na selva para que o show começasse.

À primeira vista, a cidade não parecia grande coisa (era com certeza maior e tinha mais construções do que o vilarejo de Clem, estradas de verdade com limites definidos e montes de gente indo ou vindo da feira), mas, conforme desmontaram e entraram a pé, ela percebeu que tudo era anormalmente limpo. Os cidadãos eram bem-vestidos, e as crianças, silenciosas. Até mesmo a terra das ruas parecia ter sido recém-varrida.

— Que estranho — murmurou ela para elu.

Morgan, que havia recebido instruções para transmitir uma imagem doce e encantadora, encarou-a com um olhar carrancudo por debaixo do chapéu e disse:

— É o inferno.

Seguiram o fluxo de pessoas rumo à feira e, quando chegaram lá, Clem basicamente esqueceu que deveria ser a mãe de Morgan. Estava muito mais interessada em visitar a banca de um herbalista que vendia pingentes de proteção fajutos e pacotes de ervas levemente venenosas que ao que parecia ajudavam a equilibrar o humor. Ela fez algumas perguntas bem específicas que foram deixando o vendedor cada vez mais gago e na defensiva até Morgan arrancá-la dali.

Em seguida, Clem usou algumas das moedas que Mariel dera para comprar pãezinhos doces recheados com um creme pálido de limão e cobertos de mel. Ofereceu um a Morgan, mas foi ignorada, então comeu os dois, um depois do outro, como uma cobra engolindo ovos. Estava com saudade da comida de Rosie. Por mais questionável que os pratos dela costumassem ser, a velha sabia fazer biscoitinhos de aveia como ninguém.

— Não estamos aqui para comer bolo — murmurou Morgan num tom ácido.

— Se eu fosse a sua mãe, iria precisar de alguma coisa para dar um jeito na ansiedade — retrucou Clem, dando-lhe um tapinha carinhoso na cabeça, ciente de que elu não poderia fazer nada para revidar. — Bolo... vinho... atos inenarráveis de violência.

— Cale a boca — exclamou Morgan, que parou e ficou puxando o braço dela com urgência. — É ele.

Com a cabeça, elu apontou para um homem negro baixinho e esguio que usava roupas basiquíssimas a não ser por um píleo adornado com uma pena e um anel dourado na mão direita. Ele conversava com um vendedor de vinho e não parecia com pressa de encerrar o papo. Clem tentou parecer o mais indiferente possível enquanto seguia para o lado do sujeito com toda a furtividade, Morgan praticamente enfurnade debaixo de seu braço.

Outra pessoa surgiu para de fato comprar vinho, o que chamou a atenção do comerciante, e elu aproveitou a oportunidade.

— Colin — sussurrou.

Colin pulou uns trinta centímetros no ar, levou a mão ao peito e deu uma risadinha ofegante.

— Meu deus do céu, Pequene M. Por onde é que você anda? Escondide debaixo dessa mesa?

— Não — respondeu Morgan. Clem ficou chocada ao perceber que elu tentava suprimir um *sorriso*.

Colin fechou a cara e deu uma olhada para trás antes de chegar mais perto.

— Na casa, eles dizem que você morreu. Eu sabia que você só tinha se rebelado. Chutado o pau da barraca e escapado, como falou que faria, e agora está por aí correndo com os lobos. Essa aqui... você é...? — O sujeito encarava Clem com um olhar maravilhado, e, quando deu por si, ela estava se empertigando e falando com uma autoridade que não lhe era comum.

— Aham. Sou. Será que dá para a gente encontrar um lugar mais reservado para conversar?

Eles passaram por um grupo de guardas particulares na entrada da feira e se esgueiraram para um beco, onde Colin insistiu em tirar o chapéu de Morgan e bagunçar o cabelo delu.

Por mais incrível que pudesse parecer, Morgan não o mordeu. Clem estava começando a suspeitar que rolava uma *paixonite* ali. Colin era bem agradável aos olhos; cabelo cortado rente com as extremidades meticulosamente retas, um rosto com traços esculpidos de leve e olhos enormes e expressivos que, no momento, absorviam Morgan em toda a sua glória.

— Você está bem? Estão te dando comida? Você está mostrando para aquele bando de magricelas quem é que manda?

— Tô bem. Olha, preciso de um favor. — Elu respirou, nitidamente tentando se lembrar com exatidão do que Mariel falara para que pudesse regurgitar as palavras. — Preciso de uma informação, e você conhece todo mundo. Você ouviu falar de algum... prisioneiro importante? Alguma coisa sobre as movimentações do xerife? *Ele* falou alguma coisa? Insinuou alguma coisa?

— Eita, porra, tá. Te colocaram para fazer espionagem séria de verdade — disse Colin, olhando para Clem como se ela fosse um professor passando tarefa demais e tudo fosse, de algum jeito, sua culpa. — Ouvi, sim, uma coisa ou outra. O xerife vai passar os próximos dias em Londres, mas está planejando algo grande para quando voltar. O chefe estava na expectativa de talvez receber um convite.

— Na Casa Sherwood? — perguntou Morgan num tom que soava empolgado. — Bom. Que bom.

— É, mas, M... — Ele conferiu a entrada e a saída de novo. Clem percebeu que era provável que devesse estar fazendo aquilo no lugar dele, em vez de ter se recostado na parede para ouvi-los. Mariel iria surtar se soubesse quão atrapalhada ela estava. — Prenderam alguém *aqui* também. Em Hanham.

— *Quê?*

— Na antiga despensa. Você não ouviu isso de mim, óbvio, mas... tem dois guardas na porta, e a quantidade de sempre em todos os outros lugares.

— Na antiga despensa — repetiu Morgan.

— Olha, preciso ir. Haverá um jantar importante hoje à noite. Bardos, dançarinos, essas coisas. Estão todos na maior gandaia... o que eu acho que faz sentido agora, se capturaram alguns dos seus. Sinto muito, Em. Estou com saudade dessa sua carinha feliz.

Clem grunhiu numa tentativa de suprimir um riso, e Morgan se virou de cara feia para ela antes de ser envelopade num breve abraço. Colin deu uma chacoalhadinha nelu, assentiu para Clem, se virou e então saiu apressado do beco.

— Casa Sherwood. E a despensa em Hanham. Dois guardas. Uma festa hoje à noite — repetiu Morgan baixinho enquanto começava a andar na direção oposta.

Era muito empolgante. Aquela reuniãozinha de reconhecimento se transformara em algo enorme. Um cativo, ali na cidade! Mariel iria ficar feliz. Ou tão feliz quanto era capaz de ficar. E Clem havia sido essencial para a execução da missão.

Quer dizer, tinha ficado ali parada, bem pertinho da missão, o que parecia ser a mesma coisa.

— Ele era bonito — disse ela e deu um cutucão amigável no ombro intacto de Morgan.

Elu só lhe mostrou o dedo do meio.

20

A primeira coisa que Morgan falou quando elu e Clem se reuniram com os outros foi:

— Clem comeu dois bolos e fingiu que era uma de nós.

— Traidore — falou ela, tirando a touca estúpida e dobrando-a com um cuidado que o adereço não merecia.

Estavam numa pequena clareira, onde Baxter havia entrado num riacho pedregoso para resfriar os pés, e, de repente, Clem sentiu calor demais e constatou que estava vestida demais.

Mariel pareceu não se importar com os bolos.

— E o que mais?

Morgan contou:

— O xerife não está aqui — repetiu elu. — Isso nos rende um tempinho, pelo menos. Não vão levar ninguém ao tribunal antes de ele voltar a Nottinghamshire.

Kit fez menção de dizer alguma coisa, mas Mariel ergueu a mão, exigindo silêncio, e então saiu abruptamente para pensar enquanto encarava o nada.

Quando voltou, todos estavam com os pés molhados.

— Beleza — disse a capitã com firmeza. — Vamos à Hanham Hall. Hoje à noite.

Todos com exceção de Clem olharam para Morgan.

— Você não precisa ir — interveio Kit depressa. — Né, Mariel?

Havia um tom de advertência na voz dele, o que com toda a certeza era novidade.

— Bem...

— Eu quero ir — respondeu Morgan, que havia tirado o chapéu, afundado a cabeça no riacho e deixado o cabelo lambido para trás, no mesmo instante. O visual fazia elu parecer um pouco mais velhe do que o normal. Só que, pensando bem, o normal delu era parecer ter uns dez anos, por aí. — E eu *tenho* que estar lá no fim das contas. Eu sei das coisas. Não dá pra explicar tudo de antemão.

— Boa — disse Mariel.

Kit não parecia nada impressionado.

— Morgan, você não precisa...

— Se Morgan quer ir, elu vai — disse Mariel, incisiva. Ela respirou, e Clem percebeu um brilhinho perigoso de alguma coisa nos olhos da capitã, algo que de maneira gradual substituía a exaustão. — O plano é o *seguinte*.

Na verdade, era bem mais simples do que a curandeira imaginara. "Extração de alvo", como Mariel insistia em chamar, evocava imagens de invasões cronometradas com precisão, artimanhas elaboradas, gente rastejando por chaminés e coisa e tal. Na realidade, a sugestão era que se dividissem em dois times ("Distração" e "Extração") e que o primeiro fizesse algo para chamar a atenção enquanto o segundo entrava na casa pouco antes do jantar fingindo ser um bando de bardos itinerantes e libertava o prisioneiro antes que os guardas parassem de se distrair com a distração.

— Eles não vão esperar que a gente saiba que tem alguém sendo detido lá nem vão esperar que a gente *também* esteja familiarizado com a disposição da casa. Eles pensam que Morgan está morte.

Elu fechou a cara.

— Para pensar que eu morri eles teriam que pelo menos pensar em mim. Certeza que, quando algum convidado me menciona no jantar, eles *esperam* que eu tenha morrido.

Houve um momento levemente desconfortável de silêncio, e Baxter, com a mão úmida pela água do rio, deu um apertãozinho no ombro de Morgan.

— Bem — disse Mariel, mais uma vez demonstrando sua inaptidão para lidar com emoções humanas. — Pois é. Abara, Chisaka e eu faremos a extração. Scarlet, Parry e Causey: a responsabilidade de vocês é atrair os convidados e os guardas para fora.

— Quero entrar — disse Morgan.

— Pode ser que te reconheçam.

— De que adianta eu estar *na rua* caso dê merda *lá dentro* e vocês precisem de uma rota de fuga diferente?

— Não vai — disse Mariel — *dar merda*.

— Quero fazer parte da extração!

— Não — exclamou a capitã. — É uma ordem, Parry. E é sério. Você vai é ficar do lado de fora e garantir que a curandeira não coma mais bolo nenhum.

Com o sol ainda a pino, Clem ousou ter a esperança de que aquilo talvez significasse que teriam o dia livre para atividades recreativas, o que, em outras palavras, queria dizer ficar sentada sem pensar em nadica de nada. A tal esperança foi pisoteada por Mariel, que anunciou que iriam sair de imediato para adquirir roupas novas e alguns adereços importantes e depois fazer um reconhecimento da casa. De todos os longos dias que Clem vivera nos últimos tempos, a sensação era de que aquele, de algum jeito, fora o mais longo de todos. Quando estava quase na hora de o sol se pôr, ela tinha acrescentado cinco esquilos ao seu placar (Morgan chegara a sessenta e três, e Baxter, a cinquenta e cinco), recebido ordens para retornar à feira para fazer escambo com dinheiro de Mariel e depois passado o que parecera uma eternidade perambulando de um lado a outro entre as fileiras de bancas para tentar captar fragmentos de informações que talvez fossem úteis quando conseguissem entrar na casa.

Quando todos voltaram a se reunir sob a cobertura da mata, os cavalos estavam agoniados, e Morgan parecia disposte a brigar até com Deus.

— É a última vez que você me deixa sem nada de importante para fazer nesta porra — reclamou elu. — Na próxima, mande a curandeira ficar cuidando dos cavalos.

— Morgan — respondeu Josey. — Você consegue entender o motivo de a gente não ter deixado todos os nossos meios de transporte nas mãos de uma fugitiva em potencial, né?

— Fugitiva em potencial coisa nenhuma — exclamou Clem. — Eu me considero uma convidada de honra. Até mesmo uma aprendiz, eu diria.

— Você está adquirindo experiência profissional — comentou Baxter com um sorrisinho para Clem.

— Exatamente.

Mariel obrigou todos a escutarem o plano inteiro mais duas vezes antes de partirem.

— Não se esqueçam do sinal — ratificou a capitã. — Assim que encontrarmos o prisioneiro...

— Você vai soprar o chofar — completou Morgan sem paciência.

— É. A gente sabe.

— E se outra pessoa tocar um chofar? — perguntou Baxter.

— O chofar que a gente comprou é particularmente tenebroso — respondeu Kit. — Vocês vão saber quando ouvirem.

— Tá bem — disse Mariel, ao mesmo tempo em que Baxter comentou: — Todo chofar é tenebroso.

Clem ficou feliz pelo time da distração poder ter ficado por ali para assistir à bardificação dos outros. Testemunhar Mariel tirar o cabelo daquela mesma trança de sempre, vestir uma roupinha marrom-avermelhada toda pomposa e depois perpassar o alaúde como um arco sobre os ombros, o tempo inteiro com uma carranca crônica no rosto, era uma cena que ela planejava guardar para sempre no coração.

No que dizia respeito a mansões, Hanham Hall era bem padrão: muros imponentes de pedra, elaborados portões em cada ponta do terreno, alojamentos dos serviçais amontoados no extremo norte do pátio enquanto o grande salão e outros recintos de mais pompa ficavam mais ao sul.

— Eles não costumam levar os indesejados para a casa — explicou Morgan com desgosto. — Amontoam eles na velha prisão minúscula que fica na periferia da cidade.

— Quantos prisioneiros podem haver lá? — perguntou Clem.

— Quando começam a prender qualquer pessoa que não dê conta de pagar os impostos pelas terras arrendadas, que cuspa na frente de uma *dama* ou que olhe de um jeito errado para um membro da família nobre... muitos.

O plano era que o time da distração causasse um fuzuê nos arredores do portão sul para tentar atrair os afobados membros da equipe de segurança enquanto os outros seguiam para a despensa.

— O que eles esperam é que a gente ataque como um exército — comentou Baxter enquanto eles circundavam devagar o perímetro, guiando os cavalos a pé e se mantendo entre as árvores. — Uma grande onda de guerreiros, um dramalhão. Esse é o estilo do Pai... é o estilo do *comandante* Hartley.

— Você ia dizer *Paizão Hartley?* — perguntou Morgan.

— Hum... Não.

Morgan abriu um sorrisão, o que, mais uma vez, foi tanto alarmante quanto inesperado, como ver um peixe fazer uma careta.

— Viu? É engraçado, *sim*. Vou contar ao Kit.

— Foi só porque você nunca tira esse apelidinho da boca, Morg. Entrou na minha cabeça.

— O Jack Hartley não é basicamente seu tio? — perguntou Clem, enquanto Baxter usava sua força anormal para retorcer basicamente metade de uma árvore e abrir passagem.

— Tio postiço. Espere. Não. Ele é meu... não somos parentes de sangue. A Mariel e eu basicamente crescemos como primos, desde que a gente era pequeno. Nós somos... É de segundo grau que fala? Ou...

— Não — respondeu Morgan. — Nem tem nada de segundo grau. Os avós de vocês se casaram. Então... vocês dois... espere aí, existe isso de avôdrasto?

— Que coisa boa de assistir — falou Clem. — Dá quase para ver as engrenagens girando. Por favor, continuem.

— Tá, espere, foi... Robin e Marian tiveram a Regan. Regan e Jack tiveram a Mariel...

— Errou — interveio Morgan. — Mariel nasceu de um ovo, que foi cozido em banho-maria nas chamas do inferno.

— Robin e Will, que é o meu avô, ficaram juntos antes de eu nascer. Então a gente é tipo... primo postiço? Viramos parentes porque alguém casou com alguém.

— Mariel te pede para chamá-la de *capitã* nas reuniões de família? — perguntou Clem.

— Ah, larga o osso. Ela é uma boa capitã. Eu confio nela. Não é sempre a pessoa mais querida do mundo, mas sempre levou jeito para a coisa.

Morgan fez um barulhinho zombeteiro, mas, talvez por alguma deferência relutante a Mariel, não levou muito adiante.

— *Você* é bem querido, para um guerreiro calejado — observou Clem, e Baxter deu uma risada.

— Não sei se já fui *calejado* na vida. Não gosto muito... da violência. Eu devia ter sido um fazendeiro ou algo assim. Criado carneiros. Mas, como eu era um garoto que já tinha um metro e oitenta e dois aos dezesseis anos e sangue de Homem Feliz nas veias, as pessoas meio que esperavam que eu começasse a atirar coisas por aí. — Ele sorriu. — Além do mais, é algo que deixa as pessoas *muito* felizes. E eu gosto de deixar os outros felizes.

Eles haviam alcançado o portão sul. De onde estavam, acobertados pela mata, Clem podia ver um guarda de cada lado. Enquanto observavam, um casal de convidados bem-vestidos chegou e foi autorizado a entrar no pátio.

Clem olhou para Baxter, que tinha ficado quieto e imóvel.

— Qual é o plano?

— O plano é que eu vou ser dez caras.

Não fazia o menor sentido, mas ele não ofereceu nenhuma outra explicação.

— Você vai ser...?

— Talvez oito — admitiu Baxter. — Não sei se vou dar conta de ser dez agora.

Morgan assentiu.

— Então são nove, contando comigo.

— Você está com o ombro podre e deveria estar em repouso.

— Ah, com certeza, vou só deitar no chão e ficar cantarolando uma musiquinha enquanto todo mundo banca o herói.

— Tá bem — concordou Baxter. — Nove.

— Eu posso ser o décimo cara — falou Clem. — Quero dizer, não sei o que isso implica nem entendo nada do que está rolando, mas eu aprendo rápido e não tenho mais nada para fazer por enquanto. Só me deem um segundo para tirar esse vestido.

— Boa — disse ele. — Beleza. Dez. Você por acaso tem alguma habilidade com arco e flecha?

21

O pai de Mariel nunca se rebaixaria a usar um chapeuzinho e se passar pelo que, no fim das contas, era basicamente um *bobo da corte* musical para recuperar um camarada capturado (só que, pensando bem, era ele quem estava numa cela, masmorra ou despensa reaproveitada em algum lugar, e era Mariel quem iria libertá-lo, mesmo que seus métodos fossem, *sim*, para lá de constrangedores).

— Temos os números ao nosso lado — dissera uma vez à filha. — Não somos mais um grupo irrelevante, nossa força não pode mais ser ignorada. Nós não entramos na ponta dos pés, não *entramos na surdina*. Anunciamos nossa chegada com trompetes e, quando nos ouvirem, eles é quem devem morrer de medo.

Mariel supunha que deveria ficar agradecida por ele ter feito os homens do xerife criarem expectativas tão definidas e consistentes; isso significava que, pelo menos na primeira vez, nunca esperariam a chegada dela. Se a impressão era de que estava decepcionando o pai e lhe dando ainda mais motivos para duvidar de suas habilidades como capitã (e era... lógico que era), então isso seria problema para outro dia.

Graças a um defeito fatal dos ricaços de Sherwood, foi até que bem fácil adentrar o pátio da mansão: aquela gente era inclinada demais a acreditar que bardos que nunca tinham visto na vida iriam viajar quilômetros e mais quilômetros só pela *honra* de entreter lorde Hanham e seus convidados. Simplesmente não conseguiam conceber algo mais empolgante para um leigo comum do que estar diante da presença de um membro da aristocracia rural e sua ninhada de filhotes mimados e inúteis.

— Vocês terão que esperar aqui — disse um esnobe funcionário, que os encarou com uma olhada rápida dos pés à cabeça enquanto eles ficaram ali, parados com os instrumentos em mão e os sorrisos mais amigáveis de que eram capazes de exibir (o que não era lá muito difícil para Kit e Josey; Mariel tinha certeza de que estava com uma feição sinistra no rosto, como a boneca muito mal pintada de uma criança). — E vamos ver se eles irão querer recebê-los no banquete.

— Agradecemos muito — disse Kit.

O sujeito revirou os olhos e desapareceu rumo às construções mais ao sul da propriedade.

Havia serviçais para lá e para cá pelo pátio, apressados para levar comida e bebida, cuidando dos cavalos etc. Foi um tanto fácil se misturarem e seguirem até a despensa, que ficava exatamente onde Morgan havia falado. O único problema era que a única janelinha havia sido toda tapada por diversas camadas de tapume, e as paredes eram grossas demais para que tentassem ouvir quem poderia, ou não, estar preso ali dentro.

— Abara — murmurou Mariel pelo canto da boca. — Você consegue...?

— Se eu *consigo*? — zombou Josey. — Que grosseria.

A capitã deu uma olhada nos guardas perto dos portões, que estavam de costas para o pátio. Quando voltou a se virar, Josey tinha sumido.

— Como é que ela *faz* isso? — sussurrou Kit. — Eu estava olhando bem para ela. Ou eu acho que estava.

— Você piscou — respondeu Mariel. — O truque é... não piscar.

Uma serviçal tropeçou, e a bandeja em sua mão caiu espetacularmente nas lajotas do chão. Enquanto as pessoas se tumultuavam para ajudá-la, Josey reapareceu ao lado de Mariel.

— Tem só um guarda na porta. O outro deve ter saído para fazer um lanchinho.

— Que bom — respondeu a capitã. — Tá bem, vai. Pode tocar o chofar.

— Toque você — disse Josey.

— Quê?

— Não sei tocar chofar. Tô com a gaita de foles.

— Você também não sabe tocar a gaita de foles — argumentou Mariel incrédula.

— Sei, sim. Melhor do que o chofar. Tenho pulmões pequenos.

— Eu toco o chofar — exclamou Kit resignado.

Era genuinamente apavorante começar uma apresentação musical em frente a uma plateia. Algumas pessoas olharam de soslaio para eles, mas foi só quando Kit deu uma soprada de fato impressionante no chofar que o funcionário que os recepcionara atravessou o pátio às pressas com uma feição apoplética.

— Calem a *boca* — sibilou o sujeito. — Pelo amor de Deus, eu mandei *esperarem*. De jeito nenhum vocês vão entrar no salão com essa coisa horrorosa aí.

— Desculpe — disse Kit. — Eu estava só... testando algo novo.

— Pois pare.

— Certo, anotado. Agora eu sei. Nada de chofar.

O homem meneou a cabeça e então saiu correndo para exortar a mulher que derrubara a bandeja.

Precisavam esperar só mais dois minutos para que o caos começasse.

O primeiro sinal foi um grito de surpresa de algum convidado da festa, lá na outra ponta do pátio. O berro logo se transformou em pedidos de reforços. Mariel teve o prazer de assistir aos serviçais mal pagos se virarem e saírem correndo não rumo ao suposto conflito, para defender a casa, e sim para se protegerem. Alguns dos guardas rumaram rápido à direção oposta. Mariel e os outros se apressaram até a entrada perto da despensa, fingindo que estavam se refugiando ali.

— Socorro! — gritou Kit no corredor. — É um ataque!

Por um momento, pareceu que não iria funcionar, mas, depois de um instante de silêncio, ouviram o guarda se aproximando.

— Vocês aí... o que está acontecendo?

— Meu Deus, é tão fácil — disse Josey, estalando os dedos — que quase nem chega a ser divertido.

Em um segundo, ele estava inconsciente, sem nenhuma marca no corpo.

— Não estamos aqui para nos divertir — ralhou Mariel enquanto o guarda desmoronava no chão.

— Fale por você — retrucou Josey.

Ela deu um tapa na ponta da gaita de foles e depois a chacoalhou; três gazuas cuidadosamente afiadas e uma faca finíssima e ainda mais afiada escorregaram para fora do instrumento.

Agora desguarnecida, foi necessário apenas um minuto fazendo força e xingando baixinho para destrancarem a porta, que era rígida e pesada. Mariel e Kit tiveram que dar pancadas fortes com o ombro para abri-la. O ar lá dentro estava rançoso, e os tapumes na janela deixavam o cômodo tão escuro que, a princípio, Mariel apenas piscou em meio à penumbra.

— Mariel Hartley-Hood, puta que pariu, é você?

Joãozão estava sentado num banco toscamente esculpido na parede de pedra. Ele deu um tapa nos joelhos e então se levantou, sorrindo apesar do rosto bronzeado todo ensanguentado e do cabelo grisalho emaranhado de sujeira.

— Que tipo de comitiva de resgate é essa? Cadê a cavalaria?

— Ocupada — respondeu Mariel. Ele tentou dar um tapinha amigável no ombro dela, mas a capitã meneou a cabeça e entregou-lhe uma capa extra e o maior dos dois alaúdes que havia trazido. — Não dá tempo. Vista o capuz. Temos que ir.

— Justo. Faça a frente.

Eles arrastaram o guarda desacordado para dentro da despensa e trancaram a porta, para não deixarem nenhuma prova de que haviam passado por ali.

Sair era a parte complicada, mas eles tinham sido tão rápidos que todos continuavam concentrados no caos que Baxter estava infligindo do outro lado da casa. Era quase bom demais para ser verdade. No portão, havia apenas dois guardas bem distraídos que mal olharam para eles quando passaram em fuga, fingindo que estavam apavorados.

E então tinham conseguido. A mata os esperava adiante, e Joãozão mancava junto ao grupo, quase acompanhando o ritmo mesmo que a perna nitidamente estivesse doendo.

— Merda.

Num movimento brusco, Mariel encarou Josey, que tinha parado e estava olhando para a casa ao fundo, e então entendeu o problema de imediato.

— Vá — ordenou a capitã. — Eu cuido disso.

— Eu vou junto.

— Uma pessoa é menos suspeita do que duas. *Vá*. É uma...

— Ordem — completou Josey. — Tá bem, tá bem. Ok.

Ela olhou mais uma vez para a mansão ao fundo antes de partir atrás de Kit e Joãozão.

Mariel segurou o alaúde sobre o ombro com um pouco mais de firmeza antes de sair correndo para a casa e a porta pela qual acabara de ver Morgan Parry entrando.

Do lado de dentro, quase parecia que não estava acontecendo nada fora do normal. Não havia ninguém no corredor revestido por painéis de madeira; o barulho do restante da propriedade ressoava a distância. Os passos ligeiros de Mariel eram abafados por tapetes opulentos enquanto ela conferia cada porta aberta e tentava se passar por uma aflita alaudista perdida. A distração de Baxter não duraria por muito mais tempo; era provável que ele e os outros estivessem dando no pé às pressas enquanto a tramoia se desintegrava.

O corredor levava a um hall de entrada com tapeçarias grossas nas paredes e uma quantidade tão grande de velas acesas sobre cada superfície que chegava a ser vergonhoso. Mariel parou e apurou os ouvidos, odiando se sentir tão vulnerável ali, num cômodo com entradas e saídas demais e nenhum lugar para se esconder, mas então ouviu passadas ligeiras nas escadas acima e semicerrou os olhos. Os passos eram suspeitos, soavam muito como o barulho que ume adolescente prestes a se meter em muita encrenca faria.

Ela irrompeu pelos degraus e descobriu que era mesmo Morgan, só que, por algum motivo que Mariel não conseguiria compreender nem em milhares de anos, elu estava tentando retirar um vaso de cerâmica extremamente pesado de um pedestal em um dos patamares da escada.

— Mas que *porra* é essa, Parry? — sibilou a capitã. Morgan levou um susto e se atrapalhou com o vaso por um instante aterrorizante antes de pegá-lo de novo. — *Solte* esse troço. Vamos.

— Só um segundo — respondeu elu que, por mais inacreditável que pudesse parecer, continuava tentando erguer o objeto. — Preciso...

— *Agora* — exclamou Mariel num tom que, para ela, nitidamente colocava um ponto-final na discussão.

Ao que parecia, Morgan não tinha levado o ombro machucado em consideração quando planejara o que quer que fosse aquele esquema desastroso de roubo de vaso, e a capitã é que não iria ajudar.

— É a porra da decoração *Crambeck* dele — disse elu, como se aquilo explicasse o surto repentino. — Cerâmica romana. Nunca parou de encher o saco falando desse negócio. Fazia todo convidado demonstrar reverência, dava palestras intermináveis, e eu só...

— Mas o que diabos está acontecendo aqui?

Havia um homem de meia-idade baixinho, carrancudo e com um rosto extremamente rosado es encarando do corredor lá embaixo. Usava veludo e peles pesadas, mesmo que o clima estivesse agradável, e segurava uma adaga cravejada de joias que obviamente nunca fora usada em combate. Ele olhou de soslaio para Morgan, e sua expressão foi da raiva à confusão.

— *Morgan?* É você? Que desgraça é essa que você fez no seu cabelo?

Morgan encarou Mariel em pânico e então foi fechando a cara enquanto, muito relutante, se virava para encarar o sujeito.

— Faz *um ano* que eu sumi — exclamou elu, embora seu rancor assassino de sempre soasse um tanto afetado — e você quer saber o que eu fiz com o meu *cabelo?* Eu podia ter morrido!

— Pois é, mas não morreu — respondeu o homem, que Mariel podia apenas deduzir se tratar de lorde Hanham, como se Morgan estivesse sendo muito irracional. — E ateou fogo em algumas peças caríssimas da mobília antes de sair! — Ele franziu o cenho para a capitã. — E essa aí, quem é?

Mariel respirou antes de responder:

— Só uma barda, milorde, eu estava no pátio quando a briga começou...

— Vim pegar essa sua merda de cerâmica Crambeck! — gritou Morgan, que, de repente, parecia ter encontrado sua voz. — Não dê mais nenhum passo, porque senão eu... eu vou quebrar!

— Você não *ousaria* — berrou o lorde, agora se cuspindo todo numa fúria repentina. — Não sei por que você voltou, mas esse vaso vale mais do que a sua vida. Tire as mãos dele agora e venha aqui.

— Não — respondeu elu, o timbre levemente trêmulo. — Acho que não vai rolar.

— Morgan Parry, você vai me obedecer, caso contrário chamarei os guardas. Você sempre teve essa mania de se meter onde não deve, sempre foi essa esquisitice de filh...

O vaso caiu no chão com um estalo satisfatório e muitíssimo derradeiro, despedaçando-se em cacos poeirentos sobre as tábuas enceradas do chão. Lorde Hanham emitiu um barulho que era um meio-termo entre um arquejo e um chiado, e Mariel, com um horror cada vez maior, ficou observando Morgan ali, parade numa postura desafiadora, os ombros indo para cima e para baixo e encarando o aristocrata do alto. Muito devagar e com cuidado, a capitã levou a mão até a faca que guardava na cintura; não conseguia imaginar aquele homenzinho que mais parecia um presunto assado partindo para o ataque, mas, quando o assunto era gente rica e suas antiguidades, nada era impossível.

— *Guardas!* — gritou ele numa cadência que parecia muito mais adequada para chamar cachorros.

O momento de tentar exercer sua autoridade já tinha passado fazia tempo, então Mariel agarrou Morgan pelo braço e começou a se mexer.

— Ai — grunhiu elu. — Tô indo, tô *indo*.

O corredor debaixo da escadaria, que parecera de um tamanho razoável quando a capitã entrara ali, agora parecia não ter fim. Mariel e Morgan o atravessaram correndo, e os cômodos que antes passaram a impressão de estarem vazios, agora, pelo barulho, estavam cheios de pessoas, e todas investidas em investigar a origem daquela algazarra. As portas iam se abrindo com força conforme seguiam. Mariel ficou tensa com a possibilidade de alguém bloquear a única rota de fuga, mas ela e Morgan irromperam no pátio e avançaram para o portão com o que parecia metade do povo da mansão no encalço.

Morgan deu uma olhada para trás e então, correndo, deu um empurrãozinho na capitã.

— Se abaixe!

Mariel seguiu o conselho, bem quando uma saraivada de flechas passou voando sobre sua cabeça.

Ficou evidente que os guardas tinham desistido de qualquer chance de capturar Baxter e voltado. Excelente, excelente, excelente.

Se tudo tivesse ocorrido de acordo com o plano, eles teriam saído do pátio como apavorados artistas desempregados e então praticamente pulado até a mata, onde montariam nos cavalos sem pressa. Em meio a toda a comoção, poderia ter levado horas até que se dessem conta de quem estava preso na despensa. Em vez disso, quando Mariel arriscou olhar para trás, viu pelo menos vinte pessoas bem-vestidas saindo da casa para o pátio, e os guardas avançando num ritmo bem convincente, alguns ficando para trás para aprontar novas saraivadas de flechas.

— Venha — disse ela entredentes enquanto corriam pelo gramado desprotegido, preparando-se para outra saraivada. — Vai ser a qualquer segundo...

Mariel sentiu um alívio no coração ao ouvir o retumbar de cascos; um instante depois, Kit estava se esticando para puxar Morgan para a montaria ao mesmo tempo que Mariel agarrava a sela e se posicionava na frente dele.

— Nunca fiquei tão feliz de te ver, Kit — disse a capitã enquanto o cavalo galopava desgovernado rumo à mata.

— E também nunca me chamou de Kit. Mas sabe como é, tudo tem uma primeira vez.

22

Fazia pelo menos dez minutos que Mariel estava repreendendo Morgan, e não havia nenhum indício de que ia parar. A vítima estava ali sentada, estoica e de cara fechada, só aceitando a bronca e agarrando o que parecia um pedaço de cerâmica. O restante do grupo se esforçava ao máximo para fingir que não estava ali; Clem estava tão perto de uma árvore que quase tinha se fundido ao tronco. Havia um galhinho nodoso cutucando sua lombar, mas ela não ousava se mexer.

Clem tinha tentado dar uma olhada no ferimento de Morgan assim que elu escapara do perigo iminente para conferir se toda aquela andança contra a vontade de Mariel havia reaberto a ferida, mas recuara quando a capitã, carrancuda, insistira em ficar no cangote de ambes.

— Arriscando tudo por causa de uma vingança pessoal e mesquinha! Ignorando ordens diretas! E ignorando as ordens *de novo*, no meio de uma operação secreta, acabando com tudo... a essa altura alguém já vai ter somado um mais um, Parry. Vão saber que você está com os Homens Felizes, vão saber quais são os nossos próximos planos...

— Espere aí — objetou Baxter, o tom de voz tranquilo. — Não sei se você está sendo justa.

Por um breve instante, o olhar incisivo de Mariel se redirecionou a ele. Clem ficou com a impressão de ter detectado uma leve sangria da força vital de Baxter pela forma com que seus ombros murcharam.

— Não era para ninguém ter visto a gente — continuou a capitã. — Você colocou a gente em risco, incluindo o Joãozão.

Clem deu uma olhada para o sujeito em questão. Era baixinho, tinha um rosto calejado, cabelos grisalhos falhados na altura das têmporas e, no momento, estava usando o singelo fio de água limpa do riacho para limpar o sangue na barba. A curandeira não conseguia deixar de pensar que parte do teatrinho exagerado de Mariel se devia à presença dele.

— Você não é mais membro desta comitiva — disse ela, o que fez Morgan dar um arquejo curto e acentuado que elu nitidamente havia tentado conter. — Você precisa tirar um tempo para pensar. Vamos te largar em algum lugar seguro e voltar quando tivermos terminado.

Houve um momento tenebroso de silêncio, e então Morgan ergueu a cabeça.

— Você disse que assegurava minha lealdade. No acampamento. E você pode achar que fui estúpide, ou irresponsável, ou sei lá... e me desculpe, não era a minha *intenção*... mas, Mariel, quero dizer, capitã, desculpe, foi mal, merda... você não sabe como era lá. Era um inferno. E ninguém nem se importou quando fui embora. Foram otários comigo durante cada minuto que passei naquela casa porque achavam que eu não me encaixava, e aí eu parti, e, de algum jeito, eles nem *perceberam*. Eu odeio isso, odeio que aquela gente tenha sido a pior parte da minha vida, a maior e a pior, e que para eles isso tudo seja... minúsculo. Que não seja nada. — Morgan parou para respirar, piscando com muita determinação para afastar as lágrimas. — Eu só queria que aquela gente se lembrasse de que eu vivi lá, e de que me machucaram, e de que isso teve um peso, *sim*.

Baxter deu um passo até Morgan e passou um braço ao redor dos ombros delu. Para a surpresa de Clem, elu não o dispensou, mas só se recostou muito de leve no peito dele, enquanto uma lágrima enfim escorria por sua bochecha.

— Vamos discutir esse assunto amanhã — disse Mariel por fim, o que pelo menos era melhor do que continuar gritando.

Joãozão, talvez percebendo que a barra estava limpa para se reinserir na conversa, se levantou do local em que havia ficado para se limpar e, por cima de um peito muito machucado e muito peludo, vestiu de volta a camisa molhada.

— Não sei para onde levaram o Hartley e o Payne — disse ele a Mariel, indo direto ao ponto. Sua voz era grave, rouca e carregava um singelo sotaque de Lancashire, como se ele tivesse passado um tempinho afastado da mata. — Eles nos separaram de propósito, imagino, para que não pudéssemos aprontar nada, e devem ter mandado o Jack para algum lugar com mais segurança.

— Você acha que...

— O Jack estava saudável e ileso quando o vi pela última vez. O Payne... aí eu já não sei. Testemunhei uma pancada horrível que ele levou na cabeça quando foi levado.

— Foi o Frederic? Que levou o meu pai? — perguntou Mariel, passando a impressão de que estava desesperada para botar aquelas palavras para fora.

Ela parecia mesmo ter uma implicância com aquele cara. Clem deduzia que os dois eram meio que os equivalentes um do outro em hierarquia e status: filho do xerife, filha do comandante. Fazia sentido. Contudo, Joãozão balançou a cabeça em negativa.

— Não, pessoalmente, não, mas imagino que a ordem possa ter vindo dele. Acho que não faz muita diferença se foi o xerife ou o filho dele. Você está certa, nenhuma grande movimentação vai acontecer até que o chefão esteja de volta à cidade. Mas eu não faço a menor ideia de onde os comandantes possam estar. Os guardas me enfiaram numa carroça com um bando de criminosos assustadores, sabe. Velhinhos mortos de fome, mães aos prantos com dívidas de imposto... Mas eu estava com um saco na cabeça. Depois me levaram para a casa do lorde.

— Há! — exclamou Mariel num tom zombeteiro com certo requinte de bravata. — Isso mostra bem direitinho como são tolos. É óbvio que iríamos conferir as propriedades. Morgan falou que eles mantêm os prisioneiros comuns nos arredores da cidade... se tivessem levado você para lá, poderíamos ter levado meses para te encontrar.

Clem sabia que de fato não era nem a hora, nem o lugar para falar, mas isso nunca a impedira antes.

— Por quê? — perguntou.

Pela expressão assustada, Mariel parecia ter se esquecido da existência da curandeira.

— Como assim?

— É que... Oi, meu é Clemence, a propósito, eu fui sequestrada... Por que levaríamos meses para encontrá-lo? Libertar as pessoas do regime opressor do xerife não é basicamente o lance de vocês?

Por um momento, fez-se um silêncio mortal, e então foi possível ouvir alguns passos nervosos se arrastando.

— Bem — respondeu a capitã enquanto os outros olhavam para qualquer lugar, menos para ela. — É. Mas tem muitas prisões, e a gente é... muito ocupado.

— Ah — respondeu Clem. — Certo. Acho que eu entendo que não dá pra aparecer do nada e resgatar todo mundo que foi preso sem motivo. Mas... já que estamos aqui...?

— Ninguém esperaria uma coisa dessas — disse Josey a Mariel com uma expressão pensativa. — Não faz sentido que a gente volte à Stoke Hanham. Poderíamos pegá-los de surpresa.

Mariel olhou para Joãozão.

— Nem venha olhar para mim — exclamou ele, erguendo as mãos. — Você é a capitã deste barco.

— Mas... na ausência dos comandantes Hartley e Payne, você é nosso capitão de patente mais alta.

— Esses são os seus Homens — respondeu Joãozão, dando de ombros. — E os guardas me deram uma surra para lá de empolgante na casa, então no momento eu estou tão útil quando um peixe de tricô. Você é quem manda. Mas...

— Mas?

— Mas... — Ele olhou para todos ali em volta e então cruzou os braços. — Você está certa, é algo que ninguém esperaria. Na cabeça deles, vocês iriam me pegar e correr para as colinas. E talvez seja bem por esse motivo que a gente deva fazer isso. Porque eu valho tanto quanto qualquer outro pobre coitado naquelas celas. Eu e o seu pai já nos desentendemos tantas vezes por causa disso que nem dá para contar. É um dos vários motivos pelos quais eu acho que ele prefere a companhia do Payne, e eu é que não vou deixá-lo ouvir falar que enchi sua cabeça com esse papo furado de princípios e te mandei bancar a heroína, então... é você quem sabe.

Clem ergueu a mão.

— Eu não me importo que fique registrado que *eu* enchi sua cabeça com esse papo furado de princípios. Acho que me faz parecer bem obstinada e valente.

— Você não me parece muito sequestrada — disse Joãozão, esfregando o queixo barbado.

— Pois é — comentou Kit. — É algo que todos nós já percebemos, na real.

— Vamos fazer uma votação — anunciou Mariel. — É... o único jeito certo de decidir.

— Isso aqui nunca foi uma democracia — disse Morgan. Elu havia se afastado de Baxter, já que, ao que parecia, não precisava mais do apoio dele. — Pensei que você desse as ordens e a gente as seguisse, sem exceções.

— Morgan — exclamou Josey. — Caramba.

— Fique quiete enquanto você ainda está com a razão, garote — disse Baxter, e Morgan calou a boca.

— Todos a favor de voltar para lá, ergam a mão.

Clem ergueu, certa de que seu voto não valeria, mas decidida a deixar evidente que apoiava o próprio plano mesmo assim. Levou um ou dois segundos, mas então cada um no pequeno círculo ergueu a mão. Joãozão riu e deu um tapa até que bem forte nas costas de Mariel.

— Olha só. Então no fim das contas dá para ter esperança com a próxima geração, hein?

— Não comemore ainda — respondeu Mariel com mau humor. — Podemos cantar vitória depois que tivermos terminado.

— Vou cantar vitória agora — afirmou Clem —, se não tiver problema. Acho que é importante aproveitar o lado positivo das coisas sempre que possível.

— Fique quieta — ralhou Mariel, as sobrancelhas franzidas enquanto tocava a faca que carregava na cintura. — Certo, vamos pensar. O que sabemos?

— Duas prisões invadidas num dia. — Clem ouviu Baxter falar para Kit. — É tipo *Natal*.

Se o resgate de Joãozão já não tinha parecido lá muito complicado, aquele então seria moleza.

Como parte do grupo da distração, Clem vira Baxter em ação bem de perto. Vira-o disparar três flechas ao mesmo tempo, sair correndo e colidir nas árvores como um batalhão inteiro em movimento, jogar pedras tão longe e com tanta força que o povo de Hanham Hall devia ter deduzido que alguém havia arrastado um trabuco até a casa e depois saído de fininho; Clem sabia que ele era uma potência impossível de se ignorar. Em comparação, ela atrapalhara a missão e mal se fizera útil. Tinha conseguido atirar algumas flechas para o céu, e na mesma hora começara a ficar preocupada com a possibilidade de que acertassem alguém quando caíssem (ao que Morgan dissera que "o objetivo é esse mesmo") antes de elu ter se afastado do Time Distração para causar encrenca em outros cantos. A curandeira não tinha dúvida de que Baxter era capaz de resgatar os prisioneiros sozinho, então, ao acrescentar os outros à mistura, qualquer um que tentasse impedi-los estava condenado.

Morgan e Clem ficaram para trás com os cavalos, e os outros cinco seguiram adiante para invadir a prisão, que não passava de um celeiro com um grande cadeado na porta da frente e dois guardas magricelas meio adormecidos do lado de fora. Mesmo que um dos invasores tivesse acabado de ser libertado e estivesse mancando, parecia que nenhum dos dois vigilantes recebia o bastante para correr o risco de levar uma facada de Josey ou acabar com os ossos esmigalhados por Baxter, porque nem tentaram lutar direito antes de abrirem caminho.

Joãozão, que tinha um sorriso enorme e inquietante no rosto o tempo todo, como se estivesse faminto por violência e tivesse acabado de encontrar um banquete de justiça vigilantes, gritou para os prisioneiros se afastarem da porta e então quebrou a tranca enferrujada com facilidade. Pelo menos quarenta pessoas saíram correndo, trotando ou mancando lá de dentro, algumas se apoiando uma na outra, algumas machucadas, mas todas gritaram em agradecimento, e então se espalharam antes que os guardas pudessem voltar com reforços e começar a capturá-las de novo.

Quando Mariel voltou a montar no cavalo em que Clem esperava, Joãozão deu uma gargalhada de satisfação, e a capitã deixou escapar uma improvável, porém inconfundível, risadinha em resposta.

Estavam todos estonteados pela vitória enquanto abriam a maior distância possível entre o grupo e o vilarejo. Baxter estava berrando em comemoração, e Kit, com todo o carinho, mandou que ele ficasse quieto. Até mesmo Morgan sorria, o que parecia extremamente improvável, já que elu estava se debatendo sobre um cavalo que dividia com Josey e Joãozão.

— Para onde a gente vai? — perguntou Josey a Mariel enquanto se abaixava para evitar um galho.

Clem estava agarrada às costas da capitã e se esforçava ao máximo para não cair da montaria, então não conseguia ver o rosto de Mariel, o que era meio irritante, na verdade. Aquela risadinha tinha sido bizarra de tão inesperada. A curandeira queria analisar aquele desenrolar dos fatos, como se fosse uma doença interessante.

— Para Sobmata — respondeu a capitã, ao que Josey jogou a cabeça para trás e exultou de pura alegria.

— Sobmata! — gritou ela, e os outros se uniram à comemoração.

A felicidade era contagiante. Clem percebeu que estava sorrindo, animadíssima por estar indo para *Sobmata*, um lugar sobre o qual nunca ouvira falar e que poderia muito bem ser só o trecho de terra favorito do pessoal.

Eles avançaram com afinco, estimulados pela empolgação e pelo alívio, mas a noite já havia caído por completo quando enfim pararam. Para Clem, parecia que tinham *apenas* chegado a mais um trecho de terra. Não havia construções, tochas nem nenhum outro som além dos costumeiros ruídos e chilreios da floresta, nenhum indício sequer de que havia alguém vivo nas proximidades.

— A gente se perdeu? — perguntou, enfim, e Mariel riu *de novo*.

Daquela vez, no entanto, fora uma risada baixinha e quieta, como se a capitã estivesse aproveitando a sensação de saber algo que Clem não sabia, mas não para se gabar; sentia-se feliz pela oportunidade de ser a pessoa a lhe revelar um segredo muito importante.

— Não — respondeu Mariel, descendo do cavalo. Josey desmontou ali perto e na mesma hora se alongou tanto que Clem ouviu suas juntas estalar em pelo menos quatro lugares diferentes. — Josey, quer fazer?

— Que nada. Deixe para Morgan. — Mariel suspirou, mas não discordou. — Ô, Morgan... faça o negócio.

— Eu? — perguntou Morgan, desmontando muito mais devagar do que os outros.

— Aham. Você. Andou praticando, não andou?

— Tá bem — respondeu elu.

Houve um instante de silêncio, e então Clem quase caiu mesmo do cavalo. De algum jeito, Morgan produziu uma espécie de canto de pássaro extremamente alto e preciso, um tanto parecido com o chilrear de um tordo. Baxter comemorou, e foi aí que algo completamente inexplicável aconteceu: um som parecido ressoou abafado em resposta, e então uma das árvores *se abriu*. A curandeira só conseguiu ver porque havia um brilho fraquinho de luz escapando da abertura (abertura não, da *porta*) que acabara de se abrir no que, no escuro, parecia um tronco bem normal.

— Beleza — disse ela, deslizando para fora do cavalo. — *Agora* finalmente a coisa tá ficando boa.

— Finalmente — repetiu Mariel, e foi um pouquinho para o lado para que Clem pudesse se apoiar em seu ombro por um instante para descer até o chão. — Toda a aventura até aqui não foi empolgante o bastante para você? Lutas de espada? A correria? Fugir da lei?

— Ninguém abriu uma árvore — respondeu a curandeira, sorrindo para ela.

A boca da capitã tremelicou em resposta.

Uma silhueta apareceu na passagem, contornada pela luz, e Mariel se aproximou para conversar numa voz baixa. Mais pessoas saíram (de onde, Clem ainda não entendia) e se encarregaram dos cavalos.

— Que coisa é essa? — perguntou ela a Kit, que estava espanando as roupas com a mão para se livrar de um pouco de poeira da cavalgada.

— É a Sobmata. Você vai ver.

— Não estamos mais fugindo dos seus camaradas perturbados da cabeça?

— Que nada — respondeu Kit, sorrindo apesar da exaustão. — O Joãozão está com a gente! Ninguém pode ficar bravo com a gente se estamos com o Joãozão. E não tem como Morgan ter nos traído, já que foi só por causa delu que conseguimos. Eles não vão gostar, mas a capitã provou que estava certa. Podemos nos reunir com parte do nosso pessoal aqui e conferir em que pé estamos. O xerife nem está na cidade, o que nos dá um tempinho. Então é isso aí. Hora de comemorar a vitória.

— Comemorar a vitória — disse Clem, assentindo.

Joãozão já ia sumindo pela passagem com um tapinha ligeiro na casca da madeira para dar boa sorte, e, numa única fila, os outros o seguiram. Baxter ficou por último, atrás de Clem, e ela o ouviu soltando "ai" e "puts" e "ah, não" enquanto se contorcia para tentar diminuir de tamanho e caber ali.

Do lado de dentro, havia uma escada muito estreita que serpenteava rumo aos confins da Terra. A princípio, o espaço estava escuro e meio úmido; o chão passava a impressão de ter sido escavado com todo o cuidado e então firmado com vigas de madeira. Quanto mais para baixo seguiam, mais orgânico tudo parecia; no lugar de vigas havia raízes retorcidas, e assim foi seguindo até Clem não saber mais se elas haviam sido colocadas ali de propósito ou se estavam sustentando o teto por vias naturais. Havia lampiões a cada cerca de vinte passos, e, quando a curandeira olhou para cima, pôde ver que havia algum tipo de sistema complexo de ventilação: pequenas aberturas onde, de algum jeito, ela conseguia sentir a brisa noturna, mesmo tão abaixo da terra.

Depois de certo tempo, os degraus ficaram menos íngremes, e o corredor, mais largo. Clem ouvia vozes; não o murmurar sério e tenso de gente conduzindo demandas oficiais, mas conversas e risadas tranquilas. Soava quase como uma estalagem movimentada, do tipo que se encontrava em partes remotas de grandes vilarejos ou brotando da folhagem em cruzamentos de estrada, cheias de trabalhadores cansados e viajantes ávidos para serem entretidos.

Quando, enfim, viraram a última curva, Clem descobriu que basicamente *era* uma estalagem mesmo; havia um bar nos fundos do recinto, esculpido a partir de um pedaço grande de madeira, e um conjunto de cadeiras, mesas e bancos que não combinavam entre si espalhados pelo restante do espaço, que no momento abrigava metade das pessoas que era capaz de comportar. O teto no alto era um emaranhado de raízes grossas e pálidas que desciam pelas paredes numa curva suave. Iluminado apenas por lampiões, o salão inteiro brilhava, e Clem ainda conseguia sentir aquela brisa gentil entrando por algum lugar misterioso. De algum jeito, parecia que estavam *dentro* de uma árvore, aninhados sob ela como coelhinhos fofos, protegidos do perigo.

— Sobmata! — disse Josey, sorrindo.

Algumas pessoas haviam parado de conversar quando o grupo entrou, e a curandeira se perguntou se Mariel e seus Homens haviam ido parar em alguma lista de Interação Proibida depois da façanha que tinham feito para proteger Morgan. Será que o nariz quebrado de Richard Flores tinha sido colocado direito no lugar?

Se Mariel pressentira algo do tipo, fingiu que não. O sujeito barbado e levemente corcunda atrás do bar ergueu a cabeça e, quando avistou Joãozão, seus olhos se enrugaram.

— João! — disse ele, se aproximando para cumprimentá-lo. — Ouvi falar que tinham te pegado. Já saiu, é? Deve ser um recorde.

— Ah, pois é. Enchi tanto o saco deles que tiveram que me soltar.

— Ei — Clem disse a Josey em voz baixa. — Isso é o que *eu* estou tentando fazer.

— Que nada — continuou Joãozão, apontando para Mariel. — Foi a capitã Hartley-Hood quem me libertou. E a comitiva de primeira dela. São corajosos esses filhinhos da puta, mesmo que ainda mal tenham cabelo no peito.

— Chega — disse Mariel acanhada. — A gente só estava fazendo o nosso trabalho. Ralph… estamos morrendo de fome.

— Um de cada para os heróis do momento — exclamou Ralph com uma piscadela que de certo não deixou a capitã nenhum pouco menos desconfortável.

Eles se sentaram numa antiguíssima mesa toda marcada com missivas, iniciais, corações partidos, flechas, runas e selos. Alguns dos artistas pareciam estar conversando uns com os outros, e a maioria dos papos era conduzida em códigos elaborados. Em alguns cantos, as pessoas tinham simplesmente desenhado genitálias. O símbolo que Mariel e sua comitiva tinham tatuado nos braços estava por toda parte, entalhado por centenas de mãos, e cada versão era um tantinho diferente. Distraída, Clem passou os dedos sobre as marcas enquanto eles conversavam entre si. Dois Homens grisalhos entraram e, quando avistaram Mariel, a capitã se levantou na mesma hora e foi falar com eles. Os três se acomodaram num canto por um tempinho, e Clem percebeu que ficou observando; conseguia apreciar muito mais a faceta capitanesca de Mariel agora que havia conhecido o outro lado dela.

Era evidente que aquelas pessoas a respeitavam, mesmo que fossem pelo menos dez anos mais velhas. Elas se inclinavam adiante quando Mariel falava e assentiam, sérias, para o que ela dizia. E algo naquela interação deixou Clem… orgulhosa? Confusa? Agoniada?

Clem meio que queria arrumar briga com a capitã, mas talvez só para que Mariel colocasse as mãos nela.

Quando as bebidas chegaram (jarros enormes de cerveja clara, vinho e água-mel), Mariel voltou à mesa, e seus olhos se suavizaram quando Kit lhe serviu um copo. Com exceção de quando Mariel dormia, era provável que Clem nunca a tivesse visto tão tranquila. Estavam todos com os colarinhos abertos, cansados, um tanto famintos e aliviados; felizes por estarem ali. Quando todos encheram os copos, Joãozão pigarreou e ergueu a bebida. A capitã levou uma das mãos de dedos compridos até a testa, como se estivesse pressentindo a humilhação iminente.

— Escutem, escutem. Mariel, você pode fingir o quanto quiser que eu não existo, mas vou dar um discurso mesmo assim. Você fez uma coisa boa hoje. E não estou falando só de ter ido atrás de mim, muito embora eu esteja obviamente muito agradecido. É muito fácil deixar de perceber o que importa de verdade, parar de prestar atenção em cada arvorezinha que compõe a mata quando se faz o que fazemos, o trocadilho foi intencional, respeitem o meu momento; mas há pais e mães se reencontrando com seus filhos e suas filhas neste momento, namorados de volta aos braços um do outro, e é provável que também alguns ladrões de carteira se aproveitando de gente rica nas ruas, que é aonde eles pertencem mesmo...

— Pois é, pois é — disse Josey, solenemente virando o copo para dentro de uma vez.

—... e graças a você. Você fez o que fez pelo bem da mata.

— Pelo bem da mata — repetiram os outros.

E brindaram juntos. Baxter se empolgou um pouquinho demais e derramou metade da bebida de Morgan sobre a mesa, e então Ralph interrompeu o momento solene ao aparecer com dois pães ainda fumegando e um bloco de manteiga que gerou um suspiro unânime de felicidade.

23

Clem estava muito contente.

Uma sopa espessa e cremosa repleta de batatas douradas havia chegado depois do pão, assim como frango assado crocante e carne de coelho. Cada vez que um novo prato era colocado sobre a mesa, ela ficava levemente marejada de gratidão. Havia mais do que o bastante, tanta comida que Baxter não precisou roubar do prato de ninguém, e todos ficaram em silêncio enquanto comiam sem cerimônia ou etiqueta.

Mais pessoas chegaram, não da escada, e sim de outra porta, e o cérebro de Clem emergiu do torpor da sopa para confabular se haveria mais entradas em outras partes da mata, mais portas aparentemente mágicas entalhadas em árvores que não seguiam lógica alguma, mas que não deveriam ser questionadas, já que atravessá-las levava a frango assado. O salão ia ficando cada vez mais barulhento conforme as pessoas comiam e bebiam, gritavam para amigos e pulavam em cima das mesas para dar continuidade a rusgas antigas e piadas, apertavam as mãos e davam tapinhas nos ombros, riam alto e derramavam bebida. Todos foram prestar respeito a Joãozão, e Clem ficou se perguntando se a notícia havia se espalhado, se aquela gente toda estava ali com a intenção específica de brindar em homenagem a ele.

Alguém apareceu com um alaúde em um dos cantos do salão, e um companheiro surgiu com uma viola, e então os dois começaram a tocar trechinhos de canções interioranas enquanto conversavam; a música parava sempre que eles riam demais para continuar tocando e então voltava a ressoar depois que tinham terminado de enxugar os olhos e estapear os joelhos.

Mariel estava conversando com Josey. Agora seu cabelo estava para baixo, derramando-se em ondas gentis, e Clem se perguntou como é que tinha perdido o momento em que ela havia desfeito a trança. A capitã continuava com aquela jaquetinha marrom-avermelhada com mangas bufantes engraçada que havia colocado quando se passaram por bardos, mas agora desabotoada e sem luvas. Ela bebericava um copo meio cheio enquanto se recostava na cadeira, ouvindo Josey, focada, mas, pela primeira vez, *sem franzir o cenho* durante uma conversa. Por um breve instante, os olhos da capitã vagaram até os da curandeira, mas não revelaram nada, ao que Clem tomou um golezinho abrupto da própria bebida e então resolveu olhar para Kit, que ria com uma das mãos sobre a boca enquanto Baxter falava alguma coisa em seu ouvido. O braço de Baxter estava disposto sobre o encosto da cadeira de Kit de maneira preguiçosa, talvez porque ele era tão grande a ponto de precisar encontrar lugares para descansar os membros, mas muito provavelmente porque era quase a mesma coisa que colocar o braço de fato *ao redor* de Kit.

Joãozão estava contando uma história a respeito de quando, sem querer, havia velejado para a França num navio no qual tinha embarcado apenas para entregar uma mensagem para alguém a bordo, mas parou de falar do nada e cutucou Morgan nas costelas.

— Ai — disse elu.

Ele abaixou o tom de voz e, com uma expressão malandra e conspiratória, perguntou:

— O Scarlet e o Chisaka?

— É bem o que eu ando falando! — afirmou Clem, e Joãozão deu-lhe um sorrisinho.

Ela gostava do cara. Era um sujeito fácil de se gostar. Clem se perguntou como ele tinha conseguido se manter no cargo de subcomandante, já que parecia tão diferente do comandante Hartley de todas as formas possíveis.

— Eles estão se... tocando muito — comentou Morgan num tom perturbado. — Esbarrei com os dois quando estavam saindo do quarto que dividiram naquele vilarejo, e eles pareciam... *felizes*. Não sei o que rolou nem *quero* saber.

— Maravilhoso — disse a curandeira. — Incrível. Eu amo o amor.

— Sem querer ofender — disse Joãozão, apontando o caneco para ela —, mas é que eu ainda não entendi o que você está fazendo aqui. Não dava para ter fugido de volta para casa quando esse povo estava distraído?

Clem semicerrou os olhos para ele e deu de ombros.

— Infelizmente, tenho pacientes aqui.

— Clemence é complexada com esse negócio de salvar os outros — disse Morgan. — Chega a ser vergonhoso.

— Ahn, dá licença? Sou uma curandeira. Eu curo. Não é um complexo, é um trabalho. Falando nisso, João, ou sr. Zão, posso dar uma olhada nessa perna aí depois, se você quiser.

— Você devia ter matado todos nós enquanto dormíamos! — exclamou Morgan, erguendo as mãos e depois estremecendo de leve. A amplitude total dos movimentos não voltaria nem tão cedo, pelo visto.

— É provável que metade de nós já estivesse morta a essa altura sem que você nem precisasse levantar uma faca! Mas, em vez disso, você fica *remendando a gente.*

— Você acharia melhor se eu começasse a tentar te machucar de propósito?

— Aham. Na verdade, acharia, sim. Não seria nada extraordinário, afinal de contas.

— Beleza... Que tal uma partida de jogo da bugalha? Quem ganhar pode dar uma facada em quem perder. Ou quem perder tem que pagar uma bebida para quem ganhar. Tanto faz.

— Todas as nossas bebidas são de graça hoje — respondeu Morgan num tom ácido. — Mas beleza.

O que Morgan não sabia era que a Velha Rosie era uma tremenda trapaceira que gostava de beber de graça, e que ela e Clem haviam jogado juntas muitos jogos de taverna na época em que a curandeira havia chegado sem querer ao Vale do Carvalho e passara quase três meses inteiros sem conseguir falar. Acontece que não é necessário conversar para participar de jogos com ossos e dados.

Nitidamente achando que estava jogando com alguém café com leite, Morgan ficou tão chocade que compôs uma série de combinações de palavrões que Clem nunca tinha escutado antes. Quando, depois de certo tempo, Morgan exigiu que fizessem queda de braço, e Clem teve que mencionar o fato de que elu estava se recuperando de um ferimento no ombro, Joãozão se ofereceu para tomar o lugar de Morgan.

— Eu preferiria que fosse o Baxter — respondeu elu, mas permitiu que a queda de braço acontecesse, e Clem venceu em virtude de *não* estar recoberta de hematomas roxo-escuros e profundos provenientes de uma surra recente, mas logo em seguida perdeu para Josey, que vira o que estava rolando e fora tentar a sorte. Foi tão rápido que a curandeira mal conseguira piscar antes de sua mão bater na mesa. Clem e Kit praticamente se equivaleram no quesito muque e anunciaram um empate cortês depois de um ou dois minutos fazendo força, e foi então que Baxter quis participar, e Clem desistiu de imediato, o que fez todos celebrarem.

— Eu meio que prefiro deixar meus ossos assim do jeito que eles estão agora — disse ela enquanto Baxter dava de ombros e sorria com afabilidade. — Tem funcionado superbem para mim por enquanto.

— Capitã — chamou Josey. — Você está sendo requisitada aqui!

Mariel, que estava conversando com o atendente, adotou a expressão de seriedade quando se aproximou da mesa, mesmo que estivesse segurando um copo de bebida e estivesse levemente ruborizada.

— Qual o problema?

— Não tem problema nenhum — respondeu Josey. — Só precisamos de alguém para fazer queda de braço com a Clem. Para desempatar.

Mariel franziu o cenho para ela.

— Hum. Não. Vai você.

— Já fui. Acabei com ela. O Kit poderia ter ganhado, mas desistiu feito um cavalheiro, e a curandeira não quer enfrentar o Baxter por... preocupações ósseas.

— Preocupações ósseas — repetiu a capitã, tentando soar sarcástica, mas com o tom de voz doce feito mel.

— Você não precisa disputar queda de braço comigo — comentou Clem, já alongando a mão para se preparar mesmo assim. — Eu sei que sou muito intimidante.

— Isso é psicologia reversa — disse Baxter, estalando os dedos e apontando. — Eu sei o que está fazendo. Esperta.

— Não tô intimidada — respondeu Mariel, inclinando a cabeça para jogar o cabelo para a frente, sobre o ombro. — Só não entendo qual é o objetivo.

— É divertido! — exclamou Baxter.

Morgan bufou.

— A Mariel não acredita em diversão.

A capitã suspirou, olhou do sorriso de Baxter para o arquear zombeteiro das sobrancelhas de Morgan e então arregaçou as mangas até os cotovelos e se sentou na frente de Clem.

— Beleza. Vamos acabar logo com isso.

— Palavras que sempre antecedem muita diversão mesmo — comentou Morgan.

Clem não havia mexido nas mangas, mas, ao ver Mariel as enrolando ritualisticamente, decidiu fazer a mesma coisa para combinar. Não parou no cotovelo; puxou até deixar boa parte do bíceps à mostra. Era muito raro que fosse a pessoa mais forte em algum lugar, mas tinha orgulho daqueles muques mesmo assim. Mariel só olhou para os braços dela com uma expressão impassível no rosto e então pigarreou.

— Quando você terminar de ficar se exibindo — disse a capitã, e Clem abriu um sorrisão.

Unir as mãos foi esquisito. Parecia algo íntimo, mesmo com todo mundo assistindo. Os dedos de Mariel eram compridos, esguios e tinham só alguns calinhos aqui e ali, provavelmente porque levava muito a sério o uso de luvas quando cavalgava ou usava o arco. Ela levava tudo muito a sério, inclusive a queda de braço. A capitã pediu a Josey que começasse a contagem regressiva e passou a fazer mais força apenas quando chegou a hora certa, nem um segundo antes.

Clem soube na hora que iria perder, mas ela não deixaria Mariel vencer sem suar um pouquinho.

— Eita, porra — disse Kit, olhando de uma para a outra enquanto a mesa sacudia. — Será que a gente... acho que a gente devia tirar as bebidas daqui.

Os copos foram afastados por questões de segurança, e a curandeira focou, ajustando de leve a pegada e arqueando as sobrancelhas quando Mariel se contraiu.

Clem começou tranquila, ludibriando a capitã a cair numa falsa sensação de que seria fácil. Ela sabia que Mariel usaria apenas a quantidade exata de força que considerava necessária para vencer (nem um pouco a mais, nem a menos). Deixou-a empurrar sua mão para baixo, um tiquinho de cada vez, tão devagar quanto uma lesma.

— Que chatice — disse Morgan. — Desiste, curandeira.

Clem só abriu um sorriso sereno, mesmo que estivesse empregando um esforço considerável. Mariel era *forte*. Era provável que por causa do tanto de rancor que vivia carregando nos ombros, ou por ficar arrastando vítimas de sequestro pelo cabelo para lá e para cá pela mata. Ela estava de olhos semicerrados, concentrada, as bochechas rosadas e os lábios franzidos conforme sua vitória se aproximava. Havia indícios discretos de um sorrisinho de satisfação começando a se formar no rosto dela, mas então Clem suspirou, alongou o braço desocupado e fez tanta força que a mão da capitã deu um solavanco para trás.

Mariel deixou um sibilo minguado escapar.

— Que merda foi essa?

Clem deu uma risada ofegante, já começando a perder a vantagem que tinha conseguido.

— Essa *merda* foi o elemento surpresa. É o meu elemento favorito, depois da água.

A capitã ia começando a parecer meio suada ao redor das têmporas. Estava muito vermelha agora, o rosto inteiro franzido de concentração, e a palma da mão, quente. Era até meio inconcebível o quanto Clem estava gostando daquilo; ela deixou Mariel empurrá-la até a situação ficar quase irreversível, e então fez força de novo.

— O que você tá *fazendo*? — perguntou a capitã entredentes. — Só... brinca do *jeito certo*.

— Vai, Clem — exclamou Morgan com uma pancada na mesa. Pelo visto, elu estava abrupta e inesperadamente mudando de time. — Acabe com ela!

A curandeira só conseguiria dar mais um rompante de energia e se deleitou ao ver Mariel arregalar os olhos, furiosa, quando o empregou.

— Tá preocupadinha? — perguntou Clem com a voz baixa.

A capitã quase *rosnou* em resposta; foi um barulho meio selvagem, animalesco, que deveria ter sido engraçadíssimo, mas que basicamente só deixou a curandeira meio encalorada sob a camisa. Era melhor não pensar demais no que aquele calorão significava, para evitar que alguma coisa despertasse dentro dela.

— *Não*.

— Por que você acha que tem tanta dificuldade em perder? É só um defeito engraçadinho de personalidade? O cérebro está danificado demais?

Mariel mordeu o lábio; os músculos de seu braço se contraíam conforme ela empurrava, e a força nunca titubeava.

— Por que você só não... *desiste de uma vez?*

Os dedos de Clem enfim atingiram a madeira, e com tudo. Baxter comemorou; Morgan se recostou na cadeira e cruzou os braços, nitidamente apavorade por ter demonstrado uma migalha de apoio à causa perdida da curandeira.

— Pronto — exclamou Mariel, a respiração entrecortada. — Tá feliz?

— Tô — respondeu Clem ainda sorrindo. — E já pode soltar a minha mão.

A capitã a soltou como se estivesse segurando uma panela quente e ficou piscando para Clem, confusa, antes de empurrar a cadeira para trás e sair para pegar outra bebida.

A curandeira ficou de olho, acompanhando-a pelo salão. Mariel se demorou com o atendente, inclinando-se sobre a bancada do bar e assentindo, toda séria. Parte de seu cabelo estava atrás da orelha, mas o restante escorria na frente, caindo ao redor do rosto. Josey a emboscou na metade do caminho de volta e falou alguma coisa que a fez rir. Não fora uma gargalhada daquelas, mas fora bonito de se ver mesmo assim — algo inesperado, como o choque de avistar flores silvestres num campo árido.

Pelo amor de Deus. *Flores silvestres?* Clem chacoalhou a cabeça. Sem dúvida precisava de mais uma bebida.

Morgan estava bêbade. Ninguém sabia como aquilo tinha acontecido. Josey estava desafiando outros fregueses no lançamento de facas e ganhando quantidades absurdas de dinheiro no processo, Kit e Baxter tinham se retirado para um canto e estavam conversando baixinho enquanto o espaço físico ia ficando cada vez menor entre eles, e Mariel estava numa mesa mais afastada, discutindo negócios com aqueles sujeitos grisalhos e de aparência militar de novo.

Clem suspeitava que a embriaguez de Morgan talvez tivesse alguma coisa a ver com a falta de entusiasmo que Joãozão demonstrava por bebidas apropriadas para menores. A curandeira pediu água no bar e, quando recebeu olhares vazios e sugestões para que ela fosse encontrar um rio por conta própria, aceitou um jarro de refresco de mel e, irredutível, foi se sentar ao lado de Morgan.

— Você vai beber tudo — disse, enchendo um copo e empurrando-o para elu. — E depois vai comer um pouco de pão, fazer muito xixi e ir dormir.

— Tenho permissão para estar bêbade — respondeu elu, sem conseguir focar direito e levemente desequilibrade.

— Ah, pois é, mas que surpresa. Pelo visto falta de supervisão adequada e decisões questionáveis são dois pilares importantíssimos do *ethos* dos Homens Felizes. Mas você já foi quase expulse da comitiva hoje, duvido muito que acordar amanhã com uma dor de cabeça daquelas, vomitando as tripas para fora e implorando por misericórdia vá melhorar muito a sua situação.

Morgan a encarou com uma careta, mas pegou o copo e deu um gole.

— Isso aqui é péssimo. Você é péssima.

— Eu sou é o seu anjo da guarda, ô duendezinhe mal-agradecide. Beba aí.

Elu pegou firme e bebeu metade do jarro antes de dizer "não há mais nem uma gota de pinga em mim". Clem agarrou Baxter pelo cotovelo quando ele passou a caminho do bar e perguntou como iriam se organizar para dormir.

— Vai ter quartos para a gente — respondeu ele, apontando vagamente para uma das saídas. — Não sei. Pergunte a Mariel.

— Cadê ela?

— Sei lá. Em reunião, eu acho. A essa altura as pessoas já sabem que estamos aqui, então querem falar de estratégia.

Reuniões de estratégia! Depois de tanta bebida? Era inconcebível.

Clem não tinha nem considerado a possibilidade daquela toca de coelho subterrânea ter dormitórios. Olhou em volta, à procura de Mariel, mas não a encontrou mais, então decidiu levar Morgan arrastade e torcer para encontrar alguém útil no caminho.

— Eu consigo *andar* — disse elu num tom grosseiro.

Com uma espetacular dinâmica cômica, elu tropeçou no pé de uma cadeira um segundo depois e caiu com um barulhão, lançando uma miscelânia de móveis para longe. A música e as conversas pararam por um instante, antes de as pessoas rirem, comemorarem e voltarem ao que estavam fazendo.

— O que está acontecendo? — perguntou Mariel, que parecia ter aparecido do nada, e pegou o outro braço de Morgan enquanto Clem se esforçava para endireitar elu.

— Morgan deu uma bicadinha no vinho.

— E no hidromel. E na cerveja preta — acrescentou elu, sem parecer nem um pouco arrependide. — Dei uma bicadinha em tudo.

— Venha — disse Mariel. — Pra cama.

— Tá, tá — respondeu Morgan com a voz arrastada. — Hoje todo mundo resolveu ficar nessa mesma ladainha.

Juntas, as duas conseguiram deixar elu quase de pé e fazer com que andasse. A passagem aberta para o túnel adiante era meio apertada, mas Clem ficou surpresa ao descobrir que o túnel em si era, na verdade, bem espaçoso e nada claustrofóbico.

— Que coisa bizarra — disse ela enquanto avançavam devagar e passavam por arandelas acesas. — Nem parece que a gente está no subterrâneo.

— Bem — respondeu Mariel com um leve grunhido quando o peso de Morgan se intensificou para o lado dela. — A gente está.

— Como foi que cavaram tudo isso?

— Não cavaram. É um velho covil de serpe. — A curandeira só a encarou por cima da cabeça de Morgan. — Foi uma piada.

— Nossa — respondeu Clem. — Uma piada e tanto.

Passaram por uma série de portas com números cuidadosamente entalhados. Quando chegaram no número dezesseis, Mariel abriu-a com um chute e, juntas, manobraram Morgan até a cama estreita.

— Você precisa que a gente tire as suas botas? — perguntou Clem enquanto Morgan se deitava com o rosto para baixo e ficava imóvel por cima da coberta. Elu emitiu um barulhinho afirmativo que mais pareceu um grunhido do que qualquer outra coisa. — Vou considerar isso um sim.

A curandeira desamarrou as tais botas e as jogou sem cerimônia no chão. Mariel as pegou discretamente e as arrumou direitinho ao pé da cama enquanto Clem tentava fazer Morgan rolar para ficar de barriga para cima.

— Dorme que nem gente — disse ela quando Morgan emergiu. — Tá parecendo que tá morte.

— Talvez eu tenha morrido mesmo — respondeu elu. — Seria ótimo, não seria?

— Não exatamente — respondeu Mariel. — Eu precisaria escrever no livro lá no acampamento. Organizar o funeral.

— Verdade — respondeu Morgan, decepcionade. — O trabalho administrativo.

— Me deixe dar uma olhadinha nesse ombro, pinguce, fazendo o favor. — Elu deu um suspiro exagerado, mas se virou o bastante para que a curandeira lhe cutucasse medicinalmente até ficar satisfeita. — Durma um pouco. Você vai se sentir melhor pela manhã.

Clem e Mariel tinham acabado de chegar à porta quando Morgan falou de novo:

— Mariel — chamou elu num tom de voz muito vulnerável. — Eu estraguei tudo?

A capitã trocou um breve olhar com Clem, que franziu o nariz, morrendo de pena de Morgan e ciente de que elu odiaria caso ela algum dia externalizasse uma emoção daquela.

— Não — respondeu Mariel depois de alguns instantes. — Você cometeu um... erro. Perdeu o juízo por um momento e arruinou só uma coisa específica.

— É — confirmou Clem devagar, pensando que usaria uma abordagem diferente para a situação. — Além do mais, todo mundo erra.

— Não erra, não — argumentou Morgan. — A Mariel não erra. Desculpe, quero dizer... *Capitã*. A capitã Mariel... não erra.

A curandeira olhou cheia de expectativas para Mariel, esperando que a capitã fosse suspirar, menear a cabeça e dizer que até *ela* já tinha perdido o juízo no passado e que tudo fazia parte do amadurecimento, e não significava que era péssima e irredimível.

— Eu não... posso me dar ao luxo de cometer erros. É diferente para mim.

— Hum... — exclamou Clem. — Vai me desculpar, mas isso aí é papo furado.

Morgan riu na cama, e Mariel deu uma olhada intensa para a curandeira; não parecia nada contente com o comentário.

— Vamos continuar esta conversa em outro lugar. Elu precisa descansar.

Enquanto seguia a capitã porta afora, Clem ouviu Morgan murmurar:

— Boa sorte, Moela.

— Não me sabote na frente dos meus Homens — disse Mariel, caminhando rápido.

A curandeira acompanhou o ritmo, sem prestar a mínima atenção para onde estavam indo.

— Então não minta! É óbvio que você já errou! Você é uma pessoa, e não um ser divino! Você já errou, eu já errei, o seu *pai* já errou...

— Você não sabe nada do meu pai.

— Ah — exclamou Clem. — Beleza, entendi. Então é intergeracional, não é? Essa obsessãozinha por nunca estar errado. Sendo bem sincera, acho que em algum momento você acabou ficando meio doida da cabeça. E você está passando isso para Morgan, para que o ciclo continue para sempre, surto depois de surto, até centenas de anos no futuro...

— Não tem ninguém surtando — zombou Mariel.

Elas tinham chegado em outra porta, número 27, que Mariel abriu com força sem nem diminuir o ritmo da caminhada. Clem entrou junto, ainda discutindo.

— Você nunca parou para pensar que admitir os próprios erros é um sinal de integridade? De *força?* Tanto faz se você quer ficar se culpando por tudo o tempo inteiro, você tem esse direito, mas não faça a mesma coisa com Morgan. Ainda mais quando elu nitidamente já se deu tão mal por causa disso. Não sei o que aconteceu naquela casa, mas... espere, o que você está fazendo?

— Me trocando.

A capitã havia tirado a jaqueta marrom-avermelhada e agora a estava pendurando no encosto de uma cadeira, como se não fosse nada demais.

— Mas é que eu tô bem aqui.

— Você me seguiu até dentro do meu quarto — respondeu Mariel, começando a mexer nas complicadas cordinhas nas mangas da camisa.

— Eu não sabia que era o seu quarto — disse Clem feito uma tonta. Era provável que poderia ter sacado aquilo pelo contexto, se estivesse prestando atenção no contexto, e não focada em criticar a capitã (que continuava, sem sucesso, tentando desfazer os lacinhos nos pulsos). — Ah, pelo amor de Deus, venha aqui.

Mariel hesitou e então, com uma feição cheia de expectativa, estendeu os braços com os punhos para cima de um jeito bem des-Mariel-izado. De um jeito quase... meigo.

— Você passou a noite inteira bebendo? — perguntou Clem, somando aquela incapacidade de desfazer um nó à singela tepidez de tudo o mais.

— Tomei um copinho com o David — respondeu a capitã. — Ele não tem patente nenhuma, é... meio que um mercenário. Faz as próprias coisas. Mas pelo menos *ele* concordou com o que a gente fez no acampamento. Só que ele... é que ele é diferente. Todo mundo o acha muito bonito. — Ela parou de falar e fez uma careta, como se estivesse ouvindo o que tinha acabado de dizer e achado que faltava algo. — Talvez... tenham sido dois copos.

Clem bufou, enfim terminou de desatar o primeiro nó e partiu para o segundo.

— Kit falou que você não está mais fugindo, agora que trouxe o Joãozão.

Mariel suspirou e fechou os olhos por um breve instante, como se estivesse tirando uma rapidíssima soneca.

— Não estou. Os outros nem têm como criticar os meus métodos direito, agora que eu... só que foi *mesmo* imprudente. Ando falando para mim mesma que meu pai teria tomado a mesma atitude, mas... sei que não é o que ele teria querido que *eu* tivesse feito. Quando ele ficar sabendo... Bem, não sei onde é que eu estava com a cabeça.

— Você estava protegendo Morgan.
— E *olha* o que elu acabou fazendo. Foi culpa minha. Deveria ter me tocado de que elu não estava pronte para algo assim, para algo tão... tão *pessoal*. Queria conseguir ter a certeza de que fiz a coisa certa. De que *estou fazendo* a coisa certa. Precisamos ir atrás do meu pai agora. Amanhã. Os outros capitães vão junto. O João nem quer me dar ordens.
— Talvez ele ache que você não precisa de ordens — sugeriu a curandeira. — Talvez ele confie em você.
— Meu pai nunca viu o menor problema em me dar ordens.

As implicações daquele fato se demoraram no ar entre as duas.

— Bem, do meu ponto de vista... você mandou superbem. Tirando os níveis perigosos de perfeccionismo.
— Causey...
— É Clem, valeu.
— Nós sofremos uma emboscada. Eu traí meus camaradas capitães; fugi com minha equipe e com informações importantíssimas a respeito do nosso alvo; quase acabei capturada ou assassinada lá em Hanham. E não vou nem mencionar o seu caso.

Clem gesticulou com a mão que estava usando para ajudá-la.

— Não, por favor. Prossiga. Mencione o meu caso.
— Você viu coisas demais, você *sabe* demais, isso sem nem falar de toda essa intimidade ridícula e nada profissional... Você está na *Sobmata*, pelo amor de Deus, e nem mesmo foi vendada.
— Eu nunca, nem em um milhão de anos, iria conseguir voltar para cá, caso isso sirva de consolo. — O nó era tão complicado que ela estava sendo obrigada a usar as unhas curtíssimas. — Ainda não consigo entender como foi que a gente atravessou uma árvore e acabou num bar.
— Todo mundo fica se comportando como se você fizesse parte da equipe — disse Mariel. — Inclusive você.
— Seria tão ruim assim?

A capitã deixou um suspiro indignado escapar.

— Você não tem treinamento nem com espada nem com arco e flecha, mal sabe cavalgar... e *ainda* acha que a sua guardiã estava certa quando curou um dos homens do xerife, não acha?
— Não concordo com alguns detalhes mais específicos do que você falou, mas sim.

Mariel revirou os olhos.

— Tá vendo? E... e você não faz o menor sentido. Sangue e tripas são tudo o que constituem o seu trabalho, mas você quase nunca sabe lidar com violência. Um pouquinho de fumaça e fogo acabaram contigo, mas mesmo assim você continua procurando incêndios nos quais se jogar.

— Incêndios? — repetiu Clem, soltando os pulsos da capitã.

Que merda Mariel sabia a respeito de *incêndios*?

— O que quero dizer é que — continuou ela, devagar. — Acho que você arriscaria a sua vida por um completo desconhecido se a pessoa tivesse um buraco que precisasse de pontos, mesmo que isso resultasse na sua morte.

— Bem, e quem não arriscaria? — exclamou a curandeira enquanto o pavor que a tinha dominado começava a esmaecer.

— A maioria das pessoas.

Clem deu outro puxão nos punhos de Mariel, e o susto pareceu deixar a capitã completamente sem ar, o que foi para lá de satisfatório. O nó estava quase desatado.

— Olha. Eu gosto de você. De você e do seu bando de Homens Felizes. Tirando toda a besteirada militar, acho que vocês são pessoas decentes, mesmo que cometam algumas cagadas de vez em quando... e é óbvio que *cometem*, porque, caso contrário, eu não estaria aqui. Não teria sido sequestrada. Mas tudo bem.

— Mas tudo... *bem?*

— É. Tudo bem. Olha, eu sei que não deve ser fácil, dá pra perceber que você está numa... posição complicada. Mas acho que você se importa com os outros e quer fazer o bem, mesmo que o seu jeito de demonstrar isso seja uma bosta. Eu sempre esperei que os Homens Felizes fossem... sei lá, paladinos da bondade, mesmo que tenha sido meio ingênuo da minha parte. Vocês não são assim. Talvez ninguém seja. Mas vocês estão tentando, e acho que estão mandando superbem. E também... eu não tenho um *complexo*, mas gosto de ajudar as pessoas. As coisas nem sempre são fáceis para mim, como você percebeu, mas é o jeito como eu levo a vida. Você precisava da minha ajuda. Então aqui estou eu.

Mariel parecia quase horrorizada, como se não houvesse nada mais vergonhoso no mundo do que expor os sentimentos com sinceridade.

Entretanto, era verdade. Tudo aquilo. Clem estava se divertindo. Gostava do riso fácil e da franqueza de Baxter, do coração generoso e do raciocínio rápido de Kit, da considerável valentia e da língua afiada de Josey e até mesmo do constante antagonismo subterrâneo de Morgan.

E gostava de Mariel. Era algo quase inconcebível, mas era verdade.

— Não preciso de você — respondeu a capitã, o queixo erguido de um jeito tão sonso e birrento que até deixou Clem meio atordoada.

Por que estavam assim tão perto uma da outra? A proximidade tinha parecido vagamente necessária por causa dos nós, mas agora a curandeira se deu conta de que era ridículo. De que *Mariel* era ridícula. De que era teimosa e bonitona e uma causa perdida também. Acontece que, no momento, seus lábios estavam vermelhíssimos, e os olhos, sonolentos. E Clem tinha uma teoria.

— *Mentirosa.*

Clem continuava segurando as mangas da capitã. Ela as soltou, e Mariel titubeou de leve antes de se aproximar alguns centímetros. Clem estava com uma risada presa entre os dentes, e a impressão era de que Mariel, de cenho franzido e com a boca entreaberta, tinha travado num meio-termo entre uma carranca e um olhar perdido.

Clem ainda estava encarando os lábios dela quando a capitã a beijou.

24

O beijo durou cerca de três segundos. Clem só teve tempo de arregalar os olhos pela incredulidade do que estava acontecendo e, toda entusiasmada, acatar de imediato aquela nova realidade. Sua mão estava quase chegando no queixo da capitã quando Mariel se afastou de modo abrupto e emitiu um barulho esquisito e brusco que a curandeira *até poderia*, se forçasse um pouco a barra, argumentar que era fruto do desejo.

No entanto, era provável que tivesse mais a ver com um pânico visceral.

Elas ficaram ali, uma encarando a outra. Mariel estava com a camisa desabotoada até a metade, e as mangas, compridas demais, agora estavam desamarradas. E então Clem rompeu o silêncio esquisito com uma risada.

— De nada.

— Quê? — perguntou a capitã, que parecia ter acabado de levar uma pancada na cabeça. Havia marcas rosadas espalhadas por suas bochechas como se fossem impressões digitais.

— Imagino que você estava tentando agradecer. A mim. Por te ajudar com a camisa. Não sei se precisava de tanto entusiasmo, mas não conheço os costumes dos Homens Felizes.

— Hum... — disse Mariel. — É...

Alguém deu uma batida rápida na porta. Quando nenhuma das duas se manifestou, uma senhora de meia-idade com pele marrom-escura e cachos grisalhos entrou, parou com tudo e, nitidamente confusa pela tensão palpável no recinto, olhou de uma para a outra. A cena devia ter parecido muito estranha; ou estavam tentando se matar, ou prestes a se pegar. O que, na realidade...

— As roupas, capitã — disse a mulher, que colocou uma pilha de peças dobradas sobre a cadeira bamba perto da porta. — Como solicitado.

— Obrigada, Asha — respondeu Mariel, toda rígida. — É... pode deixar ali.

— Sim — respondeu Asha. — Já deixei.

— Já deixou. Exato. Pois é. E... é isso.

— É.

Asha saiu do quarto, ainda parecendo não saber ao certo se deveria chamar reforços ou recomendar que pendurassem uma meia na porta para evitar que fossem interrompidas de novo.

Outro momento de silêncio se estendeu entre elas. Clem se sentia um tanto histérica.

— Então...

— É isso — repetiu Mariel. — Pode ir.

Clem talvez devesse ter ficado ofendida pela despensa casual, mas, para ser sincera, estava sendo divertido demais assistir à capitã se contorcendo, toda sem jeito. Afinal de contas, não tinha sido *Clem* quem começara um beijo e depois agira como se estivesse tendo uma concussão. Mariel, ainda com o rosto vermelho, se ocupou no mesmo instante com sua próxima tarefa e então congelou quando pareceu se dar conta de que estava basicamente tirando a roupa para uma espectadora. Clem deu um sorriso brilhante, sincero, sem nenhuma maldade ou deboche, e não esperou para ver como a capitã responderia.

De volta ao salão, as coisas iam ficando cada vez mais caóticas. Um cantor levemente embriagado havia se juntado aos tocadores de alaúde e de viola; ele estava entretendo o pessoal com cantigas de bar e encorajando todos a cantar junto, o que faziam de muitíssimo bom grado. Algumas das canções eram familiares para Clem, outras pareciam particulares aos Homens Felizes, e eram estas que geravam respostas mais barulhentas e empolgadas da plateia. Ela conseguia ver Kit e Josey cantando de pé, e Baxter sentado ao lado dos dois batendo a mão quase sempre em harmonia com a batida na mesa. A curandeira abriu caminho até a mesa, e Baxter celebrou e empurrou uma bebida para ela.

— Você é a minha sequestrada favorita — disse ele de maneira afável.

— Quantas pessoas você já sequestrou?

Ele pensou a respeito.

— Uma. Mas é provável que você ainda seria a minha favorita mesmo se tivéssemos sequestrado mais gente. É que você parece tão empolgada com a situação.

— É porque vocês são meus sequestradores favoritos.

— Owwn, você só está falando da boca pra fora.

— Juro que não. Eu não trocaria vocês por nada.

— Você me lembra a minha irmã — comentou Baxter. — Quero dizer, eu não tenho irmã. Mas, se tivesse, acho que ela seria igualzinha a você.

— Não faz o menor sentido. Adorei.

Josey, com o rosto reluzindo de suor, se aproximou para pegar sua bebida.

— Não peça para ter irmãs — disse ela, apontando o copo para Baxter. — É uma maldição.

— Que mentira! — respondeu ele, escandalizado, antes de se inclinar para Clem e, num tom confidencial, continuar: — A Josey tem três irmãs mais velhas. São uns amores. Irmãs adoráveis.

— Elas colocaram a régua lá em cima — disse Josey, triste. — Sempre serei a pior. A menos inteligente. Menos experiente. Superada em combate.

— Você é... a *pior* irmã? — perguntou Clem, incapaz de acreditar. — Mas você é... tão boa. Em tudo.

— A melhor na maioria dos lugares — respondeu ela com um meneio de cabeça. — A pior lá em casa.

Baxter deu uns tapinhas no ombro dela. O fato de que ele não estava refutando o título deixou a curandeira de repente morta de vontade de conhecer aquelas três brilhantes irmãs mais velhas.

Kit se sentou, todo vermelho, suado e com o cabelo grudado à testa.

— Do que a gente está falando?

— Ah — respondeu Baxter. — Sabe como é. De irmãos. Eu acabei de falar que... a Clem agora é basicamente parte da família.

— Não somos uma família — disse Mariel. Clem não tinha percebido a chegada da capitã e tentou disfarçar o sobressalto com uma dancinha ao ritmo da música. — Nem colegas nós somos direito.

— Você *sabe* que isso não é verdade, Mariel — exclamou Baxter. — E, além do mais, nós somos... literalmente parentes. Eu acho.

— Primos postiços, porque alguém casou com alguém — ofereceu Clem, olhando para Mariel, que havia se trocado e agora vestia as roupas verdes sem graça de sempre e uma trança comprida.

A curandeira a imaginou abotoando a camisa e trançando os cabelos com todo o cuidado, deixando tudo em ordem de novo depois de um perigoso encontro com a confusão, e quase sentiu vontade de rir.

— Baxter — disse Mariel séria.

— Ai, meu Deus — respondeu ele. — Você me chamou de Baxter! Isso significa que as suas reuniões acabaram e agora estamos oficialmente de folga?

— Ô, capitã, cadê o seu alaúde? — Agora era Joãozão, chamando-a enquanto ia até os músicos. — Espere, espere, não faz diferença. O Harish tem um a mais aqui.

Resgatado quase de imediato do desfalque de alaúde, ele foi até os músicos bem quando terminaram de se apresentar e começou o próprio showzinho. O que lhe faltava de afinação ele compensava com entusiasmo, e a canção que escolhera era muito mais obscena do que qualquer outra coisa que haviam tocado antes. Não demorou para que todo o salão ficasse com os ânimos lá em cima, beirando a histeria. Baxter ficou ofegante e teve que se segurar nos joelhos para não perder o equilíbrio. Mariel revirava os olhos e meneava a cabeça, mas Clem continuava dando algumas olhadinhas de relance para ela e sempre a via rindo baixinho, achando que ninguém estava percebendo.

A música terminou com uma salva de palmas que preencheu o salão, e Joãozão, com uma pequena reverência boba, quase deixou cair o instrumento que tinha acabado de arranjar.

— Beleza, beleza — gritou ele. — Quem vai tocar a balada?

Alguns voluntários se ofereceram, mas Clem o viu olhando fixamente para a capitã, e, quando Mariel percebeu, estava balançando a cabeça.

— Vamos lá, capitã Hartley-Hood! Acabou de vencer a batalha e tem a voz de um anjo. Ela cantava essa aqui para nós quando era só uma pirralhinha.

Naquele momento, Mariel pareceu ter a idade que de fato tinha, ou até menos: como uma criança sendo chamada para fazer um truque por um amigo bêbado de seu pai e imaginando todas as formas com que poderia assassiná-lo para que pudesse escapar daquele destino.

As pessoas estavam olhando cheias de expectativa, berrando para ela, e, muito embora Clem fosse capaz de perceber que a capitã estava achando aquilo tudo um inferno, Mariel deu um sorrisinho amarelo e se levantou. Mais vivas ressoaram; Josey parecia extasiada, e Kit levou a mão à boca e começou a murmurar:

— Ai, meu Deus, ai meu *Deus*.

A capitã foi até a frente do salão, e alguém arrastou uma banqueta até o espaço ao lado de Joãozão para que ela tivesse onde se sentar. Mariel se acomodou com uma postura perfeita e o olhar fixado no chão.

Independentemente de qual fosse aquela tal "balada", era uma canção que, pelo visto, impunha certo respeito, porque um silêncio se instaurou quando Joãozão começou a dedilhar as primeiras notas. Clem não entendia nada de música, mas sentiu que aquela de certo era do tipo *triste*, beirando o *assombroso*.

Antes da morte, a mata será meu norte
  Quando o belo verão ao fim chegar;
E antes que eu volte, que a lareira queime forte,
  Um adeus aos vales onde não mais hei de pisar.

Antes de adormecer, da gentil folhagem me acolher,
  O caminho de volta aqui para baixo seguirei;
E antes que eu pereça, nada impede que eu ofereça
  Um brinde à mata, aos amigos que encontrei.

Sua voz era mais impostada do que Clem teria imaginado; suave e com uma certa rouquidão que deixava o timbre mais elaborado. Não tinha problema a curandeira estar olhando, porque todos estavam, até mesmo os mais durões e mais bêbados dos Homens (até mesmo Joãozão, que tinha orquestrado toda a cena e a acompanhava com um dedilhar cada vez mais errático).

Clem viu até mesmo uma mulher cheia de cicatrizes e com músculos enormes eclodindo de um gibão sem mangas secar uma lágrima quando Mariel terminou, e então a salva de palmas que irrompeu a seguir foi muito mais sincera do que os aplausos após a cantiga de bar de Joãozão sobre uma peituda de Strood. A capitã parecia quase *envergonhada*, e Clem ficou tão inexplicavelmente empolgada com a oportunidade de ver aquela expressão no rosto dela que percebeu que estava tremelicando a perna de leve debaixo da mesa enquanto Mariel voltava até o grupo.

Tinha beijado a boca que cantara aquela música, mesmo que por alguns poucos segundos e mesmo que só tivesse percebido que estava sendo convidada para um beijo quando ele já estava quase no fim.

— Nunca — disse Josey, toda solene. — Nem em um milhão de anos...

— Eu já tinha testemunhado — comentou Baxter. — Mas nunca mais tinha visto ela cantar desde que a gente era criança... Você ainda tem um vozeirão, hein, capitã Prima.

— Morgan vai ter uma combustão espontânea quando descobrir o que perdeu — disse Josey.

— Provavelmente... seria melhor... a gente nunca tocar no assunto — respondeu Mariel, mas sem autoridade nenhuma na voz.

Inclusive, quando se sentou, ela titubeou por um instante antes de deixar a cabeça cair sobre os braços dobrados, de modo que ficou esparramada sobre a mesa. Baxter deu uma gargalhada, e Josey fez carinho no braço da capitã, fingindo que a estava consolando.

Aquela era uma Mariel a quem Clem *nunca* tivera acesso, e parecia que seus Homens estavam com a mesma sensação.

A perna de Clem praticamente saltitava sozinha.

A curandeira não sabia direito de onde surgia toda aquela energia esquisita, toda aquela inquietação, mas algo lhe ocorreu quando viu Josey apertar o ombro de Mariel: a capitã não estava inacessível naquela noite, e aí estava algo *para lá* de interessante.

Óbvio que Clem já havia tocado nela antes; ao fazer os curativos, quando se segurava nela no lombo de um cavalo como se sua vida dependesse disso e ao acordarem desconfortavelmente perto uma da outra naquela cama estreita na estalagem, mas, em cada uma dessas vezes, o contato tinha parecido ou cem por cento prático, ou desmedido. Clem nunca tinha deixado a imaginação voar mais longe porque Mariel *cortava* qualquer asinha pela raiz, e ela não tinha o menor interesse em ficar correndo atrás de ninguém. A curandeira fazia amigos com muita facilidade, flertava à vontade e sempre fora bem ligeira para sacar quem talvez estivesse a fim de um beijinho rápido na beira da mata depois de um festim (não que acontecesse com muita frequência num vilarejo tão pequeno quanto Vale do Carvalho). Ela não se jogava de cabeça em quem não iria segurá-la, porque era assim que as pessoas acabavam se machucando no quesito emocional.

Mariel era obcecada por regras, ordem e hierarquia, e parecia que no seu sistema de crenças não havia espaço para um romance com uma refém. Era ridículo. Como algo saído de uma das músicas obscenas de Joãozão.

Acontece que *Mariel* tinha beijado *Clem*. E depois abrira a boca e, com os olhos fixados no chão e o orgulho de lado por alguns minutos, cantara para aquele salão cheio de camaradas e subordinados. Ela continuava esparramada pela mesa enquanto, toda atrapalhada e sem olhar, estendia a mão à procura do copo.

O que ficou perceptível foi que ninguém ali estava seguindo as regras do jogo naquela noite. Então... pois é. *Interessante.*

— Ela está bêbada? — perguntou Clem a Kit.

Ele deu uma olhada na capitã e então deu de ombros.

— Que nada, acho que não. Talvez meio altinha. Essa aí é forte que nem um touro.

— Dá pra ouvir vocês — disse Mariel enquanto erguia a cabeça para tomar um gole de cerveja.

— Você está bêbada? — perguntou Clem diretamente a ela.

A capitã revirou os olhos, já que, no fim das contas, era sua forma primária de comunicação.

— Não.

— Que bom.

— Por que exatamente isso é bom? Na minha cabeça você ficaria empolgadíssima com a possibilidade de me ver prestes a passar vergonha. Ou... — ela perdeu o fio da meada, com uma feição dolorida. — Mais vergonha do que eu já passei esta noite.

— Não foi uma vergonha — afirmou Clem. — Foi incrível. Você foi incrível.

Mariel parecia desconfiada, preocupada que estivesse virando motivo de piada, mas então voltou a se levantar, viu o sorriso da curandeira e simplesmente pareceu ficar confusa de novo.

— Pare de se divertir tanto assim — disse Josey a Clem do outro lado da mesa.

Clem ergueu a bebida quase como se estivesse brindando e respondeu:

— Não!

O restante da noite foi um retalho de luzes, sons e bebidas derramadas. Baxter fez todo o grupo dançar, quase destruiu uma mesa no processo e ficou jogando todo mundo de um lado para o outro ao som da música antes de pedir a Kit para se juntar a ele numa vigorosa apresentação que fez as raízes das árvores tremerem de maneira ameaçadora lá em cima. Josey sumiu, e então Clem a avistou perto do violeiro, sussurrando algo no ouvido do músico. A música seguinte foi bem mais lenta, daquelas que começam a tocar em fim de festa como desculpa para permitir que os apaixonados exagerem na prática do *dançar agarradinho*, e Clem viu Baxter fazer uma cara brevemente chocada antes de Kit pegá-lo pela mão e começar a conduzir os passos.

— Mandou muitíssimo bem — disse a curandeira a Josey quando ela voltou. — Sútil. Perverso. Necessário.

— Não faço a mínima ideia do que você está falando — respondeu Josey. As duas observaram Baxter, todo vermelho e tímido, o que era atípico, se abaixar um pouquinho e puxar Kit para tão perto que os dois quase encostaram o nariz.

— Own — exclamou Josey. — Eles vão fazer um *neném*.

Clem se engasgou com a bebida e então colocou o copo na mesa mais perto. As pessoas começavam a se retirar para dormir, e Ralph, o atendente, parecia incontestavelmente ter encerrado o expediente, já que, no momento, estava dançando com a cabeça sobre o ombro de Asha. Mariel, que ficara de fora da dança, tinha sumido. Clem imaginou que a capitã tivesse ido se deitar e, antes de mandar o sentimento para longe, percebeu um apertãozinho de decepção em algum lugar do diafragma.

— Vou dar uma olhada em Morgan — disse a Josey, que só assentiu.

A curandeira não estava bêbada, mas cansada e mais para lá do que para cá. Quando deu por si, estava na metade do caminho para os aposentos de Mariel antes de perceber que tinha focado o quarto errado, e teve que dar meia-volta em busca do dezesseis. Ela foi passando a mão pela parede enquanto caminhava, sentindo a terra se esmigalhar em alguns pontos. Será que deveria se preocupar com a possibilidade de todo aquele estabelecimento cair em cima dela se Baxter continuasse com os pulinhos empolgados? Quando chegou ao quarto dezesseis, a porta estava levemente entreaberta. Clem a empurrou e se deparou com Mariel sentada à cama, conversando baixinho com Morgan, que tinha um dos braços estendidos sobre os olhos e parecia quase ou totalmente adormecide.

Por mais que quisesse ficar ali quietinha para ver o que Mariel poderia estar sussurrando para elu no escuro, parecia grosseria, então Clem anunciou a própria presença com um singelo pigarrear.

Mariel se sobressaltou.

— Eu estava só… dando uma olhadinha — disse a capitã, levantando-se na mesma hora. — Em Morgan.

— E?

— E o quê?

— Morgan, você devia estar deitade de lado para não se afogar com o próprio vômito durante a noite — afirmou Clem, e elu deu um grunhido revoltado antes de se virar com toda a graciosidade de uma foca encalhada. — Muito bem, obrigada.

A curandeira deu uma conferida em Morgan, mas tudo o que elu poderia fazer agora era dormir. Mariel ficou parada à porta, nitidamente desconfortável por não ter nenhum propósito específico ali, e então seguiu Clem para o corredor.

— Foi muita gentileza sua — disse Clem. — Vir ver como elu estava, digo.

— Bem... — respondeu a capitã, que, pelo visto, não tinha mais uma resposta na ponta da língua.

— Engraçado — disse a curandeira. — Que a gente tenha pensado na mesma coisa.

— A gente pensou? — perguntou Mariel.

De jeito nenhum Clem havia imaginado aquela olhada que a capitã dera em seus lábios antes de ela perceber o que estava fazendo.

— Aham. De dar uma olhada em Morgan — respondeu Clem baixinho. — Eu tenho quarto?

— Se você tem...? Ah, lógico. Vinte e seis.

— Legal. Vizinhas. Você pode me levar? Não me lembro do caminho.

Se Mariel suspeitou que aquilo fosse mentira, não deixou transparecer. Só assentiu e então partiu rumo à escuridão.

25

Clem tinha gosto de pão e de mel.

A princípio, era só nisso que Mariel conseguia pensar enquanto as duas percorriam o túnel em silêncio, a passos quase inaudíveis, sobre a madeira macia e a grossa camada de terra batida sobre as quais caminhavam. A sensação era de que, sem querer, Mariel havia acabado num daqueles círculos feéricos dos quais a mãe lhe havia avisado na infância e saído de lá mudada, abobalhada.

Muitas coisas tinham mudado nos poucos dias anteriores. Coisas demais. Andavam exagerando mesmo na dose. Mariel tinha certeza de que, em condições normais, havia muito menos horas entre o nascer e o pôr do sol.

Só para constar: Clem estava certa a respeito dos prisioneiros. Fora algo tão óbvio — e fácil, inclusive. O resgate mal ocupara uma ou duas horas do dia do grupo, e agora toda aquela gente estava livre. Era o tipo de coisa que Robin teria feito sem nem cogitar ou discutir, mas, de algum modo, a noção de Mariel a respeito das prioridades dos Homens Felizes havia sido dominada pela estratégia e pela eficiência, de uma forma que não deixava espaço algum para que as pessoas fossem pessoas. Parecera muito o *certo* a se fazer, tanto que toda a operação havia despertado uma sensação desconfortável nela, algo que a capitã não queria examinar muito a fundo, porque, se *aquilo* havia sido certo, então... significava que tudo o que Mariel andava fazendo era errado? E, se seu pai não teria aprovado... o que isso significava a respeito dele?

Ela tentou visualizar uma conversa com o comandante na qual contaria o que havia feito; perguntaria por que colocar a mão na massa e ajudar o povo do jeito como as pessoas precisavam não era a prioridade número um, em vez de agir de acordo com o que os Homens Felizes acreditavam que talvez fosse capaz de mudar a maré no longo prazo. *Ou, ousou dizer uma vozinha nos confins da cabeça de Mariel, de acordo com o que ajudaria a alimentar o* orgulho *dos Homens Felizes no longo prazo.*

Era informação demais. Confuso demais. Porque tinha sido tão bom libertar aqueles prisioneiros (não de um jeito egoísta, para inflar o próprio ego, mas de fato como se estivessem agindo pelo bem da mata, como postulava o ditado), quase tão bom quanto o sentimento que ficava pegando Mariel desprevenida sempre que recebia um sorriso de Clem. Era como a sensação de esbarrar em algo um tanto perigoso e sair ganhando, de cair de um lugar muito alto e, de algum jeito, não torcer o tornozelo. A capitã não estava acostumada com aquela abundância de coisas boas, então era algo que a desequilibrava, mas ela queria ganhar mais daqueles sorrisos. Queria ser alguém que os merecia.

Não havia nenhuma regra que impedia capitães de se envolverem com quem quer que desejassem. As que existiam focavam o protocolo de sigilo e o respeito à hierarquia. Era óbvio que beijar um refém levaria a punições imediatas caso a situação constituísse abuso de poder, mas Clem não era uma refém comum, nem nunca ficara de fato à mercê de Mariel. Na verdade, sozinha sob a luz de velas enquanto a curandeira a puxava pelas mangas, a sensação tinha parecido ser justamente o contrário.

Pensar naquilo já foi o suficiente para que a capitã quase passasse direto pela porta correta, então ela precisou parar abruptamente em frente ao número 26. Clem ergueu as mãos para evitar uma colisão de corpo inteiro entre as duas e depois as deixou ali, nas costas de Mariel, fazendo uma pressão gentil entre suas omoplatas.

— O seu quarto é aqui — disse Mariel, quase como se estivesse fazendo uma pergunta.

Ela não entendia direito o motivo de estar soando tão incerta... *sabia* que aquele era o quarto de Clem, porque tinha pedido a Asha que as mantivesse perto uma da outra sob o pretexto de que a curandeira ainda era uma fugitiva em potencial.

— Adorável — disse Clem num tom injuriante de tão presunçoso. — Vai me mostrar o lado de dentro?

— Tá bem — respondeu Mariel. Não fazia sentido. Ela sabia que Clem não estava de fato pedindo uma apresentação do interior do quarto. E Clem sabia que ela sabia. Mariel deveria ter deixado aquilo bem pontuado em vez de entrar naquela farsa, só que, se assim o fizesse, talvez aquele feitiço esquisito se rompesse, e ela não estava pronta para vê-lo se acabar. No dia seguinte teria que voltar a ser a capitã; teria que resolver o que é que fariam a respeito de seu pai, um problema tão gigantesco que parecia não ter fim.

Agora, no entanto...?

O quarto de Clem era idêntico ao de Mariel. Alguém havia descarregado as coisas da curandeira de cima dos cavalos, então aquela bolsa cheia de antídotos e bálsamos experimentais esquisitos repousava de maneira ordenada sobre a cadeira bamba. A vela já estava um cotoco, como se alguém a tivesse acendido há bastante tempo, na expectativa de que Clem fosse se retirar para dormir muito mais cedo... Bem, Mariel não sabia que horas eram. Na realidade, o tempo na Sobmata nem existia do mesmo jeito que no mundo exterior. Era um reino por si só.

— Tenho a impressão de que eu perderia a cabeça se demorasse demais para sair daqui debaixo — disse Clem, como se estivesse lendo a mente de Mariel. A curandeira foi até a bolsa, abriu-a e remexeu o conteúdo para conferir se estava tudo ali. — Agora é dia ou noite? Tá calor? Frio? A gente continua tecnicamente na Inglaterra?

— É só um refúgio. Alojamento temporário.

— É mais do que isso. Não consigo imaginar ninguém fazendo festas *assim* em esconderijos.

— As pessoas fazem festa em tudo que é lugar — respondeu Mariel. — Esconderijos. Campos de batalha. Funerais. — Aquilo pareceu ter pesado o clima, então ela acrescentou: — Se passamos tempo demais dançando, as minhocas começam a tentar atravessar o chão. Acham que a gente é a chuva.

Meio titubeante e preguiçosa, Clem a encarou. Seus olhos eram tão calorosos e clementes. Ninguém nunca olhava para Mariel desse jeito.

— Tem minhocas assim tão no fundo?

— Elas vêm de cima. Acham que o teto é o chão. Ou... não, quero dizer... acham que Sobmata é o mundo real.

— Entendi. Mas não é bem o mundo real, né? É um salão de baile subterrâneo para coelhinhos. — A curandeira parou de mexer na bolsa e ajeitou a postura.

Mariel quase não dava conta de olhar para ela; Clem oferecia um sorriso fácil, tranquilo, desapressado. Seu cabelo ainda estava em parte trançado por causa da missão em Stoke Hanham, para a qual ela usara aquele vestido ridículo — e lindo. Clem não parecia nervosa ou confusa, preocupada com a possibilidade de que talvez estivessem prestes a fazer alguma burrice. Naquele momento, ela parecia ter plena confiança em Mariel, parecia estar no exato lugar onde queria estar. E isso fez a capitã querer sair correndo dali.

— Então, hum... Este é o seu quarto — balbuciou Mariel.

Clem parecia estar tentando segurar a risada.

— Te deixaria mais à vontade se eu dissesse que você pode só fechar a matraca agora, e, ainda assim, eu te beijaria?

De uma só vez, toda a umidade sumiu da boca da capitã. Ela teve que engolir em seco antes de assentir.

Por que será que era tão fácil para a curandeira se aproximar e colocar as mãos nela (uma na parte interna de seu punho e a outra na cintura, como se fossem começar a dançar), enquanto Mariel só ficava ali parada, inútil, sem saber como se comportar?

Aquele breve erro em forma de beijo algumas horas antes *não* fora seu primeiro, mas fora a primeira vez em que a capitã tomara a iniciativa em vez de só ficar esperando alguma investida de outros pré-adolescentes ao redor de fogueiras no acampamento, e não acontecera muito de acordo com o plano, porque basicamente nem *havia* existido um plano. Ela agira primeiro e pensara depois, e, muito embora seus instintos costumassem acertar no calor de uma batalha, eles a haviam decepcionado de modo espetacular em relação a fosse lá o que estivesse acontecendo ali.

Clem não parecia ter um plano, mas isso não a impedia de nada. Ela estava invadindo o espaço de Mariel agora, ainda sem beijá-la, só encurtando a distância, até que a proximidade ficou quase insuportável.

Só vai de uma vez, Mariel percebeu que estava pensando. *Anda.*

— O que você estava falando para Morgan? — perguntou a curandeira, tão perto que sua respiração desarrumava as mechas do cabelo da capitã que haviam caído da trança.

— O que isso tem a ver? — perguntou Mariel, ainda com a garganta seca.

— Provavelmente nada.

— Eu estava... pedindo desculpas — disse ela, a mente num turbilhão enquanto tentava colocar as palavras para fora. Clem tinha *tantas* sardinhas. — Talvez eu tenha sido rígida demais com uma situação em que valeria mais a pena ter demonstrado certa... indulgência. Eu estava falando que talvez conseguisse compreender um pouco de como elu tinha se sentido, porque também já fui criticada por deixar meus sentimentos me dominarem no que diz respeito ao filho do xerife. E que eu estava... feliz em ter elu aqui. Na equipe.

Clem adotou uma expressão ilegível; as sobrancelhas se inclinaram de leve, e os olhos se arregalaram.

— Caramba, Mariel, isso tem tudo a ver com *tudo*.

Clem a beijou com as mãos. Era uma ideia que, na verdade, não fazia o menor sentido, mas foi o que pareceu. Em primeiro lugar, uma de suas mãos deslizou do punho até o cotovelo de Mariel, e depois a que estava em sua cintura se moveu, com firmeza e segurança, até segurá-la pela nuca. Para a capitã, a sensação era de que estava sendo recolhida, abraçada de um jeito com o qual ninguém a tocava fazia anos.

Para sua completa humilhação, aquele pensamento estancou ali, e ela sentiu um calor formigante despontar em algum lugar por trás dos olhos. *Ser tocada* não seria o que a faria desmoronar, ainda mais no meio de um beijo que deveria ser um breve descanso de tudo o que era real.

Foi meio atrapalhado, meio bagunçado, provavelmente porque Mariel estava desesperadamente tentando não pirar; Clem deu um passo para trás, levando-a junto, e se sentou na beirada da cama. Elas só se afastaram porque Mariel se conteve.

— Você está tentando… é para eu me sentar no seu *colo*? — perguntou a capitã.

A camisa da curandeira estava meio desabotoada, e, de pé, Mariel conseguia vislumbrar sua clavícula cheia de sardas, o que a deixou tonta e agoniada.

— Você não *tem que* fazer nada — respondeu Clem. Ela se recostou para trás e se apoiou sobre os cotovelos. Um cacho caiu sobre um de seus olhos quando ela ergueu a cabeça para olhar para Mariel. — Que cara é essa? Você parece arrasada.

— Por que você está fazendo isso? — exclamou a capitã.

Clem franziu o cenho e então voltou a se sentar.

— Porque eu quero? Porque é legal?

— Então tá. — Era uma resposta aceitável. — Beleza.

— Porque eu gosto de você — disse Clem.

Aí, não.

— Você *gosta* de mim? — perguntou Mariel. — Faz uma semana que você tem viajado comigo e… você viu quem eu sou e o que estou disposta a fazer, e você *gosta* de mim?

— Gosto.

— Eu te sequestrei.

— Eu me ajusto bem facinho a novas pessoas e situações.

— Um pouco *fácil* demais, não acha? Cadê a sua noção de… de autopreservação? Você não se importa nem um pouco com o que te acontece?

Clem riu.

— *Você* que *me* sequestra e *eu* é que sou pancada das ideias? Ah, com certeza.

— Pare de fugir do assunto.

— Pare de tentar me convencer a não fazer uma coisa que eu quero fazer — respondeu a curandeira.

Havia certa imponência em seu tom de voz, uma autoridade que, tirando em lúgubres emergências médicas, Mariel nunca ouvira na voz dela. A capitã queria explorar aquela nova faceta, ver até onde se estendia;

acontece que estava mais apavorada agora, ali de pé na frente de Clem, *conversando* sobre beijar, do que alguns segundos antes, quando estavam *se beijando* de fato, então cedeu e deu um passo adiante.

A curandeira deu outro daqueles sorrisos ensolarados e doces como mel, do tipo que fazia o coração parar de bater, e então a puxou pelo restante do caminho.

Coisas delicadas não faziam muito o estilo de Mariel. Ela havia sido treinada com afinco e lapidada até virar uma arma; devia ter sete ou oito anos quando começou a dispensar as voltinhas na carcunda do avô, ou as acanhadas tentativas do pai de abraçá-la. Recolher-se para dentro de si mesma e estabelecer contato apenas quando fosse absolutamente necessário não havia sido uma decisão consciente, e, sim, prática. A maioria dos Homens Felizes não era assim (se entregavam à camaradagem militar, com braços ao redor de ombros, soquinhos amigáveis e costumes que fortaleciam a amizade), mas ela havia se moldado de acordo com o pai, que mantinha todo mundo a certa distância, e nunca tivera nenhum motivo para questionar essa escolha.

Agora aquela mentalidade estava cobrando seu preço, porque ela não conseguia simplesmente se inclinar para Clem, beijá-la e agir como se aquilo fosse algo corriqueiro. Quando a curandeira colocou o cabelo de Mariel para o lado e então deixou a mão ali, com a ponta dos dedos ao longo da mandíbula, a capitã sentiu um *calafrio*. Quando Clem a beijou, com os lábios abertos e desapressados, Mariel sentiu aquele mesmo gosto de mel, e foi tão bom que ela fechou os olhos com força e soltou o ar pelo nariz para acalmar os nervos, o que fez a curandeira rir em sua boca.

Devagar, Clem se recostou na cama e, dessa vez, a capitã foi junto. Quando a curandeira ficou debaixo dela, olhando para cima e piscando com aqueles olhões arregalados, Mariel se deu conta de que não fazia a mínima ideia de como prosseguir.

— Oi — disse Clem. — Tudo certo por aí?

— Eu... — respondeu Mariel, que não tinha palavras para descrever como estava.

— A sua cama fica bem aí no quarto ao lado — continuou a curandeira, com cuidado. Séria. — Caso você esteja cansada.

A capitã balançou a cabeça em negativa.

— Não tô cansada.

Se era verdade? Ela não sabia. Mariel sentia um calorão, e a impressão era de que seu corpo estava meio derretido; não conseguia nem pensar direito. Clem, sorriu para ela se sentou e então trocou a posição, deitando Mariel com calma sobre a roupa de cama. A sensação era quase de que havia alguém cuidando dela.

— *Eu* tô cansada — disse a curandeira. — Então não venha me julgar por causa disso, tá bem? Não vai ser o meu melhor num geral, mas o meu melhor enquanto estou morrendo de sono.

— Tá — respondeu Mariel, inclinando a cabeça com muita avidez para alcançar a boca de Clem, ciente de que provavelmente estava parecendo meio desesperada, mas tentando se forçar a deixar isso para lá. Com o rosto a poucos centímetros de distância, Clem se segurou por um instante, enquanto varria o rosto de Mariel com um olhar que, para a capitã, parecia excruciante de tão íntimo. — *Ande logo.*

— Pra onde? — perguntou a curandeira, fingindo estar confusa.

— Você me entendeu.

— Hummm — disse Clem, passando a mão pelos cabelos de Mariel de um jeito tão carinhoso que chegava a ser quase intolerável, tanto que a capitã precisou fechar os olhos por um instante para dar conta. — - Eu meio que quero te ouvir falar. Faça a minha vontade, vai, não tenho nenhum outro hobby.

— Você é insuportável.

— Eu sou insuportável *e*... você, Mariel Hartley-Hood, quer que eu...

— Me beije — completou Mariel, a voz falhando de leve no fim.

Clem não sabia ganhar. Ela deu uma gargalhada de triunfo e então, com um beijo, calou o grunhido reclamão da capitã até fazer Mariel se esquecer de qualquer ressalva que tivera a respeito daquela história.

26

CLEM ACORDOU COM A SENSAÇÃO DE QUE NUNCA TINHA DORmido tão bem na vida e ficou um tanto confusa ao se dar conta de que estava atochada contra a parede, deixando a maior parte da cama para Mariel, que estava encolhidinha e levemente desgrenhada. O cabelo escuro de Mariel tinha se soltado (obra de Clem, que desfizera a trança de novo para que pudesse passar as mãos direito pelas madeixas, de um jeito que deixou a capitã toda manhosa e molinha), e, muito embora parecesse completamente desligada do mundo, ela estava com a mão na cintura, onde sua faca *estaria* se a curandeira não tivesse insistido para que a removesse porque ficava machucando sua pélvis.

Ainda era estranho e surpreendente ver Mariel desarmada e inconsciente, mas, daquela vez, Clem pôde apertar um braço ao redor da cintura dela e puxá-la para mais perto sem nem pensar muito a respeito.

Quer dizer, sem nem pensar muito a respeito, até a capitã acordar de sobressalto e, na mesma hora, se erguer, agarrar a faca fantasma e ficar de mãos vazias.

— Meu Deus — exclamou a curandeira. — Você quase arrancou meu rosto fora.

— Quê? Ah — respondeu Mariel, relaxando só um pouquinho. Havia o sutil indício de um hematoma na parte inferior de seu pescoço, e Clem foi tomada por uma lembrança vívida de beijá-la ali até a capitã fazer toda sorte de ruídos desesperados e lisonjeiros enquanto obviamente tentava ficar quieta. — Que horas são?

— Hum, sei lá. Estamos num buraco. São buraco em ponto.

Agora ereta, desconfiada e com o cabelo grudando em um dos lados da cabeça, Mariel parecia um gato que havia meio que caído num lago, convencida de que Clem estava tentando fazê-la molhar os pés de novo.

— Os capitães estão vindo — disse ela, saindo da cama e enfiando a camisa para dentro da calça. — Era para eu... Vamos nos reunir para discutir os próximos passos. Ao nascer do sol. *Merda*. Cadê a minha faca?

Clem se alongou, o que fez suas costas darem alguns estalos muitíssimo satisfatórios, e então se sentou.

— Vá com calma. O tempo nem é real aqui embaixo. E você está colocando o sono em dia. A sua faca está... hum.

A curandeira havia tirado as calças para dormir só de camisa e, quando saiu debaixo das cobertas para ajudá-la a procurar a faca, viu Mariel desviando o olhar depressa.

— São só pernas — disse Clem. — Não precisa se ofender. Na verdade, espere aí, esqueça o que falei... não são *só* pernas, são duas baitas pernonas.

E eram *mesmo*. Fortes. Levavam-na aonde ela precisava ir. Pernas nas quais se podia confiar.

Mariel se permitiu olhar para os joelhos de Clem.

— Eu sei — disse a capitã com uma expressão toda confusa e apavorada, o que surpreendeu a curandeira e a fez rir. — Clemence. Por favor. A faca. Me ajude.

Mariel havia tirado a faca, mas fora Clem quem a jogara de lado. Ela seguiu o arco lógico que a arma faria e encontrou-a debaixo da cama.

— Aqui. Não me esfaqueie.

— Você pode... o meu cabelo?

A capitã se virou sem esperar por uma resposta, ao que Clem revirou os olhos e começou a fazer a trança, mais preocupada em ser rápida do que carinhosa, puxando com força para deixar as madeixas naquele estilo meio militar que Mariel preferia. Alguém bateu em uma das portas mais ao fim do corredor, o que pareceu só trazer mais urgência à situação.

Mariel ficara bem imóvel sob suas mãos e não se mexeu nem mesmo quando o penteado ficou pronto, mas Clem percebeu que ela estava respirando meio estranho.

— Vire-se — disse, e a capitã obedeceu com movimentos um tanto lentos.

Clem ergueu o queixo de Mariel e deu um beijo delicado nela, ao que a capitã apenas fechou os olhos, sem nenhum indício de petulância no rosto.

Uma única batida forte ressoou da porta. As duas não tiveram tempo nem de reagir direito antes que alguém a abrisse (abrisse não, que a arrombasse no *chute*). Josey estava do outro lado e, dada a sua expressão, parecia estar tendo a melhor manhã da vida.

— Bom dia, capitã — disse ela, sem se dar ao trabalho de esconder o sorrisinho debochado. — Curandeira.

— Não foi justo, você nem bateu direito — reclamou Clem, enquanto Mariel se desvencilhava de suas mãos.

— Passei pelo menos um minuto batendo na porta da capitã — respondeu Josey com um dar de ombros. — E aí fiquei preocupada, achando que nossa refém poderia ter feito alguém de refém em retaliação para fins de negociação.

— Ficou nada — exclamou Clem.

— Pois é. Não fiquei mesmo. Mas faz sentido, né? Capitã, seus camaradas a esperam no bar. Belo chupão no ombro, achei bem sutil.

— Eu estava aqui examinando o ferimento dela — propôs Clem, e Josey resfolegou. — Que foi? É sério!

Clem havia dado uma examinada na noite anterior, mas tinha sido mais uma olhadinha superficial do que qualquer outra coisa. Houvera muitas distrações.

— Humm. Aposto que examinou mesmo.

Josey desapareceu, ao que Mariel colocou a cabeça nas mãos e deu um longo suspiro para se acalmar antes de ajeitar a postura e segui-la.

— Sua camisa está para fora da calça nas costas — avisou Clem. — E, desculpa, mas é que o chupão está mesmo...

— Chega — respondeu a capitã, erguendo a mão.

Enquanto Mariel adentrava o corredor, a curandeira a observou arrumar a camisa com uma das mãos e puxar a trança sobre um dos ombros com a outra.

Os capitães se encontraram numa espécie de antessala do salão principal, e todos os outros estavam sentados, tomando café da manhã numa variedade de níveis de agonia proporcionais ao quanto haviam se divertido na noite anterior. Kit e Baxter estavam com os olhos meio fundos, mas não havia dúvida de que estavam de mãos dadas por baixo da mesa. Morgan mal conseguia erguer a cabeça para comer o mingau; e Josey estava tão bem que parecia ter acabado de vir ao mundo, empolgada para vivenciar seu primeiríssimo dia.

Não era possível ouvir o que se passava no cômodo ao lado; a única certeza era de que algum tipo de discussão monumental estava obviamente acontecendo. Uma hora mais tarde, Mariel saiu de lá soltando fogo pelas ventas, seguida por uma torrente de Homens que conversavam baixinho. Eles se distribuíram pelo salão ou desapareceram pelas saídas; a capitã foi se sentar à mesa e, furiosa, comeu um pedaço de pão.

Infelizmente a comida a deixou com soluço, coisa que ela se recusava a aceitar, o que deixava a cena ainda mais ridícula.

— Me mandaram não me meter — anunciou Mariel enfim com uma voz que mal passava de um sussurro, em resposta ao olhar inquiridor de Josey. — Disseram: "Mandou bem pelo resgate do Joãozão, ótimo trabalho, obrigado pelas informações, mas é hora de deixar os capitães *de verdade* assumirem o comando."

— Mentira — exclamou Josey, sem se dar ao trabalho de falar mais baixo.

Mariel cerrou a mão, pulverizando o pão no mesmo instante e transformando-o de volta em massa.

— Ficou bem evidente que ainda não me perdoaram por termos debandado com Morgan. Estão me punindo. É bem a carinha daquele merda do Richard Flores fazer isso. Vão nos mandar de volta ao acampamento para cuidar das obrigações de lá. — A capitã estava quase tremendo de raiva. Clem pensou em tocá-la no braço, mas então imaginou uma vida sem o braço e mudou de ideia. — Me falaram que era importante que eu *encorajasse* as pessoas. Igualzinho ao que a minha mãe queria. Ela vai adorar.

A fala de Mariel carregava uma acidez intensa. Josey franziu o nariz e Kit respirou fundo em alto e bom som para demonstrar empatia. Clem, com toda a sua genialidade, deduziu que a mãe de Mariel devia ser uma pedra no sapato, assim como o pai.

— Você contou a eles o que o Colin disse? — grunhiu Morgan, corajose.

— Contei. Falei tudo o que a gente sabe, contei que é provável que o meu pai e o subcomandante Payne estejam detidos na Casa Sherwood, à espera do retorno do xerife... mas eles não me contam nem o que estão *planejando*.

— Meio cruel — Clem arriscou dizer. — Levando em conta que ele é seu pai.

— Isso é irrelevante — respondeu Mariel com um tom de voz que parecia o som de uma porta sendo fechada com força. — Eu tenho patente de capitã. Tenho tanto direito de participar desse plano quanto qualquer um deles.

— Então a gente vai voltar ao acampamento? — perguntou Baxter. — E os outros vão sair cavalgando para o resgate? E... nenhum de nós vai ser mergulhado em piche ou levar chicotada por termos quebrado o nariz do Richard?

— É — respondeu Mariel com um ar pesado, como se estivesse dando apenas notícias ruins.

Clem não sabia o que fazer, então só colocou mais pão na boca, o que sempre parecia uma boa ideia.

Clem lamentou deixar a Sobmata. Tinha sido legal ter o próprio quarto, mesmo que, no fim das contas, não tivesse dormido sozinha (*sobretudo* porque, no fim das contas, não dormira sozinha). Tinha sido reconfortante saber que não havia ninguém prestes a atacá-los e que havia sempre comida e bebida logo ao fim do corredor. O luxo de ter travesseiros e sopa era algo que jamais deveria ser desprezado.

Eles partiram com suprimentos, mudas de roupa e novos cavalos que não os odiavam por tê-los submetido à correria da semana anterior. Cada um tinha um, menos Clem. Ela ousou, por um breve instante, ter a esperança de que Mariel talvez lhe estendesse a mão e a puxasse para subir em sua égua cinza-escura, mas, como a capitã não chegou nem perto de fazer isso, a curandeira subiu na garupa de Josey.

— Não leve para o lado pessoal — comentou Josey quando Mariel saiu cavalgando. — Ela está tão brava que nem deve saber que está num cavalo.

Eles viajaram até o céu esmaecer num crepúsculo lavanda e então desmontaram numa clareira protegida de um lado por uma rocha escarpada e ladeada por um riacho que se abria num açude a pouco mais de três metros dali.

Era uma noite quente e úmida, e todos estavam doloridos pela cavalgada. Baxter foi o primeiro a ir para a água, já tirando as roupas no caminho, enquanto Josey seguia logo atrás.

— Não façam escândalo — exclamou Mariel para os dois num sussurro alto.

Clem desmontou toda desajeitada e ofereceu a mão para a capitã, que a ignorou e deslizou de maneira graciosa antes de pousar com leveza no chão.

— Entendi — disse a curandeira. — Me rejeitaste, milady, quando lhe ofereci uma mão cavalheiresca.

— Não fale comigo — murmurou Mariel, que estava tentando abrir o alforje, mas parecia estar tendo certo trabalho. Clem fez menção de ajudar, mas a capitã a dispensou e então fez tanta força que arrancou a alça inteira.

Ela a descartou na mesma hora e se virou de volta à bolsa para extrair seu odre de água. Os outros se dispersaram sem alarde rumo às arvores. Era provável que fosse a coisa mais sábia a se fazer.

— Mariel — chamou Clem, porque ninguém nunca se confundira a ponto de considerá-la sábia. — Você está…?

— Tô bem.

— Mesmo? — perguntou a curandeira, cruzando os braços e se recostando contra o cavalo, que pareceu não se importar. — Porque eu estou irritada pra caramba. Nunca trabalhei tão bem. — Mariel deu uma fungada sarcástica. — Nunca *trabalhei tão bem* quanto nesses últimos dias — repetiu Clem. — Curando a torto e a direito, conseguindo, mesmo contra todas as probabilidades, evitar que as feridas de todo mundo aqui infeccionassem, participando de missões complexas e extremamente bem executadas de espionagem... e é assim que eles nos recompensam.

Mariel tomou um gole de água e então secou a boca com a manga da blusa.

— Que *nos* recompensam?

— É — respondeu Clem. — Que *nos* recompensam.

A capitã guardou o odre, tirou o arco e a aljava dos ombros e jogou-os no chão com uma falta de cuidado atípica. A curandeira observou as flechas com penas marrons rolarem, e uma quase caiu para fora.

— Não importa o que eu faça — disse Mariel de repente. — Nunca faz diferença. Nunca é o bastante.

Clem ajeitou a postura.

— Acho que importa bastante para a sua comitiva.

— Mas não importa para as pessoas que...

Para as pessoas que importam, completou a curandeira. O que... putz, doía em nome da comitiva de Mariel. Esse negócio de ser, ao mesmo tempo, subordinada *e* filha da mesma pessoa complicava mesmo as coisas.

— Você não tem como mudar os sentimentos dos outros — disse ela. Com a respiração trêmula e o olhar perdido, Mariel estava meio virada de costas para a curandeira. — Então, nada do que você faz pode ser pelos outros. Você precisa entender que é bem possível que você seja a única pessoa que de fato vê tudo o que faz, que percebe o quanto você se empenha, que sabe no que acredita... e que segue em frente mesmo assim.

— Não pedi nenhum discurso motivacional — disse a capitã num tom de voz impassível.

— Não pediu, mas tá ganhando mesmo assim — respondeu Clem, entrando no clima. — Se você conseguisse pelo menos enxergar a si mesma...

Mariel a beijou. Clem recalibrou a rota depressa e ergueu as mãos para acariciar a clavícula da capitã, mas, mesmo enquanto Mariel a puxava para mais perto pela nuca, ela sentiu um leve aperto no coração. Sabia que a capitã só queria que ela parasse de falar... que *tudo* parasse por um instante. Não a estava beijando daquele jeito porque Clem era simplesmente *tão* irresistível, mesmo que tivesse sido compreensível caso esse fosse o motivo. Mariel estava frustrada. Irritada.

Beijar com raiva ainda era melhor do que não beijar. Na verdade, tinha até certo apelo. Clem precisou se lembrar de que aquilo não era bom e então teve que continuar com a ideia em mente enquanto Mariel a empurrava contra o cavalo (que, de repente, decidiu que não queria ser palanque de beijos alheios e se afastou).

Foi então que perceberam que Morgan havia voltado para pegar alguma coisa de sua bolsa e que estava ali, parade a alguns quilômetros, com uma expressão apavorada.

— Ah — exclamou Clem. — Oi, Morgan. Tá melhor?

— Não — respondeu elu, mal-humorade. — Porque agora eu devo *duas* moedas a Josey.

— Duas? — perguntou a curandeira.

— Você e a capitã. Kit e Baxter. Aff.

— Vão — disse Mariel agitada enquanto arrumava o cabelo. — Tanto Morgan quanto Clem.

Clem se foi. Ela seguiu os distantes sons aquáticos até chegar ao açude, onde os outros já tomavam banho. Na penumbra, tudo o que conseguia ver eram silhuetas vagas; cabeças e ombros, mãos, o tecido pálido do binder de Kit. Clem tirou as roupas e as deixou sobre um galho de árvore antes de entrar aos poucos na água gelada. Ela soltou um sibilo entredentes enquanto avançava até ficar só com a cabeça para fora, mergulhou e então chacoalhou o cabelo como um cachorro, o que rendeu reclamações abafadas de Josey e Kit, que estavam dentro do alcance dos respingos.

Agora, na água, o ar trazia uma sensação agradável de calor, e não de abafamento. As nuvens haviam se dispersado, e Clem conseguia ver uma generosa pitada de estrelas cintilantes pelas aberturas na cobertura das árvores lá em cima.

Morgan saiu da floresta e os encarou com desconfiança.

— Ninguém olha para mim enquanto eu entro — disse elu. — Tá bem? Fechem os olhos, todo mundo.

— Já fechei — respondeu Josey.

— Mas você vai abrir de novo — exclamou Morgan, hesitante. — Não pode.

— E que tal o seguinte? — sugeriu Baxter. — Vamos nos virar *e* ficar de olho fechado.

Houve um som geral de água em movimento enquanto todos se viravam.

— Beleza — respondeu Morgan. — Tá bem.

— Não deixe o ferimento ficar molhado demais — avisou Clem, ciente de que seria ignorada.

Quando Morgan ficou submerse, todos tiveram permissão de reabrir os olhos, e Clem encheu os pulmões de ar para que pudesse ficar boiando e tentando identificar as constelações que só conseguia ver pela metade.

— Aquela é a Roedor Pernicioso — disse ela a Morgan, apontando. — Tá vendo?

— Não — respondeu elu. — Não tô e acho que você tá inventando.

— Não consegue ver? Aquelas estrelas são as patinhas. Ele as está esfregando, tramando alguma coisa.

— Mentirosa.

— Tá bem, tá bem, você me pegou. E as Baleias Amorosas? Essas você enxerga? Elas estão se beijando. De língua.

— Chega de beijo — disse Morgan, lançando uma onda contra a curandeira e então zombando quando Clem engoliu metade da água e acabou engasgando. — Não acredito que a capitã deixou você *fazer aquilo* com ela.

— Ela fez o quê com quem? — perguntou Baxter, erguendo a cabeça com tudo.

Kit começou a rir, inclinou-se para trás, fechou os olhos e quase se afogou.

— Eu não ia comentar nada — disse Josey. — Mas se você já sabe... pode ir pagando.

— Não tenho dinheiro aqui — respondeu Morgan. — Caso você não tenha percebido, estou sem bolso no momento.

— Bem, você pode ficar me devendo — respondeu Josey com um sorrisão para as estrelas. — Não estou com pressa. Tenho o dom da profecia *e* duas moedas para receber. Os negócios estão bombando.

Todos saíram da água e se vestiram em meio às árvores, pingando e tremendo de leve enquanto a brisa gelava as peles úmidas. Morgan queria acender uma fogueira, mas, ao que parecia, isso estava fora de cogitação por enquanto, então, em vez disso, eles se amontoaram num pequeno círculo enquanto Josey assumia a guarda e Mariel ia se lavar.

Para comer, havia porções de queijo, maçãs frescas, tiras de carne seca de caça e pão salgado que fora encharcado de gordura e embrulhado. Morgan, por acaso, deixou Clem limpar e enfaixar seu ferimento sem reclamar e demonstrou que já conseguia rotacionar o braço de leve, o que gerou uma salva de palmas silenciosa.

— O que vocês vão fazer lá no acampamento? — perguntou Clem. — Só... vão ficar sentados esperando?

— Não sei — respondeu Baxter. — Queria saber no que a capitã está pensando. Sendo bem sincero, vou gostar de parar um pouco. Descansar. Comer à fogueira do meu pai e da minha mãe. Queria que a gente conseguisse chegar lá mais rápido, mas sabe como é... Não dá para obrigar um cavalo a correr mais do que um cavalo corre.

— Isso é um ditado?

— Não. Talvez. Agora é.

— Esquilo — disse Morgan baixinho, apontando com a cabeça para uma árvore próxima. — Sessenta e oito. Ainda faltam quinze para você me alcançar.

— Não estou preocupado. A mata é grande e tem esquilos para dar e vender — respondeu Baxter. Ele olhou para Clem. — O que você achou?

— Acho que precisa ser um pouquinho mais impactante para chamar mais a atenção.

Eles continuaram naquela conversa tranquila, sem falar de nada em específico. Mariel havia levado a despensa para o coração, mas os outros não pareciam se importar com o repentino alívio das obrigações. Baxter começou a contar uma história a respeito de seu avô, e Clem se inclinou, ávida para ouvir e ainda empolgada pela oportunidade de conhecer os causos de Robin Hood direto de quem o conhecia de verdade.

— Essa foi depois da separação do Robin e da Marian, mas antes de ela morrer — contou ele entre mordiscadas na casca do queijo. — Pelo que dizem, todo mundo sabia o que estava rolando, e a Marian vivia mandando o Robin ir fundo, e ele estava tentando... mas parece que o vovô simplesmente não pegava a deixa. Dizia que amava o Robin desde a primeira vez que o vira, mas, quando o Robin resolveu retribuir esse amor, ele se recusou a reconhecer.

— É de família — murmurou Morgan num tom maldoso enquanto encarava Kit, que estava recostado no ombro gigantesco de Baxter com uma familiaridade agradável.

— Enfim, teve uma batalha, algum conflito em que eles quase morreram, e aí o meu vô se virou para o Robin, disse "não consigo mais lutar ao seu lado", fez as malas e foi se juntar a uns rebeldes que estavam recuando mais ao sul. E o Robin ficou tão bravo que cavalgou a noite inteira para encontrá-lo, apontou a faca para ele, o chamou de covarde e de traidor e exigiu saber qual tinha sido a gota d'água daquela vez. Aí o Will respondeu "fiquei tão distraído vendo você jogar o cabelo de um lado para o outro e atirar flechas daquele seu jeitinho sedutor que acabei quase perdendo um olho" e...

— *Nunca* que ele falou isso — objetou Mariel, chegando das árvores.

Ela estava com o cabelo molhado e usava algo preto e sem mangas. Mesmo no escuro, Clem conseguia ver sua tatuagem, que se destacava na pele pálida do bíceps. Dava para ver o chupão também, aquela manchinha no pescoço, e isso a deixou toda irrequieta e quentinha por dentro. A capitã se sentou na roda e só ocupou o lugar ao lado da curandeira porque era nitidamente o único espaço disponível. Ela parecia bem mais calma, como se tivesse deixado um pouco daquele ardor se aliviar no açude.

— Beleza, conte você então... O que foi que ele disse? — questionou Baxter.

Em movimentos lentos e deliberados, Mariel começou a pentear o cabelo com as mãos, e Clem tentou não deixar tão na cara que estava encarando os dedos dela em ação, mas não conseguiu.

— Ele disse... — A capitã hesitou, o rosto levemente franzido de desgosto. — Ele disse que sabia que o Robin nunca perdia, mas que não conseguia ficar tão perto, se preocupando que talvez *aquela* fosse a vez em que ele não superaria as probabilidades, porque isso o distraía demais e porque... porque ele o amava. — Era evidente que declarações tão sinceras de amor eram difíceis para Mariel, mesmo que fossem de outras pessoas. — E o Robin disse "você está certo. Eu nunca perco", e aí...

— Beijou ele — exclamou Baxter triunfante. — Deu um beijão daqueles molhados, bem na boca.

— Que depravação — resmungou Morgan, e os outros riram.

— Onde eles estão agora? — perguntou Clem. — Era com essa parte que ninguém lá em casa concordava.

Todos olharam para ela.

— Esse é o tipo de pergunta que um dos espiões do xerife faria — disse Josey. — Mas não assim de um jeito tão burro, então talvez seja um ponto a seu favor.

— Eles... se aposentaram — respondeu Baxter com cautela. — Mais ou menos. Acho que o Robin na verdade nunca quis liderar ninguém. Meu pai sempre falava que o Robin e o Will não achavam que os Homens Felizes deveriam *ter* um líder.

— Mas nomearam o comandante Hartley como líder antes de partirem? — perguntou Clem, que só percebeu que havia errado feio quando todos ficaram em silêncio.

Josey tinha aparecido para pegar um pouco de comida e travou com a mão cheia de queijo, à espera.

— Não — respondeu Mariel sem rodeios. — Ele foi levado a essa posição. Era o que todos queriam.

Mais silêncio. Clem se perguntou o que mais de terrível teria acontecido agora. Baxter pigarreou, e Mariel o encarou com um olhar fulminante.

— Quê?

Ele deu de ombros.

— Não foi... bem assim que eu ouvi essa história.

— *Quê?* — repetiu a capitã.

Parecia que ninguém queria falar.

Josey terminou o queijo, suspirou e, sem nem perceber, alongou os braços como se estivesse se preparando para uma briga. Clem nunca a tinha visto parecer nem mesmo um pouco nervosa, mas havia algo estranho nela agora.

— Ele tomou o cargo — disse ela, rompendo o silêncio com algo potencialmente ainda pior. — Não era para ter líder nenhum. Não do mesmo jeito que antes, pelo menos. Mas ele queria, então tomou, e aí inventou toda a hierarquia e as regras e tentou reescrever tudo, e é por isso que ninguém nunca conta essa versão da história. Mas... o Joãozão conta.

— E... o meu pai e a minha mãe — acrescentou Baxter. — O Robin disse que não. Então o seu pai esperou que ele fosse embora. Desculpe. Eu pensei que... que você soubesse.

— É mentira — exclamou Mariel, mas as palavras soavam vazias, como se ela já tivesse aceitado a possibilidade de que o pai era péssimo.

A capitã tinha deixado as mãos caírem sobre os joelhos e estava pressionando a ponta dos dedos com força contra a perna, tentando usar a própria pele para se firmar. Com muita gentileza, Clem deixou o cotovelo roçar contra o de Mariel, e ela pareceu nem perceber.

— Desculpe — repetiu Baxter com uma angústia genuína.

Kit olhou para Josey, que então se levantou para sair dali e fez um carinho na cabeça de Mariel quando passou. Os outros se retiraram em seguida e, em silêncio, foram pegar suas coisas para se ajeitarem para a noite.

Clem foi a última a partir e, enquanto ia, desejou saber de alguma coisa, qualquer coisa, capaz de acalmar um coração despedaçado.

27

Mariel assumiu o primeiro turno de vigília porque sempre assumia o primeiro turno — e o do meio, e o último, caso pudesse, mesmo que alguém sempre fizesse questão de impedi-la. Ela ficou andando em pequenos círculos ao redor do acampamento (parava e ficava completamente imóvel na sombra de um olmo pelo tempo necessário para que toda sorte de criaturas noturnas se sentisse segura para voltar com suas travessuras), e então se movia de maneira tão silenciosa que os bichos continuavam farfalhando pela grama, chamando uns aos outros e fazendo o que quer que animais faziam quando achavam que não havia ninguém de olho.

O ar havia esfriado, mas Mariel não vestira a capa. Não queria nem olhar para ela agora; nem para a capa, nem para o broche ornamentado de bronze em formato de folha que ostentava para quase todo mundo que ela os havia superado na hierarquia. Mariel apertou a tatuagem no braço e estremeceu.

Estava com coceira. Agoniada. Não fazia sentido ficar andando em círculos, mas ela continuava mesmo assim, porque tinha a impressão de que, se parasse, poderia explodir. Seu pai estava trancafiado na casa de algum nobre por aí, e ela estava na mata (na mata *deles*, na mata *dele*), se perguntando se ele estava errado a respeito de quase tudo. Parecia covardia. Vergonhoso. Como uma traição, tanto a ele quando à pessoa que ela era menos de uma semana antes.

O que foi mesmo que ele lhe dissera exatamente? Será que tinha mentido? Será que ela preenchera as lacunas por conta própria e se permitira acreditar que o pai era o comandante que todos queriam? Mariel não conseguia lembrar e estava desesperada para ouvir a resposta vinda dele. Queria ter tido o bom senso de prestar atenção na época em que Robin partira. Era uma criança, mas isso não era desculpa.

Se tudo o que seu pai fazia era pelo bem do povo, será que importava mesmo como ele acabara se tornando o líder? *Será* que ele fazia tudo pelo bem do povo?

Depois de certo tempo, Josey deu um tapa no ombro de Mariel e a mandou ir se deitar antes que aquela andança toda corroesse seus pés; por talvez dois ou três minutos Mariel de fato tentou descansar no chão macio, fechar os olhos e não pensar em nadica de nada.

No entanto, ela se levantou e saiu à procura de Clem.

Alguém (poderia ter sido Kit ou Baxter, já que os dois eram persuadidos com facilidade) havia dado uma capa extra à curandeira, então ela estava encolhida debaixo de uma enquanto usava a outra como travesseiro. Por mais familiarizada que fosse com as especificidades de feridas e doenças, era evidente que Clem levava uma vida muito mais caseira, que estava acostumada com um teto, colchão e roupas de cama. Devia ter sido uma semana difícil, mas ela mal reclamara.

Havia uma folha no cabelo de Clem. Mariel ansiava por tirá-la dali, mas, em vez disso, se sentou no chão a uma distância segura, ciente, mesmo sem precisar perguntar, de que Clem agora estava acordada.

— Você só está tendo um dia difícil — disse a curandeira baixinho, como se estivessem no meio de uma conversa. — E noite. E semana. E talvez... vida.

— Minha vida é boa — rebateu Mariel, mas as palavras soaram tão pouco convincentes até para seus próprios ouvidos que ela nem teria culpado Clem por rir.

Ela não riu.

— Olha, eu tô com frio, então vem aqui dar uma melhoradinha na minha vida, pode ser?

E ali estava Clem de novo, simplesmente pedindo o que queria, como se fosse a coisa mais fácil do mundo. Era algo que deixava Mariel maravilhada e estarrecida. O fato de que sempre funcionava também a estarrecia. Ela se aproximou devagar e se deitou. Os ombros delas ficaram se tocando. A sensação de ter alguém que desejava tocá-la assim, de maneira tão casual e sem reservas, era tão boa que chegava a ser patética. Era importante que não se acostumasse com isso.

Clem, meio tonta de sono, se inclinou, beijou-a e então ficou encolhida, respirando com calma no espaço pessoal de Mariel.

— Não quero conversar — disse a capitã. — Sobre nada.

— E está certíssima — respondeu a curandeira. — Ah, só para te avisar que... todo mundo já ficou sabendo sobre isso. Sobre nós. Morgan acha que é um *nojo*.

— Morgan tem razão — respondeu Mariel com sinceridade.

— Beleza. Quer fazer uma coisinha nojenta comigo, então?

Ela buscou o rosto da capitã e então, com gentileza, passou os dedões pelas têmporas de Mariel, mapeando-as, até acabar segurando-a pelo queixo com as duas mãos. A capitã fechou os olhos e deixou o momento desanuviar sua mente por completo, focando a sensação dos dedos que acariciavam sua mandíbula e traçavam um caminho até a nuca. Não havia risco nenhum de se acostumar. Isso *nunca* pareceria normal.

— Gosto do seu rosto — disse Clem. Mariel conseguia sentir as bochechas dela pegando fogo. Não conseguiria abrir os olhos nem se estivesse sendo ameaçada com uma faca. — É um belo rosto. Bem sisudo, mas pelo visto eu gosto.

— Eu falei que não queria conversar — disse a capitã. — É excruciante.

— Ah, então me desculpe. São os meus elogios efusivos que estão te deixando desconfortável?

— Estão. Óbvio que estão. Não consigo entender por que é que você só não deixa... as coisas serem o que são.

Um momento de insanidade. Uma distração. Uma diversãozinha para Clem, um pequeno alívio para Mariel.

— No caso, eu deveria só te beijar e calar a boca.

— É.

— Só estou sendo honesta. Vou mentir, se for melhor para você. Sua cara é um caco e não me afeta nem um pouquinho. Seus braços, a mesma coisa. Horríveis. Quem é que iria querer ser assim toda ágil e musculosa? E não vou nem falar das suas clavículas.

— Por que é que você teria alguma coisa específica para falar das minhas *clavículas*?

— Por interesses estritamente médicos e profissionais — respondeu Clem e abaixou a cabeça para beijá-la bem ali, o que fez Mariel prender a respiração. — Quando a clavícula quebra, é difícil pra caramba colocá-la no lugar. Dói muito.

— Então talvez — disse a capitã, com um tom de voz cansado e grave — fosse uma boa você parar de *morder* bem aí.

— Não, valeu — respondeu Clem, mas parou para que pudesse beijar Mariel na boca direito, com intensidade e sem pressa. A curandeira não tinha nada de delicado, nem os braços sarapintados por sardas douradas, nem as pernas fortes como toras de madeira, ou o cabelo, que parecia quase ter vontade própria; a boca, em contrapartida, era tão macia que chegava a ser perigosa, mesmo quando a usava para engolir o lábio de Mariel com tanta força que parecia quase uma mordida. Mariel estava pegando fogo. Com raiva. Sentindo-se culpada. Para a capitã, a sensação era de que queria que Clem a engolisse por inteira.

— Minha mãe sempre foi a mentirosa — disse ela de repente, e Clem se afastou, encarou-a e ficou imóvel. — Não o meu pai. É que eu não consigo entender. Se tudo isso for verdade, então talvez eu não saiba nada do que eu achava que sabia. Não entendo o que eu deveria… o que eu…

— Acho que você só precisa fazer o que quiser — respondeu Clem com cuidado. — E confiar em si mesma. Nos seus instintos.

— Não sei — afirmou Mariel. — Não sei como ter um propósito que não me foi designado.

— Ah. Bem. Essa é fácil. É só ficar obcecada com algum assunto até quase acabar perdendo a cabeça, se esquecer de comer ou dormir, e aí um dia a gente para, olha em volta e percebe que deu em alguma coisa.

— Me parece bem saudável.

— Ah, é *supersaudável*. Não é por acaso que a minha expectativa de vida aumentou tanto.

— Você deu em alguma coisa? — perguntou Mariel ainda em busca de uma distração.

— Dei. Quero dizer, dou. Estou dando. Sei lá, tanto faz. Por mais surpreendente que possa parecer, meus experimentos de química acabaram ficando bem populares. A notícia se espalhou. Na verdade, foi bobagem minha, mas quando vocês chegaram lá na Rosie... eu até achei que vocês tinham ouvido falar que eu era um gênio e que precisavam da minha ajuda.

— Humm.

— Ah, pois é, mas essa história não te deixa com muita moral, não, então nada de jogar a primeira pedra pelo crime de se achar demais, tá bem? Teve gente que saiu de muito longe para ver se havia um jeito melhor de se curar do que à base de pus, fé e sanguessugas. Eu salvei um *bebê* de verdade, Mariel. Um bebê que podia ter morrido de febre. Ando fazendo uns experimentos com formas de limpar as vias aéreas para gente com rinite alérgica e falta de ar. Teve uma mulher do sul que ouviu falar de mim e mandou um mensageiro procurar especificamente a mim para ajudar o filho dela... eu peguei um joelho que estava quebrado nuns mil pedaços, coloquei tudo de volta no lugar e fiquei limpando aquele ferimento por semanas e semanas. Consegui fazer o rapaz andar de novo e fui paga com dinheiro de verdade. Cauterizei e botei a perna de um velho numa tala ao invés de amputar, continuei tratando e agora ele consegue andar de muleta. Estou *fazendo* as coisas. Não preciso que ninguém me diga o que é certo. Eu simplesmente sei.

Para Mariel, a sensação era de que estava com um nó na garganta. Num mundo sem Regan e Jack, sem expectativas, talvez ela pudesse ter sido alguém que soubesse para onde ficava o norte sem que ninguém precisasse lhe dizer. Talvez pudesse ter passado os dias à própria maneira, sem ficar olhando para trás para ver quem a estava observando e preocupada com a aprovação dessas pessoas. Acontece que esse não era seu mundo nem nunca fora.

Tinha sido um erro instigar Clem a falar. Quase sempre era. A curandeira pareceu surpresa ao ser beijada, mas logo superou o susto, e Mariel tentou puxá-la para mais perto, tentou instigá-la, tentou fazer a própria mente ficar em branco... mas não estava funcionando.

Havia algo a respeito da respiração quente de Clem contra seu pescoço que era, ao mesmo tempo, insuficiente e intenso demais. Que fazia a capitã se sentir estranhamente nua, mesmo que estivesse toda vestida. Mariel não conseguia se lembrar de já ter desejado algo (*alguém*) assim, de um jeito que ao mesmo tempo exigia sua presença e fazia seu cérebro fugir para longe, para um lugar inalcançável. Não era prático.

Na verdade, era irresponsável de sua parte ficar correndo atrás daquele sentimento quando havia tanta coisa em risco. Clem logo iria embora, de volta ao Vale do Carvalho. E Mariel estava perdendo a noção do que importava de verdade.

Mariel cravou as unhas na palma das mãos até não aguentar mais.

— Você está livre para partir — arquejou a capitã.

— Quê? — perguntou a curandeira com a voz levemente abafada, antes de erguer a cabeça e franzir o cenho.

— Você está livre para partir — repetiu Mariel, agora capaz de enunciar muito melhor, já que Clem tinha parado de fazer horrores e maravilhas em seu pescoço. — Pode ir. Para casa.

— Entendi. Tá bem... valeu. Agora?

— Não. Quero dizer, sim, se você quiser.

Clem franziu o nariz.

— Não consigo ignorar que para mim isso está parecendo uma crítica às minhas habilidades beijísticas.

Mariel se sentou para que a curandeira fosse obrigada a recuar.

— Não é nada pessoal.

— Hum.

Clem continuava corada e reluzente por causa do beijo, mas agora havia um vinco em seu rosto, e a capitã se sentiu ainda mais culpada por colocá-lo ali.

— Parece meio pessoal, sim.

— Você não é mais minha refém — disse Mariel, tentando manter a voz firme. — E depois de tudo o que aconteceu... não vai fazer diferença se eu te soltar. Você não é uma prioridade.

— Não sou uma prioridade — repetiu Clem devagar. — Tá bem.

As duas não estavam mais se encostando. A capitã já sentia saudade daquele toque.

Mariel estava prestes a murmurar algumas desculpas e se levantar quando Josey apareceu com uma expressão alarmada e um desconhecido a tiracolo. Mariel se colocou de pé na mesma hora.

— Quem é esse?

O recém-chegado parecia exausto e, quando deu uma cambaleada, Josey discretamente usou o ombro para ajudá-lo a ficar de pé.

— Meu irmão — disse o sujeito, ofegante pelo esforço — estava naquela prisão que vocês invadiram em Stoke Hanham. Meio morto, ou talvez três quartos morto, pela cara dele. A gente fazia parte do... do grupo de vocês — o desconhecido assentiu para Josey —, mas tivemos algumas... divergências ideológicas um tempinho atrás, que aí se tornaram brigas violentas, e foi então que a gente decidiu seguir o nosso caminho. Nunca confiamos direito em ninguém que alegasse ser Feliz depois disso, mas... eu levei meu irmão para casa, e, quando ele ficou bem a ponto de conseguir conversar, me falou que eu precisava usar os velhos costumes para encontrar vocês. Não devo favor a nenhum capa--verde, mas ele... nós... reconhecemos que devemos a vida a *vocês*, e, se estão libertando gente humilde da cadeia, vocês devem ser melhores do que os outros.

— Mas o que é? — indagou Mariel, lutando contra o instinto de agarrá-lo pelos ombros e chacoalhá-lo até arrancar a história dele de uma vez.

— Ele foi preso em Clipstone. Foi a última coisa que o meu irmão viu antes de levar uma surra de um guarda e ser enfiado numa carroça para longe de Clipstone, para a morte certa... e fizeram isso porque ele viu quem aqueles desgraçados estavam trazendo. É lá que o seu pai está detido. Em Clipstone, nas Casas do Rei.

E, simples assim, Mariel voltou a ser quem era.

28

Clem se considerava até que ótima para julgar o caráter dos outros. É lógico que, se suas análises fossem, de fato, fracas, então era todo o sistema avaliativo que não prestava. Rosie a chamava de uma "otimista digna de pesadelos". O que também devia ser verdade.

Mariel passara a semana inteira levando uma pancada atrás da outra, e, como resultado, Clem achava que tinha visto aquelas muralhas da capitã começarem a ruir. Não era fácil admitir que estava errada, ou aprender a contar com as pessoas, ou aceitar que era filha de um tirano meio insano por poder com intenções egoístas. Era uma jornada e tanto! Contudo, a curandeira tinha certeza de que a capitã andava dando os primeiros passos.

A partir do momento em que o mensageiro abriu a boca, foi como se a semana anterior não tivesse acontecido.

Todos foram acordados aos gritos e ordenados a se preparar para partir sem mais informações. Mariel não se explicava. Não havia olhado para Clem nem uma única vez. A única pessoa com quem falara fora Josey, que, aos olhos da curandeira, nunca parecera tão séria. A atmosfera era de pura tensão, e o clima estava fazendo algo desconfortável com as tripas de Clem.

Quando todos estavam organizados e prontos para seguir, Mariel guardou sua última faca na manga e pigarreou.

— Estamos indo para as Casas do Rei. É lá que meu pai está detido.

Clem ouvira falar das Casas do Rei. Era confuso, mas tratava-se de um lugar que, na realidade, os reis apenas visitavam; um gigantesco palácio de campo que, em essência, era uma cabana de caça embelezada que ficava quase sempre vazia, exceto quando queriam fazer algo pomposo e impressionante.

— Eles matam pessoas nas Casas do Rei — disse Morgan de cenho franzido.

Mariel nem titubeou.

— Essa gente não é tão esperta quanto acha que é. Libertar o Joãozão foi fácil.

— Mas não podemos fazer a mesma coisa de novo. Vão estar de olho em nós. E as Casas do Rei... não é só uma casa, é um *castelo*. Eu estava lá quando o rei visitou, e...

— Você já entrou lá? — perguntou a capitã, enfim reconhecendo a existência delu.

— Sim, mas, Mariel... não é a *mesma coisa*.

— Morgan, você vai me contar tudo o que sabe, e vamos encontrar um jeito.

— Acho que a gente devia dar uma acalmada — sugeriu Kit, mas Mariel meneou a cabeça.

— Não dá tempo. Se eu conheço o capitão Flores, os outros estão se reunindo na Casa Sherwood para um ataque ostensivo em busca do meu pai. Não sei se a gente que se antecipou e chegou a conclusões erradas, ou se talvez o subcomandante Payne esteja mesmo em Sherwood... mas não importa. Quando perceberem que o comandante não está lá e bolarem um novo plano poderá ser tarde *demais*. Tem que ser a gente, e tem que ser agora.

No silêncio que se instaurou, as únicas almas corajosas que ousaram falar foram os grilos, acompanhados pelos chiados estridentes de um morcego ou musaranho empolgado.

— Mariel — disse Clem, porque era uma otimista, e uma tola, e porque na verdade era a única pessoa que não respondia à capitã Hartley-Hood. — Isso é perigoso de verdade. Somos apenas seis. E temos nosso valor, mas mesmo assim. Todo mundo está cansado. Você e Morgan estão machucades. Acho que você está se precipitando e sei que, se você parasse só um pouco para pensar, concordaria comigo.

Mariel a encarou com um olhar tão gélido que parecia estar tentando arrancar a carne dos ossos da curandeira.

— Você não faz parte desta comitiva. Vir conosco ou não é problema seu.

— Nossa — exclamou Baxter, erguendo uma mãozona como se fosse uma bandeira branca. — Calma aí. Mariel. Capitã...

A capitã abaixou o tom de leve.

— Olha. Preciso que vocês confiem em mim. *Esta* é a nossa chance de fazer algo grandioso, de agir como Robin teria agido. Seja lá o que o meu pai tenha feito... não importa agora, com tanta coisa em jogo. Ninguém nesta mata jamais irá duvidar de nós de novo quando o trouxermos para casa. E... é a vida dele que está em risco. Eu não tenho outra escolha.

Josey assentiu. Os outros também. Ninguém mais discutiu depois disso.

Clem não ficou lá muito surpresa. No fim das contas, eram uma comitiva. Um bando de fora da lei. Se não pudessem confiar uns nos outros, o que restaria? Tudo isso era novidade para ela, e talvez fosse esse o motivo pelo qual não conseguia de jeito nenhum entender como o plano iria funcionar, mas ainda assim... um pesar moribundo havia se instalado na boca de seu estômago quando Mariel lhe dissera que estava livre para ir embora, e, enquanto Clem subia atrás de Josey no cavalo, a sensação só ficava mais pesada.

— A gente dá conta? — perguntou baixinho no ouvido de Josey.

Clem a sentiu estremecer.

Uma resposta que não adiantou muito para deixar a curandeira mais animada.

— Libertar o Joãozão foi fácil *mesmo*.

— Pois é — comentou Josey sem alarde. — Estou começando a achar que foi um pouco fácil *demais*.

O cascalho na barriga de Clem se tornou uma rocha. Era aquela sensação que sempre a deixava abalada, trêmula e, de vez em quando, a fazia vomitar depois de um choque (a impressão de que havia algo ruim a caminho e de que não adiantava tentar impedir). Só que, daquela vez, o sentimento não parecia absurdo ou ilógico, uma resposta sem sentido do corpo.

Como é que ela deveria saber a diferença?

Em silêncio, eles cavalgaram adiante. Sem brincadeiras, risadas, cantorias ou trechos de música. Não demorou para que Mariel ficasse tão à frente de todos que a única coisa que Clem conseguia ver era o movimento dos cascos de seu cavalo, cintilando na escuridão distante.

Quando pararam nos arredores de um pequeno vilarejo para arranjar suprimentos, Mariel sumiu sem contar a ninguém aonde estava indo, e Clem enfim conseguiu verbalizar algo que havia lhe ocorrido enquanto se agarrava às costas de Josey.

— Se eu morrer... alguém vai lá avisar a Velha Rosie? Imagino que ela deve estar me procurando.

— Merda — exclamou Morgan. — Não fale essas coisas. Por que é que você morreria? Você não vai morrer. Você é sempre quem olha tudo pelo lado positivo. Não pode começar com esse papo de morte agora.

— Olha, eu acho que morrer deve ser tranquilo — respondeu Clem. — Um saco no momento, óbvio, mas depois fica tudo bem. É ruim para quem fica para trás. Só estou tentando ser prática.

— Então pare — disse Morgan com tanta intensidade na voz que Clem quis agarrar elu pelos ombros e dar um apertãozinho carinhoso, como Baxter vivia fazendo. A curandeira sabia que não era uma boa ideia, então sossegou o facho. — Se eu morrer — continuou elu, com uma erguida resignada de cabeça —, só me joguem nos portões do lorde Hanham e me deixem apodrecer lá.

— Se você morrer a gente vai é fazer um funeral todo bonitinho — respondeu Baxter. — Flores. Oferendas. E vai ser uma vergonheira daquelas. Vamos falar coisas ótimas a seu respeito, do quanto você era amigável e queride, do quanto a gente te amava. E você não vai poder fazer nada para impedir. Então no seu caso eu diria que é melhor você não morrer. Fique vive. Para evitar a humilhação.

— Se vocês tiverem a pachorra de falar bem de mim no meu funeral — exclamou Morgan. — Eu mato vocês.

— É isso aí — disse Josey com uma cotovelada nas costelas com toda a intenção de ser amistosa, mas que acabou empurrando elu alguns centímetros para o lado.

— Nós escutamos a Mariel — afirmou Kit. — Seguimos as ordens dela. Mas se o barco começar a afundar… a gente dá o fora.

— Kit — frisou Josey num tom de aviso.

— Olha, não vou fugir nem colocar ninguém em risco. Você sabe que de covarde eu não tenho nada. Mas e se a melhor chance de tirar todos nós de lá for fugir? Eu dou no pé.

— Vocês acham que ela sabe o que está fazendo? — perguntou Morgan.

Todos olharam mais ou menos para onde Mariel havia partido. Na última vez em que a tinham visto, ela estava com o rosto pálido como o de um cadáver, de punhos cerrados e em silêncio, tentando resolver o problema na própria cabeça enquanto se recusava a abrir espaço para qualquer outra pessoa.

— Normalmente, sim — respondeu Kit. — Num geral ela sabe. Mas tem alguma coisa me deixando com uma pulga atrás da orelha. Então, se for preciso, corram.

— E se alguém não conseguir correr — acrescentou Baxter sério. — Eu levo no colo.

Morgan deu uma risadinha debochada.

— Não é brincadeira — reforçou Baxter. — Acho que, se forçar um pouco a barra, eu consigo carregar umas três pessoas. Mas eu preferiria não forçar. Então se cuidem, mas não fiquem com medo de pedir, porque, qualquer coisa, eu só coloco vocês nas costas, e a gente se arranca de lá que nem uma tartaruga.

— Que nem uma tartaruga? — perguntou Kit baixinho. — Tipo… devagar?

— Não, tipo, eu sou a carne da tartaruga, e a pessoa nas minhas costas é o casco. Talvez tartaruga não seja a melhor analogia. É tipo…

Kit se inclinou, agarrou o gibão de Baxter e, com uma expressão desesperada no rosto, como se simplesmente não conseguisse se aguentar, deu-lhe um beijo. Morgan grunhiu e se virou, enquanto Josey só arqueou as sobrancelhas para Clem e deu um sorrisinho amarelo.

— E, se alguém sangrar — disse a curandeira num timbre amigável —, é só balançar a mão ensanguentada no ar que eu venho e tento tapar o buraco com uma rolha.

— Eca — exclamou Morgan.
— Eca — concordou Clem.

As mãos de Mariel estavam tremendo. Era só nisso que Clem conseguia pensar. Ela nunca tinha visto as mãos de Mariel tremerem.

Eles tinham colocado roupas comuns, deixado os cavalos à beira da floresta e se aproximado do vilarejo sem nem pestanejar, com cestos de linho e caixotes de maçã. Cada instrução de Mariel havia sido repassada apenas uma única vez antes de ser colocada em prática. Houve um momento em que Clem percebera que a capitã a encarava com um olhar confuso, como se estivesse prestes a questionar o que ela continuava fazendo ali, mas então seguiram adiante, e a curandeira soube que, no fim das contas, estava sendo considerada um trunfo, e não um elo fraco. Clem tinha enfiado algumas coisas nos bolsos, tudo o que coube sem deixar um volume óbvio, mas torcendo para que não precisasse de nada daquilo.

O fato de que as Casas do Rei costumavam ser deixadas a esmo, vazias até um nobre (ou alguém da realeza) aparecer para preencher aqueles grandes salões, era uma vantagem. Quando enfim se dera ao trabalho de revelar o plano para todos, Mariel estava certa de que os funcionários seriam uma mescla daqueles serviçais que viajavam com as famílias nobres e alguns outros trabalhadores locais para complementar. Iriam se esconder entre os locais e confiar no fato de que formariam uma massa de rostos desconhecidos. Eles seguiriam os serviçais de verdade até onde conseguissem. Em seguida, se dividiriam para procurar pelo castelo, com nada além da perspicácia e do talento como atores para levá-los até a porta de Jack Hartley.

E, até onde Clem conseguiu entender, aquele era o plano.

Numa voz baixa e impassiva, Morgan contara a Mariel que provavelmente os prisioneiros de alto nível fossem mantidos num quarto, como "convidados" da casa, e não numa cela. A ala mais nova da propriedade era usada para receber as visitas, então a parte mais antiga do castelo era a melhor aposta.

Pelo jeito com que falara, Morgan não parecia muito convencide de que tinham alguma chance.

— Fiquem de cabeça baixa — disse Mariel enquanto atravessavam o fosso pela ponte menor, uma carroça à frente e um grupo de homens carregando uma carcaça de javali na retaguarda. — Não deixem ninguém ver as facas de vocês até que chegue a hora. Quando encontrarmos o meu pai... é aí que vamos lutar. Somos rápidos, somos espertos. Robin fez mais com ainda menos Homens. A gente consegue.

A faca no bolso de Clem servia única e exclusivamente para cauterizar ferimentos e cortar objetos desconhecidos. Ela nunca a havia empunhado para machucar alguém, e isso era algo que continuava fora de seus planos.

Eles passaram pelos guardas no portão, que chegaram a pará-los para analisar o conteúdo dos cestos mas os mandaram seguir adiante sem dizer nada. E o porquê logo ficou evidente: todos os serviçais estavam zanzando pelo pátio e pelas outras construções da propriedade que, ao que parecia, ficavam completamente separadas do restante do castelo. Mariel deu uma olhada séria para Morgan, que, com uma expressão abatida, deu de ombros.

— Os convidados não vêm para cá — sussurrou elu, tense. — Eu não sabia.

Clem se sentiu tonta enquanto observava os olhos da capitã varrerem os arredores em busca de entradas e saídas. Foi então que entendeu o que a andava incomodando tanto: nunca tivera motivos para duvidar da certeza de Mariel. Aquela confiança absoluta e inabalável que ela tinha em si mesma parecia real. Agora era uma performance. Mariel estava fingindo que ainda era aquela pessoa (a capitã teimosa e arrogante que Clem conhecera lá no Vale do Carvalho), mas algo havia mudado, e agora a máscara já não cabia direito.

— Estamos procurando por um portão que não tenha tantos guardas — disse Mariel pelo canto da boca. — *Qualquer lugar* onde não haja testemunhas. Se alguém perguntar, vocês são novos e estão perdidos.

Baxter, Morgan e Kit, que carregavam as maçãs, colocaram os caixotes sobre os ombros e saíram rumo ao que parecia ser a cozinha. Com os próprios cestos em riste, Mariel, Josey e Clem seguiram lufadas de vapor quente e lavadeiras, mas mudaram de direção no último instante, contornando a extremidade do pátio até o caminho se estreitar e fazer uma curva.

O portão dali contava com apenas dois guardas, que relaxaram de leve quando notaram três jovens se aproximando.

— Com licença — disse Josey, usando os cílios como arma. — Somos novas e precisamos saber para onde ir… será que os senhores teriam a gentileza de…?

Clem ficou grata por Mariel e Josey terem apenas nocauteado os guardas, e não os matado. O olhar de Mariel não havia transmitido muita esperança por misericórdia. Clem precisou ajudá-las a arrastar os corpos inertes para dentro a fim de que, quando a porta se fechasse, não ficasse tão evidente que havia algo errado, e sentiu uma ânsia de vômito subindo pela garganta quando deixaram os dois homens amontoados como uma pilha de botas descartadas.

— Só continue indo — disse Mariel, enfiando um cesto nas mãos da curandeira e pegando o próprio de volta. — Não olhe para trás.

Clem não sabia ao certo com quem a capitã estava falando, mas seguiram adiante. O pátio seguinte estava bem menos movimentado. As três chamavam muita atenção ali, deslocadas no meio de todo aquele espaço vazio, mas ela deduziu que estavam seguras pela convicção de que havia guardas a postos em cada porta e a certeza de que qualquer pessoa que passava havia sido revistada com toda a minúcia. Lá fora, eram uma ameaça em potencial; depois de entrarem, ninguém fazia perguntas.

O problema mesmo veio com a porta seguinte: era uma guarita, talvez para dividir as novas alas das partes mais velhas do castelo. Quando os dois homens de pé viram elas se aproximando, pararam de conversar e as encararam.

— Bom dia — disse Mariel. Clem ficou com vontade de sumir ao ouvir o evidente tremor na voz da capitã. — A gente só estava…

— Esperem — disse o guarda à esquerda. O sujeito, pálido e de barba feita por baixo do elmo, parecia meio nervoso. Ele deu um passo na direção de Mariel. — Espere aí. Você não é…?

Com o cabo da faca, Mariel o atingiu com força na lateral da cabeça, e ele caiu feito uma pedra, inconsciente. Josey já estava com as mãos no outro vigia quando o homem falou:

— Josey, *pare*.

Josey parou. O guarda ainda consciente e de pé, que tinha pele marrom e barba, removeu o próprio elmo e revelou uma expressão extremamente horrorizada.

— Espere aí — exclamou Josey hesitante. — *Harry?*

— Capitã Hartley-Hood — disse o homem, Harry, numa voz que mal passava de um sussurro. — O que vocês estão fazendo *aqui*?

— Capitão Hassan? A gente... O que *você* está fazendo aqui?

— Libertando o comandante Hartley! *Puta que pariu*, Mariel. Aquele cara que você acabou de nocautear era um simpatizante nosso. Passei meses me aproximando dele... a gente *precisava* dele. Isso não é nada bom.

— Eu não... não estou entendendo.

Em pânico, Harry deu uma olhada por cima da cabeça delas.

— A gente é que iria escolher o comandante desta ala até o grande salão. O xerife está vindo agora mesmo para falar com ele, e nós... Tem uma entrada pelos fundos, uma porta fantasma. Tinha uma ponte lá antigamente, mas agora é só um fosso enorme com uma única saída. Eu tenho uma corda. Era para a gente desviar do caminho, levar o comandante para lá e sumir antes de perceberem que ele não tinha chegado ao salão. Mandei notícias assim que soube que ele estava aqui, mas o contato tem sido difícil. Merda. — Ele se ajoelhou, deu uma chacoalhada esperançosa e frenética em seu camarada derrubado e então olhou para Mariel. — Capitã... sozinho eu não consigo. Ninguém aqui me conhece. Ele trabalha no castelo faz anos... ia cuidar para que ninguém suspeitasse de mim, que nem me perguntassem nada. *A gente precisava dele.*

Clem observou a informação atingir Mariel como um tapa na cara. Isso não era bom. Nada bom. A curandeira se ajoelhou também, já esticando as mãos para pegar o que havia guardado nos bolsos, mas a capitã a segurou pelo cotovelo e a puxou para cima com força.

— Chega. Parem com esse escândalo, vocês dois. — O homem no chão deu uma grunhida e se virou; estava com o rosto branquíssimo. Pelo visto, não conseguiria voltar ao trabalho tão cedo. Capitão Hassan olhou em volta e se levantou. — Desde... desde quando isso está acontecendo? — balbuciou Mariel. — Simpatizantes? Capitães *infiltrados* em casas da nobreza? Meu pai odeia fazer as coisas na surdina, sempre deixou isso muito bem pontuado. Ele não me contou, eu... eu nem imaginava.

— Ele só contou a algumas poucas pessoas de confiança — respondeu Harry, e só então pareceu perceber o erro que havia cometido. — Você vai me desculpar, mas é verdade. Pelo rumo que as coisas estavam tomando, pela quantidade de vezes que escapamos por um triz, ele quis garantir que tivesse uma saída caso acabasse do lado errado deste portão. Então esse era o plano. Qual é o plano agora nesta desgraça?

— Eu consigo resolver — disse Mariel, as mãos tremendo ainda mais que antes.

Mesmo que tivesse guardado as facas, ela ficava esticando as mãos até a cintura por reflexo, o tipo de movimento que qualquer pessoa entendida de combate reconheceria de longe. Clem tentou acalmá-la por telepatia usando nada além de pura força de vontade. Entretanto, por mais estranho que pudesse parecer, não funcionou.

Alguém atravessou o pátio atrás deles, e Josey teve o bom senso de empurrar o corpo inerte do querido guarda para as sombras debaixo da guarita.

— Eu consigo resolver — repetiu Mariel. — Eu consigo. Me fale exatamente onde meu pai está e onde posso encontrar a porta fantasma. Vamos até o fim. Vamos até o fim de um jeito ou de outro.

Harry não parecia nada contente. Inclusive, parecia tão empolgado pelo plano quanto Clem, que sentia um total de zero empolgação. Contudo, como não tinha escolha, assentiu mesmo assim e abriu o portão; o grupo atravessou o último pátio rumo à casa como se estivesse a caminho da forca e não visse motivo para postergar o inevitável por nem mais um minuto. O que provavelmente era mesmo o caso, pensou Clem, um tanto histérica.

Eles acabaram indo bem mais longe do que ela esperava. Ter alguém com toda a pompa de guarda ajudou, mesmo que ele não fosse capaz de sustentar a pose sob uma inspeção mais detalhada. Percorreram três longos corredores para atravessar um pequeno salão; o coração de Clem seguia retumbando em seus ouvidos. Ela não ousava erguer a cabeça. Focava os pés de Mariel à frente, a única prova de que tudo aquilo estava mesmo acontecendo.

O começo do embate foi tão abrupto que a curandeira levou um instante para perceber que estavam sob ataque. Num momento estava fazendo uma curva, no outro se jogando de costas contra a parede, escapando por pouco da ponta de uma espada enquanto os outros entravam em ação, e dois guardas iam com tudo ao chão, já sangrando.

— Agora pronto — disse Harry. — Temos talvez… alguns minutos.

— Então vamos — respondeu Mariel.

Eles subiram as escadas até a antiga ala de hóspedes. Clem havia aceitado o fato de que precisava olhar por onde ia, mas mal conseguia absorver os arredores; eram só vislumbres: parede de pedra, arandela de ferro, tapeçaria elaborada, porta de carvalho. Os próximos guardas que encontraram estavam de pé em frente à entrada de um cômodo no fim do corredor, e ela não precisou olhar mais de perto para saber que Mariel, Harry e Josey não haviam corrido o risco de deixá-los vivos.

— Se alguém vir, grita — ordenou Josey, e então os três sumiram lá para dentro.

Clem achou a instrução desnecessária. Meio que queria gritar só de estar ali parada, evitando olhar para os guardas e ouvindo as vozes no interior do cômodo que deixavam evidente que haviam encontrado Jack Hartley.

A curandeira contou a respiração. Não ajudou. Beliscou a pele entre o dedão e o indicador da mão esquerda, mas não serviu para nada além de doer. Quando alguém virou a esquina, apesar de estar com os nervos tão tensos quanto a corda de um arco, ela se esqueceu completamente de que deveria chamar Josey.

— Clemence? — disse o jovem. O rapaz era alto, loiro e musculoso, mas, de algum jeito, ainda tinha cara de bom moço. Ele parecia completamente perplexo. — Mas… quê? O que é que você está fazendo aqui?

— Oi, Fred — respondeu a curandeira com a voz fraca. — Como vai o joelho?

Quando Mariel voltou ao corredor com a espada em riste, Clem soube, pela expressão estupefata de raiva no rosto da capitã, que ela tinha ouvido cada palavra.

29

Fred?
Fred?
Como vai o joelho?
Mariel tinha muito com o que lidar. Acabara de desamarrar o pai de uma cadeira. Eles estavam no meio de um castelo fortemente guarnecido por onde haviam deixado um rastro de corpos e não tinham nenhum plano de fuga além de correr para caramba. Seu nêmesis estava parado bem à frente, pego de surpresa e reagindo tão devagar que a cena toda parecia algo com o qual Mariel normalmente só conseguiria sonhar.

Entretanto, tudo o que retumbava em sua cabeça era: *Oi, Fred. Como vai o joelho?*

Clem pelo menos teve a decência de parecer morta de vergonha, mas isso nem de longe bastaria.

Ela era a curandeira que andava extrapolando os limites.

Clem era uma mentirosa. Uma traidora. Uma covarde.

Não tinha apenas tratado um dos homens do xerife; tinha tratado o *único filho* do xerife. Remendado suas feridas e o ajudado a continuar piorando o mundo de canalhice em canalhice.

Mariel estava com tanta raiva que mal conseguia enxergar.

— Ah, céus... *Guardas!* — gritou Frederic, bem quando a capitã o atacou com a espada em riste, e foi só quando outra pessoa a atingiu que ela se deu conta de que havia um guarda atrás dele.

Dois guardas. Que estavam se colocando entre Mariel e Frederic, protegendo-o. Mariel foi atingida de novo e caiu com força. Quando foi agarrar a espada, sua mão escorregou, e ela sentiu uma dor lancinante quando a lâmina cortou a palma dela. Não importava. Precisava alcançar Frederic. Onde é que todo aquele cavalheirismo e valentia estavam agora? Havia mais Homens Felizes do que guardas. Acabaria logo, e então ela o pegaria.

— *Mariel!* — gritou Jack. — Não dá tempo. Vá.

Ela não entendeu até ouvir o som distante de passos, de chapas metálicas tilintando. Os reforços estavam chegando.

O pai estava ordenando para que ela corresse. Fugir com o rabinho entre as pernas, e não ficar e lutar para provar que eram uma ameaça impossível de ignorar. Primeiro ele tinha colocado espiões nas casas da nobreza, e agora isso?

Mariel havia se apegado tanto às regras que ele lhe dera, acreditado que, se seguisse tudo ao pé da letra, o deixaria orgulhoso. Agora todas estavam se desintegrando, perdendo completamente o significado. Não havia nenhum passo a passo simples que pudesse seguir para se tornar digna. O que o pai dela dizia era lei, e ele tinha o privilégio de mudar de ideia (ou de discordar de si mesmo ao sentir que estava com a corda no pescoço). Mariel que era estúpida por algum dia ter acreditado que as coisas não eram assim.

Eles correram. Eram os Homens Felizes, e estavam fugindo. Talvez isso devesse ter bastado para fazer a capitã entender a dimensão da encrenca em que haviam se metido, só que, na realidade, ela estava era com a impressão de que rumavam para a direção errada.

Foi só quando irromperam por um lance de escadas até o térreo que Mariel se deu conta de que Clem continuava com o grupo, correndo ao lado de Morgan com o rosto vermelho e os cabelos ao vento.

A capitã queria falar para o pai que deveriam ter abandonado a curandeira. Queria mandar Josey parar de ficar se virando para conferir se Clem estava bem. Ela que ficasse ali, com seus amigos de verdade, e enfrentasse qualquer punição que Frederic de Rainault considerasse adequada para quem se associava aos Homens Felizes.

Talvez ela dissesse que havia passado o tempo inteiro como refém e contasse tudo o que sabia. Parecia uma possibilidade risível, mas como é que Mariel iria saber? Era evidente que a capitã estava errada a respeito de praticamente tudo.

É isso o que acontece quando você abre espaço para os outros.

Uma comitiva de quatro guardas entrou tilintando pelo corredor adiante, então o pai de Mariel ergueu a espada que havia pegado de uma de suas vítimas e mostrou bem direitinho para todo mundo ali o motivo de ter sido escolhido como comandante.

Só que, é lógico... a história não tinha sido bem por aí.

Ele lutava como um demônio. Dentes à mostra, sem titubear. A capitã deduziu que passar quase uma semana inteira amarrado a uma cadeira deixava a pessoa para lá de motivada em busca de vingança. Com o capitão Hassan ao lado dele, o embate terminou em instantes. E instantes eram tudo o que tinham, porque ela conseguia ouvir mais soldados se aproximando na retaguarda.

Harry se virou de brusquidão para a esquerda e depois para a direita; agora estavam avançando por corredores de serviço mais discretos, acompanhados pelos gritos surpresos de funcionários e funcionárias que precisavam pular para fora do caminho. Felizmente, ninguém tentou impedi-los.

— *Mariel* — gritou alguém (Baxter), e de repente os dois grupos se reuniram. Ele se chocou com tanta força contra Clem que quase a pulverizou contra a parede. Mariel o viu desperdiçar segundos preciosos ajudando a curandeira a se levantar e sentiu o coração endurecer.

Abandoná-la não adiantaria. Ela queria lidar pessoalmente com aquela história.

Erguendo um enorme armário decorativo, Baxter gritou para que Mariel e os outros continuassem em frente; a capitã olhou para trás e viu quando ele e a curandeira derrubaram o móvel de lado, bloqueando a passagem bem a tempo. Mariel precisou se abaixar enquanto corria para evitar a saraivada de flechas na sequência, ricocheteando pelas paredes e pela mobília, mas então o corredor fez uma curva, o que garantiu um breve momento de sossego.

Um brevíssimo momento de sossego.

Perder alguém parecia inevitável. O capitão Hassan os liderava, e foi um golpe de azar quando um guarda inesperadamente saiu de um cômodo, aproveitou a chance e o golpeou bem na barriga. O soldado estava morto antes mesmo que conseguisse reaver sua espada, mas o estrago já estava feito.

Jack, com uma gentileza que Mariel jamais presenciara vindo dele, se inclinou sobre Harry e deu uma olhada no capitão antes de se levantar e menear a cabeça para a filha e para a comitiva.

A sensação era de que um gongo havia ressoado em algum lugar, reverberando pelas entranhas da capitã. Ele estava morrendo. E era tudo culpa de Mariel.

Ela contou cada um e se certificou de que todos estavam presentes. Precisavam seguir em frente.

A porta estava ali, bem do jeitinho que Harry dissera, a menos de seis metros de onde ele agora sangrava, inerte. Foi só quando Baxter e Jack a arrombaram e revelaram o abismo do outro lado que Mariel se lembrou da corda.

Ela recuou sem dizer nada e voltou correndo pelo corredor. Quando alcançou Harry, Clem estava lá.

Mariel havia contado seus Homens errado. Acontece que, no fim das contas... a curandeira nunca fizera parte daquela equipe de verdade.

Não muito longe, os soldados estavam tentando irromper pela barreira improvisada. Dava para ouvir o *bum-bum-bum* rítmico de alguma espécie de aríete, a madeira se desfazendo, os grunhidos de esforço.

A cada batida, o corpo da curandeira se sobressaltava por inteiro, e suas mãos titubeavam sobre o ferimento do capitão Hassan.

— *Anda* — vociferou Mariel. Ela a empurrou para longe, ergueu a capa de Harry, encontrou o compartimento em que a corda havia sido escondida cuidadosamente enrolada e a pegou. Clem tinha começado a aliviá-lo da armadura. Ele ainda respirava; seu peito subia e descia com movimentos rápidos, e o perponto estava encharcado de sangue. — Deixe isso pra lá. Vamos.

A curandeira não falou nada. Apenas voltou ao trabalho; mesmo trêmulas, suas mãos se moviam no automático. Estava aplicando pressão na ferida. Tentando estancar o sangramento.

Estúpida. Causa perdida. Mentirosa.

— Ande de uma vez ou então fique para morrer, Causey — gritou a capitã. — Não adianta mais.

De algum ponto pouco além do campo de visão das duas veio uma pancada extremamente poderosa, o barulho estilhaçante de uma pequena explosão, e Mariel viu o momento em que os olhos de Clem se esvaziaram, suas mãos travaram e sua respiração parou por completo antes de o fôlego lhe ser arrancado num intenso arquejo que a fez estremecer.

Ela parecia nem saber mais onde estava, e o tempo havia acabado.

Baxter veio num rompante pelo corredor para pegá-las e parou abruptamente quando viu Clem curvada sobre o corpo no chão.

— Vá — disse ele a Mariel. — Acorde! Vá. Eu a tiro daqui, eu impeço os guardas. — Quando Mariel não se mexeu, Baxter a empurrou. — Estou bem atrás de você.

A capitã correu. Quando chegou à porta, jogou o rolo de corda para seu pai e Josey, que logo começou a amarrá-la ao redor de uma viga de madeira, dando voltas e mais voltas o mais rápido possível, mas ainda dolorosamente devagar. Quando o nó ficou firme, Jack desceu primeiro, porque poderia haver guardas esperando lá embaixo, e então foi Josey, seguida de Morgan. Kit permaneceu ali, de olho na parede onde o corredor fazia curva. Dava para ouvir gritos ao longe, os sons de espada contra espada.

Mariel o empurrou com força para a porta, e ele foi. A expressão de medo no rosto de Kit era demais para ela.

Foi Clem quem apareceu ao fim do corredor, e não Baxter, e Mariel a odiou por isso. A curandeira estava cambaleando e branca feito papel, recoberta de sangue que poderia ser de qualquer um, e, quando esticou os braços para pegar a corda, a capitã precisou colocá-la em suas mãos. Ela não sabia se Clem era capaz de escalar. Ainda mais naquele estado. Se escorregasse enquanto Kit e Morgan continuavam mais abaixo na corda, poderia acabar condenando todos eles.

— Se você cair, vai matar Morgan. — Mariel tinha zero esperanças de que ela fosse tentar preservar a *própria* vida, mas, se soubesse que os outros correriam risco, Clem se agarraria àquela corda até ficar com as mãos em carne viva.

E ainda nenhum sinal de Baxter. Entretanto, ele iria chegar, e os dois precisariam ser rápidos, então ela precisava ir.

Mariel conseguia ver o pai e Josey lá embaixo, já no chão, enquanto os outros desciam rápido. Do outro lado do fosso, uma esperança: a mensagem de Harry devia enfim ter chegado, bem a tempo. O primeiro dos Homens Felizes esperando para recepcionar Jack havia saído da cobertura da floresta. Ela colocou a faca entre os dentes e, de costas, passou pela porta.

Mariel estava escorregando corda abaixo, manchando-a com mais sangue conforme a fibra ia queimando suas mãos. Ainda faltava muito até o chão quando ouviu gritos lá de cima. Baxter. Era Baxter. E parecia um grito de aflição.

Contra toda a lógica, ela começou a tentar escalar de volta de imediato; os músculos de seus braços gritavam. Lá embaixo, o peso havia mudado, e a corda agora se debatia contra a parede.

Mariel estava subindo devagar demais. Havia um pânico ardente entalado em sua garganta, e uma dor esbravejante em seus pulmões. A mão cortada ficava falhando, não importava o quanto ela tentasse ignorá-la.

Da saída lá no topo, veio o barulho de algo muito grande atingindo algo muito duro, e ela soltou um grito não verbal de frustração. Piscando para afastar o suor dos olhos, Mariel agarrou e agarrou e agarrou a corda enquanto a sentia rasgar a palma de suas mãos, dilacerar o ferimento, lançando um ardor que subia queimando até os punhos.

Ensanguentado, gigantesco e vivo, Baxter apareceu na porta acima, o que elevou os ânimos da capitã, mas, num solavanco nauseante, Mariel seguiu o olhar horrorizado dele até a janela alinhada à cabeça dela.

Um arqueiro havia percebido para onde a rota de fuga levaria e tinha ido colocar um ponto-final naquela história. Mariel percebeu que estava encarando a ponta afiada de uma flecha, enquanto o soldado, com cuidado e quase vagarosamente, apontava a mira bem para ela.

Não havia para onde ir. Não havia tempo para sair da frente. Ele esticou a corda do arco, pronto para atirar.

Mariel encarou Baxter lá em cima, e seus olhares, ambos firmes e resignados, se encontraram por uma fração de segundo. E foi por isso que ela viu a expressão dele mudar, os olhos se arregalarem, em choque, quando a ponta de uma espada lhe atravessou o peito.

E então o braço de Baxter se abaixou num arco, e sua faca reluziu, rosa como o nascer do sol, quando ele cortou a corda.

30

O PÂNICO NÃO COMEÇOU LOGO DE CARA.

A pequena Clem já estava no Vale do Carvalho fazia alguns meses, comendo incontáveis tigelas de ensopado empelotado e assistindo a Rosie cuidar de pacientes, quando aconteceu pela primeira vez. Uma briga havia acontecido no vilarejo por causa de um comerciante itinerante que tentara passar a perna em alguém, e então quase todos os moradores tinham saído de casa para entrar na discussão. A situação acabou virando uma cacofonia de gritos e pontapés, ao ponto de a porta da frente chacoalhar nas dobradiças; o barulho era tanto, e estava tão perto, que Clem caíra de joelhos, tapara os ouvidos com as mãos e implorara para que Rosie fizesse aquilo parar.

Por sorte, o Vale do Carvalho ficava num cantinho ermo da mata, e era difícil que algo deixasse Clem perturbada durante o dia... à noite, porém, os pesadelos irrompiam. Foram praticamente constantes durante aquele primeiro ano e, toda manhã, deixavam-na de olhos vermelhos e apática. Acontece que, mesmo quando os pesadelos foram diminuindo, o sono continuou sendo um problema. Ela se convencera de que tudo ficaria para trás conforme fosse amadurecendo, mas, quase uma década mais tarde, descobriu que aquele intervalo entre deitar a cabeça e enfim sucumbir à exaustão era, de fato, a pior parte de seu dia. Clem havia parado de se dar ao trabalho de contar a Rosie, mesmo que a velha curandeira tivesse desenvolvido o hábito de lhe dar leite quente e fazer companhia até ela voltar a cair no sono quando era pequena.

Dormir entre os Homens Felizes fora mais fácil. Os dias deles eram tão difíceis que mal dava tempo para que Clem pensasse em dormir; o cansaço já logo levava a melhor. Além do mais, sempre havia alguém de vigília.

O pânico, em contrapartida, só piorava.

Agora, ainda encharcada de suor após a fuga das Casas do Rei, Clem estava sentada em segurança sob a proteção da mata, sentindo um vazio que a assolava até o âmago.

Os Homens Felizes à espera no lado de fora do castelo haviam logo entrado em ação para tirá-los daquele fosso (com os arqueiros dando cobertura, os Homens jogaram cordas, escalaram para resgatá-los lá de baixo e formaram um perímetro ao redor do grupo para protegê-los dos guardas quando chegaram às árvores). E, então, às pressas, foram todos içados para cima de cavalos e levados para longe dali, floresta adentro.

Durante aquela situação, a mente de Clem continuava girando. Quando enfim fizeram uma parada, ela simplesmente se sentou onde a haviam deixado e ficou ali, com a sensação de que havia uma fenda se abrindo em seu peito, mesmo que, em termos médicos, soubesse que não havia nada muito errado consigo.

Passos se aproximaram. A curandeira observou um pequeno besourinho iridescente escalar, atravessar o buraco de uma pegada que ela mesma deixara na terra e então seguir sua trajetória alegre adiante. Clem estava esperando que Mariel, Jack Hartley ou então algum carcereiro anônimo aparecesse para amarrá-la de novo por seus crimes. E não conseguia nem se dar ao trabalho de se importar.

— Clem?

Era Josey, com um ferimento na cabeça e a testa ainda molhada de sangue. Ela se sentou na terra ao lado de Clem e então ficou ali, em silêncio; uma presença tranquilizante e sólida enquanto a respiração da curandeira enfim começava a desacelerar.

— Sua cabeça — disse Clem, depois de certo tempo, quando a sensação de que o solo tinha um coração pulsante passou. Ela remexeu no bolso, em busca de seus suprimentos. Será que os deixara no chão, ao lado de Harry Hassan? — Me deixe só...

— Pare. — Josey colocou um braço ao redor dela, puxou-a para mais perto, apertou-a com uma força considerável e então a soltou.

— A culpa é minha — admitiu Clem, sentindo lágrimas quentes escorrerem enquanto a verdade de tudo aquilo a subjugava. — Se eu não tivesse...

— Não. Isso vai acontecer muito — disse Josey, o tom de voz tenso. — Acho que todo mundo vai querer assumir a culpa desse caso. Pode ser que todo mundo tenha errado em alguma coisa. Eu podia ter sido mais rápida. A gente podia ter sido mais esperto. Sei lá. Mas já temos muito pelo que chorar sem que um fique jogando a culpa no outro. Qual o sentido de deixar a situação ainda mais difícil?

Clem se recostou nela, passando-lhe todo seu peso. Josey deu-lhe um tapinha no braço.

— Você devia mesmo me deixar dar uma olhada nesse machucado — disse a curandeira, a voz embargada. — Você ainda está sangrando.

Josey deu de ombros.

— Uma hora vai parar.

Uma única lágrima escorreu por sua bochecha, e Clem sabia que ela tinha razão.

Kit parecia perturbado quando se aproximou. Por um breve instante, Clem se perguntou se ele poderia, talvez, estar menos indulgente do que Josey. Entretanto, o que ele fez foi se ajoelhar na frente de Clem e, com mãos trêmulas, conferir se ela estava bem, investigando com gentileza onde o sangue estava mais espesso. A curandeira acabara com um corte no braço e as costelas machucadas (dava para senti-las sempre que tentava respirar), mas, tirando isso, estava inteira.

— Sinto muito mesmo — disse Clem.

Kit não parou de chorar nem por um segundo enquanto a examinava. Era um pranto discreto, sem fanfarra, e ele nem se dava ao trabalho de enxugar as lágrimas, como se tivesse se dado conta de que elas não iriam desacelerar por enquanto e de que seria necessário seguir em frente mesmo assim.

— Eu sei — disse ele. — Eu também.

Josey a encarava com um olhar esquisito.

— Tem certeza de que não está escondendo um sangramento? Você está tremendo.

— Eu tô bem — respondeu Clem no automático. Ela tentou sorrir, mas então parou e meneou a cabeça. — Na verdade, eu tive um... Eu entrei em pânico. Acontece às vezes. O meu cérebro para de funcionar. Não faz o menor sentido, mas é... a sensação é de que estou correndo perigo, mesmo que eu saiba que não estou. Quer dizer, dessa vez é óbvio que... a reação foi... apropriada.

Kit assentiu.

— Meu pai tem isso também. Ele viu o irmão morrer.

Clem o encarou.

Tinha passado a vida inteira sem conseguir entender aqueles episódios direito e... assim, do nada, descobriu que não era a única. Que sua mente não era uma monstruosidade defeituosa à parte. Durante todo o tempo que passara tentando desvendar os segredos do corpo nunca encontrara ninguém com uma queixa semelhante. E, agora, um presente: "meu pai tem isso também." Como se Kit estivesse falando de falta de vista ou de cotovelos com hipermobilidade.

Sua cabeça de pesquisadora se animou um pouco, mesmo amortecida pelas circunstâncias. O pai de Kit vira o irmão morrer. Um choque. Uma perda. Tudo se alinhava. Fazia sentido.

Não resolvia nada. Contudo, era uma porta que se entreabria e deixava um filete de luz entrar.

— Cadê Morgan? — perguntou Josey num tom incisivo, e Clem ergueu a cabeça para procurar pela multidão ali reunida.

Kit fez uma careta.

— Dando depoimento.

— Para quem?

— Comandante Hartley e capitã Hartley-Hood.

— Não. *Agora?*

— Eu falei para a Mariel ser rápida — respondeu Kit com um ar mais do que um pouco ameaçador na voz. — Porque senão eu iria voltar e arrastar Morgan para fora de lá.

Quando Morgan não voltou, nem mesmo quando Jack Hartley fora avistado saindo a passos largos para conversar com outra pessoa, eles tiveram que sair numa pequena equipe de busca.

No fim das contas, nem foi tão difícil encontrar elu. Eles precisaram apenas seguir o som de choro e encontraram Morgan sozinhe, sentade num toco de árvore um pouco distante de todo mundo.

Kit se aproximou de braços abertos na mesma hora, e Clem quase esperou que Morgan fosse empurrá-lo, mas, em vez disso, elu se aconchegou no abraço, chorando copiosamente na camisa dele.

A curandeira não via sentido nenhum em segurar as próprias lágrimas. Como conhecera Baxter por tão pouco tempo, não podia fingir que compreendia a extensão da mágoa dos outros, mas, mesmo assim... o sentimento era tão imperativo e desconcertante quanto uma facada. A impressão era de que tinha sorte por estar sendo assolada por uma tristeza tão nítida e descomplicada; tinha conhecido uma pessoa ótima que se fora.

— Deixe a Clem dar uma olhadinha na sua perna — disse Kit baixinho para Morgan. — Tá bem?

A curandeira já andava de olho na perna em questão. Morgan a segurava com rigidez, como um cachorro tentando disfarçar uma pata machucada.

— Não — respondeu elu, meio que se engasgando com a palavra. — Não quero que ela olhe, não quero fazer nada. Não quero que nada aconteça agora, eu não...

— Elu caiu no chão com muita força — disse Kit a Clem. — Deve ter torcido o tornozelo. Não parece inchado demais.

— Eu posso ver — ofereceu ela sem alarde. — Não vou fazer nada. Só dar uma olhada.

— Não — repetiu Morgan. O som do choro delu era quase insustentável, mas Clem se permitiu senti-lo, como um golpe no esterno a cada soluço. — Não faz diferença *nenhuma*. Por que a gente está tentando qualquer coisa agora? Não quero ficar aqui... não quero ficar em *lugar nenhum*. Por que está todo mundo só de pé aí... como se...

Kit fechou os olhos, e novas lágrimas deixaram um rastro por suas bochechas. Havia sangue no peito dele, um ferimento escuro visível logo abaixo do colarinho. Com movimentos lentos e passando a impressão de que estava exaurida, Josey se abaixou para oferecer a Morgan um cantil de alguma coisa que pegara do bolso. Aquele amor todo havia causado tanto caos a eles...

— É vinho suave. Para o choque.

— Não quero nada para o choque — gritou Morgan, o que fez Clem se sobressaltar. — Não quero me acalmar, eu quero... A culpa é *minha*.

Foi então que todos ficaram imóveis, ouvindo o som da respiração entrecortada e sôfrega delu.

— Você não tem culpa — disse Kit depois de algum tempo, apertando Morgan com mais força. — De onde tirou isso?

— Eu sabia que não iria dar certo — lamentou-se elu. — Eu era a única pessoa que já tinha entrado naquele castelo, e devia ter falado... devia tê-lo *mandado* não ir.

— Morgan — disse Josey. — Não é...

— Ele sempre cuida de mim — exclamou Morgan. — Sempre. Ele é meu amigo. E eu nunca devia ter deixado ele...

— Morgan, me escute — disse Kit baixinho, falando como alguém que parecia ter cem anos. — Você não teve culpa. Todos nós seguimos o plano. *Todos* nós podíamos ter dito que não, incluindo o Baxter. A gente foi sabendo que seria perigoso, que teríamos que lutar. Ele foi... — Kit parou para se recompor. — Ele sabia o que estava fazendo. Ele decidiu ir. E *ele* decidiu ficar para trás e vigiar a porta para nos proteger. A última coisa que ele iria querer é que você, ou que qualquer um de nós, sentisse culpa. Você sabe disso.

Kit estava falando com Morgan, mas seus olhos se voltaram a Clem, que piscou num agradecimento silencioso.

Os soluços intensos de Morgan foram diminuindo até virarem tremores suaves, discretos, de pesar, suspiros contra o pescoço de Kit.

— Não acredito que é verdade — disse elu enfim com a voz embargada.

— Eu sei — respondeu Kit, oferecendo a Morgan o sorriso mais triste que Clem já vira na vida e então estremecendo. — Ai. Meu Deus do céu. Vai doer tanto.

— Vai — comentou Josey chorosa. — Já está doendo. Então tome um gole de vinho. A gente vai aguentar firme até o fim.

31

A mão de Mariel doía.

Era besteira, de verdade. Ela já tivera ferimentos muito piores. Caíra de lado com muita força quando Baxter cortara a corda, de tão alto que era um milagre que tivesse apenas ficado roxa. A vegetação espessa no fundo do fosso a salvara de fraturas piores. Afinal de contas, ela ainda estava se recuperando de uma facada na barriga. Mas sua mão era usada constantemente, e cada vez que movia um único dedo, uma pontada de dor atravessava sua palma.

Quando deu por si, Mariel estava contraindo os dedos de propósito enquanto seu pai falava, deixando que a agonia a distraísse de todas as outras coisas que lhe doíam.

—... dois mortos, porque você não foi capaz de seguir ordens simples. Você foi instruída a voltar ao acampamento, capitã, e com certeza sabia que era *exatamente* isso que eu teria te mandado fazer, dadas as circunstâncias. Para começo de conversa, você jamais deveria ter fugido. Você não tem a autoridade para decidir o que fazer a respeito de um traidor nas nossas tropas, ou de sair em suas missõezinhas de resgate imprudentes. Inclusive, caso eu já não tivesse sérios motivos para questionar as suas habilidades... o que diabos aquela curandeira estava fazendo, correndo livremente pelo castelo? Ela é sua *refém*. Deveria estar no acampamento, sendo vigiada e trabalhando até a hora de mandá-la embora. Você demonstrou uma profunda falta de bom senso, e não tenho outra escolha a não ser...

Ao que parecia, ele havia parado de falar por algum motivo, mas Mariel demorou demais para voltar a prestar atenção, e seu pai pareceu ficar, caso fosse possível, ainda mais decepcionado. Não, não era decepcionado... era *murcho*. Será que ele sempre tinha sido assim, tão grisalho nas têmporas e na barba? Os pelos tinham crescido para além do cavanhaque de sempre, e isso o deixava com uma feição mais velha. Pelo menos estava usando preto de novo, de capa, com um novo broche (as peças antigas deviam ter sido tomadas como troféus, já que ele não as estava usando nas Casas do Rei). Preto sempre o deixara com uma aparência muito poderosa.

Não era lá muito prático, né? O primeiro dogma dos Homens Felizes era: não corra o risco de ser visto, a menos que seja o objetivo; ou a menos que a pessoa se considere bonita de preto, talvez.

Ele tinha parado de falar porque estava com a mão estendida, à espera de alguma coisa. Mariel encarou aquela palma calejada por um longo instante antes de perceber o que estava acontecendo.

Sentindo um mal-estar que a assolava até as estranhas, ela desprendeu da capa o broche de bronze em formato de folha e o entregou ao pai.

— Pode contar à família Scarlet como foi que você perdeu o filho deles, Mariel, será seu último dever como capitã. Depois... você precisa pensar a fundo se este é ou não o caminho certo para você, porque, para voltar à sua posição, vai ter que fazer por merecer, e não será fácil. Nada do que vi até agora me inspirou qualquer fé em você como líder, e ai de mim se os outros acharem que vou pegar leve com você porque somos sangue do mesmo sangue.

Ele estava certo em tudo. Ela perdera Baxter e Harry. De tão obstinada, teimosa e desesperada para provar que o pai estava errado, Mariel acabara conseguindo o exato contrário e, além do mais, fizera algo imperdoável. Como iria contar aos Scarlet? Como seria capaz de olhar os membros de sua comitiva nos olhos? Pelo menos não precisava mais ser a capitã deles. Era provável que nunca mais falariam com ela, e nem dava para culpá-los por isso.

Jack tinha parado de gritar e, no silêncio absoluto, tudo em que Mariel conseguia pensar era *Baxter, Baxter, Baxter*. Em Baxter insistindo para que fosse construir esconderijos com ele quando o pai e a mãe dela brigavam, em Baxter a defendendo quando as outras crianças a chamavam de esnobe e esquisita, no longo período no começo da adolescência quando os dois tinham se afastado e no sorriso incerto e genuíno no rosto dele quando, ao se reencontrarem, fora designado para a capitania dela. Ele dissera "estou bem atrás de você", e então deixara de estar, e a vontade de Mariel era de que seu pai gritasse e extravasasse a raiva para abafar o tanto de Baxter em sua cabeça. Ela cerrou o punho e deixou a dor sobrepujá-la por um momento.

— Me desculpe — disse, sentindo a boca seca e desidratada pelo luto. — Eu não sabia. Pensei que a gente fosse conseguir te libertar. Eu não fazia ideia... o senhor não me contou que tinha colocado Homens pra dentro...

— Essa informação foi revelada a pouquíssimos Homens, e em segredo. Era um salvo-conduto, porque eu poderia acabar precisando algum dia. Não espero que você compreenda, mas o cargo de comandante é uma posição cobiçada, e, como os últimos acontecimentos demonstraram... não dá para ser generoso demais no que diz respeito a confiar nos outros.

— O senhor não confia nos próprios Homens? Não confia em mim?

— Deixe de ser criança — disse Jack, curto e grosso, e ela respirou fundo, trêmula. — Mais tarde discutimos esse assunto.

— Para onde o senhor vai? — perguntou Mariel num tom tão infantil quanto a impressão que o pai tinha dela.

Normalmente, Jack teria contado a ela, ou talvez a levado junto.

— Estamos tentando recuperar os corpos — respondeu ele esgotado. — Vou conversar com o capitão Flores.

Os corpos. Três corpos. Dois nas Casas do Rei e um na Casa Sherwood. subcomandante Payne havia sido quem ficara detido lá, sucumbindo aos ferimentos, e agora estava morto.

Mesmo com uma relutância não manifestada, fora Richard Flores, ainda com um satisfatório nariz roxo e verde, quem a içara do fosso; ele estava sendo promovido para substituir Payne, o que evocava um embrulho no estômago de Mariel.

Com o pouco tempo e a pouca elegância que ainda lhe restavam, ela correu um risco:

— Quando meu avô se aposentou — disse, fazendo o pai parar por um instante —, quando foi que você ficou sabendo que se tornaria Comandante? Antes? Ou depois?

Jack meneou a cabeça e semicerrou os olhos, confuso, como se não fizesse a menor ideia de como aquilo poderia importar.

— Antes — respondeu ele sem rodeios.

— Por que meu avô te pediu para assumir o lugar dele? Porque as pessoas tinham... votado em você?

— Porque os Homens Felizes precisavam de um líder, Mariel, e eu assumi a bronca — respondeu o pai um tanto desconfiado. — Você *sabe* disso. Sempre soube.

— Eu... não tinha certeza. Não conseguia me lembrar.

— Às vezes, se queremos que as coisas funcionem direito, precisamos botar a mão na massa. A voz da maioria nem sempre é a voz da razão. Só que nem todo mundo dá conta do recado.

Ficou evidente o que ele queria dizer. Mariel abaixou a cabeça e ficou em silêncio enquanto Jack se retirava.

Ela não sabia ao certo quanto tempo passara ali sentada antes de as vozes em sua cabeça ficarem altas demais e da dormência que a havia enclausurado se romper, abrindo caminho para um rompante ardente de raiva.

Quando Mariel a encontrou, a curandeira estava sentada junto ao restante de sua comitiva. De sua *ex*-comitiva. A inclusão de Clem ali a magoou mais do que deveria. Aquela garota era uma forasteira, uma traidora, e eles a tinham envolvido nos braços, dividido o luto com ela, enquanto Mariel aguentava sozinha o peso da responsabilidade e das consequências.

— Você mentiu — vociferou, incapaz de se conter.

Clem estremeceu.

Com olhos injetados e visivelmente hostis, Morgan a encarou de soslaio. Mariel percebera que elu não estava em condições de ser interrogade à exaustão por Jack a respeito do funcionamento interno das propriedades da nobreza, mas não falara nada, e agora Morgan tinha ainda mais motivos para odiá-la.

— Não menti — respondeu Clem. Ela parecia... cinzenta. Esgotada. Pelo menos não estava tentando fazer piada. Mariel teria desembainhado a espada na hora se a curandeira tentasse bancar a engraçadinha diante das circunstâncias. — Eu te contei aquilo logo no primeiro dia. Falei que era eu. Deixei evidente que quem a gente tratava era assunto nosso, e eu não estava brincando.

— Ele é o *filho do xerife*.

— Pois é, mas eu não sabia — respondeu Clem com uma calma enfurecedora.

— Você o chamou de *Fred!*

— É só o jeito que eu chamo. Eu sabia que ele era rico, e que tinha conexões com o xerife. Não perguntei o sobrenome. Pra falar a verdade, eu nem sabia que o xerife tinha um filho. Quando a gente se encontrava, era quase sempre nos anexos da casa, achei que ele fosse algum...

— Você já foi à *casa* do xerife? — sibilou ela. — E não achou que isso era uma coisa que valia a pena mencionar?

Josey pigarreou. Mariel a ignorou.

— Se a gente tivesse ido à Casa Sherwood, eu teria mencionado. Mas a gente não foi. Então não mencionei.

— Ele é o filho do xerife!

— Ele não tem culpa do pai que tem.

— Você traiu a mata! Não está com vergonha de si mesma?

Clem deu uma risadinha sarcástica e sem humor algum.

— Vergonha de mim mesma? Não. Ele estava machucado, e eu o tratei. Alguém da família tinha ouvido falar de mim, e foram me procurar. Eu estava testando meu bálsamo nele. Vendo se era possível manter a ferida limpa o bastante para que não inflamasse. Ele pagou bem, e minha intenção era deixar a Rosie amparada com dinheiro para que ela pudesse se manter quando não conseguisse mais trabalhar.

— Mas você sabia quem eles eram — exclamou Mariel, atordoada de pavor frente à tamanha placidez. — Sabe muito bem o que eles acham de gente como você, e o ajudou mesmo assim.

— Eu sei mesmo quem eles são — respondeu Clem e respirou fundo para se acalmar. — Escute, tem uma coisa que eu preciso dizer e preciso que você pare de tentar me matar com os olhos enquanto eu falo. Não vai fazer com que você me perdoe, mas eu já nem espero isso mesmo.

Mariel queria mandá-la calar a boca, mas Kit colocara a mão reconfortante no braço da curandeira e encarara Mariel com um olhar de aviso, e isso foi tão desconcertante que bastou para que a reprimenda morresse na ponta de sua língua.

— Quando eu tinha nove anos — disse Clem devagar — meu pai e minha mãe contraíram a febre da espuma branca. Não havia nenhum curandeiro no nosso vilarejo, mas eu sabia onde poderia encontrar alguém e achava que eles tinham salvação. Essa febre não é contagiosa se a pessoa tomar cuidado e mantiver distância, se lavar tudo e não dividir coisas tipo comida, mas... *pode* infectar comida. Pode contaminar até plantações, se a pessoa trabalhar com isso. A gente morava perto de uma das grandes casas, da propriedade de um cara chamado lorde Whitworth, e meu pai e minha mãe cultivavam frutas para eles. Quando os homens do xerife ficaram sabendo que os dois estavam doentes, não deram ouvidos à razão. Não se importaram com o fato de que havia um curandeiro a caminho, de que estávamos sendo cuidadosos e de que nada havia entrado ou saído da nossa casa sem que tomássemos os devidos cuidados. Arrombaram a porta e queimaram tudo, com meu pai e minha mãe lá dentro. — Morgan emitiu um barulhinho, e Clem estremeceu. — Foi isso o que encontrei quando voltei. Eu não consigo nem... não sei como explicar, mas... eles atearam fogo na minha vida inteira. Tentei abrir as portas, mas não consegui, porque era tarde demais, e o telhado desmoronou, e eu tinha nove anos, e... o que estou tentando dizer é que eu tenho tanto motivo para querer ferir os homens do xerife quanto qualquer um. Acontece que a Rosie me ensinou que as pessoas, quando batem à porta dela, são só pacientes. Que não cabe a nós julgar quem vive ou quem morre, assim como não deveria caber ao xerife. Alguém me procurou em busca de uma curandeira, e eu o ajudei. É o que eu faço. Não tenho os Homens Felizes, broches de carvalho, tatuagens e chamados secretos de pássaro. É nisso que eu acredito.

Houve um momento de silêncio, e então Josey se manifestou:

— Eu te perdoo.

Mariel ficou boquiaberta e precisou de um instante para se lembrar de como falar.

— Ela ajudou o *Frederic de Rainault*...

— Ajudou, e eu odeio aquele cara. Ele é um desgraçado. Mas não odeio a Clem. E eu entendo. É desse jeito que ela faz o trabalho dela, e é assim que nós fazemos o nosso. Mesmo que... preciso ser sincera aqui, Mariel, não sei direito se andamos fazendo um trabalho muito bom nos últimos tempos. Tem alguma coisa... faltando. Não sei. Talvez seja a gente. Talvez a gente tenha se perdido.

Foi mais ou menos como ser esfaqueada de novo. Ainda mais quando Kit assentiu em concordância.

— Estou aqui para ajudar as pessoas — disse ele com firmeza. Mariel não conseguia olhá-lo nos olhos. — Foi por isso que entrei nesta. Tenho família fora dos Homens Felizes, e eu a amo, e mesmo assim vim para cá porque achei que aqui eu poderia fazer a diferença. Meu pai e minha mãe vieram de Nihon quando eram crianças com os primeiros emissários comerciais e ficaram em Londres, onde tem trabalho. Eu os vejo talvez... uma vez por ano agora? Duas? Minha irmãzinha era bebê quando eu saí de casa, e agora sabe falar o nome de todo mundo, menos o meu, porque ela nem me conhece direito. Sei que tenho muita sorte por ter outro lugar para onde ir, comida na mesa e uma família que me acolhe como filho... e tenho noção de que nem todo mundo pode dizer o mesmo. Mas não quero mais lutar por *território*, ficar movendo linhas num mapa enquanto tem gente passando fome. Não foi para isso que eu vim, e não foi para isso que o Baxter... eu sei que ele se sentia assim também.

Mariel queria responder, dizer "quem é você para falar do Baxter? Eu e ele éramos praticamente família de sangue, eu o conheci primeiro, o conhecia há mais tempo", esfregar isso na cara de Kit, mas de que adiantaria agora?

— Quero que os homens do xerife paguem — disse Morgan. — E não estou nem aí para como vamos fazer isso. Mas... eu perdoo a Clem e... te perdoo.

Mariel não queria ser perdoada, não queria ser jogada no mesmo balaio que a curandeira nem queria mais ficar ali tendo aquela conversa. Tentara fazer as coisas à própria maneira, tentara seguir os passos de Robin; tinha ousado questionar o modo com que o pai sempre fizera as coisas, e era assim que as coisas tinham acabado: com Baxter morto e Mariel abandonada por sua própria comitiva, que preferia ficar do lado da curandeira a apoiá-la. Ela fizera as escolhas erradas e confiara nas pessoas erradas. Estava completamente sem rumo.

Reconquistar o pai era tudo o que importava agora. Iria provar a ele que era capaz de manter a cabeça baixa, de seguir ordens. Era o único caminho adiante que fazia algum sentido.

Ela sabia o que precisava fazer.

— Estou te colocando de volta sob custódia — disse a Clem. A reação dos outros foi imediata, mas Mariel não poderia se importar no momento. — Você ainda é refém do comandante Hartley até ele decidir te libertar. Irá para onde mandarem que você vá e trabalhará como curandeira onde for preciso.

— Mariel — exclamou Kit. — *Não*.

Titubeando, Clem se levantou, mas não fugiu. Só assentiu, resignada. Morgan estava chorando. Mariel não estava olhando.

— Você pode discutir essa questão com meu pai — disse ela a Kit, ainda incapaz de olhar para ele. — Não sou mais a sua capitã.

32

Até parece que Clem *quisera* fazer algo de bom para uma pessoa como Frederic de Rainault.

Ela sabia muito bem o que Mariel estava pensando, porque ela mesma tinha pensado nisto: o xerife que se lasque, e os Homens dele também, e qualquer um que tivesse uma mínima associação com essa gente. Quando foi chamada pela primeira vez para ir à Casa Sherwood, tinha pensado em como ossos mal encaixados nunca se curavam direito e às vezes eram capazes de tirar as pessoas de ação para sempre. Tinha pensado em como seria fácil só ficar de braços cruzados, não fazer nada e deixar a putrefação seguir seu curso. Pensara em venenos lentos, administrados com parcimônia ao longo do tempo até o corpo parar e parecer que enfim tinha sido vítima de uma doença incurável.

Contudo, Clem havia visto a Velha Rosie tratar o raivoso homem do vilarejo vizinho, que tinha gota, ofendera-a dizendo que era devagar demais e pagara uma miséria, e as crianças que jogavam pedras na casa e chamavam-na de *bruxa*, e então Clem compreendera que, para Rosie, não importava quem as pessoas eram ou o que faziam quando não apareciam em seu chalé em busca de ajuda. Rosie fizera um juramento, nunca proferido em voz alta e testemunhado apenas por ela mesma, de ajudar qualquer um que precisasse. Um juramento que Clem herdara quase sem se dar conta, limpando ferimentos de caça do garoto que a chamara de feia quando ela tinha doze anos enquanto ele chorava e vomitava, e depois ajudando a limpá-lo e enterrá-lo quando os machucados se mostraram profundos demais.

Sempre que ajudava alguém, imaginava o pai e a mãe assentindo em aprovação, e as mãos deles a segurando sempre que ela vacilava. Não tinha como mudar o que acontecera, não importava quantas vezes tivesse se imaginado voltando mais cedo para casa (e sendo mais forte, melhor, mais esperta), mas poderia tentar compensar, salvar tantas vidas a ponto de tentar equilibrar a balança e deixá-los orgulhosos.

Clem precisara se preparar e ficar quase que em total silêncio sempre que tratava o rapaz que agora sabia se tratar de Frederic de Rainault, com anéis nos dedos capazes de alimentar todo o Vale do Carvalho por um ano, mas também tinha visto outras coisas (o quanto ele ansiava por desenvolver conversas educadas e pomposas, falando como se fosse um cavaleiro num poema, e o quanto seu olhar sempre se desviava para a porta enquanto ela o tratava, como se estivesse esperando que alguma outra pessoa aparecesse para conferir como ele estava, e sempre acabava decepcionado) que acabaram enfraquecendo as chamas da raiva dela até que fossem algo com o qual era possível lidar.

Clem não tinha muita esperança de que Mariel conseguisse ou estivesse disposta a fazer o mesmo. Ela parecia completamente alheia a tudo isso. Igualzinho como naquele primeiro dia. Tensa; distante. Desesperada enquanto tentava alcançar algo que estava sempre sendo arrancado dela. Clem não conseguia nem sequer sentir raiva. Era tudo triste demais.

Ela havia sido entregue à custódia de alguns Homens anônimos que nem se deram ao trabalho de se apresentar, e então fora colocada em outra carroça (o que, pela familiaridade, chegou a quase ser reconfortante) conforme eles eram realocados. Assim que tinham chegado ao novo acampamento, ela fora deixada numa pequena tenda ao lado dos aposentos do comandante Hartley, amarrada a uma estaca e, mais uma vez, vendada, sem nada como companhia além do barulho de pessoas murmurando do outro lado da lona.

De alguma maneira, Clem caiu no sono e acordou toda dolorida ao amanhecer. A primeira coisa que viu foi Josey, com uma aparência pálida e exausta, removendo sua venda com desgosto.

— Trouxeram-no de volta.

— Baxter? — perguntou Clem, sentindo-se acordadíssima muito rápido.

—Aham. E a família dele está aqui. Então vamos nos despedir agora.

— Eu tenho permissão para...?

Josey ergueu a mão para impedi-la de falar.

— Ninguém falou que você tinha permissão. Mas também não disseram que *não* tinha, e Morgan estava prestes a começar a porradaria.

— Entendi.

Josey a desamarrou do toco e não parou nem por um instante para que ela pudesse se alongar e tentar recuperar um pouco o movimento das pernas, só a guiou pelos punhos amarrados rumo aos primeiros indícios hesitantes do amanhecer.

Os pássaros compunham um refrão selvagem, um coralzinho dissonante que as acompanhava de cada galho enquanto as duas atravessavam o acampamento deserto. Clem sentiu o cheiro da fogueira muito antes de avistá-la e sentiu o nó na garganta como já era de praxe, só que daquela vez não importava o quanto tentasse respirar com calma, não conseguia desacelerar o pânico que retumbava em seu peito.

Era impossível tentar se convencer de que o cheiro de fumaça não significava que havia um desastre a caminho, porque daquela vez a tragédia já tinha acontecido. Aquele era o resultado; os destroços que haviam sido deixados para trás.

Depois de certo tempo, elas chegaram a uma clareira lotada de gente. As pessoas mal olhavam para Clem enquanto Josey a guiava pela multidão. Estavam todas olhando para a pira construída com todo o cuidado no centro. A curandeira avistou um homem loiro, baixinho e corpulento e uma mulher muito mais alta, de cabelo cinzento e com cerca de quarenta anos, de pé ao lado da fogueira, as bocas retesadas e as costas envergadas pelo luto. Eram o pai e a mãe de Baxter. Mariel estava lá com o próprio pai, vestido com a sua capa preta e o broche reluzente. Atrás dele, ela parecia a sombra de Jack.

Baxter já estava na pira, envolvido na própria capa, quase completamente escondido pelos montes de flores brilhantes. Alguém o havia limpado e colocado flores em seu cabelo. Alguém havia assado pão fresco, decorado com intrincadas teias de flores e salpicado com ervas, e deixado ao alcance. Enquanto Clem observava, Kit deu um passo à frente com os punhos cheios de anêmonas brancas, rosas silvestres e margaridas. Ela ficou dolorosamente sem ar quando ele se abaixou para falar alguma coisa no ouvido de Baxter, e então colocou as flores em suas mãos fechadas.

Josey enfim as posicionou à frente da multidão. Clem só foi perceber quem estava ao seu lado quando Kit voltou e foi cumprimentado por Morgan, que deu um passo adiante, pegou na mão dele e, com o rosto reluzindo de lágrimas, apertou-a com força.

Por mais bonito que Baxter estivesse, envolto em amor e flores, Clem não queria olhar para ele. Então olhou para Mariel, e foi quase tão difícil quanto. Ela havia trançado o cabelo bem para fora do rosto, o que a deixava sem ter onde se esconder, e estava se comportando de forma magnífica à altura da ocasião, com uma postura melancólica e militar. Clem tinha certeza de que o pai dela ficaria... bem, não *orgulhoso*, mas não abertamente decepcionado. O que era uma singela vitória para Mariel naquele dia tão tenebroso.

Clem queria não sentir mais aquele desejo de tocá-la. De reconfortá-la. No entanto, era impossível vê-la assim e não sentir vontade de lhe oferecer apoio, já que sabia que ninguém mais o faria.

Um homem seguiu adiante com uma tocha em mãos. Ele a ofereceu ao pai e à mãe de Baxter. O pai de Baxter passou a impressão de que estava prestes a estender os braços, mas então hesitou, meneando a cabeça, e foi a mãe quem a pegou com uma determinação devastadora.

Jack Hartley levou a mão em concha até a boca, e Clem ficou tensa, esperando por algum discurso cheio de chavões, por algo que seria uma obrigação, e não um ato de amor, mas o que ele fez foi algo completamente inesperado: o chamado do pássaro, aquele que Clem ouvira os Homens Felizes utilizarem para mandar sinais uns para os outros. O som entoou de todos os lados, de Josey à sua esquerda e de Morgan à direita, ressoando numa harmonia caótica com o coro do amanhecer.

Não houve nenhuma resposta, mas os pássaros nas árvores continuaram cantando, e, no horizonte, o céu ia assumindo um reluzente tom cor-de-rosa. A mãe de Baxter assentiu, mais para si mesma do que para qualquer outra pessoa, e então caminhou rumo à pira.

Um movimento repentino irrompeu do lado de Clem, e ela percebeu que Kit havia agarrado o punho de Morgan com urgência.

— Não quero que... — exclamou ele em pânico.

Clem sabia o que Kit queria dizer. Já tinha visto aquilo acontecer muitas vezes em sua área de trabalho; o quanto era difícil se despedir, dar o último adeus. Ela achava que entendia. Se tivesse sido capaz de segurar o pai e a mãe, não tinha certeza de que jamais conseguiria soltá-los.

A pira foi acesa. As chamas queimaram. Kit se virou, mas não se retirou. Os olhos de Clem queimavam com as lágrimas, e, ao lado dela, Morgan chorava de novo. Era insuportável, mas eles suportaram, porque não havia outra escolha.

Mariel, com as mãos entrelaçadas às costas, tinha ficado a uma distância respeitável, junto do pai. A luz do fogo iluminava o rastro deixado por uma lágrima na bochecha, a única que ela deixara cair.

— Venha — disse Josey com a voz rouca depois de certo tempo. Poderiam ter se passado minutos, ou horas. — Vamos. Você tem um encontro com um toco.

Não era engraçado, mas ela estava chorando, então Clem deixou aquela passar.

Quando alguém entrou na tenda algumas horas mais tarde, a curandeira esperou que fosse Mariel. Estava preparada para o segundo round, para que Mariel descontasse todo o luto e toda a frustração em Clem, para que Mariel chorasse ou que ficasse nitidamente tentando não chorar, para que, talvez, parasse no meio daquela confusão e se prestasse a *ouvir*, mas, quando ergueu a cabeça, percebeu que não era Mariel.

— Certo — disse o desconhecido. — Levante aí. Hora de ir.

33

Depois do funeral, Mariel não conseguia se dar ao trabalho de se importar com muita coisa.

Contar à família Scarlet tinha sido pior do que os assistir se despedindo, mas por pouco; ela havia se esforçado muito para segurar o choro em ambas as ocasiões, e agora a sensação era de que algo em seu peito havia se calcificado, se tornado sólido e imóvel.

Quando o capitão Flores, nitidamente gostando de lhe dar ordens, a mandou percorrer o perímetro no primeiro turno de vigília, ela nem sequer teve forças para ficar irritada. Assim seria dali em diante: seguiria as diretivas à risca pelo tempo que fosse necessário para que o pai voltasse a ter fé nela. Ele podia até não ser perfeito, mas era nítido que Mariel não tinha moral alguma para julgá-lo; podia até tê-la rebaixado, mas ele era o único que não a havia ostracizado completamente. Jack acreditava que a filha poderia reconquistar sua confiança. E isso tinha que valer de alguma coisa.

Ela conferiu os postos de guarda nas árvores. Contou os Homens. Andou em longos círculos, sem nunca deixar de prestar atenção enquanto prescrutava a floresta, em alerta máximo por qualquer coisa fora do normal. Quando um esquilo saiu de um esconderijo e correu pelo solo da mata à frente, o coração de Mariel deu um solavanco, e, quando sua respiração voltou ao normal, ela teve que primeiro engolir o nó do tamanho de uma bola de canhão que se formara em sua garganta antes de conseguir continuar.

Na vez seguinte em que as árvores farfalharam, Mariel estava com uma flecha encaixada no arco e pronta para entrar em ação. Kit se aproximou com as mãos erguidas, e ela foi tão pega de surpresa que só abaixou os braços depois de alguns segundos.

— Valeu por decidir não atirar em mim, eu acho — disse ele com uma expressão esquisita no rosto.

Mariel percebeu que Kit estava tentando sorrir.

— O que é isso? — perguntou ela quando Josey e Morgan também apareceram.

— Uma intervenção — respondeu Josey. — E também um boletim de notícias.

— Não preciso de nenh... Tô ocupada. — Mariel tentou continuar caminhando, mas Morgan, teimose que só, bloqueou o caminho. — Não me atrapalhe que eu tenho um trabalho a fazer.

— Acontece que atrapalhar os outros é o nosso jeitinho de ser — disse Josey. — E, além do mais, você vai querer saber disso.

— Levaram a Clem — anunciou Kit.

— Levaram para onde? — perguntou Mariel num tom incisivo antes de lembrar que não era mais para se importar com aquelas coisas.

Josey franziu o nariz.

— Pois é, então, aí que é tá. O seu pai acabou de sair numa missão secreta de resgate. Uma da qual a gente com certeza não deveria nem ter ouvido falar, porque foi o Joãozão quem nos contou, e quando o Joãozão conta alguma coisa... é porque com certeza é algo confidencial. Tá aí um cara que eu admiro.

— Levaram a Clem como curandeira deles — disse Kit. — Bem... como *prisioneira* deles. Só que é perigoso. E eu acho que ela não deveria ficar à disposição deles assim.

— Ela é uma prisioneira — respondeu Mariel sem nem pensar direito. — Está sob custódia do meu pai até ele decidir libertá-la. A gente não tem nada a ver com isso. Voltem ao acampamento.

— O xerife deteve a sua mãe na Casa Sherwood — disse Morgan num rompante.

Tanto Kit quanto Josey encararam elu com um olhar de reprovação, como se não tivesse sido assim que eles tivessem concordado que a conversa deveria acontecer.

Mariel travou. *Regan?* Por que o xerife se incomodaria com *Regan?* Não existia nenhuma grandiosa história de amor ali, nenhuma donzela em perigo, capturada pelo covarde vilão, como Robin e Marian em seu apogeu, ou até mesmo Robin e Will. Seu pai mal falava de sua mãe, a menos que fosse para repassar a informação de que Mariel estava para receber uma visita dela.

Só que... Jack jamais deixaria uma afronta como aquela passar batida. Fosse ex-esposa ou não, seria uma completa humilhação para ele e para os Homens Felizes se não conseguissem resgatar a mãe de sua filha. Pareceria um atestado de fraqueza. A única coisa que seu pai não seria capaz de tolerar.

— Ele a está usando como isca — disse Mariel devagar, e os outros assentiram em uníssono.

— É óbvio — respondeu Josey. — E eu tenho certeza de que o comandante Hartley sabe disso. Só que o xerife acabou de passar uma vergonha sem tamanho quando perdeu o líder dos Homens Felizes bem debaixo do próprio nariz. Ele quer o Jack de volta agora. E sabe que o comandante jamais recuaria dessa luta.

Mariel conseguia até visualizar, como se tudo já tivesse acontecido. Àquela altura, seu pai estaria marchando rumo ao sul, com a maior quantidade de Homens que fosse capaz de reunir. Talvez tivessem até alguém infiltrado lá dentro, como nas Casas do Rei, mas o mais provável era que a investida fosse uma demonstração de força. A Casa Sherwood não era um castelo. Não era nem fortificada direito. Ele designaria quantos Homens precisasse para terminar o serviço, e o xerife faria a mesma coisa, e não adiantaria de nada. Depois viriam os funerais. E então tudo o que precisariam fazer seria esperar para que o ciclo se repetisse.

É assim que as coisas são, ela lembrou a si mesma. Não cabia a Mariel questionar o porquê. Não com instintos tão perigosos quanto os que tinha.

— Me mandaram ficar aqui na patrulha — disse ela depois de um tempo enquanto soltava o arco sobre os ombros e devolvia a flecha à aljava. — E é o que eu planejo fazer. Vou ficar aqui. A menos que alguém tenha mandado vocês irem, sugiro que façam o mesmo.

Morgan deu de ombros.

— Ninguém nos convidou. A gente estava pensando em talvez... fazer do nosso jeitinho. Juntos.

— Não, Parry. Não somos mais uma comitiva. Eu não sou a sua capitã.

— É, creio que seja verdade. Mas você ainda é nossa *amiga* — respondeu elu.

Era provável que aquela fosse a última coisa que Mariel esperara ouvir saindo da boca de Morgan, o que a deixou sem reação.

Não fazia sentido. Todos a odiavam, não odiavam? Ela os guiara rumo ao perigo, em vez de protegê-los. Fracassara como capitã. Eles haviam ficado do lado da curandeira. Até mesmo Josey, que a conhecia desde a infância.

Mariel não tinha amigos. Ser uma capitã havia ocupado o lugar de qualquer outra coisa; não tivera *tempo* para fazer amigos, ou o direito de se dar ao luxo de sair da defensiva, ainda mais quando isso era algo que poderia acabar sendo usado contra ela mais tarde.

Só que agora, isso. Apesar de tudo. Uma mão estendida.

Ela não merecia.

— Mariel — disse Josey devagar. — Você está *chorando*?

Ela enxugou os olhos com o antebraço recoberto pela capa.

— Não. Eu só tô... cansada. Acho que eu tô muito, muito cansada.

— Pois é — respondeu Kit com gentileza até demais. — Deve ser.

De repente, Morgan se aproximou de Mariel, que não teve tempo para reagir... quando viu, estava sendo *abraçada*. Por *Morgan*. E isso fez os olhos dela lacrimejarem e a deixou com a sensação de que seu peito estava sendo esgarçado para revelar um apavorante poço de sentimentos que jamais ficaria vazio, não importava o quanto tentasse se livrar dele.

Quando Morgan enfim a soltou, Josey a agarrou pelo ombro, o que foi tão apavorante quanto, só que de um jeito diferente.

— Mariel — exclamou ela com uma ferocidade na voz. — Não tem hora certa para falar para uma pessoa que ela é filha de um otário, então aqui vai: o seu pai está sendo um otário. Você é uma boa soldada e uma boa capitã. Cometeu alguns erros, mas todos nós cometemos também. Você tem esse direito. E a sua melhor versão é quando você segue os seus instintos, e não quando fica tentando impressionar o comandante Hartley.

Kit jogou as mãos para o alto, como se também tivessem conversado a respeito de como abordar *aquele* assunto, e agora todos estavam desviando do plano de novo.

— A gente ainda é a sua comitiva — disse ele. — Ainda queremos cavalgar ao seu lado, quer você seja a nossa capitã, quer não. Não vamos a lugar nenhum.

— Olha, eu espero que a gente vá a *algum lugar*, sim — respondeu Morgan. — Porque senão tudo isso aqui não valeu de nada.

Josey soltou o ombro de Mariel.

— Não podemos abandonar a Clem para uma morte quase certa. Ninguém vai cuidar dela por lá, e você sabe que ela é inútil com uma arma na mão. Não importa como você se sente a respeito daquela merda do Frederic de Rainault, você sabe que a Clem só estava seguindo o código de conduta dela, assim como você segue o seu. Ela é uma de nós. Então vamos lá pegar ela, tá bem?

O pai nunca a perdoaria. Disso Mariel sabia. No entanto, ali, de pé no breu da mata, cercada pelos amigos, uma parte dela também sabia que ele havia decidido que ela era imperdoável desde o início. Mariel não sabia qual havia sido seu pecado. Talvez o simples fato de ser filha de Regan. Contudo, não importava o quanto desejasse, aquele momento perfeito de aceitação, em que seria envolta sob o brilho da fogueira do lar, sem medo de ser expulsa, nunca viera. Nunca viria.

Aquelas eram as pessoas que, no fim das contas, sempre a encontravam, que a haviam procurado sem que ela sequer tivesse precisado pedir e que a consideravam alguém por quem valia a pena voltar, mesmo depois de Mariel ter decaído tanto a ponto de se tornar incapaz de enxergar uma saída.

Ela olhou para eles, para aqueles rostos cheios de expectativa e determinação sob a luz da lua, e então assentiu.

— Pé na estrada.

34

Clem estava começando a ficar com a impressão de que ser sequestrada estava virando o seu normal.

Lógico, os antigos sequestradores lhe haviam dado mais privilégios (liberdade de movimento, piadinhas e até uma beijoca ou outra) do que os de agora. Aqueles novos rostos eram seríssimos; não a respondiam diretamente nem eram lá muito acessíveis quando Clem perguntava alguma coisa ou tentava ficar de conversa fiada falando do clima.

Sendo bem sincera, ela estava meio exausta. Mariel nitidamente havia contado ao pai que Clem já entrara na Casa Sherwood, porque um dos homens do comandante passara duas horas interrogando-a de maneira incansável, e depois o próprio Jack aparecera, com uma cordialidade sinistra, para repetir as mesmas perguntas; ela respondera a maioria dos questionamentos com tudo o que sabia, mas, de teimosa, mantivera algumas informações em segredo. Jack Hartley era uma pessoa muito difícil de prever. Na verdade, Clem tinha meio que esperado um pouquinho de violência, talvez até um grito ou outro para ameaçar, mas, quando ele chegou ao fim das perguntas, simplesmente a encarou com um olhar para lá de intenso e saiu da tenda.

A sensação era de que tinha escapado ilesa, mas então ficou evidente que aquele não era o seu destino final. Vendada e amarrada, Clem acabara nos fundos de uma carroça de novo. Levara uma pancada feia na bochecha quando a colocaram lá (tinha nitidamente escutado um *ops* abafado, então não levara para o lado pessoal), e a corda estava causando uma queimadura bem severa na sua pele.

Ao que parecia, aqueles novos Homens Felizes nem sequer brincavam do jogo do esquilo.

Os ânimos estavam lá embaixo.

E aquilo foi antes de ela se dar conta de para onde estavam indo.

— Você deve ficar por perto caso seus serviços sejam necessários — informou o capitão Flores quando pararam e removeram a venda dela.

— Faça *qualquer* gracinha, e eu não vou pensar duas vezes antes de te meter a faca.

— Quem colocou o seu nariz no lugar? — perguntou Clem num tom de conversa. — Se quiser, posso quebrar de novo e colocar direito no lugar.

O capitão deu uma risada fingida.

— Está me ameaçando, curandeira?

— Na verdade, não. É assim que se conserta um nariz. Estou sendo é bem amigável.

Nitidamente um pouco confuso, Flores tocou o nariz.

— Suas mãos irão ficar amarradas até que seus serviços sejam necessários.

— Que ótimo — respondeu ela com um suspiro profundo. — É só me avisar.

Não era um bom sinal. Clem tinha visto as consequências de um dos dramáticos ataques do comandante Hartley. Tinha visitado a vala comum. Tudo o que poderia fazer era torcer para que fosse considerada útil ao ponto de que valesse a pena protegê-la quando a coisa ficasse feia.

Ela foi içada até o lombo do cavalo de um desconhecido, o que foi bem esquisito, e então amarrada àquele mesmo desconhecido, o que não apenas foi estranho como também pareceu um tanto ignorante pensando numa questão de saúde e de segurança.

A Casa Sherwood era uma construção toda cheia de frescura, com uma pequena guarita que parecia mais ornamental do que qualquer outra coisa e algumas sacadas dramáticas, provavelmente para que o xerife desfilasse de manhã usando sua camisolinha enquanto bebia vinho no desjejum e pensava em todos os plebeus em que pisotearia no dia.

Ela lembrava um bolo chiquérrimo, do tipo que Clem nunca vira na vida real, porque ninguém perdia tempo decorando bolos na mata.

Parecia que o único caminho era pelo portão, e ela passou alguns minutos preocupada com isso antes de se lembrar de que, já que era uma participante não consensual daquele assalto, como planejavam entrar ali não era da sua conta.

Clem tinha se perguntado se talvez fossem tentar ser mais discretos, mas, quando a primeira explosão parou seu coração por um instante e quase fez o cavalo em que estava montada fugir floresta adentro, percebeu que a resposta era definitivamente não.

Projéteis incendiários. Bem o que Clem precisava para melhorar o dia.

Quando o cavalo partiu na direção certa, tudo o que ela pôde fazer foi se agarrar ao homem à frente e torcer para que ele fosse bom com manobras evasivas.

Dentro do pátio estava um inferno. Eles tinham conseguido chegar até ali e pararam abruptamente contra uma fortaleza de homens do xerife, que não pareciam lá muito entusiasmados com o plano dos Homens Felizes de invadir a casa em si.

Todos gritavam. Estavam no meio de uma massa fervente de verde, azul, escarlate e aço. Não havia espaço para darem meia-volta com o cavalo, e no mesmo instante terem entrado com os animais pareceu ter sido um erro. Clem ouviu o assovio de uma flecha, se abaixou e, quando ousou abrir os olhos, percebeu que o homem a quem estava amarrada havia sido atingido bem no peito. A flecha o atravessou e chegou perto de perfurá-la também, tanto que a queridíssima ponta a estava pressionando no esterno.

— Ô, merda — disse com a voz fraca enquanto o peso do sujeito desabava sobre ela.

Será que ele estava vivo? Será que havia alguma esperança de que Clem fosse capaz de tirá-lo dali? Talvez, se desse um chute gentil no cavalo, o bicho saísse correndo para a saída (mas também eram grandes as chances de que o homem caísse da sela, levando-a junto).

Não. Tinha que ser racional. O que era mesmo que Mariel vivia bufando e repetindo? Que Clem não tinha senso de autopreservação.

Ela gastou preciosos segundos para respirar fundo e ir soltando o ar aos poucos, permitindo que o fôlego desacelerasse seus pensamentos.

Para salvar qualquer outra pessoa, Clem precisava se salvar primeiro.

A corda que a amarrava ao desconhecido à frente estava perto o bastante para que fosse possível cortá-la com a ponta da flecha, então ela murmurou um genuíno pedido de desculpas antes de começar a usá-la para cerrar as amarras. Levou apenas um instante, mesmo que o serviço tenha sido tão vagabundo a ponto de deixá-la com um arranhão profundo na parte interna do pulso. No fim das contas, a ameaça de uma apunhalada iminente operou maravilhas em sua capacidade de gerenciar o tempo.

Assustado, o cavalo agora recuava, tentando se afastar da parte mais violenta do embate. Clem se soltou e, toda atrapalhada, desmontou antes que o animal pudesse decidir sair correndo, mas deixou o homem pendurado na sela. Ela ainda estava com as mãos amarradas uma na outra (e, agora no chão, não sabia muito bem o que fazer a respeito).

O cavalo e a ponta da flecha já estavam se afastando, saindo do alcance.

Clem tentava mapear as saídas de maneira frenética quando algo esquisito aconteceu: uma voz estrondosa ecoou de uma das sacadas. Foi algo tão surpreendente que todos de fato pararam para ouvir.

— Hartley! — gritou o xerife de Nottingham. — Estou com a sua esposa. Abaixem as armas, e nenhum mal recairá sobre ela.

Ele estava de pé, com a espada ornamentada pressionada contra o pescoço de uma mulher amarrada, que devia ser a mãe de Mariel. Era alta e pálida como a filha, com mechas cinzentas em meio ao cabelo escuro. As madeixas estavam soltas agora, e ela usava um vestido escarlate que trazia um efeito para lá de dramático à cena toda. Com o queixo erguido, a brisa esvoaçava o cabelo dela, e seus olhos reluziam, firmes.

O xerife vestia veludo preto da cabeça aos pés, com tantas fivelas de prata que era impossível que não tilintasse como um cavalo quando se mexia. Ele fez um singelo movimento com a espada de um jeito que devia ter achado que seria ameaçador, mas, na realidade, só serviu para revelar sua falta de técnica; se trocasse a lâmina por uma baguete afiada, o dano seria o mesmo caso ele tentasse usá-la. Até *Clem* conseguiria empunhar uma espada com mais habilidade.

A pausa na batalha durou apenas o tempo necessário para que as cabeças se virassem para ver como a ameaça seria recebida. E então alguém mirou uma flecha diretamente no xerife, que precisou se abaixar rápido para escapar e depois, sob gritos e vaias dos Homens Felizes, correu para dentro, para longe do perigo, deixando a refém para trás.

A luta recomeçou de imediato, mas Clem continuava encarando a mulher lá em cima, na sacada.

Levou apenas um segundo para que se lembrasse bem direitinho de onde já tinha visto Regan antes.

35

Mariel gostava de lutar. Era um dos poucos momentos em que conseguia desligar a mente por completo e confiar no instinto de seus músculos, em que podia deixá-los cuidar de tudo enquanto os pensamentos ficavam em segundo plano. Quando ela era criança, os Homens Felizes treinavam para primeiro desarmar ou ferir os oponentes; golpes fatais eram desferidos em último caso. Era um resquício da época em que não passavam metade do tempo ocupados em guerras declaradas, e, conforme os anos se passaram, o treinamento se tornara mais mortal.

Mariel nunca se afeiçoara à prática. Mesmo que alguns dos outros Homens andassem um pouco mais aficionados pela ideia de sair distribuindo apunhaladas por aí, ela evitava uma contagem de corpos se pudesse. Lógico, às vezes era mesmo *impossível* impedir, e, nos primeiros casos em que Mariel não tivera outra alternativa, passara dias enjoada e cambaleando pelos cantos após o conflito. Com o tempo foi ficando um pouco mais fácil, como acontecia com a maioria das coisas executadas repetidas vezes, mas não tão fácil a ponto de deixá-la ávida para matar de novo.

Era tranquilo para Josey. Ela era tão rápida e ágil que qualquer um que a enfrentasse passava a maior parte do tempo tentando entender para onde ela tinha ido. Era raro que precisasse matar alguém. Num momento os oponentes estavam de pé; no outro, inconscientes.

Assistir a Kit brandindo suas espadas era um *deleite*. Ele lutava lindamente, com floreios que, se feitos por um homem menos habilidoso, seriam fatais. Morgan, por sua vez, lutava como ume duende, o que envolvia muitos grunhidos e uma bateção dos pés no chão.

Mariel sempre tentara emular o pai. Nada de recuar. Ter solidez, com o mínimo de movimentos possíveis, e segurar firme quando os inimigos esperavam que fosse esquivar. Nunca tinha funcionado tão bem para ela quanto para ele.

Ela tentou se lembrar se Jack havia alguma vez elogiado seu porte físico, seu esforço, todas as horas que passara treinando, a forma com que ela espelhava os movimentos dele e os devolvia quando os dois praticavam. *Não*. O assunto era sempre o que ela não tinha feito. O que viria a seguir.

Mariel estava pronta para aquela batalha.

Eles haviam cavalgado rápido e com afinco para chegar à Casa Sherwood e alcançaram o destino apenas meia hora depois do comandante e seus Homens. Assim que se aproximaram, um arqueiro tentou atingi-la de uma janela (foi tudo de que ela precisou para ficar de sangue quente, com a mente focada, e então *pronto*).

O pátio que Mariel adentrou a pé ao lado dos outros já estava tão tomado de combatentes em ataque que foi impossível pensar num próximo movimento antes de se jogarem no meio do conflito: era se envolver, lutar, desarmar, incapacitar, se virar e começar de novo. Era como uma dança, caso dançar incluísse socar pessoas no plexo solar com o punho cerrado ao redor do cabo de uma espada, o que, com base no conhecimento limitado de Mariel a respeito do assunto, não devia ser muito comum. Ela mal tinha de respirar, que diria de pegar o arco. Eram só espadas, murros e a esperança de ser rápida o bastante com qualquer um dos dois para sobreviver por mais um minuto.

Eles tinham ido em busca de Clem, mas era quase impossível avistar uma pessoa específica num mar de lâminas, cabeças e de lâminas atingindo cabeças. Quem Mariel viu *de fato* foi o pai, esforçando-se para chegar às escadas que levavam à sacada e acabando como alvo de cada soldado nas proximidades. Quando seguiu o olhar dele, percebeu para onde Jack estava olhando.

Sua mãe. Amarrada a um pilar e sem ter onde se esconder num pátio cheio de armas afiadas e intenções nefastas.

Regan podia até não ser ótima como mãe, ou talvez nem mesmo boa, podia até ter desaparecido ao primeiro indício de problema e deixado a filha para trás, desistido dos Homens Felizes por uma vida de confortos domésticos e camas macias, mas Mariel não iria deixá-la morrer como um fantoche nas mãos do xerife de Nottingham. Ela não merecia muita coisa, mas um destino como aquele já era demais.

— Vou pegar Regan — gritou para Josey.

Josey, que estava no chão apertando o braço contra o pescoço de algum infeliz, assentiu e se levantou num pulo.

— Vamos encontrar a... Espere, Mariel, Olhe lá!

Ela estava olhando para trás de Mariel, que, quando se virou, viu Clem logo ali, do outro lado do pátio. A curandeira estava ferida, desarmada e com as mãos amarradas.

Atrás dela, havia uma passagem que era provável que levasse à liberdade.

Contudo, assim que os olhos de Clem cruzaram com os de Mariel, a curandeira começou a atravessar a multidão até ela sem nem titubear.

Mariel a havia sequestrado (três vezes, caso houvesse alguém contando), expulsado, xingado aos berros e a entregado a Jack, e mesmo assim a curandeira estava se esforçando para alcançá-la, tão determinada que parecia até estar tentando abrir o mar.

— Estúpida — grunhiu Mariel e se lançou em meio à confusão.

Ela começou a abrir caminho na base da pancadaria, utilizando os cotovelos, a espada numa mão e a faca na outra. Um respingo de sangue cobriu-lhe o rosto, e ela não parou para conferir se era o próprio. A cabeleira de Clem sumia e reaparecia de seu campo de visão; sempre que desaparecia, irrompia o medo de que o pior tivesse acontecido... mas então o topo daqueles cachos ridículos aparecia de novo.

Quando enfim se encontraram, Clem estendeu as mãos, e Mariel, num golpe forte com a faca, cortou a corda.

— A gente precisa...

— Mariel, eu preciso te contar uma...

— O quê? — perguntou Mariel, agarrando-a pelo ombro e praticamente a jogando no chão para evitar o ataque de uma espada.

A resposta de Clem demorou a chegar porque o dono da espada se virou e começou a tentar retalhar as duas. Mariel contra-atacou, mas então, quando a dor irrompeu dos ferimentos no punho e na palma da mão, ela se atrapalhou com a espada, e o oponente aproveitou a vantagem.

De tão rápido, pareceu até um pesadelo: Mariel não deu conta de erguer o braço o suficiente para fazer o inimigo recuar, e, com um empurrão, ele conseguiu desequilibrá-la, o que a deixou sem tempo para recuperar a defensiva.

O sujeito ergueu a espada e então deixou um "ai" esquito escapar. Quando Mariel olhou para baixo, viu que Clem estava segurando uma de suas facas, e que a curandeira havia enfiado a ponta afiada na coxa do homem.

Ele cambaleou para trás e foi engolido pela turba. Mariel levou a mão até a bota, mas não encontrou nada.

— Você roubou a minha faca. Você *esfaqueou* uma pessoa.

— Peguei emprestada — resmungou Clem enquanto Mariel a ajudava a se levantar. — Você tem várias. E esse cara vai ficar bem, a menos que alguém dê um fim nele, só que aí... não é problema meu. Não atingi nenhum órgão importante.

— Você precisa sair daqui — exclamou ela, mas a curandeira balançou a cabeça em negativa.

— Mariel, a sua *mãe*.

Alguém com uma armadura toda torta se meteu entre as duas, e Mariel aproveitou a oportunidade para dar um soco bem nos pulmões do sujeito.

— Eu sei... Estou indo buscá-la — conseguiu responder por cima do ombro do homem que tinha acabado de nocautear.

Quando o soldado caiu, ela passou por cima dele e voltou para perto de Clem, que, exaurida e com os lábios pálidos, estava um caco. Quando Mariel a tocou, a curandeira fraquejou de leve contra sua mão.

— Não, você não está me entendendo. Quando eu vinha aqui... eu não sabia, eu não...

Mariel precisou se afastar para impedir que um garoto, entusiasmado demais com uma espada numa mão e uma adaga na outra, usasse as duas lâminas para atacá-las como se fosse um moinho de vento.

— *Quê?* — perguntou Mariel quando conseguiu. — Clem, só *saia daqui*.

— Não, me escute... eu vi a sua mãe.

— Você viu a minha mãe? — exclamou ela, tentando entender.

Clem respirou fundo, trêmula.

— Quando eu vim aqui antes, para tratar o Fred... Foi a sua mãe quem procurou os meus serviços. Ela estava aqui. E isso faz *meses*, Mariel. Foi na primavera. E de prisioneira ela não tinha nada. Estava mandando e desmandando nas pessoas. Eu pensei que o Frederic de Rainault fosse *filho* dela. Mariel, tem alguma coisa muito errada aqui. Acho que...

Mariel não conseguia mais ouvir, graças ao zunido em seus ouvidos. Tinha se virado para olhar para a mãe no alto, a personificação da moralidade, de uma inocência injustiçada, ainda de pé na sacada como se fosse a figura de proa de um navio, enquanto o ar era tomado pelo cheiro de sangue.

36

Mariel precisava de respostas, e ai dela se saísse daquele pátio sem consegui-las.

A única vantagem de seu pai estar sendo atacado por basicamente todo mundo nas proximidades foi que ficou muito mais fácil para que ela passasse despercebida pela confusão, desse a volta pela lateral da construção, onde arriscou embainhar as armas para que pudesse se agarrar à parede, e conseguisse escalar. Clem ficara sempre ao seu lado, sob a proteção do braço com que ela brandia a espada durante todo o tempo que levaram para escapar do meio do embate, mas agora, se tivesse tido o bom senso de realmente dar ouvidos às instruções de Mariel, a curandeira teria ido se esconder.

Se o xerife não houvesse insistido numa casa com *tantas* firulas, ela de jeito nenhum teria conseguido escalar, mas, como a propriedade era toda cheia de frescuras, havia vários espaços para apoiar as mãos e os pés. Mesmo com a palma latejando, Mariel conseguiu chegar à sacada antes de lhe atirarem a primeira flecha.

Sua mãe continuava amarrada, sem fazer a menor força para tentar escapar. Quando viu que era ela subindo pela balaustrada, teve a pachorra de parecer *preocupada*.

— Mariel — exclamou Regan depois de a filha ter removido sua mordaça. — O que você está fazendo *aqui*?

Não eram as exatas palavras que alguém esperava ouvir depois de escalar uma construção para resgatar uma pessoa das garras de um sujeito alucinado por veludo.

— Onde mais eu estaria? — vociferou Mariel, cortando as outras amarras.

— Ouvi dizer que... pensei que o seu pai tivesse te dispensado das suas funções...

— Ouviu errado — respondeu, sem saber ao certo como Regan tinha ficado sabendo da notícia. — Precisamos conversar.

Mariel utilizou a espada para travar a única porta, torcendo para que qualquer um do lado de dentro estivesse preocupado demais impedindo que os intrusos invadissem os primeiros andares para pensar em conferir a sacada, e então puxou a mãe com tudo para trás do pilar, para longe do alcance do fogo inimigo.

— Você é a traidora? — perguntou, falando mais alto para ser ouvida por sobre o barulho da batalha e ciente de que estava com a voz mais embargada do que pretendera.

Sua mãe assumiu uma expressão desconcertada. Mariel tinha achado que fosse impossível se decepcionar ainda *mais* com a mãe, mas a vida tinha mania de sempre surpreender.

— Como assim?

— A *traidora*. Não minta para mim. Eu sei que você é uma hóspede desta casa, que não é prisioneira coisa nenhuma.

Mariel sentiu o coração bater três, quatro, cinco vezes antes de Regan responder; cada pulsação pontuada pelo som de flechas tilintando contra a sacada, perto demais das duas.

— Tá bem — disse Regan devagar, como se estivesse acalmando um cavalo. — Certo. Só me prometa que vai me escutar de verdade. — Mariel emitiu um ruído de escárnio. — É sério, Mariel. Isso não vai ser fácil de ouvir, meu amor, mas acho que está na hora de você entender o que anda mesmo acontecendo. Jack, o seu pai, ele não é um bom homem.

Ela parou, como se estivesse esperando que a filha fosse discutir. Mariel não falou nada.

— Ele não queria fazer da mata um lugar melhor, só queria brincar de soldadinho feito um babaca. Nós sabíamos que meu pai tinha planos de partir, e ele viu isso como uma oportunidade de mudança... só que eu sabia que precisávamos manter as coisas do jeito que Robin gostava. Simples. Fáceis. Meu pai não tinha comandantes e capitães, só um sonho que inspirava as pessoas e o dom de se safar de encrencas. Seu pai e eu não concordávamos, e... eu nunca quis ser uma líder, só que, às vezes, a gente não tem outra escolha a não ser assumir a responsabilidade... *falar* alguma coisa. Depois que meu pai foi embora, Jack estava enveredando por um mal caminho, e eu queria cortar as asinhas dele antes que a situação piorasse.

A infância inteira de Mariel tremulou diante de seus olhos, frágil e prestes a ruir.

— Ele estava convencido de que precisava assumir o comando. Nós discutíamos o tempo inteiro, até que chegou um momento em que eu fiquei sem forças, mas tinha gente que concordava comigo, e quando falei isso para ele... quando falei que eu estava farta, que iria convocar uma reunião para que os outros pudessem ouvir o que eu tinha a dizer e então decidir por si mesmos quem queriam na liderança... ele não ficou nada feliz. Juntou a tropinha dele e me expulsou. Me exilou. Falou que eu estava querendo camas de pluma e sedas, que eu tinha dado às costas à mata. Anunciou a si mesmo como líder, como comandante, sei lá qual é o termo que o Jack usa. Oficializou. Depois de certo tempo, ele me disse que eu poderia visitar você seguindo as condições *dele*, mas deixou bem pontuado que nós seríamos sempre vigiadas, e que se eu causasse qualquer problema... se te contasse o que ele havia feito... ele iria falar para você que era mentira minha, e que você iria acreditar nele, e que eu nunca mais seria bem-vinda.

Mariel estava preparada para ouvir que era filha de uma traidora; nunca esperara algo assim. Ela deu um passo cambaleante para trás e então precisou voltar abruptamente para a frente quando alguém aproveitou a oportunidade para tentar acertar-lhe uma flecha.

Regan tentou falar de novo. Mariel a dispensou com um movimento de mão e então fechou os olhos para respirar, inspirar e tentar aquietar os rugidos em seus ouvidos.

Se aquilo fosse verdade, e sua mãe não a tivesse abandonado... então seu pai estava mentindo. E fazia um bom tempo. Ele ficara alimentando o fogo dos ressentimentos da filha tanto com o dito quanto com o não dito. Moldara Mariel à própria imagem, transformara-a no que ele queria que ela fosse e, de algum jeito, ainda não se satisfizera. Ela poderia ter tido uma mãe. Uma mãe imperfeita, lógico... mas, mesmo assim, Mariel se lembrou de como era Regan quem sempre tirava o arco de suas mãos e insistia que, em vez de treinar, era hora de se *divertir* um pouco, e sentiu uma pontada de luto pela sua versão mais nova e pela pessoa que poderia ter sido.

Era informação demais. Porque, se Regan não a abandonara... se tinha tentado voltar pela filha, mas sido impedida de se aproximar demais... então Mariel não podia mais odiá-la por isso. Depois de todos aqueles anos, ela não sabia como parar.

— Vamos dizer que seja verdade — disse devagar. — Nada disso responde à minha pergunta ou explica o que você está fazendo *aqui*.

Regan suspirou. Seus olhos vagaram pelo rosto de Mariel. As duas estavam tão perto, tão juntas sob a proteção daquele pilar, que parecia quase um momento de família.

— Mariel... esta é a parte em que eu preciso que você tenha um pouco de fé. O que o seu pai anda fazendo é errado. Ele fica mandando gente para todos os cantos da mata, para lutar essas batalhas travadas por vaidade, porque quer fazer um nome para *si mesmo*, quer ser o homem que reconquistou a mata... ele se esqueceu do *objetivo* dos Homens Felizes. Eu sei que nós podemos ser grandiosos de novo, mas não sob o comando dele.

— Nós?

— Sim. Passei muito tempo só sentindo raiva, mas, no fim das contas, acabei entendendo que seria melhor tomar alguma atitude a respeito. Então, no começo deste ano... fiz uma visita aos de Rainaults.

Mariel semicerrou os olhos. Regan gesticulou num movimento agitado, como se estivesse tentando acalmar as labaredas da raiva da filha.

— Eu sei, eu sei... foi um mal necessário. O xerife tem homens, recursos. Fiz um teatrinho para ele. A mulher desprezada, a mãe exilada, em busca de vingança... E você sabe como essa gente é; ele se dispôs demais a acreditar. Querida, você precisa entender que... eu só precisava de alguém que tivesse poder para tirar o seu pai de cena.

Mariel sempre a considerara uma idealista sonhadora, uma criança propensa aos próprios caprichos que saía flutuando atrás da mais recente ideia enquanto cantarolava uma pequena canção. Um esquema tão impiedoso partir de uma mulher que vagava pelo acampamento com flores no cabelo era um choque e tanto.

— Você procurou o xerife — disse Mariel devagar. — Para que pudesse iniciar um ataque? Contra os Homens Felizes? Contra *nós*?

— Eu tinha um *plano*, Mariel, e nós tínhamos um acordo. Ninguém ia sair machucado. A gente iria só invadir, pegar o seu pai e os subcomandantes dele e enfiar todos num navio para longe daqui, para algum lugar onde não nos perturbassem mais.

Pela forma como falava, Regan parecia acreditar do fundo do coração que de fato poderia ter sido simples assim. Era delirante.

— Teve gente que *morreu* quando ele atacou aquele comboio.

— Teve — respondeu sua mãe num tom sério. — Acho que o Roland se empolgou um pouco.

— *Roland?* — exclamou Mariel, a voz carregada de ódio. — Um membro da minha comitiva quase morreu naquele ataque. Perdemos o Baxter Scarlet quando fomos libertar o meu pai.

— Eu sei — disse Regan, e parecia genuinamente cheia de remorso. — Eu sei, e sinto muito. Mas resgatar o Joãozão até que foi bem fácil, né? Sempre gostei dele. O Joãozão concordava comigo pelo menos metade das vezes. Eu que coloquei a ideia do Hanham Hall na cabeça do xerife... nunca conseguiram deixar a segurança de lá funcional. O seu pai precisava sumir, e aquele tenebroso subcomandante Payne, que só ficava igual um papagaio, repetindo tudo o que o Jack falava... mas o João eu quis manter. Isso teria facilitado a transição. Às vezes, pelo bem maior...

— Será que foi mesmo pelo bem maior? — vociferou Mariel. — Ou será que vocês dois são só um pior do que o outro? Acham que estão resgatando a floresta, mas talvez estejam só jogando a mata para lá e para cá feito crianças mimadas.

— Mariel, graças ao seu pai, nós duas não nos conhecemos tão bem quanto deveríamos. Mas isso é algo que podemos consertar. A gente só precisa voltar... voltar à época em que as coisas eram simples, e fáceis, e *divertidas*. A gente tinha o costume de cantar enquanto roubava as pessoas! Dá para imaginar? Ficar aqui, vivendo uma mentira debaixo do teto dos de Rainaults, tem sido um pavor para mim... Deus do Céu, se meu pai pudesse me ver agora! Mas foi tudo porque eu sabia, lá no fundo do coração, que eu conseguiria consertar as coisas. Você consertaria as coisas comigo?

Mariel queria acreditar. Queria sair cambaleando depois da revelação de que seu pai não era quem dizia ser direto para os braços de uma mãe amorosa que tinha um plano, que conseguiria assumir o comando a partir dali, para que Mariel pudesse abaixar as armas e descansar. A possibilidade de simplesmente dizer que sim, de se encher de esperança de novo, era muito tentadora.

Só que, mesmo ciente de que orquestrara tudo aquilo, sua mãe havia ficado lá, vendo as plumas de fumaça das piras fúnebres depois da emboscada, e tamanha insensibilidade a assustava. A frivolidade, a natureza idealista de Regan... *Não haviam sido* invenções de Jack, e tais características deixavam Mariel desconfortável. Ela simplesmente não conseguia acreditar que tudo poderia de fato ficar bem.

— Foi tudo uma armadilha, né? — perguntou, ignorando a pergunta da mãe. — Você não é prisioneira coisa nenhuma.

— Bem, essa é a questão — respondeu Regan, os olhos agitados e deixando transparecer um nervosismo genuíno. — Não era para eu ser. O objetivo era atrair o seu pai, e esse parecia o jeito mais rápido. Só que, infelizmente... acho que o xerife acabou mudando de ideia. Quando capturar o Jack, não vou mais ser útil, e acredito que ele decidiu me trair. Talvez até exista alguma honra entre ladrões, mas meu Deus do céu... *lordes* nunca ouviram falar desse conceito.

— Então se eu te deixar aqui...

Regan abriu um sorriso tenso.

— Receio que seja o apagar das luzes para a mamãezinha aqui.

— Eca — disse Mariel. Sua mãe de fato se comprometia a *sempre* escolher a pior forma possível de se expressar. Lá embaixo, a violência parecia estar ficando mais intensa. Ela precisava agir agora. — Olha, não estou dizendo que concordo contigo. Mas também não vou te largar aqui para morrer.

Um pouco mais de tensão invadiu o ambiente
— Vai me entregar ao seu pai, então?
— Não — respondeu Mariel, e a palavra saiu de sua boca antes mesmo de ela perceber que havia se decidido. — Por mais desgraçada que você tenha sido... também não posso apoiá-lo. Só vou te tirar daqui. Não faça nada estúpido no caminho.
— Jack é quem sempre foi o estúpido — disse Regan empolgada. — Então vá. Abra o caminho.

Elas não poderiam arriscar seguir o xerife para dentro da casa sem correr o risco de serem apunhaladas no instante em que atravessassem a porta. Mariel conseguia ver que, lá embaixo, havia um pequeno espaço pelo qual seria possível passar; ninguém tinha dado a volta pela lateral da casa, e a luta mantinha todos absortos na parte principal do pátio, perto da entrada.

— Vamos ter que escalar.

Para crédito de Regan (e Mariel se esforçava ao máximo para *nunca* lhe dar mais do que o merecido), ela ergueu aquela saia ridícula na mesma hora, fez um nó e seguiu a filha para cima da borda da sacada sem nem hesitar.

Elas tinham chegado ao chão, e Mariel estava ajudando a mãe a pular do último peitoril quando o xerife falou:

— Regan Hood, sua vadia traiçoeira.

Ele estava a uma curta distância delas, na vereda flanqueada por árvores com podas absurdas que circundava a construção, e segurava um arco com uma flecha que mal conseguia se manter encaixada. Mariel teria rido, mas o xerife estava perto demais. Até mesmo uma criança armada era um perigo para quem estivesse a uma distância da qual fosse fácil de matar.

Ele mal puxou a corda, só deixou a flecha voar.

Iria atingir Regan. Mariel conseguiu mapear o caminho do projétil, o impacto que lhe arrancaria a mãe bem quando ela tinha conseguido recuperá-la, e não havia nada que pudesse fazer para impedir.

O tempo parou.

E então Clem apareceu do nada, de braços abertos, com nada além da faca de Mariel nas mãos, e acolheu a flechada no peito como um abraço.

37

Seria desonesto que Clem se descrevesse como uma pacifista e tivesse sentido um calorão quando viu Mariel correndo com tudo para cima do xerife de Nottingham para defendê-la?

De onde estava, caída no chão, a curandeira conseguiu ver que ele agora havia largado o arco e desembainhado uma espada que parecia de brinquedo. Se não fossem os dois guardas lhe dando cobertura enquanto avançava, o xerife já teria batido as botas.

— Ah, minha querida — disse a mãe de Mariel, agachando-se sobre Clem de cenho franzido. — Você é aquela curandeira, não é? A bruxinha cheia dos bálsamos.

— Bruxa nada — respondeu Clem num chiado. A dor estava tão espalhada pelo abdômen que nem dava para saber direito onde a flecha havia entrado, e ela nem de longe estava se sentindo corajosa o bastante para sondar o ferimento com os dedos. — Sou só um gênio. São duas coisas que as pessoas... confundem.

— E você foi atingida — disse Regan com um singelo estalo de língua; parecia até que Clem estava passando por um simples incômodo, como se tivesse encontrado formigas num bife de carneiro. — Que peninha.

A curandeira estava começando a sentir um pouco de frio nas extremidades. O que não era nada bom.

— Será que dá para... você poderia apertar... só fazer pressão com as mãos... sem tocar na flecha.

— Receio que eu tenha extrapolado meu tempo de estadia por aqui — disse Regan, que estava se levantando e olhando em volta. Se tivesse forças para tal, Clem a teria agarrado pelas saias e arrastado de volta ao chão, onde aquela mulher poderia fazer alguma coisa de útil. — A situação não está saindo muito como o planejado. Mas espero que você melhore.

E assim, ela se retirou. Clem ficou ali, encarando de boca aberta o lugar onde Regan estivera, que agora não passava de uma moldura vazia preenchida por nuvens cinzentas.

Clem havia levado uma *flechada* por aquela mulher, e, em troca, ela só... tinha saído andando?

Aquela de fato foi a gota d'água. Se sobrevivesse, nunca mais faria favores para os outros. Provavelmente. Talvez. Não nos fins de semana, pelo menos.

Ela precisava que Mariel voltasse agora mesmo, mas, pelo que conseguiu ver ao esticar o pescoço (o que foi uma ideia *péssima*, já que lhe rendeu uma ânsia de vômito desesperadora), ela estava ocupada com outras coisas. E, inclusive, parecia estar se afastando cada vez mais. Ou talvez a mente de Clem é que estivesse começando a vaguear.

— Não — disse ela a si mesma, tentando desacelerar a respiração. — Eu estou aqui, estou viva. É só que entrou um pedacinho de flecha em mim.

Clem sabia que se mexer era uma má ideia, mas ficar ali deitada no meio da vereda e tão perto do pátio também não parecia muito inteligente. Num ritmo excruciante de tão lento, ela começou a se arrastar rumo às árvores podadas, com cuidado para manter o abdômen o mais imóvel possível, mas sentindo uma agonia de revirar as entranhas mesmo assim.

— Certo — disse a si mesma enquanto expirava. O pensamento de que estava acalmando uma criança assustada ajudava. Ela supôs que, de certa forma, estava mesmo. — Você está bem. É só respirar. Acho que talvez seja hora de dar uma olhadinha.

A tal olhadinha foi produtiva, já que ela conseguiu ter uma ideia geral do problema, mas também foi perturbadora, já que depois precisou se virar de lado para vomitar. Ferrada, e ferrada e meio. Iria dar um jeito.

Existia uma *possibilidade* de que Clem na verdade tivesse sido muito sortuda. Pela posição e pelo ângulo, havia uma boa chance do projétil ter se alojado naquele pequeno trecho imobiliário que ficava entre o pulmão e o fígado, a localização ideal para um ferimento de perfuração. Só teria como saber com certeza quando alguém puxasse a flecha para fora (e então, por bem ou por mal, era provável que acabaria descobrindo bem depressa).

— Preciso de um aprendiz — disse Clem de repente.

Não era o melhor momento para epifanias profissionais, mas aquele tipo de coisa acontecia quando tinha que acontecer. Clem ficaria irritada pra caramba se, no fim das contas, *ela* fosse a única pessoa capaz de salvar a *si mesma* daquele estrago.

Já nem conseguia mais ver Mariel. No entanto, ouviu alguém se aproximando pelo outro lado e, com os últimos resquícios de força que lhe restavam, ergueu a cabeça para dar uma olhada. O comandante Jack Hartley estava parado à sua frente, recoberto por uma bela quantidade de sangue e olhando para a lateral da casa onde a filha havia sido vista pela última vez.

Ele olhou para Clem de soslaio, mal parecendo se dar conta de quem ela era, e então foi embora.

Oh, maravilha.

Que a mãe e o pai desgraçados de Mariel pegassem uma praga.

Ela tentou utilizar a ponta dos dedos de forma exploratória para examinar o machucado, mas estava tremendo tanto que era impossível ser delicada, e até mesmo o mais leve dos toques fazia parecer que havia um relâmpago irrompendo em seu peito. A dor agora estava demais e foi dizimando todos os pensamentos racionais até não sobrar nada na cabeça dela além de *fogo, fogo, fogo, fogo, fogo.*

Clem não sabia quanto tempo passara de olhos fechados quando alguém pegou sua mão.

Será que estava morta? Será que alguém tinha surgido para levá-la aos céus?

Clem abriu os olhos e se deparou com Frederic de Rainault. Então: pois é. Não.

Ela os fechou de novo, mas aquela mão continuou ali, e, quando Clem abriu os olhos só um pouquinho para encará-lo, viu que ele também.

— Mas que desgrama é essa? — exclamou Clem com a voz rouca e enevoada.

— Senhora Clemence — disse Frederic com uma expressão preocupada no rosto. — A senhora está machucada.

— Uma flechona. Dentro de mim.

— Sim. Pois entrou mesmo. Tem alguma coisa que eu possa fazer para ajudar?

— Aperte. Não encoste na flecha. Só faça um pouco de força. Por causa do sangramento.

Para mérito do nobre, ele tirou as manoplas e obedeceu.

— Você está... se escondendo? — perguntou Clem, ainda tentando entender o que Frederic de Rainault estava fazendo meio enfurnado atrás de um arbusto enquanto aplicava pressão em seu ferimento.

— Não. Quero dizer, sim. Mais ou menos. Eu sei que a senhora se esforçou muito para cuidar do meu joelho, mas às vezes ele ainda me deixa a ver navios.

— Me desculpe.

— Imagine. Fiquei muito grato. Quem... atirou em você, minha gentil senhora, caso não se importe que eu pergunte?

— O seu pai — informou ela, estremecendo quando a resposta fez os dedos de Frederic se sobressaltarem na lateral do corpo dela.

— Meu pai? Atirou na *senhora*? Numa curandeira? A senhora estava tentando machucá-lo?

— Não. Não foi nada pessoal. Ele estava tentando atirar na Regan.

— Na *Regan?* — perguntou Frederic com uma expressão ainda mais horrorizada. — Mas ela sempre foi tão gentil comigo.

Aquilo teria sido engraçado caso Clem não estivesse possivelmente morrendo de hemorragia. Parecia novidade para aquele jovem o fato de que seu pai era considerado, sem muita contestação, o principal vilão da mata.

— Ele não é uma pessoa muito boa, Fred — disse Clem com a voz fraca. — Você por um acaso já parou para pensar que... talvez vocês sejam os malvados?

Frederic pareceu ficar desconfortável e então complacente.

— Acho que a senhora está confusa — disse ele, todo gentil, e ela deu uma risada. Doeu. Muito. Passou-lhe pela cabeça que deveria ficar apavorada, e então pavor foi a única coisa que passou a sentir. A curandeira agarrou o braço de Frederic e o segurou com toda a firmeza que conseguia empregar sem quebrar nada.

— Não me abandone. Não quero ficar aqui sozinha.

— Tudo bem. Posso contar uma história, caso a senhorita queira. Sobre um nobre cavaleiro, numa arriscada missão para resgatar uma bela donzela em...

— Não, valeu — respondeu ela, fechando os olhos. — Se... não fizer diferença para você. Eu preferiria que não me contasse nada.

38

A batalha ainda se desenrolava nos arredores, mas tudo o que Mariel conseguia ver era o xerife.

A princípio, a única coisa em que ela havia pensado fora em manter ele e os soldados longe de Clem. Tudo o que tivera tempo de registrar fora que a curandeira continuava viva (e até mesmo levemente sentada, com ainda muita luz naqueles pálidos olhos castanhos), e agora estava se agarrando à imagem, como se isso fosse garantir que Clem estivesse do mesmíssimo jeito quando ela voltasse.

Infelizmente, enquanto se ocupou com os guardas, o xerife fugiu, e, furiosa como estava, Mariel não teve outra escolha a não ser persegui-lo. O embate havia se movido para os fundos da propriedade, e os dois já não estavam mais sozinhos (havia tanto guardas quanto Homens Felizes ao redor dela), mas Mariel mantinha o olhar fixo naquele babaca de veludo.

Era fácil avistá-lo porque ele não se movia como um guerreiro, mas como um homem cuja única pressa na vida era para conseguir o melhor assento no jantar, ou para estapear um jovem serviçal por olhá-lo nos olhos. Fugir era algo desconhecido para o xerife. Ele poderia até sumir por algum tempo atrás de alguns de seus homens e aumentar a distância, mas não significava que estava seguro. Como um cometa justiceiro, Mariel abria passagem a ferro e fogo por qualquer um que se metesse no caminho.

Ela não era a única tentando pegá-lo, mas era a única que o perseguia com um único objetivo na cabeça.

Podia até ser que todas as outras coisas na vida de Mariel estivessem caóticas e espinhosas demais para que ela conseguisse encontrar uma saída, mas aquilo era simples. O xerife de Nottingham precisava morrer.

Não apenas pelo que fizera com Clem, ou com os Homens Felizes; não apenas por ter ordenado que queimassem o pai e a mãe de Clem enquanto dormiam; nem por incendiar o vilarejo que não tinha condições de encher os próprios cofres; e sim por cada canto da mata em que ele tocara e contaminara com podridão; por cada família que extorquira e abandonara para morrer à própria sorte sem nem titubear; por sua negligência arrogante, suas extravagâncias à custa do povo, pelo cargo do qual tanto abusara em benefício próprio.

Por vestir veludo numa batalha. A lista não tinha fim.

Mariel não estava prestando atenção para onde ia, só sabia que estava seguindo na mesma direção do xerife, e, quando deu por si, ficou surpresa ao chegar num jardim de rosas. Era absurdo que estivesse cercada por flores rosas, borboletas e abelhas felizes enquanto corria a toda com o coração tomado de morte. Parecia um sonho, com a diferença de que, num sonho, o xerife sempre ficaria escapando por um triz. Aqui, ela sabia que era capaz de pegá-lo. Que *iria* pegá-lo. Era assim que a história acabaria.

Alguém assoviou, e, com um rompante de euforia, Mariel percebeu que alguém do seu lado estava esperando logo ali na esquina. Tudo o que precisava fazer era forçar o xerife a se virar, e então...

Morgan saiu de trás do arbusto num pulo, e ela ficou desolada.

A questão não era que elu não tinha capacidade de lutar, não era o caso; é que Mariel estava contando com o fator surpresa, e o xerife, que tinha quase o dobro da altura Morgan, já estava com a espada em riste quando elu saiu correndo para ele.

Atacá-lo sozinhe era algo que exigia muita coragem. Coragem *e* burrice. Contudo, aquilo estava meio que se tornando um lema para o bando de Homens Felizes de Mariel.

Digladiaram no chão; Morgan ergueu a espada para tentar dar um golpe fatal, mas o xerife arrancou-a de sua mão e ê agarrou pelo colarinho.

— *Não* — disse Mariel.

E só percebeu que havia atirado a faca quando viu onde a lâmina havia ido parar.

Enterrada fundo no pescoço do xerife. Era uma faca tão simples, tão incongruente com o restante daquela roupa, que parecia até meio ridículo. Morgan foi solte, e Mariel, com a espada desembainhada, parou de pé sobre o xerife.

Ele ainda não tinha morrido. Estava sangrando para caramba, mas seus olhos continuavam vagando, à procura do rosto dela.

— O que você quer? — balbuciou ele. — Eu te dou. Vamos negociar. Eu... eu mando meus homens recuarem, e aí podemos chegar a um acordo...

— Nada de acordos — respondeu Mariel, enquanto uma calma estranha a recobria como uma capa pesada. — Nada de negociar. Você é um covarde e um canalha. Não trouxe nada além de morte e miséria aos cidadãos que jurou proteger. Cometeu crimes contra o povo de Sherwood com a convicção de que era inalcançável e de que por isso nunca precisaria acertar as contas.

O xerife nem parecia estar ouvindo. Era provável que ainda tivesse a expectativa de que, se distribuísse ouro o suficiente, haveria alguma brecha de última hora que o salvaria. Mariel se abaixou para garantir que ele prestasse plena atenção nela.

— Você se enganou. Eu sou o seu acerto de contas.

Não foi boa a sensação de trucidá-lo com a espada, mas não precisava ser.

Era algo que só precisava ser feito.

Quando encontrou Frederic de Rainault agachado sobre o corpo de Clem, ela quase o matou na mesma hora (mas ele ergueu as mãos, as palmas cobertas de sangue, e Mariel percebeu que a curandeira continuava viva). Sim, cinzenta, tremendo e sangrando... mas viva.

— Que *merda* é essa que você está fazendo?

— Ela não queria ficar sozinha — respondeu Frederic.

Para Mariel, a sensação era de que ainda estava sonhando.

— Saia — sibilou e manteve a faca no pescoço dele enquanto se ajoelhava ao lado dela. — Clem?

— Tô aqui ainda — respondeu a curandeira, batendo os dentes. — Por enquanto.

A batalha parecia estar perdendo o ritmo. Morgan havia ido buscar os outros, que, imundos de sangue e apressados, chegaram e pararam abruptamente quando viram a cena adiante.

Mariel se levantou com muito esforço, se virou para o filho do xerife e disse:

— Foi o seu pai quem fez isso. E agora ele está morto.

Frederic deixou um arquejo escapar, como se tivesse levado um soco que lhe roubara o ar. Ele fechou os olhos com força e então os reabriu, encarando a ponta da lâmina de Mariel. Ele estava *bem ali*, desarmado. Os dois ficaram se encarando. A filha e o filho únicos de homens supostamente grandiosos.

— Eu provavelmente deveria te matar agora — disse ela com a voz carregada. — Seria o fim da sua linhagem. Não haveria mais nenhum de Rainault para extorquir a mata. — Ele engoliu em seco. — Não te perdoo por nada do que você fez nem espero que me perdoe. Mas, na realidade, eu e você não temos importância nenhuma nisso tudo. E eu quero ser melhor pelas pessoas que importam. — O olhar de Frederic voltou a Clem, e Mariel pressionou a faca com gentileza na garganta dele. — *Diga que entendeu.*

— Eu... eu entendi.

— Vou poupar a sua vida agora para te dar uma chance de ser alguém melhor. Você tem uma dívida comigo. Se me apunhalar pelas costas, vou te encontrar e te matar. Não vou hesitar nem por um momento.

Frederic assentiu com um movimento minúsculo e se encolheu com o deslizar da faca. Uma única gota de sangue se acumulou e escorreu por seu pescoço.

Apesar de tudo, Mariel acreditou nele. Afinal de contas, era um sujeito que vivia de acordo com um código de conduta próprio, mesmo que fosse um código delirante.

— Que bom — disse ela.

Enquanto puxava a faca de volta, ficou de olho na mão de Frederic e em sua espada no chão. Ele não fez menção de erguer nenhuma das duas.

A adrenalina que a mantivera seguindo em frente se apagou como uma vela.

— Estão todos recuando — informou Josey. — Ouvi darem a ordem. Acabou.

— Beleza — Mariel respondeu e, com os derradeiros resquícios de força que tinha, pegou Clem no colo.

Josey precisou apoiá-la quando ela se levantou, mas, assim que pegou a curandeira nos braços, Mariel soube que não a soltaria.

— Uau — exclamou Clem numa voz bem baixinha, entremeada de dor. — Em qualquer outra circunstância... isso aqui poderia ser considerado bem romântico.

— Fique quietinha — disse Mariel. Olhando para os outros, acrescentou: — Me deem cobertura.

— Deixe com a gente — respondeu Morgan. Mariel também não tinha qualquer dúvida em relação a isso.

O pátio estava uma zona. As únicas pessoas que não estavam saindo dali eram as que estavam mortas demais para pensar a respeito. Mariel segurou Clem com firmeza contra o peito e continuou andando sem titubear rumo à mata.

— Capitã — alguém gritou lá do portão. Mariel levou um instante para perceber que estavam falando com ela. Será que não sabiam que o título não lhe pertencia mais?

— Venha, rápido. É o comandante.

Três pares de mãos receberam e ergueram Clem para que Mariel pudesse correr.

39

Jack Hartley tinha o próprio curandeiro, e Clem sabia disso. Na verdade, tinha alguns, e cada um gostava mais de fazer sangrias do que o outro. Não importava que já tivesse perdido vastas quantidades de sangue; os curandeiros haviam passado o dia inteiro desde o retorno da batalha discutindo a respeito do fato de que, se tirassem só mais um pouquinho, talvez conseguissem realinhar os humores dele, curar todas as suas enfermidades etc.

— Pare — disse Josey num tom de aviso quando Clem tentou se levantar.

E ela tinha certa razão. Clem não estava bem. Mal tivera energia para oferecer algumas dicas quando um dos curandeiros já mencionados removeu a flecha que a atingira; por sorte, eles estavam ocupados demais com ferimentos mais importantes para tentar roubar o sangue *dela*. Se alguma outra pessoa a tivesse procurado com uma ferida na barriga como aquela, ela teria chamado o paciente de estúpido e prescrito pelo menos uma semana de repouso.

Acontece que era muito difícil prescrever uma semana de repouso para si mesma, porque, ao contrário de todas as outras pessoas no mundo, Clem era muitíssimo importante e tinha muito o que fazer, coisas que não combinavam em nada com o processo de cicatrização de um ferimento.

— Dá para perceber que você está achando que simplesmente vai se levantar assim que eu parar de prestar atenção — disse Josey. — Escute bem o que eu vou te dizer: se você fizer isso, vou dar um soco bem no buraco do seu estômago.

— Você não faria isso — respondeu Clem, mas estava até que bem convencida.

Josey só arqueou as sobrancelhas.

Aquele acampamento era diferente de todas as versões que tinha visto antes. Parecia mais um hospital improvisado, só que sem os monges; havia redes penduradas às pressas entre árvores para fornecer um lugar para os feridos descansarem. Era quase impossível ficar deitada quando sabia que tanta gente precisava dela (era algo que ia contra tudo em que Clem acreditava), mas, mesmo que se opor àquela história de aprender com os próprios erros fosse um traço marcante de sua personalidade, ela precisava admitir que todos estavam certos.

Clem não seria capaz de ajudar ninguém no estado em que se encontrava. Acabaria trabalhando tanto que, no fim das contas, iria ter que voltar para a própria rede e passar ainda mais tempo sendo ainda mais inútil. Precisava se colocar em primeiro lugar e só depois cuidar de todas as outras pessoas.

Se bem que...

— Josey? — chamou ela, tentando, ao mesmo tempo, soar encantadora e tão doente a ponto de ser digna de pena. — Quando Kit tiver um segundo, será que você poderia falar com ele para mandar algumas pessoas que ele confia para cá para que eu converse com elas? Tem que ser gente esperta, que não goste de sanguessugas e dessas coisas assim.

Josey a encarou com um olhar muito sério.

— E se eu fizer isso, você vai ficar parada?

— Vou. Eu só queria... dar um curso relâmpago de cura, para o Kit não ser a única pessoa com bom senso remendando o povo por aí.

— Tá bem. Vou falar para ele. Fique aqui e tente não ter mais nenhuma *ideia*.

— Não conseguiria nem se eu tentasse — respondeu Clem, fechando os olhos. — Valeu, Josey.

De algum jeito, ela dormiu. Suspeitava que Kit talvez tivesse adicionado uma bela quantidade de álcool à tintura que a fizera beber para a dor. Clem nem conferira o que era antes de engolir tudo. Se isso não fosse confiança, então ela não sabia o que era.

Quando acordou, Mariel, recostada em uma das árvores que sustentavam a rede de Clem, estava de braços cruzados, observando-a em silêncio.

A curandeira quis dar um "oi", mas se sentou um pouco, e então a saudação saiu como um "ou".

— Pare — disse Mariel na mesma hora, empurrando-a com gentileza para que voltasse a se deitar. — Deixe de ser estúpida.

— É como pedir para o Sol deixar de brilhar. — Mariel não riu. — Como o seu pai está?

— Nada bem. Com muita dor. Tenho muito o que conversar com ele, mas não me parece adequado arranjar briga com um homem que está morrendo.

— Ele está morrendo?

— Não sei — respondeu Mariel, beliscando o ossinho do nariz e então soltando com um suspiro. — A única pessoa em quem confio para me dar alguma certeza é... você.

Clem deu um sorriso fraco que Mariel não conseguiu retribuir.

— Houve algumas... revelações. A respeito de Regan. E de Jack.

Enquanto ouvia, Clem tentou não interromper, muito embora fosse bem difícil (tinha *muita* coisa apavorante), e, quando a história terminou, as duas ficaram só se olhando. Mariel, cansada e entorpecida, e Clem, prestes a transbordar de raiva por ela.

— Cadê ela? A sua mãe, no caso.

— Sumiu. Ela fugiu. Talvez tenha percebido que nunca iria conseguir o apoio de todo mundo depois de tanta matança. Talvez os fatos não tenham acontecido do jeito que ela imaginou e escreveu em seu diário de sonhos. Queria tanto que eu soubesse que ela *não tinha* fugido quando eu era criança, e aí, na primeira oportunidade...

— Deu no pé. Sinto muito mesmo, Mariel.

— A menos que a situação melhore, imagino que eu logo vou acabar sem pai também.

— Lamento te informar, mas você não pode reivindicar benefícios de órfã até virar órfã de verdade.

Mariel tirou o cabelo da frente do rosto e suspirou.

— É esquisito... estou tão brava com o meu pai por tantos motivos, mas, de verdade, não quero que ele morra. Ele fez tanta coisa ruim, não é a pessoa que eu achava que fosse, mas... sei lá. Não acho que deveria estar liderando os Homens Felizes, mas não quero que ele *se vá*.

— Eu não acho esquisito. É muito raro que tudo seja... preto no branco, herói ou vilão. Seria fácil demais assim. E ele é o seu pai. O amor tem dessas de fazer tempestade em copo d'água.

— É — respondeu Mariel, encarando Clem com um olhar pensativo que ela estava cansada demais para disfarçar. — Tem mesmo.

Alguém ali perto deu um grito, um som baixo e animalesco. Talvez a pessoa estivesse ferida, ou só cansada, ou talvez estivesse dando um dos primeiros passos para subir o que parecia uma montanha intangível de luto. Talvez fosse tudo junto.

— Me desculpe — disse Mariel de repente. — Acho que eu te devo... uns mil pedidos de desculpa. Por ter te afastado. Por não ter confiado em você.

— Por ter me sequestrado três vezes.

— É — respondeu Mariel, do nada um pouco chorosa, mesmo que estivesse nitidamente tentando esconder. — Por isso também. Eu estava tão desesperada por estar certa, mas acho que, no fim, eu só queria que o meu *pai* achasse que eu estava certa. E eu não conseguia te entender. Você ficava oferecendo tanto, e eu não conseguia compreender o porquê. Não estou acostumada com... generosidade.

— Eu sei. Pelo amor de Deus, você está acabando comigo aí de pé toda tristinha... venha cá — disse Clem, estremecendo quando se mexeu para tentar abrir espaço.

— Josey me mandou te dar uma flechada na mesma hora se você se mexesse um centímetro sequer — disse Mariel, mas subiu mesmo assim.

A cama improvisada oferecia tanta abundância de proximidade que Clem nem passou dificuldade para passar um braço ao redor de Mariel e puxá-la para perto. Não sabia ao certo se Mariel iria deixar (se qualquer coisa do tipo ainda era permitida entre as duas), mas ela não se afastou. Ficaram deitadas assim, só respirando enquanto a rede as embalava gentilmente.

— Não sei o que fazer — disse Mariel. Clem a segurou com um pouco mais de força. — Não sei como a gente pode recomeçar. E não sei se dou conta sem o Baxter.

— Eu também não — respondeu a curandeira, sendo honesta. — Mas você vai dar um jeito mesmo assim. E provavelmente vai ser uma merda, difícil pra caramba. Mas... você tem o apoio de muita gente, então espero que isso valha de alguma coisa.

Mariel suspirou, trêmula, e se aconchegou ainda mais.

— Vale.

Clem a beijou na testa e, quando Mariel ergueu o rosto marcado de lágrimas para encontrá-la, a curandeira segurou o queixo dela e deu-lhe um beijinho gentil na boca também. Foi suave, molhado e triste, mas era Mariel, então não importava, e, daquela vez, Clem não foi expulsa. As duas se afastaram enquanto Clem ainda a segurava, e Mariel a encarava com tanta intensidade que a curandeira se sentiu reluzente, sentiu que tinha um propósito.

— Não me arrependo de tê-lo matado — disse Mariel de repente.

Clem compreendia. Precisavam entender uma à outra sem ressalvas.

— Não me arrependo de ter ajudado o Frederic. Mesmo que ele seja um almofadinha e um babaca.

Mariel assentiu. Ela enfiou o rosto na curva do ombro de Clem e deixou a curandeira fazer carinho em seu cabelo enquanto a luz do dia ia esmaecendo ao redor. Elas ficaram aninhadas uma na outra, falando de tudo e de nada. Clem quase pegou no sono com as mãos, a cabeça e o coração cheios de Mariel, até alguém pigarrear ali perto e fazê-la abrir os olhos, assustada.

— Hum... — disse um homem que a curandeira nunca tinha visto antes, flanqueado por mais desconhecidos. — O Kit mandou a gente vir aqui... Para receber instruções, eu acho?

— O que é isso, Causey? — perguntou Mariel num tom impassível, mas ainda deitada.

— Vocês vão ter que desculpar a Hartley-Hood aqui. É que ela teve um longo dia — disse Clem, estremecendo ao se apoiar sobre os cotovelos. — Certo, vocês são bons de memória? Se não forem, então talvez seja uma boa sair e implorar por um pedaço de pergaminho e uma caneta para alguém que não esteja sangrando. O Kit acha que vocês todos são inteligentes, gênios em potencial, então não o decepcionem. Vocês serão meus *aprendizes*. Estão prontos? Ótimo, então, aproveitando a oportunidade, vamos começar com ferimentos de espada...

40

Depois de terminados os funerais, não foi difícil para Mariel sugerir o *Fim dos Funerais em Massa* como uma das novas metas dos Homens Felizes. Estavam todos cansados, exauridos demais (o acampamento era tão pequeno que todos haviam perdido alguém nos últimos tempos, fosse um ente querido, fosse um conhecido), e o luto havia se acumulado e deixado tudo mais devagar. O fato de estarem juntos ajudava, mas também significava que a vida, de certa forma, parara, já que todos estavam completamente focados nos afazeres básicos para que as pessoas continuassem alimentadas, asseadas e se recuperando.

O pai de Mariel começara a tentar ditar ordens da cama quase assim que voltara à lucidez, mas, para o alívio quase aterrador de sua filha, as pessoas estavam cansadas demais para ouvi-las. A informação de como ele e Regan tinham mesmo terminado havia se espalhado desde a batalha na Casa Sherwood (com toda a certeza por culpa de Morgan, e com o auxílio de Joãozão, agora todo mudado e mais ousado), e, muito embora as coisas estivessem um tanto confusas devido aos (verdadeiros) rumores de que Regan tinha trabalhado com o xerife, a afeição do povo pela filha de Robin Hood bastara para que ninguém saísse dando muito ouvido quando Jack os chamava.

Muito tempo havia se passado desde a última vez em que Mariel o vira. Seria apenas quando ela estivesse pronta, e seguindo os próprios termos. Havia coisas mais importantes a se fazer. Pessoas de quem cuidar.

Richard Flores morrera devido aos ferimentos depois da batalha da Casa Sherwood (Mariel ficou surpresa quando percebeu que se entristeceu com a notícia), e, por mais inexplicável que pudesse parecer, agora que era conhecida como a garota que matara o xerife, as pessoas tinham começado a automaticamente procurá-la durante a ausência de Jack. Ela as redirecionara para Joãozão, que quebrara o braço e sofrera um corte feio na testa durante a luta, mas que ficou mais do que feliz em assumir as rédeas. Apesar da insistência de Mariel em dizer que as decisões eram dele e apenas dele (que confiava nele e que seguiria qualquer ordem que recebesse), Joãozão continuava insistindo em procurá-la para pedir conselhos — o que era muito suspeito.

Quando contou aquilo a Clem, a curandeira só deu de ombros e falou:

— Bem, é que você é muito agradável de se olhar... e isso é importante para quem se mete com política.

O que não ajudou em nada.

Depois de duas semanas naquele novo ritmo mais lento de levar a vida, Jack solicitou sua presença na tenda dele, e ela foi. Mariel ficou perto da porta para manter uma boa distância entre os dois. Não lhe devia mais nada.

— Não tenho como lutar — disse ele sem rodeios. — Me machuquei demais dessa vez. A sua curandeira falou que eu vou ficar bem, mas que preciso... aceitar minhas limitações.

Mariel não conseguia nem imaginar como aquela conversa devia ter sido.

— Se eu não tenho como lutar, não posso liderar os Homens Felizes — disse Jack, e o choque a trouxe de volta à tenda.

— Não tem nenhum pré-requisito que...

— Eu sei — respondeu seu pai, irritado, e então levou um momento para se recompor. — Eu sei, mas não é assim que funciona aqui. Um líder não deveria mandar as pessoas fazerem coisas que ele mesmo não está apto a fazer. Esse era um dos princípios do Robin, e ele estava certo.

— Tá bem. E o que você quer dizer?

Jack suspirou. Remexeu-se um pouco na cadeira para aliviar o peso da perna esquerda.

— O que quero dizer é que... os Homens Felizes são seus. Não é a escolha que eu teria feito, mas, como você matou o de Rainault, é o que faz mais sentido. É melhor você assumir o controle agora, antes que alguma outra pessoa tente reivindicar alg...

— Não — exclamou Mariel de imediato. — Não é assim que vai ser.

— Quê? — perguntou Jack, franzindo o cenho. — Mariel, me escute. Você tem que atacar enquanto o...

— Não — repetiu ela. — Nada de ataques. Eu vou... vou tirar um tempo para pensar e depois volto a falar com você.

Seu pai nitidamente tinha mais a dizer, mas Mariel não tinha mais o que ouvir. Ela saiu da tenda e deu algumas voltas pelo acampamento. Sentou-se para comer com Clem, Kit, Josey e Morgan e ficou só ouvindo um provocando o outro enquanto conversavam durante o jantar, esquentando as mãos sobre as chamas e vendo que, por todos os lados, havia gente fazendo a mesma coisa. Apesar de tudo, comeram, riram e cantaram juntos, sob o abrigo das auréolas das fogueiras. Ela descansou a cabeça no ombro de Clem, ignorou o grunhido reclamão de Morgan, fechou os olhos e focou a sensação da curandeira traçando padrões em seu braço. Na semana anterior, Clem convidara a Velha Rosie para morar com os Homens Felizes, e as duas riram até sentirem dor quando a resposta chegou: *Fiquei te procurando, sua monstrinha atrevida. Quem me vê assim nem diz que tenho um joelho ruim nem nada do tipo. Quanto ao convite: não, obrigada. Por favor, devolva minha boa faca de desbaste.* A curandeira logo retornaria ao Vale do Carvalho, aos seus pacientes e a Rosie, com o plano de dividir o tempo e visitar sua casa sempre que quisesse. Clem queria que Mariel fosse, mas ela não sabia ao certo se seria bem-vinda.

Clem tinha rido quando ouvira aquilo.

— Ela nunca consegue ficar brava com um rostinho bonito. Como você acha que eu vivi lá por tanto tempo, bagunçando todas as coisas da Rosie sem que ela tivesse me matado?

— Eu sei o que a gente deveria fazer — disse Mariel, sob a escuridão suave da tenda delas.

— Hum? — perguntou Clem, a visão turva antes de erguer a cabeça e soprar um cacho preso à boca. A curandeira ainda se mexia rápido demais para alguém com um ferimento daquele e vivia esquecendo que o machucado estava lá, e então precisava se reajustar. Era péssima em seguir os próprios conselhos. — Assim, é que eu já estou praticamente dormindo, mas... posso ser convencida.

— Não — respondeu Mariel. — Quero dizer... estou falando dos Homens Felizes.

— Ah. Que bom. Pessoalmente, a outra coisa para mim era melhor, mas eu não sou um monstro... consigo visualizar a situação num geral.

Mariel a beijou só para que parasse de falar e riu quando Clem puxou o cobertor sobre as duas, num caos de cotovelos, joelhos e indulgência sonolenta.

Quando voltou para conversar com seu pai, Mariel levou junto também Joãozão e todos os outros guardas vivos que pôde encontrar.

— Vamos fazer uma votação — disse ela. — É o único jeito. Qualquer um que quiser pode se levantar e explicar como acha que as coisas deveriam ser, e eles decidem.

Capitão Hughes apresentou longos argumentos enfadonhos para defender o contrário, e Jack ficou sentado, em silêncio, preocupado em mordiscar o dedão (um novo hábito que parecia não combinar muito com ele) até Hughes terminar, e então se virou para Mariel e disse:

— Tá bem.

Quando o dia da votação enfim chegou, Mariel acordou e ouviu uma espécie de agitação acontecendo no acampamento. Ela pegou a espada, saiu para investigar e descobriu que Robin Hood e Will Scarlet tinham voltado a cavalo no amanhecer.

Eles estavam bem mais velhos do que na última vez em que ela os vira (grisalhos e enrugados) e pareciam cansados também, como se tivessem passado semanas a fio cavalgando. Mariel observou o pai de Baxter ir até Will e abraçá-lo, e então os dois começaram a chorar; e viu Robin de olhos semicerrados pela multidão, procurando alguma coisa.

Estava quase envergonhada quando se aproximou do avô, mas ele a abraçou, segurou-a pelos ombros e disse:

— Me conte.

Ela contou. Os dois caminharam até o riacho e seguiram-no por pelo menos cinco quilômetros enquanto Mariel, um tanto hesitante, contava tudo o que havia acontecido desde sua ida à França.

— Desculpe pela minha ausência — disse ele, enfim, quando a neta ficou em silêncio. Robin suspirou enquanto esfregava o rosto com a mão.
— Mas que inferno. *Regan*. Eu só queria que ela tivesse escrito para mim, mas acho que consigo entender o motivo de ela não ter colocado *Olá, pai, decidi me aliar com o filho do seu inimigo declarado* no pergaminho.

— O senhor sabia? — perguntou Mariel. — Que o meu pai a tinha expulsado daqui?

— Não. O seu pai e eu nunca concordamos. Vou ter uma conversinha com ele e não vou medir minhas palavras. Só que a sua mãe... É muito independente. Não gosta de precisar dos outros. De jeito nenhum que ela teria me pedido para voltar para travar as batalhas dela. É péssima em pedir ajuda. Acho que me lembro de que você herdou um pouco dessa característica também.

Mariel estremeceu.

— Herdei. Mas estou tentando ser melhor do que isso.

— Que bom — respondeu Robin, dando uns tapinhas carinhosos no ombro dela. — E isso é tudo o que a gente *pode* fazer. Dar um pau nos fascistas e nos autoanalisar.

Naquela tarde, um pedaço de pergaminho contendo três nomes foi preso com cuidado a um antiguíssimo carvalho, e, por horas, as pessoas fizeram fila para assinalar uma das opções. Mariel foi preenchida por um sentimento inexplicável; ficou parada, vendo de longe, ouvindo Morgan discutir com Kit a respeito da melhor forma de remendar as penas de uma flecha, se recostando contra Clem e deixando-a fingir que era a mais alta das duas por um tempinho até a curandeira ficar com as costas doloridas demais.

Robin foi o último, de madrugada. Mariel esperava que as pessoas já tivessem se retirado para dormir, mas havia uma surpreendente multidão reunida para assisti-lo votar. A escolha *era* para ser anônima, mas ele deu uma piscadela para a neta ao sair, e Mariel revirou os olhos enquanto tentava suprimir um sorrisinho.

Os resultados foram anunciados no dia seguinte. As pessoas votaram a favor de dissolver o território oficial dos Homens Felizes; contra batalhar só por batalhar; a favor de voltar às origens, ajudar a comunidade, mesmo que com um pouco mais de planejamento e ordem do que nos dias de Robin; e votaram, numa maioria esmagadora, em Mariel.

Ela meio que teve que dar um discurso. A fala foi esquisita, toda repicada e não poderia ter sido pior, mas, depois, quando todos estavam se banqueteando e conversando, energizados pela promessa de mudança, ela trocou olhares com aqueles de quem era mais próxima e em quem mais confiava, e todos escaparam para longe das fogueiras e montaram nos cavalos. Cavalgaram rápido em meio às árvores, rindo enquanto perseguiam a brisa gelada que anunciava o fim do verão. Quando diminuíram o ritmo até quase parar, Mariel fechou os olhos e se permitiu imaginar um futuro que, de todo o coração, existisse apenas pelo bem da mata, um futuro em que comandasse o leme com gentileza. Era completamente aterrorizante. Ela não via a hora.

— O *Robin Hood* me deu a última batata dele hoje à noite — disse Clem maravilhada.

Mariel abriu os olhos para poder encará-la com um olhar fulminante.

— Você está passando vergonha pra caramba. Chama ele só de Robin.

— Eu é que não vou chamar o Robin Hood de *Robin* — respondeu a curandeira num tom que parecia escandalizado. — Seria tipo chamar o Chaucer de *Geoff*.

— *Você* algum dia vai parar de fazer essa cara de quem tomou veneno quando os outros te chamam de *Mariel*? — perguntou Morgan, montade em um cavalo logo atrás das duas.

Mariel estremeceu. Sabia que precisava parar com a coisa de usar sobrenomes, junto do título de capitã, mas era uma das concessões que mais lhe afetavam.

— O único nome com o qual vocês deveriam se preocupar agora é o título que vamos usar no lugar de *Homens Felizes* — disse ela. — Espero que todos me apresentem ideias até o fim da semana.

Robin fora surpreendentemente eloquente a respeito de se livrar da antiga denominação. Antiquado, afirmara ele. Meio ridículo quando se parava para pensar.

— A gente nem devia ter um nome — respondeu Josey de imediato.
— Coisa cafona.
— Não é prático — disse Mariel.
— O Povo da Mata — ofereceu Clem, falando rápido, como se tivesse passado horas esperando que alguém lhe pedisse opções. — Os Bolotas Todo-Poderosos. Os Paladinos de Capa.

Mariel olhou para ela. A curandeira havia cortado o cabelo mais curto, cacheado em cima e tosquiado nas laterais (só pela praticidade, pelo menos era o que Clem tinha dito, mas Mariel a pegou sorrindo para o próprio reflexo como um Narciso cheio de sardas vezes demais para que essa história de praticidade fosse cem por cento plausível). O pássaro tatuado no braço de Clem era recente e continuava um pouco vermelho e meio dolorido, mas era provável que fosse a tatuagem mais bem cuidada de toda Inglaterra, depois do tanto que ela havia reclamado durante o processo, falando de como era burrice obter um ferimento aberto por vontade própria. No momento, Clem estava sorrindo para Mariel, prestes a começar a rir das próprias piadas.

De alguma forma, o futuro ficou bem menos apavorante quando Mariel sorriu de volta.

— Esquilo — disse Kit baixinho. — Fica cinquenta e três para mim.
— Caramba — resmungou Morgan. Houve um instante de silêncio, e então elu suspirou fundo e, se esforçando muito para falar numa bravata, continuou: — Saudade do Baxter. Ele era muito pior nesse jogo.
— Pois é — respondeu Kit. — Eu sei. Ai, meu Deus, olha... *esquilo*. Sessenta e três.

Morgan xingou tão alto que os pássaros fugiram das árvores num rompante. Clem riu e, para dar um beijo em Mariel, se inclinou tanto para fora da sela que chegou a ser perigoso. Devia ter mirado na boca dela, mas acertou foi o queixo.

Eles continuaram até a lua se erguer por sobre a silhueta da mata, e então, sem anúncio ou discussão, todos viraram os cavalos ao mesmo tempo e voltaram para casa, para o acampamento.

Agradecimentos

Este foi o livro mais difícil que já escrevi. Chega a ser loucura o quanto saí da minha zona de conforto e o quanto tenho certeza de que este foi o projeto em que mais precisei destrinchar os capítulos. Ainda assim, me dispus a escrever a aventura na floresta gay com que eu sonhava quando criança, e espero que esta história encoraje você a marchar até a mata para tocar numa árvore e/ou bolar planos para desmantelar a burguesia.

Devo um muitíssimo obrigade a Chloe Seager, minha agente alta e linda, por sempre me defender e aguentar minhas mensagens insanas no WhatsApp. Agradeço também a Valentina Paumichl, Maddy Belton e à brilhante equipe de Madeleine Milburn.

Agradeço aos meus editores, Hannah Sandford e Catherine Liney, e Ellen Holgate, Beatrice Cross, Alesha Bonser, Fliss Stevens, Mike Young, Isi Tucker, Ben Schlanker, Nick de Somogyi, Jessica White e todos da Bloomsbury que fazem um trabalho tão maravilhoso com os meus livros. Do outro lado do Atlântico, agradeço a Vicki Lame e ao time na Wednesday; Vanessa Aguirre, Meghan Harrington, Kelly South, Rivka Holler e todos que trabalham duro para fazer magia nos bastidores.

Agradeço a Olga Grlic, Laura Bird, Nicole Deal e Thy Bui, por deixarem meus livros com uma aparência tão deliciosa.

Agradeço também a Photine, por toda a expertise médica que eu simplesmente destrocei, a Zoe, por ter me ajudado com as rimas para "boobs" [seios], a Freya Marske e a Hope Anna, pelas opiniões inestimáveis quando eu estava surtando, e para meus outros leitores betas: El, Hannah, Donna, Alice. Crystal e Fox.

Agradeço à minha família e à nossa amada gatinha Maizie, que nos deixou alguns dias antes do Natal para que a gente não esquecesse que ela é a protagonista. Agradeço a Nick por basicamente tudo, mas sobretudo por subir a estrada para comprar sanduíches para mim.

O apoio de livreiros, bibliotecários e leitores, em especial quando entrei no mundo do YA, é algo que tem me deixado sem chão. Agradeço do fundo do meu coração por lerem, recomendarem e venderem meus livros fisicamente, por aparecerem em eventos e sessões de autógrafo, por comprarem na pré-venda, por compartilharem e por fazerem com que este trabalho e esta vida sejam possíveis para mim.

Agradeço a Nana Sato-Rossberg (Professora de Estudos de Tradução) na SOAS University of London, pela generosidade com seu conhecimento. O nome de Rainault foi emprestado de Evelyn Charles Henry Vivian, e usei a reconstrução 3-D do cenário romântico medieval feita por Andy Gaunt como base para as Casas do Rei. Agradeço também ao livro *Medieval Medicine*, de Toni Mount, ao Mercian Archaeological Services e ao Sherwood Forest Archaeology Project.

Impresso no Brasil pelo Sistema Cameron da Divisão Gráfica da
DISTRIBUIDORA RECORD DE SERVIÇOS DE IMPRENSA S.A.